Onno Viets
und der Irre vom Kiez

Frank Schulz

Onno Viets
und der Irre vom Kiez

Roman

Galiani Berlin

Handlung und Figuren sind erfunden.
Wer sich wiedererkennt, ist selber schuld.

Verlag Kiepenheuer & Witsch, FSC-N001512

6. Auflage 2012

Verlag Galiani Berlin
© 2012 Verlag Kiepenheuer & Witsch GmbH & Co. KG, Köln
Umschlaggestaltung: Manja Hellpap und Lisa Neuhalfen, Berlin
Umschlagmotiv: © Stephan Storp
Lektorat: Wolfgang Hörner
Gesetzt aus der Adobe Garamond
Satz: Pinkuin Satz und Datentechnik, Berlin
Druck und Bindung: GGP Media GmbH, Pößneck
ISBN 978-3-86971-038-9

Weitere Informationen zu unserem Programm
finden Sie unter www.galiani.de

[Hauptpersonen der Handlung]

Onno Viets (53), genannt Noppe	Hartz-IV-Empfänger, Anwärter zum Privatdetektiv; Tischtennisspieler
Edda Viets (50)	seine Frau; Kindergärtnerin
Tibor Tetropov (23), genannt Händchen	Rechte Hand eines Kiez-Oligarchen
Fiona Schulze-Pohle (23) alias Fiona Popo	Tänzerin, Tetropovs heimliche Geliebte; eigentlich liiert mit
Harald Herbert Queckenborn (52) alias Nick Dolan	Popstar
Albert Loy (48) alias Hein Dattel	Streetworker; Exkommilitone Viets'
Milan (12)	Laufbursche
Roberta Wanda Müller (28), genannt Robota	Rechtsanwaltsgehilfin
Dagmar (47) & Ellen (47)	Hamburg-Touristinnen

Die Sportsfreunde

Raimund Böttcher (52), genannt Der schöne Raimund	Anzeigenleiter; Viets' ältester Freund
Ulli Vredemann (41), genannt EP (für Elefantenpeitsche)	Speditionskaufmann
Christopher Dannewitz (49), genannt Stoffel	Rechtsanwalt, Dr. jur.; Viets' zweitältester Freund – der Erzähler

[Inhaltsverzeichnis]

Das Internetvideo »Irrer Huene«

beschrieben und kommentiert von Rechtsanwalt
Dr. Christopher Dannewitz

Clip 1/4

Länge: 01 min. 42 sec.
Aufrufe: 1.444.567
Bewertung: *****

Hamburg, Außenalster. 13. August. Ein Freitag, übrigens. Freitag, der dreizehnte. Über das ominöse Datum hinaus dokumentiert die digitale Einblendung die fortlaufende Uhrzeit – zu Beginn 11:22 Uhr.

Im Übrigen kann man von der ersten Sekunde an *hören*, was da auf einen zukommt in Dagmars Video. Man braucht nur die Lautstärke hochzuregeln, um hinter den Vordergrundgeräuschen zwei weitere herauszuhorchen: das Auspuffgeknatter eines geländegängigen Motorrads (gemeinhin als Enduro bekannt) und das zweitönige Einsatzsignal der republikanischen Ordnungskräfte. Das Martinshorn. Dies noch schwach, aber unverkennbar. Täää*täää*! Täää*täää*! Täää*täää*! Das ewige markige, gallige, törichte Echo der Millionenstadt.

Formatfüllend zu *sehen* ist in dem Clip zunächst nur das wackelnde Abbild einer blütenweißen Prachtfassade, flächenweise verdeckt von Baumkronen. (Davor eine Staffel kahler Masten von Leihsegelbooten.) Hochformatige Sprossenfenster über fünf Etagen, gekrönt von einem grünen Kupferdach; vor einer Gaube die Majuskeln ATLANTIC.

Währenddessen zu hören, direkt am Mikro: »Da wohnen wir, und jetzt sind wir auf einem Alsterdampfer und legen gerade ab.« Dagmars rheinische Intonation. Ein bißchen kratzig und kurzatmig, aber gut verständlich, so daß Dagmars

9

ungebetener anonymer Webmaster – Monate später – bei der Bearbeitung fürs Internet auf Untertitel verzichten konnte.

Es bebt, das Bild, schwillt dann ruckartig ins Nah-Unscharfe und zoomzuckt wieder zurück. Dagmar hatte am Vorabend einen Campari zuviel genossen. Außerdem dieselte das Sektfrühstück nach. Zu schweigen davon, daß ihr die schwüle Witterung zu schaffen machte. Doch gedreht werden mußte – schon als Rechenschaftsbericht für den Göttergatten.

Die Vordergrundgeräusche auf der Tonspur des Camcorders: Straßenverkehr zwischen Hotel Atlantic und Alsterufer, ferienbedingt spärlich. Maschinengebrumm der *Saselbek*, von dessen halboffenem Achterdeck aus Dagmar filmte. Ferner die letzte Strophe eines Sangessolisten aus dem Fahrgastraum (»… de Lüüd för dat Schipp, de weern ok blots schanghait«) samt Chorantwort der anderen föftein Schlumper Shantyboys (»To my hoo day, hoo day, ho-ho-ho-ho…«). Beides ein bißchen *zu* breitbeinig. Ein *bißchen*. Zwei, drei µ. Die Stikkigkeit, die Stickigkeit unter Deck.

Und dann die Stimme Ellens, Dagmars Busenfreundin aus Hanau, die den Alarm des Streifenwagens nachäfft: »*Wäääwäää, wäääwäää, wäääwäää* … Klingt eische'tlisch wie e Karnevalstusch, findst net aach?«

In diesem Fall war der Webmaster auf Nummer sicher gegangen und hatte die Szene untertitelt:

Klingt eigentlich wie ein Karnevalstusch, findest du nicht auch?

Und zum entrückten Hexengelächter einer Möwe wiederum Dagmars Stimme, wiederum direkt am Mikro (wobei das Atlantic wiederum erbebt): »Nää.« (Ohne Untertitel.) Sie war einfach allzu gründlich fokussiert, um das allzu spitze Ohr ihrer Freundin würdigen zu können. Denn grad vollstreckte sie einen ihrer unwiderstehlichen Reißschwenks – und zwar jenen, der die beispiellose Internetkarriere ihres Werkes begründen sollte.

»Alstermonster!« »Amok-Huene!« »Real Splatter!« Dies noch die sachlichsten Stichwörter, unter denen das in vier Clips gegliederte Video im weltweiten Netz kursiert. Und seinen sog. Kultstatus bis heute behauptet.

Wobei der meistaufgerufene Clip eben diese hundertzweisekündige Anfangssequenz ist, obwohl bloß zweit- oder drittspektakulärste von allen vieren. Die nutzerfreundliche Kürze dürfte eine Ursache dafür sein. Hauptgrund aber die verquere, zufällige Vollkommenheit, mit der die Bilder, obwohl zweifelsohne authentisch, wirken wie inszeniert. Wie inszeniert von einem Regisseur, der formalen Dilettantismus simuliert, um die Aussagekraft zu steigern.

Dagmar brauchte Dilettantismus nicht zu simulieren. Dreh-Erfahrungen mit ihrem Weihnachtsgeschenk hatte sie lediglich im letzten Arnoldsweiler Karneval gesammelt.

Bis hierhin, in der ›Atlantic-Phase‹ des Clips, verstreichen die ersten vierundzwanzig Sekunden. Die kommenden zehn zählen zur ›Phase des Apokalyptischen Reiters‹: Nach dem Ruck weg vom Atlantic – kein Schnitt, wohlgemerkt! – übernimmt der Betrachter des Clips ebenso abrupt, aber präzis die Sichtachse in die räumliche Tiefe eines geländergesicherten Stegs. Dieser Steg wurzelt im nuancenreich begrünten Ufer. Und dort, im perspektivischen Fluchtpunkt, entspringt, untermalt von nun deutlicherem Geknatter und Viertaktergequengel, bereits avisierte Enduro.

Da hinten macht sich deren Fahrer noch vage aus – ein menschliches Ding, ein Unding. Ein Kannibalenhäuptling oder so was. Oder Stuntman? Kostümierter, maskierter Werbeträger für das Deathmetal-Grusical *Satan's Soul*, das grad im Hafen anlief? Eigentlich nimmt man zunächst nicht viel mehr als Buntheit wahr, und Bulligkeit. Und, so viel kann man auf den ersten Blick sagen: Der Schädel wirkt bizarr. Ohne daß man hätte sagen können, inwiefern. (Zumal … Trägt er etwas quer im Gesicht? Apportiert er etwas?) Kommt jedenfalls mittels Enduro auf den Betrachter zugebrettert, und mit dem Crescendo der Beschleunigung steigt die Frequenz des Plankengeratters.

Nun war es so, daß Dagmar einst Herz und Hymen einem Dürener Ghettoprinzen geschenkt hatte, der Geländerennen fuhr. Das war dreißig Jahre her, doch in einer empfindsamen Seelenlage wie auf dieser Strohwitwentour, da fiel der Gänsehaut im Nacken Wiederauferstehung leicht. Als Erweckungssignal reichte der Enduro-Sound. Und im Zuge dieses Schauderns, im Zuge der Schwüle und des Katers betätigte Dagmar – ein Reflex – den Zoom. Wie in einem Spaghetti-Western ruck, zuck in der Totalen: Kopf und vornübergekauerter Torso des Fahrers. Durch dessen eigene rasche Vorwärtsbewegung gleich wieder aufgelöst in Unschärfe.

Horrormasken gehörten zur Folklore ihrer Kindheit. Dennoch erschrak Dagmar – meinte sie im Schock der allzu prompten Vergrößerung doch erkannt zu haben, daß die Hirnschale des Fahrers ab Hutschnurlinie fehle und all der Blumenkohl offen zutage liege (aus welchem, wie um den groben Unfug abzurunden, auch noch zwei Stummelhörner herauszuragen schienen). Worüber sie die übrigen grauenerregenden Details des irren Hünen vorerst übersah.

Der »irre Hüne« (Hamburger Expreß Zeitung = HEZ), der »Teufel vom Kiez« (Hamburger Abendpost), die »Horrorkreatur« (Agora TV Hamburg), das »Alstermonster« (Aalkooger Bote). Preschte auf Dagmars Linse zu – vorgebeugt und in der Hocke, aber ohne Sattelberührung. (Eine Gesäßbacke war verletzt.)

Vor Schreck zoomte Dagmar rückwärts, erweiterte die

Perspektive also wieder. Gerade pünktlich genug, um einfangen zu können, wie der ellenlange Gegenstand, der quer im Mund des Hünen klemmt und in der Sonne aufblitzt, im Vorüberrasen das Blatt einer Kübelpalme absäbelt – woraufhin hinter dem Motorrad eine Wolke aus jenen mysteriösen seidenschwarzen Schmetterlingen explodiert, deren biologische Sensation in jenem Sommer unter den Lepidopterologen der Welt Furore machte. So daß der anschließende Sprungflug des apokalyptischen Reiters in die Alster vor symbolischer Kulisse vonstatten geht, einer Kulisse von Dutzenden taumelnder ›Schwarzer Engel‹, wie jene Repräsentanten der Jugend sie tauften, die sich Gruftis nennen, oder Gothics. Ein weiterer Zufallsgrund für den weltweiten Hype um diesen Internetfilm.

Als der Hüne auf seiner Enduro ins Wasser flog, befanden sich auf der Terrasse des Cafés Lorbaß, das in den Alsteranleger integriert war, abgesehen von Gastronomiekräften fünf Personen. (Drei davon konnten später nicht mehr ermittelt werden.) Für mehr Betrieb war es einfach zu heiß – schon um diese Tageszeit 31,1 Grad Celsius –, und außerdem würden die Ferien des Bundeslandes Hamburg erst am darauffolgenden Mittwoch enden. Nicht zuletzt das war der Grund, weshalb dem ›I. Moderlieschen-Fest‹ ein Flop vorhergesagt worden war.

Das Moderlieschen (*Leucaspius delineatus*) ist ein unscheinbares Fischchen, das in stehenden und schwach fließenden Gewässern vorkommt. Hat wirtschaftlich kaum Bedeutung, taugt selbst für Angler bestenfalls zum Zanderköder. Ab dem Vorjahr war sein Bestand nichtsdestoweniger plötzlich bedroht. Schon wurde es zum Symboltier eines neuen Alsterfestes. Zwischen Christopher-Street-Day und Cyclassics war noch ein Wochenende frei.

Die Umsetzung allerdings gestaltete sich einfallslos. In

welchem Maße, läßt sich an dem Faktum ablesen, daß der Einsatz der Schlumper Shantyboys, der Poppenbütteler Pennschieter und ähnlicher Unterhaltungskoryphäen auf den Liniendampfern der weißen Alsterflotte noch zu den *besten* Ideen zählte.

Nichtsdestoweniger vermuteten jene zwei Gäste des Cafés Lorbaß eine Aktion in diesem Rahmen, als sie den Enduro-Sprung von ihrem Loungesessel aus verfolgten. Aufmerksam geworden waren sie ja schon durch den Motorenlärm, und als die Maschine samt Fahrer flach vom Steg schoß, sagte der eine »Äy« und der andere gar nichts. Es fiel ihm nichts ein, »gar nichts, aber auch gar nichts« fiel ihm dazu ein – außer daß er, *wenn* das ein Gag zum Moderlieschen-Fest sein sollte, auf die Pointe *sehr* gespannt wäre.

Der andere behauptete das eine Mal, er habe durchaus wahrgenommen, daß der irre Hüne splitternackt und ganzkörpertätowiert gewesen sei. Das andere Mal aber vielmehr, er habe an einen ›Catsuit‹ geglaubt, an ein buntes Ganzkörperkondom einschließlich Kapuze (wegen des diffusen Eindrucks fehlender Ohren). »So in der Art von Spider Man«, lautet seine Beschreibung im Protokoll der späteren Vernehmung.

Auch die übrigen Leute, einschließlich der Servicekräfte, lungerten nur und lauschten und gafften, wie sich der irre Hüne von der meckernd durchdrehenden Maschine löste und, sodann zu einer gewaltigen, bunten Arschbombe geballt, samt Enduro einschlug und eine stattliche, zweistrahlige Fontäne hinterließ. Das Motorrad blieb weg. Das Mensch tauchte wieder auf – das kurze Schwert oder den Dolch, oder was genau es war, nun in der Rechten haltend –, schwenkte nach einer Sekunde Orientierung ins Kielwasser der *Saselbek* ein und begann, wie mit Dreschflegeln betrieben hinter ihr herzurauschen.

Dagmar war ihrem Unstil in puncto Kameraführung treu geblieben. Nach der Explosion der Schwarzen Engel hatte sie einfach gar nichts getan, als weiter draufzuhalten, so daß der Enduro-Jockey auf den Betrachter zuspringt und, in Unschärfe aufgelöst, über dessen rechten Schulter im Nichts verschwindet. Während in der Totalen das Sprudeln der Schwarzen Engel als Kommentar verbleibt, bis das doppelte Platschen aus dem Off die akustische Fortsetzung liefert.

Anschließend (Phase drei: ›Impressionen einer betrunkenen Libelle‹) schien Dagmars Auge unverrückbar fixiert auf den Sucher, so durcheinander war sie. Tief innen ahnte sie bereits, daß dieser Tag spektakulär verschieden von dem verlaufen würde, den sie und Ellen sich eben noch, beim Frühstück im Atlantic, ausgemalt hatten. Während bei den anderen Fahrgästen auf dem Achterdeck noch babylonisches Urstaunen vorherrschte, hatte Dagmar bereits Angst (allerdings nicht *nur* Angst). Jedenfalls war sie verwirrt genug, geschlagene acht Sekunden lang zu vergessen, daß der Sucher des Camcorders kein Körperteil war. Auch keine Brille oder so. Und weil das Objekt aus ihrem Objektiv verschwunden war, irrte sie acht Sekunden lang mit dem Sucher Reißschwenk für Reißschwenk im Ungefähren herum. Wobei sie auch noch den Schaukelknopf des Zooms für nervöse Entladungen mißbrauchte. Das Ergebnis ähnelt dem, was ein Nutzerkommentar als »impressions of a drunken dragonfly« qualifiziert.

In nächster Mikrofonnähe zu hören ist in dieser Phase eine Übersprunghandlung Ellens: eine Art südhessischer Gospel. Jubelgelall. Nicht einmal ein gebürtiger Hanauer Phonetiker hätte eine Bedeutung herausfiltern können. Es gelang Ellen später selbst nicht mehr.

Schließlich drang Dagmar ans Bewußtsein, daß sie ohne Digicam vorm Gesicht viel besser sehen könnte, was hier vor sich ging. Sie blieb zwar auf der Bank sitzen, wie Ellen in der Hüfte gedreht, um sich mit dem linken Arm aufs Geländer der Heckveranda lehnen zu können. Hob die Kamera jedoch anscheinend mit rechts über Ellens Kopf hinweg – für den Betrachter jedenfalls ein schwindelerregendes Manöver –, und bettete das Gerät in ihren Schoß. Und filmte die nächsten siebenundzwanzig Sekunden ein Stilleben: den Saum ihrer Khaki-Shorts, die Holzdielen des Dampfers, die lackierten Nägel ihrer Zehen (Aubergine metallic), welche aus goldenen Dreihundertsiebzig-Euro-Sandaletten krallten, Beute vom Vortag aus der Edelshoppingmeile Große Bleichen.

Das Hörspiel zu dieser siebenundzwanzigsekündigen Stilleben-Phase‹ besteht aus den tosenden Kraulhieben des Berserkers sowie, zunächst noch, dem sonoren Diesel der *Saselbek* samt letztem Shantyrefrain. Einem Porsche-Röhren, vom Alsterufer her. Den tosenden Kraulhieben. Wiederum Ellens Stimme, nun leiser, doch deutlicher: »*Leck* misch, was –« (Ohne Untertitel.) Der Stimme der Sitznachbarin zur Rechten Ellens, einer sechsundsiebzigjährigen Hammerbrookerin: »Wat is *dor* denn koputt. Wat will *de* denn. Wat *sall* dat. Werner. Werner.«

UT: Was ist da denn los? Was will der denn, Werner?

(Ellen beschrieb die Frisur der alten Frau später recht plastisch als ›Pusteblum‹.) Der Stimme eines siebenundsiebzigjährigen Hammerbrookers: »Wat will *de* denn. Wat sall *dat* denn.«

UT: Was will der denn? Was soll das denn?

Den tosenden Kraulhieben. Stimmengewirr der übrigen vier Achterdeckspassagiere, zweier junger Pärchen, leicht bekleidet, gepiercet. Zu verstehen nur wiederkehrende Wendungen in vier verschiedenen Stimmlagen: »Schwert … Dolch … krass, Alter …« (Diese vier jungen Leute waren diejenigen, die am raschesten begriffen. Die kurz nach der Kaperung über Bord springen, zurück zum Anleger schwimmen und in der Live-Schalte von Agora TV Hamburg schon als Augenzeugen berichten sollten, als die Geiselnahme noch lief.)

Nach wie vor zum Bild der Khaki-Shorts hört man als nächstes, wie der Motor der *Saselbek* aussetzt. Mitten in der Koda der Schlumper Shantyboys (»… Saaa-cra-men-tooo!«). Doch aus dem vierzehnköpfigen Publikum heraus erschallt ungerührt ein Einzelapplaus, wie er typisch ist für Typen, die erst merken, was um sie herum passiert, wenn es sie in den Hintern tritt. (Angeblich handelte es sich um das Herrchen jener weißen Schäferhündin, die der Hüne rund fünf Minuten später enthaupten sollte.)

Erich L., Schiffsführer und Schaffner, hatte im Führerhaus trotz Rückspiegels nur erahnen können, was da achterwärts geschah. Weil er befürchtete, daß sich jemand an der Schraube verletzen könnte, hatte er die Maschine entschlossen gestoppt. Und dem Hünen damit ein Quentchen Kraft erspart, das der Eleganz seines Manövers nicht eben abträglich war.

Und so herrscht im letzten Drittel der ›Stilleben-Phase‹ nur mehr eine Geräuschsorte vor. Kein Shanty, kein Schiffsmotorpuckern, kein menschliches oder auch nur Möwengeschrei, kaum Autoverkehr, vielleicht wegen Ampelphasenwechsels. Sondern man hört eine Abfolge von Wassertritten und kryptosexuellen Raubtierlauten. Während dieser Phase nahmen Dagmars *organische* Linsen wahr, wie der irre Hüne die *Saselbek* einholte und enterte.

Ein seltsamer Anblick, die Draufsicht auf das herankraulende Wesen. Ein Menschentier, dem man das Fell über die Ohren gezogen und Kriegsbemalung verpaßt hatte. (Wo-

17

bei … *welche Ohren* eigentlich?) Oder ein Riesenlurch. Ein monströser, mordsmuskulöser Salamander, dessen Leibzeichnung die Mimikry einer hanebüchenen Kultur zu sein schien. Alle Regenbogenfarben kamen vor, doch auch – auf dem breiten Kreuz – viel Braungeschiefertes wie Hühnergefieder und, insbesondere entlang den Extremitäten, das Steakrot von Fleischfasern, und auf dem Schädel eben Hirngrau … Einzelheiten zu unterscheiden aber war bei der Rapidität der Handlung unmöglich.

Nach einer Rumpfbewegung im Delphinstil schnellte der Hüne mit dem letzten Kraulschlag bis zur Taille aus dem Wasser. Hechtete ans Heck des Schiffes. Wuchtete, innerhalb ein und derselben Aufwärtsdynamik, seine Bruttoregisterzentner auf der rotlackierten Fenderkante in den linkshändigen Stütz. (Grollen durch die Gurgel, bei geschlossenen Kiefern, die die Dolchklinge gleich hinterm Parier schraubstockfest fixierten.) Haschte, bevor er zurückzufallen drohte, mit dem rechten Mittelfinger die Fahnenstange. Erwischte und umkrallte sie. (Kurzes, überschnappendes Muhen.) Setzte den linken, baren Echsenfuß Schuhgröße einundfünfzig neben die linke Stützhand. (Bellen.) Dann, mit einem hormontrunkenen Grunzen zwischen *aaa* und *ììì* – Ausdruck von Etappenbefriedigung und Siegesgewißheit –, hievte er sich mit der Rechten in die Lotrechte. Sein Bizeps war mit der Struktur eines American Football tätowiert (einschließlich Naht, Logo und Herstellername *Wilson*), und weil er sich bei dieser Zugbewegung zu fünfneunzig Prozent definierte, schien er fast zu platzen. Kabeldick trat eine Ader aus dem ›Leder‹.

Erst in dem Moment beginnt die neunzehnsekündige Phase fünf, die ›Busenphase‹: dem Moment, in dem Dagmar – die Kamera an der Brust bergend – und Ellen von der Bank aufsprangen und zurückwichen. Bis dahin waren sie hypnotisiert gewesen. Hypnotisiert wie Mäuse vom Totenkopf auf dem Kobra-Nacken.

»Es war furchtbar«, sagte Dagmar später, als sie mir das Mandat zur Nebenklage erteilte, immer wieder. *Fuch'chtba.* [fʊxçtbaː]

»Der sah furchtbar aus«, ergänzte Ellen, »furchtbar!« *Foschba.* [fɔʃbaː]

Als er die holzverkleidete Reling packte, brannte sich Ellens Gedächtnis das Bild seiner Faust ein. Diese Faust sah aus, als sei sie mit der grünlichbraunen Hornhaut eines Schuppenpanzers bezogen. Auch die spitzgefeilten und gefärbten Fingernägel unterstützten den Eindruck einer Reptilkralle. Nur waren auf den ersten Fingergliedern Buchstaben zu lesen: ein *B* auf dem kleinen, auf dem Ringfinger ein *U* sowie je ein *M* auf Mittel- und Zeigefinger. (Auf der linken Faust, wie sie später sah, in umgekehrter Reihenfolge: *Z, A, C* und *K.* Die Schlagkombination eines Linksauslegers ergäbe aus Sicht eines künftigen Opfers folglich *ZACK BUMM.*) Jede Letter war bauchig, weiß koloriert, fett umrandet; eine Schrifttype, wie man sie von Explosionen in Comics kennt, oder von Graffiti auf den Barackenwänden entlang der Abstellgleise unserer Republik.

Als weitere Abweichung vom Kroko-Look waren auf der derben Schwimmhaut zwischen Daumen- und Mittelhandknochen – nachträglich eingefaßt von einem smaragdgrünen Kleeblatt – drei Punkte in billigem Blau zu sehen. Dies triangelförmige Zeichen aus alter Knasttradition steht für die Faustregel *Nichts hören, nichts sehen, nichts sagen,* was sich auf Kollaboration mit Behörden aller Couleur bezieht.

Als der Hüne an Bord klomm, versprühte er eine Brise aus modrigem, fischrauhem Teichgeruch – in der Hitze elementar und aufreizend. Triefend stieg er über seine Faust an Bord, mit einer eleganten Scherenbewegung der schwerathletischen Schenkel (die gleich den Schultern weitgehend wie gehäutet wirkten, gezeichnet wie in einem Schaubild zur Anatomie der menschlichen Muskulatur). Und aus dem somit präsentierten Hüftbecken sprang dabei ein fetter Aal auf (mit Kopf), angewachsen an einem schlammfarbenen Beutel mit dem Fassungsvermögen von zwei Schlangeneiern.

Ellen mochte nicht einsehen, was sie da sah. (Und jedesmal in ihrem wiederkehrenden Alb assoziierte sie den Beutel mit einem Schlüsselanhänger. Da hob selbst ihr Traumatherapeut die Adlerbraue.) Sie weigerte sich, es wahrzunehmen, und deshalb hob sie gleich darauf ihren Blick, um ein irgendmöglich gutmütiges Dementi in den Augen des Irren zu erheischen.

Hatte er überhaupt Lider? Wimpern waren nicht zu erkennen, und in den Tiefen der waschbärartig schwarzgefärbten Höhlen glänzten Iris, schmal gerändert von rosa-weißem Marmor, aber so schwarz, daß sie aussahen wie riesige Pupillen. Ellen hielt das nicht aus, und ohnehin überwältigte sie nun der Gesamteindruck des Schädels. Wenigstens war es keineswegs so, daß das Gehirn frei lag. Es war nur eine Tätowierung des kantigen Kahlkopfs. Eine illusionistische Arbeit in der Tradition eines Trompe-l'Œil; sie reichte bis hinunter zu jenem Knochengesims, das statt mit Brauen mit je einem Dutzend kleiner goldener Ringe geschmückt war. Das Stummelgehörn allerdings war keine Täuschung, sondern definitiv dreidimensional. (Eine Implantation aus Teflon.) An dem einen Horn haftete die feuchte Cellophanhülle einer Zigarettenschachtel. Beifang.

Trotz der Strapazen atmete er gar nicht schwer, eher wie unter positivem Streß oder wie jemand, der gerade einen längeren Witz erzählt hat. Und doch vernahm man erhebliches Schnaufen. Was wohl dem abgenagten Poulardenknochen geschuldet war, der quer in der Nasenscheidewand steckte. Die hageren Wangen zierte je ein Narbenmikado, und wenn ihn etwas menschlich erscheinen ließ, dann die fünf, sechs Schönheitsfehler bzw. -flecken, die offenbar von Mückenstichen herrührten. Seinen Lefzen entnahm er nun den knapp ellenlangen Dolch (einen Yoroi-dōshi, mit dessen Panzerklinge Samurai einst des Gegners Rüstung zu durchdringen sowie ihn zu köpfen vermochten) und lächelte.

Lächelte blutig. Obwohl der Dolch einschneidig war, hatte sein Besitzer sich einen winzigen Schnitt in der Oberlippe zugezogen – bei der Aktion an der Palme oder beim Eintauchen ins Wasser, oder wann immer. Es tropfte und tropfte. Doch er lächelte, lächelte mit viel Zunge und Zahnfleisch. (Anderthalb Wochen zuvor, so sollten die Ermittlungen später ergeben, hatte er einen kokainsüchtigen Wellingsbütteler Kieferchirurgen dazu bewogen, ihm bis auf die Backen- sämtliche Zähne zu ziehen.) Die Ohren – der Eindruck hatte also nicht getäuscht – fehlten. (Hatte er angeblich eigenhändig entfernt, mit einem Teppichmesser, schon vier Wochen vorher. Die Wundmale, die sich um die Löcher mit den Knorpelzapfen schnörkelten, waren bereits recht gut verheilt.)

Wie ein Schwerhöriger sprach er lauter als nötig, mit kehliger Stimme; eine sinnvolle Aussage herauszufiltern war dennoch schwer. Nicht nur wegen Nasenschmucks und Zahnlosigkeit, sondern auch hamburgischen Kiezakzents wegen. In lautmalerischer Umschrift sähe das, was an Äußerung in diesem Moment zu vernehmen ist, ungefähr so aus: »Tächau. Die For'äoufwoiwee biddeee?« In dudenmäßiger Lautschrift: [tæxau]. [di:] [fɔ:ˈæu:fvɔyve:] [bɪde:]?

Arnoldsweilerin Dagmar verstand natürlich kein Wort, ebensowenig Hanauerin Ellen. Gemeint war – das dürfte als gesichert gelten, und entsprechend sollte es der Webmaster dann später auch untertiteln – so viel wie:

UT: Guten Tag auch. Die Fahrausweise, bitte?

Es lachte aber niemand. Nicht einmal er selbst. Jedenfalls ist im Film nichts dergleichen zu hören.

Statt dessen hatte er stumm mit einer Kralle auf Dagmar

gedeutet und sie gestisch aufgefordert, weiterzufilmen. *Ihn* zu filmen. Immer weiterzufilmen – nur zu, keine Bange. Und aus komplizierten psychologischen Motiven, die auch mit Angst, aber nicht *nur* mit Angst zu tun hatten, gehorchte sie. Und wieder tat der höhere Regisseur sein Bestes bei der Kameraführung Dagmars. Wobei die letzte Sequenz dieses Clips ein wenig vom Prisma eines Tropfens Alsterwasser gestört wird, der durch das Gefuchtel des Hünen auf die Linse geraten war.

Zu sehen sind in der letzten, der vierzehnsekündigen ›Posing-Phase‹ dieses ersten Clips hauptsächlich vier Posen des Hünen. Posen, die er den Repertoires von Body Building, Kung-Fu und Säbelkampf entlehnt haben dürfte. Bei jeder neuen seiner unbedingt beeindruckenden Schaufiguren gibt er Laute von sich. Selbstanfeuerung. Vertonung seiner Wunschvorstellung davon, was das Publikum bei seinem Anblick ästhetisch empfinden möge. Oder erotisch. Laute wie [ja:], [ɔ:] sowie [hɔhɔ:]; zuletzt sogar, bei jenem Hüftschwung, ein gar nicht mal unschwules [ö:::].

Rosenrotes Blut trieft von seinem leicht verletzten Gesäß, und rosenrotes Blut trieft von seiner Oberlippe. Ellen zufolge bildete sich bereits eine kleine Lache an Deck, was auf dem Film nicht zu sehen ist.

Zwo Meter zwo (ohne Gehörn). Hundertachtundzwanzig Kilogramm Knochengerüst und massive Muskulatur, kein Milligramm davon überflüssiges Fett. Wie später ermittelt, hatte er seit elf Wochen täglich vier Stunden unter der Skarabäusnadel des weltberühmten anonymen Künstlers »###« gelegen (und dafür bereits zweiundfünfzig Riesen angezahlt). Und obwohl sie auf dem Film unübersehbar, ja ausschnittweise relativ gut erkennbar sind, all die spektakulären Porträts und Szenarien und Muster, die in die Haut des Hünen gestochen, geritzt und gebrannt worden waren – als Betrachter konzentriert man sich unweigerlich auf Posen und Muskelkontraktionen. Auf Dolch, triefendes Blut, irren Schädel. Auf Aal oder Cellophanhülle. Geschweige, daß es Ellen und Dagmar in der akuten Situation anders gegangen wäre.

Als aus dem Off die Stimme von Käpt'n L. ertönt, sieht man, wie der Hüne die vierte Pose abbricht.

Sie ertönt recht deutlich, die Stimme von Schiffsführer Erich L., weil er plötzlich direkt hinter Dagmar in der offenen Tür zum Fahrgastraum stand. Eine Stimme wie geschnitzt und geölt. Eine Stimme wie ein Requisit aus dem Ohnsorg Theater. »Wät is hiär denn läous.«

UT: Was ist hier denn los.

Und wiederum gehorchte Dagmar ihrem höheren Regisseur, indem sie *nicht* vor der Stimme erschrak, *nicht* nach der Stimme schwenkte, *nicht* zagte und zauderte. Sondern filmisch festhielt, wie der Hüne sich lässig aus seiner letzten Pose löst, die kriegerstolze Haltung eines vollwertigen Verhandlungspartners annimmt, zweimal mit der flachen Klinge auf das rechte Horn tippt – beim zweiten Mal bleibt die Cellophanhülle daran kleben – und mit seinem blutigen, zahnlos grinsenden Maul unter dem quersteckenden Nasenknochen nuschelt: »Der Deubl, Diggä. Der Deubl if läouf, Diggä.«

UT: Der Teufel, Dicker. Der Teufel ist los, Dicker.

Schnitt. Ende des ersten, hundertzwosekündigen Clips jenes weltweit millionenfach angeklickten Internetfilms mit dem Titel »Irrer Huene«.

So weit die per Camcorder aufgezeichneten Geschehnisse auf Hamburgs weltberühmtem Binnensee bis 11:24 Uhr MEZ an jenem Freitag, dem 13. August eines der Nuller-Jahre Ende des ersten Jahrzehnts im dritten Jahrtausend unserer Zeit-rechnung. Nachdem alles vorbei war, fragten sich die Medien der Welt, allen voran die verlogene HEZ, natürlich wie üblich: »Wie hatte es so weit kommen können?«

Um mit der Floskel eines alten Sportsfreundes zu antworten: »Njorp ...« Was in diesem Fall soviel bedeutet wie: *ungefähr folgendermaßen ...*

Wieso Onno Detektiv wurde

*Ein Erotikstar geht fremd – Die Tücken
der Observation – Wiedersehen mit Hein Dattel –
Wird Onno lieber doch nicht Detektiv?*

Montag, der 19. April. Sporthalle des Günther-Jauch-Gymnasiums in Hamburg-Eppendorf.

Es wird so gegen acht Uhr abends gewesen sein, als diese weite, elastische Diele von jenem gewissen Schlachtruf widerhallte. Baßtönig, rasend, und doch geradezu infantil gesättigt von Genugtuung, klang er in etwa wie »KABAA-NAAAaaa…!«

Blanker, rutschfester Boden; entlang den Wänden Gummimatten und Klettergerüste und Basketballkörbe; taghelles Deckenlicht, himmelhohe Milchglasfenster an der Bankseite. Und doch wirkte die Halle gar nicht karg auf uns Alte Herren. Fühlten uns wohl in diesem etwas schwülen Gemäuer, wo wir unsere chromosomatisch immer noch schwelende Tollheit für ein paar Stunden kontrolliert anzufachen vermochten – momentweise bis zur Verzückung.

Der vierschrötige Bursche, der da losgebölkt hatte wie ein Vandale, wechselte den Schläger in die Linke, um die geballte Rechte für eine triumphale Pleuelgeste freizuhaben. Den restlichen Energieüberschuß baute er ab, indem er schnaubend hin und her stapfte: Ulli Vredemann. Unser Küken.

Sein Pseudonym EP (Elefantenpeitsche) verdankte er solchen Bällen. Durch die schlagartige Beschleunigung auf etwa 140 km/h huschte das Celluloidbällchen wie eine Sternschnuppe durchs Blickfeld. Am plastischsten war es akustisch wahrzunehmen: erst am Hieb mit der Rückseite des Schlägers, dann am Knall, mit dem es in die offene Ecke des Tischtennistisches ein- und in noch spitzerem Winkel wieder herausschoß – *ta'zeng!!*

Benommen der Hüpfrhythmus, in dem der Ball nun durch die Halle irrte – und wie üblich hinter den Verstrebungen der langen Bänke verschwand. Hinterdreinschleichen des Gegners.

»*Ka... kaba...* Wie war das? *Ka... bana*?« sinnierte ich halblaut – ich, Dr. Christopher Dannewitz, und zwar in meiner Eigenschaft als Rechtsanwalt: Denn § 14 der Vereinssatzung schrieb vor, sich regelmäßig über das Triumph- und Klagewelsch der Sportsfreunde lustig zu machen. Dankbarste Quelle: eben Ulli EP Vredemann.

»*Kabana,* ja«, bestätigte Raimund. Wir kauerten nebeneinander auf der Bank, seicht schwitzend, so gut wie selig. »Kommt aus dem Umgangsvredonischen. Bedeutet so viel wie: ›Nimm das, Sohn eines Ostfriesen!‹«

»Ah.«

Wiewohl massig an Gestalt, vermochte Ulli eine schon unwahrscheinlich flinke Figur zu machen. Ungerührt von unserem Gefrotzel wechselte er auf die andere Seite der Platte. »So«, schnaufte er. »Zwo null.« Die schütteren Haare waren klatschnaß, und das Hemd strotzte vor Versumpfung.

»Dalli, Noppe!« schnauzte Raimund. Gemeint war Ullis Gegner, der nach erfolgter Ballbergung wieder angelatscht kam. »Wir haben *Durst*!« Einst hieß das so viel wie *Alarmstufe Rot*! Doch das war vorbei – noch nicht allzu lang, scheinbar; aber vorbei –, und wir wußten es alle.

Der als ›Noppe‹ angesprochene Mann balancierte den Ball auf der Rückhandseite seines Schlägers denn auch, als probte er fürs Eierlaufen. Folglich schaute er nicht auf, sondern hob nur, da Linkshänder, die Rechte ans Ohr. Beziehungsweise dorthin, wo es verborgen war. Dort, wo das Anthrazitfarbene des strähnigen, nackenlangen Schopfes stufenlos ins Schiefergraue changierte. »Was?«

»Duhurst! Dalli!«

Seine Füße steckten in einem Paar Noppensocken. Schottenkaro. Dazu trug er Shorts, deren manisch-depressives Muster den taffsten Clown in den Suizid triebe. Das T-Shirt mochte – im vergangenen Jahrtausend – blau gewesen sein, oder grau. In Höhe der Schulterblätter gähnte ein Mordsloch. Materialermüdung. »Ja, ja«, versetzte er. »Immer mit der Ruhe.« Sanft rollte das R – ein R wie geschaffen für ein Wort wie ›Ruhe‹. Vervielfältigte man dieses R zu einer Endlosschleife, klänge es wie das Schnurren eines Katers.

Er ließ die Rechte wieder sinken. Sein Arm war schimmelweiß. Wo andere den Trizeps, hatte er eine Art Flechte. Genauer betrachtet, eine Tätowierung. Fünfzehn war er, als sie ihm aufgrund einer verlorenen Wette in einem Kellerlokal an der Reeperbahn zugefügt worden war – von einem schwammigen, besoffenen Zwergalbino. Bis heute erschien er in seinen Träumen. Das Motiv vermochte man nur von relativ nahem zu identifizieren: ein männchenmachender Pudel. Farbton: auf der Skala zwischen Schweinsohrstempel und Bluterguß.

Bis an den Tisch jonglierte er den Ball. »Los!« blaffte, nicht locker lassend, der schöne Raimund. »Null zwo! Letzter Satz!«

»Was?«

»Letzter Sahatz!!«

Neckisch. Ulli müßte natürlich auch den kommenden Satz erst mal gewinnen, damit feststünde, daß es der letzte gewesen war. (Sonst hieße es zwo eins. Mit der Gefahr des zwo zwo und, tja, eben auch zwo drei.)

Und so drehte er sich einmal zur Bank, unser alter Sportsfreund Onno ›Noppe‹ Viets, machte »Öff, öff!« und grinste sein gutmütiges, gütiges, ja gutes Grinsen, das er seit jeher zu grinsen pflegte – unverbrüchlich; auch und gerade, wenn weißgott wieder einmal etwas dahinschwand, das wenigstens halbwegs begrinsenswert gewesen wäre.

[2]

Ungefähr Viertel vor neun. Après-Pingpong im *Tre tigli*.

Kaum daß wir unseren Stammtisch mit Beschlag belegt hatten, präsentierte Onno uns sein Husarenstück. »So,

29

Sportsfreunde. Achtung, Achtung. Ich glaub', ich werd' Privatdetektiv. Öff, öff.«

Hatte sich was mit öff, öff. War bitterer Ernst. Und besonders bedenklich, daß sein Gespür für Timing versagte.

Normalerweise garantierten unsere entschlackten Leiber für diese Phase des Montagabends eine Stimmungslage, die Raimund einmal mit »besenrein« umschrieben hatte. Solide geistige Dumpf- sowie Maulfaulheit. Was dringend zu sagen war, hatten wir an der Platte gesagt – *Kabaanaaa!* –, und bis das erste Bier auf dem Tisch stünde, waren nichts als Seufzer der Zufriedenheit gelitten. Allenfalls noch ein, zwei selbstironische Grunzer der Überforderung durch den Fußmarsch.

Immerhin dauerte er drei Minuten; zwo Minuten zuviel, nach einer zwostündigen Beanspruchung von summa summarum zwohundert Jahre alten Knochen. Auch wenn es ein Weg war, der uns bestärkte in unserer Alters-Schwäche für heimelige Bürgerlichkeit bzw. bürgerliche Heimeligkeit. Im harschen Laub, das unter den Koniferen und winterharten Stauden entlang dem Schulgebäude weste, scharrten Amseln wie die Hühner auf dem Lande. Gegenüber wedelten Eichen mit ihren knotigen, gerupften Flederwischen über den Firsten der vierstöckigen Jugendstilhäuser. Mit dem aufgesogenen Restlicht des Tages leuchteten deren Fassaden in der Dämmerung, während die Falten der Portikusornamente und Pflanzenkapitelle sich bereits verschatteten. Roßkastanien und Birken, denen man seit Tagen beim Ergrünen förmlich zuschauen konnte, kitzelten mit ihrem Junglaub die schwarzen Gerippe noch splitternackter Kirschespen. Zu beiden Seiten der kopfsteingepflasterten Einbahnstraße bissen die Schnauzen von Panda und Jaguar schräg in die steilen Kantsteine der Trottoirs, diese wie jene mit Samenspreu von Besenahornen bestreut.

Genau gegenüber der Einmündung in die Heino-Jaeger-Straße steckte, gemütlich im Souterrain zwischen zwei Hochparterre-Treppen der benachbarten Bürgerhäuser, das *Tre tigli*. Am heutigen 19. April hätte man bereits – lauschig beleuchtet von schmiedeeisernen Laternen – unter den Laubschirmen jener Linden sitzen können, die dem Lokal den Namen verliehen. (Übrigens gab es nur *zwei* Exemplare; da Platz für ein drittes kaum je vorhanden gewesen sein dürfte, verdankte sich die Aufrundung mutmaßlich poetischen Erwägungen.) Aus mangelnder Geschäftigkeit war das Gartenmobiliar jedoch noch eingekellert, und die Bodenplatten klebten vom Knospensaft. (Wie der Schwarze Engel Monate später, eine in diesem Jahr erstmals aufgetretene Abnormität, die den Biologen Rätsel aufgab.) Wir stiegen die drei Stufen hinab und traten ein.

Der Kommandostand der Theke verwaist, und die paar Tischchen wie meist übersichtlich besetzt. Wie üblich dominierte ein Aroma, als sei am Vorabend ein Barriquefaß geplatzt. Eng und verqualmt der hiesige Gastraum, der Raucherraum; der Nichtraucher im Hinterzimmer geräumiger. Doch wer ging schon ins Hinterzimmer, wo Carina nur auf Abruf auftauchte?

»Wo ist sie?« rüffelte Raimund einen anonymen Gott der Gewohnheit, während wir unsere Sporttaschen mit den schweißschweren Trikots und nassen Handtüchern in einer reservierten Ecke unterm Tresen stapelten.

Es antwortete aber Schnorf. »Hinten.« Und fügte dieses Katarrhgeräusch hinzu, auf das Raimund ihn getauft hatte.

Schnorf hieß in Wirklichkeit Steamy Little Buffalo. Ogellalah. Alter Fahrensmann, vor Jahren in Hamburg gestrandet. Wann immer wir den Raum betraten, hockte er in der äußersten Ecke der Theke, wo das Schankholz bereits recht abgeliebt war, trank Feuerwasser, rauchte Unkraut und büffelte vor sich hin. Eine Art Freude zeigte er nur beim Eintritt Onnos. Wie manch anderer Zeitgenosse hatte auch er einen Narren an dessen gütigem Lächeln gefressen. Onno verfügte über etwas, das wir im Freundeskreis ›Charisma für Arme‹ nannten.

Womöglich war es die Säumigkeit unserer Montagsfee, die die Unleidlichkeit in der Stimmung an unserem Tisch noch verschärfte, nachdem bereits Onno so ungeschlacht vorgeprescht war. Raimund jedenfalls erwiderte auf dessen Annonce seiner neuesten Geschäftsidee nichts weiter als ein Geräusch, auf das man einen vulgären Scherzartikel taufen konnte, und auch EP und mir fehlten noch der Saft und die Kraft und die Herrlichkeit, uns mit Onnos Flausen zu befassen, bevor auch nur der Schatten Carinas erahnbar war. Außer Onno, der sein liebliches Grinsen grinste (leicht angeranzt allerdings, weil Botschaft verstanden) und, einzig verbliebener Raucher aus unserem Klüngel, sich eine seiner dünnen Zigaretten drehte, blätterten wir grunzend in den laminierten Speisekarten, die wir uns vom Beistelltisch geschnappt hatten. Nur, um uns abzulenken.

Denn die Küche des *Tre tigli* war widerlich bis mittelmäßig, je nachdem. Je nach wem, das hatten wir ebenso wenig je herausgefunden wie einen angeblichen Inh. Luigi Campone.

Niemand wußte, ob der noch lebte oder tatsächlich, wie Schnorf schwor, längst den Freitod gewählt hatte. »Wenn Selbstmord, dann«, wie ein wiederum anderer Urgast eines Abends behauptet hatte, »aus niederen Motiven! … Luigi? Luigi war ein Vollblutarschloch.« In den achtziger, neunziger Jahren sei er höchst angesagt gewesen – ungeachtet seiner Wucherpreise, ungeachtet seiner Kinderstube. Ständig lausig gelaunt, behandelte er die illustren Gäste wie Asylanten, und die interpretierten es als authentisch bukolisch. *Al dente, al dente. Meine Swanse ieße al dente.* Huch! Nein, dieser Luigi! Die Gattin eines Fernsehansagers a. D. hatte er mal – am Samstagabend, vor vollbesetztem Haus – als Schlampe eingestuft. Monatelang habe sie davon geschwärmt.

Endlich erschien Carina auf der Bildfläche, von Kopf bis Fuß in Charme gebadet, und wir wußten wieder, weshalb wir immer wiederkehrten.

»Prachtkind! Wo bleibst du denn!« wimmerte Raimund und hangelte irgendwie kopfüber nach ihrer Hand oder so.

»Na, ihr Sugardaddys?« Sie tätschelte ihm von hinten die Schultern. Lächelte uns über seinen nach wie vor vollgültigen Scheitel hinweg an. Gegen sie war Schneewittchen eine Kuh. Wir wärmten uns an unserem eigenen Augenlicht.

Bis auf Raimund. »Schuggaddd–?« Schnappte nach Luft.

Raimund war wirklich ein schöner Mann mit dichtem dunkelblondem, noch ungefärbtem Burschenhaar, immer noch ausdrucksvollen grauen Augen, nur leicht outriertem Kinn etc., und er hatte es stets waidgerecht eingesetzt. Jahrzehntelang. Erst neun Jahre zuvor hatte er sich entschlossen, Vater eines Stammhalters zu werden, und acht Jahre zuvor die Kindsmutter geheiratet. Liese. Vier Jahre später war auch noch Töchterchen Paula hinzugekommen, in die der Mann derart verschossen war, daß er manchmal von der Arbeit aus zu Haus anrief, um sich ihrer zu versichern. Nichtsdestoweniger, auf freier Wildbahn ließ er sich nach wie vor ungern als Daddy bezeichnen, schon gar nicht als Sugardaddy. »Klingt so nach Altersdiabetes.«

Nachdem die erste Runde Pils angerollt war, hellte die Atmosphäre an unserem Tisch schon mal ein wenig auf. Jeder von uns hatte seinen eigenen Grund, weshalb er die Stimmung mit einem Schuß Mißliebigkeit trübte. Raimund, weil er als Onnos ältester Freund von Onnos jüngstem Berufsplan verstimmt war. Onno, weil er als Raimunds ältester Freund von Raimunds Verstimmung verstimmt war. Ich, weil es mir als Raimunds und Onnos zweitältestem Freund oblag, die Verstimmungen zu beheben.

Doch ich opferte mich – bevor sie aufs neue würden aneinandergeraten können, der schöne Raimund und der unschöne Onno. Und zwar, indem ich mit all der Tücke des geborenen Anwalts die Ursache zur Mißstimmung des Vierten im Bunde aufrührte. Aus heiterem Himmel pinkelte ich ihm ans Bein: Ich, Christopher Dannewitz, nehme »dir, Ulli EP Vredemann«, der die historische Chance, die indolente chinesische Unschlagbarkeit von Celluloidtitan Onno Noppe Viets, unter der wir, die wir bekanntlich nichts als unwürdige Nichtvietse seien, seit Jahren litten, zu durchbrechen, ja zu brechen, um womöglich eine pingpongpolitische Neuordnung, Silberstreifen am Horizont und bla bla, »einzuleiten, verpaßt hast, krumm«.

»Einzuleiten. Verpaßt hast. Krumm«, äffte Ulli kühl. »Winkeladvokat.«

Denn natürlich hatte er die Partie noch verloren. Zwo zu drei. Es war so:

In unserer Jugend hatten wir alle vereinsmäßig Tischtennis gespielt (bis auf Onno). Dieses unser aktuelles montägliches Training aber – wir pflegten von Training zu sprechen, als hätten wir je einen Ernstfall zu erwarten – hatte erst fünf Jahre zuvor begonnen, peu à peu zum »Höhepunkt der Woche« aufzurücken, wie Raimund in einem schwachen Moment gestand (womit er für uns alle sprach).

Aufgrund einer Schnapsidee hatten er und ich unsere Mitgliedschaft im Betriebssportverein Hollerbeck Eppendorf erneuert (ehem. Fabrik für Kupferfittinge). Zuletzt hatten wir dort zwanzig Jahre vorher Volleyball gespielt. Nun wollten wir, dazu taugten die Kniegelenke noch mit Ach und Krach, die Tischtennissparte wiederbeleben. Deren einziger williger Hinterbliebener Ulli Vredemann lautete. Deshalb redeten wir Onno ein, Bewegung tue auch ihm gut. Als wären wir uns nicht sicher, daß ein Onno Viets sich auch beim Sport wie seit jeher bewegen würde: ergonomisch. Ergo wenig.

Zugegeben, offiziell hatten wir Onno als fehlenden Doppelpartner rekrutiert, insgeheim aber als Sparringssack. Nichts gegen allseits gleiche Spielstärke. Doch für die Psychohygiene der Mehrheit, also für eine harmonische Gruppendynamik, leistete kaum etwas bessere Dienste als ein stabiles Opfer. Keine Pfeife, wohlgemerkt. Mithalten sollte es schon. Nur verlieren.

Woran Onno sich dann selten hielt. Das war nicht vorherzusehen gewesen.

Zumal er einen Stil spielte, der mit dem Attribut ›unorthodox‹ nur allzu arg verniedlicht wäre. Raimund nannte ihn »sittenwidrig«. Das traf es exakt. Nicht nur, daß Onno darauf bestand, statt in Sportschuhen auf diesen Noppensokken zu spielen. (»Warum?! Warum?!!« tobte der schöne Raimund. »Warum *nicht*, nech«, sprach Häuptling Rollendes R.) Sondern darüber hinaus verfügte er über null Vorhand, aber Rückhand konnte man »das« (Raimund) auch nicht nennen. In Anlehnung an den fernöstlichen ›Penholder‹-Griff prägte wiederum Raimund die genauestmögliche Bezeichnung »Zenholder«. Onno vermochte damit sogar zu schmettern, indem er den Ellbogen hochriß wie ein abschmierender Flugsaurier. Jeder andere würde sich die Schulter auskugeln. Und das alles auch noch mit links! »Paralympisch ohne Not.« (Raimund)

Onnos Kraftaufwand an der Tischtennisplatte lag also unwesentlich höher als an der Würstchenbude. Flips und Schüsse spielte er nur gelegentlich, doch wenn, dann so sicher wie alle anderen Schläge. Meistens blockte er einfach alles weg, was scharf genug daherkam, und was nicht, das schupfte er. Spielten wir nicht scharf genug, schupfte er uns unser Spiel kaputt. Er schupfte uns zur Weißglut, aber wenn wir entnervt wieder anziehen wollten, blockte er kompromißlos. Er spielte weder definitiv defensiv noch offensiv, er erzwang Fehler oder wartete sie mit der Seelenruhe einer Leiche ab. Es war, wie einmal mehr Raimund es mit der Führungskräften eigenen

Präzision ausdrückte, »zum Kotzen«. Nie wurde man das bittere Gefühl los, »sich *selber* in die Scheiße zu reiten«.

Anfangs dachten wir noch, es liege an Onnos Schläger. Es handelte sich um einen, den Onno von irgendeinem Lehrgang beim Barras anno 1976 hatte mitgehen lassen. Klang mittlerweile wie ein Kochlöffel, doch hatte der Belag Außennoppen (daher Onnos Spitzname, gar nicht mal wegen der Socken). Außennoppen waren nach § 11 verpönt. Außennoppenbelag verleiht dem Ball nicht erst durch raffinierten Ober- oder Unterschnitt konkurrenzfähiges Flugverhalten, sondern schon allein durchs Material. Onno hielt den Schläger einfach hin, und das Noppenprofil katapultierte den Ball zurück, der dabei flatterte wie ein Dum-Dum-Geschoß; es kehrte seinen Schnitt um und machte ihn schwer berechenbar.

Da kam Onnos Fuffzigster gerade recht. Kurzerhand schenkten wir ihm einen hochwertigen Schläger aus Balsaholz. Mit erstklassigen Belägen. (Wir hatten kurz erwogen, nur die Rückhandseite … aber das erschien uns dann doch zu vorwitzig.) Außerdem entsprachen sie Onnos Blockstil durchaus. Nur verfügten sie über Innennoppe wie unsere auch, verdammt noch mal.

Tja. Drei, vier Montage Eingewöhnung, und Onno wurde noch stärker. Seither galt er als unschlagbar.

Daß er seine Statistenaufgabe partout nicht erfüllte, war für uns natürlich betrüblich. Lag *darin* der tiefere Grund, daß wir seine fünfundneunzigprozentige Siegquote im Einzelkampf auf Dauer einfach ignorierten? Es beißt die Maus keinen Faden ab: Für drei Viertel unseres Vereins spielte Onno insgeheim außer Konkurrenz. Die stillschweigende kollektive moralische Umwertung verlief auch individualpsychologisch reibungslos, denn Onnos Erfolge trotz seines ästhetisch verheerenden Spielstils anzuerkennen widersprach jedem einzelnen unserer Selbstbilder. Gut, es gewann, wer Punkte machte.

Aber hatte, wer seinen Florettgegner mit der Fliegenpatsche zum Wahnsinn trieb, *Respekt* verdient?

Immerhin hatte Onno stets den Anstand besessen, seine Rekorde nicht weiter zu thematisieren. (Wenn er den jeweils jüngsten Triumph einfuhr, beklatschte er fair die Leistung des Gegners. Was für unseren Geschmack allmählich zwar einen Hautgout von Überheblichkeit annahm.)

In Anbetracht all dessen kam es natürlich einem Stich ins Wespennest gleich, als ich die historische, wettkampfmäßige Wahrheit des BSV Hollerbeck Eppendorf ungeschminkt aussprach. Während wir mausetote Spaghetti reingabelten und ein zweites Pils tranken, debattierten wir bei mnemotechnischer Rekonstruktion und Analyse der spektakulären fünf Sätze aufs lebhafteste – was nach einer Stunde zur erwünschten Befriedung des Abends führte:

Ulli genoß die verdiente Rehabilitation als erster Spieler seit langem, der immerhin einen zeitweiligen Zwei-null-Stand gegen Onno vorweisen konnte. Raimund genoß den Umstand, daß er aufgrund der obligatorischen Eins-drei-Niederlage gegen Onno *keine* historische Chance verpatzt hatte. Onno genoß, daß die Ungeschicktheit seines erwerbsbiographischen Vorstoßes vergessen gemacht war, und ich, daß mein Kalkül aufging. Die Stimmung war stabil.

»Also, nun noch mal«, stöhnte der schöne, geplagte Raimund schließlich, indem er auf Onnos Bierdeckel starrte. »Ist das dein Ernst, Knatterton?«

[3]

Privatdetektiv, öff, öff.

Detek*tiv*!…

Natürlich hatte Raimund recht: Einem Dreikäsehoch ließe man so was durchgehen, aber einem dreiundfünfzigjährigen

Greis? Der in seinem Leben zudem bereits mit zahllosen Ausbildungen, Studiengängen und Erwerbstätigkeiten gescheitert war, sowie zweimal Konkurs gegangen? Und jedes einzelne Mal hatte er Raimund nach seiner Meinung gefragt – und sie jedes einzelne Mal ignoriert.

So gehörte es zu den onnomanischen Eigenschaften, wenn er seine durchaus vorhandene Sensibilität ausgerechnet dem ältesten Freund gegenüber vernachlässigte, ja bei dessen verständlichem Ingrimm auch noch einschnappte. (Wobei man bei einem Viets von vernehmlichem Einschnappen nicht sprechen konnte. Annähernd ausgedrückt, handelte es sich um das Gegenteil von Nichteingeschnapptheit.) Außerdem war ungeschriebenes Gesetz, daß wir im Vierermodus – d. h. in Anwesenheit Ullis – nicht mit allzu privatem Quark auftrumpften.

Doch inzwischen war die Stimmung, wie gesagt, stabil. Onno grinste. Kurbelte braunäugig an einer seiner stiftdünnen Zigarettchen. Machte aber nicht mal mehr öff, öff, und wenn Raimund noch einen Funken Hoffnung gehegt hatte, so erlosch der mithin. Er lehnte sich zurück, und das Knarren des labilen Drei-Linden-Möbels durchkreuzte sein Seufzen. Er tastete Brust und Bauch ab. »Ich krieg' nicht mal mehr Sodbrennen. Ich muß gefühlstot sein«, unkte er. »Oder tot.«

Onno, der nicht den Sarkasmus, sondern nur ›Sodbrennen‹ mitgekriegt hatte, hielt die Hand an die linke Kopfseite. »Was?«

»Du brauchst deine Ohren wohl auch bloß noch, um die Lesebrille zu befestigen!« rief Raimund. Dessen eigene zunehmende Harthörigkeit nicht ins schöne Selbstbild paßte. Und deshalb als nicht existent galt. »Ich sagte, ich muß gefühlstot sein! Oder tot!«

Mit niedergeschlagenen Schlupflidern grinste Onno und verzichtete auf einen Gegenschlag. Grinsend beleckte er das Blättchen. Wer ihn nicht schon so lange kannte wie Raimund

und ich, mochte derlei Querschädeligkeit mit Verlegenheit verwechseln. EP verfolgte das kleine Duell mit unverhohlenem Glucksen.

»Nein, nein – keine Bange«, beruhigte ich Raimund unterdessen und improvisierte einen kleinen pseudopathologischen Vortrag, in dem unter anderem vorkam, daß man im Todesfall oft noch eine letzte Erektion bekomme. »Oder hast du grad eine?«

Geistesabwesend war er nämlich dabei, mit zwei Fingern jene Venus zu tätscheln, die unter einem staubigen Pfennigbaum auf der Fensterbank ihren Gipspo exhibierte.

EP lachte meckernd. Onno keckerte.

»Ja, du sei bloß ruhig«, kläffte Raimund. »Du –«

»Psst«, machte ich. Sonst erschrecke unser Carinamäuschen, und Schnorf schaue auch bereits, als schleudere er gleich den Tomahawk.

Gedrosselt, doch um so druckvoller fuhr Raimund fort. Indem er mit der gesamten Ausdehnung seines rechten Arms längs über den Tisch, zwischen Tellern und Gläsern hindurch, die Distanz überbrückte, wandte er sich an EP. »Hast du«, fragte er ihn mittels Fingerzeig, »schon mal Noppes Sporttasche angehoben? Nach dem Training, mein' ich? Wie leicht die ist?«

»Nein?«

»Dann mach das mal. Die ist so leicht …«

»… die schwimmt sogar in Milch«, vervollständigte Onno, steckte das Stäbchen zwischen die Lippen und entzündete das fransige Ende. (Benutzte Zündhölzer, weil er dann angeblich weniger rauchte.) Er war Meister darin, Sprüche zu assoziieren. Werbesprüche, gegebenenfalls jahrzehntealte; Fernsehserienfigurensprüche von Al Mundy bis Al Bundy, Sprüche von toten oder halbtoten Verwandten – Hauptsache, sie paßten halbwegs. Um das beurteilen zu können, brauchte man aber oft ein gewisses Wissen. Zum Beispiel, daß die Lockerheit und Leichtigkeit eines Schokoriegels einst mit dem Slogan besungen wurde, der schwimme sogar in Milch.

»Die wiegt praktisch nichts, das glaubst du nicht«, fuhr Raimund ungerührt fort. »Vergleich die mal mit deiner eigenen.« Er zeigte mit der Linken in Richtung Tresen, falls EP vergessen haben sollte, wo er seine Tasche abgestellt hatte. »Und weißt du, woran das liegt?«

»Unterschied Noppensocken / Sportschuhe?«

»Auch. Vor allem aber, weil ein Viets nicht schwitzt. Ein Baron von und zu Viets, der vermeidet es bitte sehr gern, zu schwitzen, vielen herzlichen Dank auch.«

Da war was dran. Onno haßte es seit jeher, wenn ihm dieses Sauerkrautwasser aus den Haaren in die Augen rann. Über Hals und Nacken in den Kragen floß, ergänzt von Zuströmen aus den Achselquellen durch die Unterwäsche sickerte und, somit noch essigmäßig angereichert, bis in die Socken – so oder so ähnlich hatte er es mir mal erläutert. (Rein philosophisch war ihm nicht am Zeug zu flicken: Waren die alten Griechen auch fürs Schwitzen, die alten Chinesen dagegen!)

»Und diese Abneigung gegen Eigenschweiß«, fuhr Raimund fort, »findet man auch zwischen den Zeilen von Vietsens tabellarischem Lebenslauf.«

»Behaupten böse Zungen«, behauptete Onno. »Eigentlich nur Raimunds, nech.«

Raimund war Leiter der Anzeigenakquisition bei der Hamburger Abendpost. Streßjob; im Wortsinn geschwitzt aber wurde auch dort natürlich kaum mehr. Sicher, es ging Raimund um das altehrwürdige Synonym Arbeiten = Schwitzen. (Unsere Väter hatten auf Fleiß durchaus noch Schweiß gereimt. Einst ostfriesischer Bauer, dann Hafenarbeiter in Hamburg, hatte Fokko Viets seinen Sohn anno 1973 getröstet, als der von Klempner auf Kontorist umsattelte: »Das' doch keine Aabeit, Junge. Kanns' doch bei sitzen.«) Dennoch war Raimunds Bemerkung unfair.

Denn Onnos Laufbahn war so voller Stolpersteine, Schlaglöcher und Erdrutsche nicht wegen Faulheit. Nicht, daß er *nicht* faul wäre. Onno *war* faul. Verglichen mit Onno war Aas emsig. Doch war das nicht die Ursache für seine illustre Erwerbsbiographie. Er kämpfte ja stets gegen seine Trägheit an. Ausdauernd war er. Ausdauer hatte er wie eine Frau.

Nein, begraben lag der Hund in dem sauren Grund, daß er einfach nichts so richtig konnte, unser Onno. Aber auch so gut wie *gar* nichts. Nun ja, ein paar Primzahlen, Kartoffeln schälen u. ä. Darüber hinaus verfügte er über drei unstrittige Eigenschaften, ja Fähigkeiten, die sog. »Superkräfte« (Raimund; s. weiter u.). Um seinen Lebensunterhalt verläßlich zu bestreiten, reichte jedoch nichts davon hin noch her. In einer Gesellschaft, die nach Leistung bezahlte, war er eigentlich ein Fall für die Organbank.

Nach wie vor Zeigefinger und Knöchel seiner ausgestreckten Rechten als Kimme und Korn nutzend, zielte Raimund Ullis breite Brust an und sagte: »Ich werde jetzt den Lebenslauf des Onno Viets vortragen, wie er der Hamburg-Eimsbütteler Agentur für Arbeit vorliegt, ergänzt um die ungeschönten Informationen. Silvester neunzehnhundertzappenduster: geboren in Hamburg-Wilhelmsburg …«

Onno kicherte. Kicherte in Anerkennung seines alten, ältesten Freundes, wenn nicht in Liebe.

Nichts gegen Menschen, die über sich selbst lachen können. Ganz im Gegenteil, das unterscheidet noch den Stoffel vom Stiesel. Doch grenzte es ans Verdächtige, ja Unheimliche, mit welcher Leidenschaft unser Onno sich darüber amüsierte, was für ein ausgemachter Esel und / oder Taugenichts er – nicht immer, doch mitunter – sein konnte. »Das glaubt ihr nicht«, zum Beispiel. »Heut morgen hat mich die Einfahrtsschranke vom Parkhaus bei ALMOS auf'n Kopp gehau'n. 'ch, 'ch, 'ch …« Und ähnliches.

»… neunzehnhunderteinundsechzig bis fünfundsechzig:

41

Grundschule. Sechsundsechzig bis einundsiebzig: Realschule. Einundsiebzig bis zweiundsiebzig: Lehre zum Radio- und Fernsehtechniker. Abgebrochen. Zwei- bis dreiundsiebzig: Lehre zum Klempner und Installateur. Abgebrochen. Drei- bis vierundsiebzig: Lehre zum Bürokaufmann. Abgebrochen. Vierundsiebzig bis siebenundsiebzig: Zeitsoldat. Unehrenhaft entlassen. Achtund–«

»Das 'ne dreckige Lüge, du Rotarsch!« Onno grinste.

»– siebzig bis … zweiundachtzig? Dreiundachtzig? Pächter der Gaststätte ›Plemplem‹. Konkurs. Dreiundachtzig bis … mach du mal weiter, Stoffel, mir wird's jetzt zu unübersichtlich.« Eh ein Wunder, daß Raimund soweit gekommen war. Im Gegensatz zum Problem der Harthörigkeit konkurrierte er mit Onno erstaunlicherweise gern darum, wer mit den breiteren Erinnerungslücken, den schlimmeren Problemen bei Wort- und Namensfindung zu kämpfen hatte. »Neulich fiel mir nicht mal mehr Carina ein!«

Versicherungsvertreter, parallel immerhin Abitur auf dem zweiten Bildungsweg. Studium der Sozialpädagogik. Abgebrochen. Der Soziologie. Abgebrochen. Diverse Jobs per Zeitarbeit, sowohl kaufmännisch als auch gewerblich; parallel diverse Projekte (kaufmännisch, gewerblich, ja künstlerisch: alle abgebrochen). Pächter eines Ladenkiosks für Tabakwaren mit Lotto-/Toto-Annahme. Konkurs. Arbeitslos. Freiberuflicher Journalist. Abgebrochen. Seit zwei Jahren arbeitslos.

EP kannte lediglich die letzte Phase. Beim Après-TT war das bislang kein Thema gewesen. »Kein Job zu kriegen? Taxifahrer?« schlug er vor. »Pizzabote? Apothekengehilfe, dringende Arzneimittel und so?«

Raimund knarzte hämisch. »Der könnte doch ums Verrekken nicht die kürzeste Verbindung zwischen zwei Stadtplankoordinaten imaginieren. Wenn nicht hin und wieder Edda neben ihm säße, würde er nach jeder Stadtfahrt in Bremen oder Flensburg landen statt in Hoheluft-West.«

»Maler? Tapezierer?«

»Nee. Nich«, sagte Onno. »Allergie. Bei bestimmten Farbstoffen nies' ich mir die Polypen aus'm Zinken, nech.«

»Imbißkraft?«

Onno schwieg opak. Raimund nicht, doch noch opaker: »Hat 'ne Phobie gegen Hühnerköpfe.«

»Aber im Imbiß«, sagte Ulli nach einer Pause, in der sein Entschluß gereift war, derlei bizarren Unfug als bizarren Unfug aufzufassen, »sind die doch meistens schon ab.«

Ich kicherte über das ›meistens‹.

»Im Ernst«, sagte Raimund. »Themawechsel. Sonst kotzt der hier gleich auf'n Tisch.«

Ulli gab nicht auf. »Fahrradkurier?«

Jetzt prustete Onno noch vor Raimund los. Ich sprang ein. »Dazu müßte man fahrradfahren können.«

Ullis Stirne knüllte sich. »Du kannst nicht fahrradfahren? Ich meine, du kannst … nicht fahrradfahren? Mein Neffe ist drei. Der kann fahrradfahren. Meine Oma ist vierundachtzig. Die kann fahrradfahren. Ich kenn' Leute, die sind total bescheuert und können fahrradfahren.«

»Bin damals gleich vom Tretroller auf Mofa umgestiegen«, sagte Onno. »Und bevor du mir mit Bademeister kommst – schwimmen kann ich auch nicht, nech. Hab nicht mal Seepferdchen. 'ch, 'ch, 'ch …« Er kicherte sich in einen Hustenanfall hinein.

Jetzt gab Ulli auf. Kein Wunder. Selbst Onnos Arbeitsberater bekam beim Anblick von Onnos Dackelfalten Dackelfalten.

»Gut, er hat noch nicht *alles* durch«, sagte Raimund. »Aber die Aufsichtsräte der gängigsten Konzerne sind ja leider derzeit besetzt. Öff, öff.«

Kurzum: Im heutigen Frühstücksfernsehen auf dem Kanal von Agora TV hatte Onno einen Beitrag verfolgt, den ich später als Videostream im Internet nachgeschaut hatte. Da steht unser beliebtes Gretchen Ngoro in der schwarz-rot-goldigen Studiokulisse von Good Morning, Germany! und sagt mit einer Geste, die einladend sein soll, doch wegwerfend wirkt:

»Ja, liebe Zuschauer, Dinge aufzuspüren, Leuten auf der Lauer zu liegen, und das alles ganz verdeckt, das alles ist natürlich eine ganz spannende Sache, es geht um den Beruf des Detektivs.«

Sapperlot. Es trillert der Auftakt zur Titelmelodie von *Mission: Impossible.* Im Bild das Doppelobjektiv eines Feldstechers, gefilmt im Außenspiegel eines Pkw. Aus dem Off tönt einer jener Gießkannentenöre, wie sie vorwiegend bei den Privatsendern getrimmt werden:

»Beobachten, ermitteln, verfolgen – anders als im Fernsehen hat der Beruf des Detektivs wenig mit Action zu tun.«

Anders als im Fernsehen, öff, öff. Und warum wählen sie für einen Fernsehbericht über den Beruf des Detektivs die Musik aus einem Action-Film, wenn der Beruf des Detektivs wenig mit Action zu tun hat? Ironie? Möglich. Denn auf dem Bildschirm erscheint nun ein Philister. Sakko, Schlips, grauer Schnauzer.

»Manfred Sievers ist Detektiv aus Leidenschaft.«

Leidenschaft. Der.

»Zuverlässigkeit – für ihn die Grundvoraussetzung.«

Und O-Ton Sakko Sievers, verschnarcht wie ein Ai:

»Natürlich auch Geduldigsein. Bei der Arbeit sitzt man natürlich stundenlang im Auto, und es darf einem nicht langweilig werden, ja? Und äh, Ausdauer, Durchhaltevermögen natürlich … Das sind alles Sachen, die ein Detektiv natürlich haben sollte.«

Natürlich. Nun wieder Gießkanne:

»Eine solide Ausbildung garantieren Fachkurse. Teilnehmer kommen aus allen Berufssparten.«

Zum Beweis stottert ein Zeitsoldat eine Hymne auf sein Ausbildungsinstitut. Leiter – trau, schau, wem –: Sakko Sievers. Kanne:

»Hier wird der wißbegierige Schüler vom Meisterdetektiv in die hohe Kunst des Ermittelns und Observierens eingeweiht. Unverzichtbare Arbeitsinstrumente: Fernglas und Fotoapparat.«

Ganz wichtig: unauffällig sein. Detektive kommen zum Einsatz, wenn zum Beispiel eine Ehefrau glaubt, ihr Mann betrüge sie. (Gelegenheit, Strapsmaus einzublenden.) Oder wenn eine Firma herausfinden will, ob ein Mitarbeiter regelmäßig blau macht. (Gelegenheit, Florida-Rolf einzublenden. Mit Strapsmaus.) Und übrigens, die Detektivausbildung bedeutet für viele eine neue Chance. Arbeitslose Detektive kennt Sakko Sievers nämlich nicht. Sakko wörtlich:

»Arbeitslose Detektive kenne ich nicht.«

Und zum Abschluß liest er, an der Kamera vorbeischielend, leiernd irgendwo ab wie folgt:

»Durch das mangelnde Unrechtsbewußtsein und den Verfall der Moralvorstellungen wird der bundesweite Umsatz in den nächsten Jahren wohl um rund zwanzig Prozent steigen.«

Wohl. Rund. Na.

Schleichwerbung für das Detektivinstitut Sakko Schnauzer Sievers, nichts anderes. Und doch, wie auch immer …

Innerhalb unseres traditionellen Trios trug, wie bereits angedeutet, meist ich die Robe des Salomo. (Ob sie mir nun paßte oder nicht; Onno und Raimund hatten es ja auch nicht leicht in ihren Wahlzwillingszwangsjacken.) Und ohne die kurze Dokumentation zu dem Zeitpunkt schon gesehen zu haben – an jenem Montagabend hatte ich das geradezu plastische Gefühl, seinen Tatendrang auf keinen Fall bremsen zu dürfen.

»Ja, find' ich gut«, sagte ich also, nachdem Onno referiert hatte, was Fernsehbericht und Internetrecherchen zutage gefördert hatten. »Versuch's doch einfach mal.«

Baff, matt, blieb Raimund für diesmal stumm. Selbst ein meinungsstarker Citoyen wie er mochte den mühsam geretteten Après-Pingpong-Frieden so kurz vor Feierabend nicht mehr gefährden. Onno richtete seinen Haselnußblick auf mich, um den Sarkasmusgehalt meiner Aussage zu prüfen.

»Nee, im Ernst«, improvisierte ich weiter. Und daß ich ihm Kontakt vermitteln könne. Meine Kanzlei nehme ja regelmäßig die Dienste von Detekteien in Anspruch. (Was eine Halbwahrheit war – ›unregelmäßig‹ wäre die ganze Wahrheit gewesen.) Zur Beweisführung wählte ich einen uralten Fall, bei dem ich einen dealenden Studenten vorm Knast bewahrt hatte, indem ich einen Belastungszeugen aus dem Milieu beobachten ließ, um dessen Glaubwürdigkeit zu unterminieren.

Die Sportsfreunde waren beeindruckt (Ulli), müde (Raimund), enthusiastisch (Onno; sofern ein Halbostfriese enthusiastisch sein kann). Und skeptisch bezüglich der eigenen Courage (ich).

Ich dachte mir das so:

Nach einer Woche weiterer Recherche zum Berufsbild würde Onno herausgefunden haben: Auch Detekteien stellen keine alternden Versager ein. Vielmehr Leute mit ›Hintergrund‹: ehemalige Polizisten, Sicherheitsleute, Soldaten (und sicher keine seit dreißig Jahren ausgemusterten). Und selbständig machen würde er sich im Ernst ja wohl hoffentlich nicht ein drittes Mal. Einen dritten Konkurs würde ja wohl selbst ein leidensfähiger Viets nicht mehr verkraften.

Würde es Onno aber an Einsicht mangeln – so Plan B meiner Stegreifspekulation –, könnte ich einen Auftrag kreieren, bei dem er nicht zwangsläufig Schaden anrichtete, doch das Gefühl hätte, das von mir ›erst mal schwarz‹ gezahlte Geld eigenhändig verdient zu haben. Er wäre quasi mein inoffizieller Mitarbeiter. IM Noppe. Irgendwann dann würde selbst einem Onno Viets auffallen, daß die Auftragslage über Beschaffungsmaßnahmen kaum hinausgelangte.

Gewonnen wäre neben der Aufrechterhaltung seiner Spannkraft, seines Optimismus und Selbstwertgefühls wieder ein bißchen Zeit bis zur Rente. Denn bis dahin mußte er noch ein paar Jährchen ran. (Auch wenn er am liebsten nur noch *Sopranos* geguckt, auf das nächste Album der *White Stripes* und den jüngsten Roman eines jener Westamerikaner gewartet hätte, für die wir beide schwärmten.)

Was ich bei meinem Plan sträflich außer acht ließ, waren zwei Umstände.

Erstens mußte Onno in spätestens elf Tagen, am 30. April, die erste von vier Monatsraten à dreihundert Euro an die Steuerkasse Hamburg überwiesen haben. Sein Anwalt (wer wohl) hatte ihm dringend zugeraten, sich der staatlichen Erpressung zu beugen. Andernfalls der Fiskus es nämlich frank unterließe, das Amtsgericht zu einer Einstellung des Verfahrens nach § 153 a StPO »anzuregen«. Was unweigerlich einen Strafbefehl nach sich zöge. Wegen vorsätzlicher Verkürzung von Steuern aus dem Einkommen als freier Journalist (er hatte einfach sechstausend Euro Vorschuß eines Buchverlages vergessen, der keinen Beleg mitgeschickt hatte); Einkommensteuern, genauer beziffert, in Höhe von tausendvierhundertundfünfunddreißig Euro nebst Umsatzsteuern in Höhe von acht Pfund Lakritze. Onno gölte dann als vorbestraft. Endlich auch das noch.

Und abgesehen davon, daß er Edda diesen Umstand schonend verschwiegen hatte, wurde diese seine geliebte Gattin am 8. Mai fünfzig. Und Onno wollte ihr – zweitens – ums Verrecken ein neues Fahrrad schenken, das sie sich schon so lange wünschte.

Das Gewicht dieser beiden Umstände auf Onnos Druckempfinden hatte ich unterschätzt. Im Gegensatz zu ihm hielt ich es mittlerweile für unumgänglich (und völlig in Ordnung), meinen seit Jahren stetig angewachsenen zinslosen Kredit an ihn, rückzahlbar am Tag des Jüngsten Gerichts, über die Fünfstelligkeitsschwelle hinüberzuwuppen.

Nun, vorerst mündete der Abend in einer harmonischen halben Stunde, in der wir nicht mehr von Detekteien redeten. Vielmehr über ganz andere Themen. Ja, wir jonglierten mit dreien gleichzeitig: dem derzeit wieder in ganz besonderem Maße zwischen Präpotenz und medialer Omnipräsenz oszillierenden Popstar Nick Dolan; Raimunds Rücken-, Ullis Knie- und meinen Schulterbeschwerden nach jedem Training – und der gegenwärtigen Mückenplage in Hamburg und Umgebung. Eine hatte EP soeben in den Ellbogen gestochen. »Fffss… Mistvieh. Cariiinaaa …!«

Eigentlich bekannt als ganz gemeine Hausmücke, vermochte *Culex pipiens* laut heutiger Abendpost neuerdings ein afrikanisches Virus zu übertragen, das bisher nur Zugvögel befallen habe. Drei bis vier Tage nach dem Stich träte hohes Fieber auf; auch Hautrötungen, rheumatische Schmerzen und Hirnentzündung könnten die Folge sein. Für Schwangere und HIV-Infizierte bestünde womöglich Lebensgefahr.

Mit Blick auf EPs saloppen, doch soliden Wanst fragte Onno: »Wann hatten Sie zuletzt Geschlechtsverkehr?«

»Er muß das fragen«, sekundierte ich. »Reine Routine.«

»Mich«, versetzte EP, »können nur Schwimmer und Radfahrer beleidigen.«

»Ich hatte schon gestern abend beim Einschlafen 'n Mückenproblem«, fluchte Raimund. »Aber null Bock, noch groß das Licht wieder anzumachen. Irgendwann hab ich mir zwei Ohrfeigen gehauen, und das war's dann. Sag mal, stimmt das«, wechselte er fliegend das Thema, »was die Kollegin aus dem Klatschressort heute in der Kantine erzählt hat? Der Dolan, der Mongo, der hat sich 'nen Bagger gekauft?«

Aha. Zum Abschied versuchte er, Carinas Aufmerksamkeit von EPs Ellenbogen zu subtrahieren, den sie gerade gurrend mit Fingerkuppe und Gelportiönchen aus einer Tube Antijuck zu behandeln begann. Vor verlegener Wonne nuckelte Ulli so gut wie am Daumen. Schnurrte fast, weil ausnahmsweise mal nicht Onno das Liebesobjekt Carinas war. Mit Onno pflegte Carina normalerweise geradezu empörend vertraut herumzuschäkern.

Nun trat Raimund in den Kampf ein. Raimund war ein genialischer Stimmenimitator. Leider verfügte sein Repertoire nur über ein einziges Paradestück: Nick Dolan alias Harald Herbert Queckenborn. Aber wenn er den brachte, mußte Carina lachen, und Raimunds schierstes Erdenglück bestand nun mal darin, Frauen zum Lachen zu bringen, zu schweigen von solchen wie Carina.

Das Gerücht stimmte tatsächlich. Konnte ich als Dolans Anwalt bestätigen. Er habe sich, erzählte ich, da draußen in Ramelsloh 'ne Kiesgrube und so 'nen Minibagger gekauft. Mit Raupenlaufwerk und Knickgelenk und Grablöffel und so. Wo er neuerdings in seiner Freizeit rumbaggere.

»*Mann*«, raunte Ulli aus tiefstem Herzen, »ist der bekloppt.«

»Wieso«, sagte Raimund. »Macht bestimmt 'n Heidenspaß. Würd' ich auch machen, wenn ich 'nen Euro übrig hätte.«

Bedenklich, behauptete ich. Der größte Baggerer aller Zeiten sehne sich nach Baggern?

»Na ohnd? …«, intonierte Raimund, nun im schockierend exakt kopierten Timbre jenes berüchtigten Allzweckpromis, »so 'n bißchen rumbrumm' un' buddeln un' so, däs gefällt jeden Kähl, und wen nich', der lühcht oder is' schwul, dor bin ech gänz ehrlech ...« Und eine geschlagene Minute so weiter.

Carina weinte vor Entzücken. Selbst Schnorf schnorfte wiederholt. Drei, vier Gäste drehten sich mit klaffendem Rachen nach dem berühmten Horner Falsett um – aber klar doch, Nick Dolan im *Tre tigli*! –; ja, es kam gar ein Zehnjähriger mit Käppi, Stift und Autogrammzettel von achtern aus dem Nichtraucher, krähte enttäuscht: »Äy wie kraß is' das denn, bitte!«, und verschwand wieder.

Gelungener Abgang für Raimund, auch wenn er Rechnung und Gratisschnaps nicht ohne frivolen Stegreifreim serviert bekam: »Einen Grappa für den Papa.« Weswegen er auf die traditionelle Erneuerung seines Heiratsantrags diesmal verzichtete – »aus erzieherischen Gründen«. Den Vogel aber schoß Onno ab.

Plötzlich, als bereits alles belacht und bedacht und bezahlt war, brach er in ein Gekicher aus, das sich je heftiger steigerte, je öfter er es zu unterdrücken suchte. Raimunds Neugier hielt sich in Grenzen – der Abend war vorbei, verdammt noch eins –, und auch ich hatte keine rechte Lust mehr zu onnophiler Hermeneutik. Ulli übernahm das, während wir die Kneipe verließen.

Er hat vorhin verstanden, berichtete Onno mit immer neuen keuchhustenartigen Unterbrechungen, Raimund hat gestern nacht ein Rückenproblem gehabt. Hat aber ja wohl Mückenproblem gesagt, nech.

Wir warteten. Eine Amsel imitierte Licks von B. B. King.

»Ich bin ja so doooof!« feierte Onno. »Das geht auf keine Kuhhaut!« jubelte er. Und erklärte endlich, wie sehr er Raimund für den osteopathischen Kniff bewundert hat, seine Rückenprobleme mit zwei Ohrfeigen zu beheben.

»Mann, Mann, Mann«, sagte EP. »Und so was will demnächst die Straßen der Stadt von Gangstern säubern. Und übrigens, Onno, ich sag das nur mal – und ich sag es nicht gern –: Der Malteser Falke ist kein Kümmel.«

Wir machten uns auf den Heimweg, schwerbeinig, doch leichtherzig.

Ich weiß nicht, was die Sportsfreunde noch so begingen. Ich jedenfalls schon eine Viertelstunde später einen Fehler. Einen jener schweren, grundlegenden Fehler aller möglichen Beteiligten, die hundertsechzig Tage später zu dem »grotesken Thriller« (Abendpost) um den »Irren vom Kiez« (HEZ) führten.

[5]

Dienstag, der 20. April, 7:24 Uhr. (Noch zehn Tage bis Ultimo Fiskus.) Balkon des Ehepaars Viets in Hamburg-Hoheluft. *Gugruuuhuu, gruhu; gugruuuhuu, gruhu; gugruuuhuu, gruhu; gu–.*

Da gurrte sich was in Trance, da hinter den erblauenden Vorhängen. Hockte da irgendwo zwischen Aschenbechern, Blumentöpfen und rostigem Barometer oder unterm Gartenstuhlgestell. Hockte da wie Vieh und gurrte sich in Trance. *Gugruuuhuu, gruhu ...* Gurrte, als spürte es die Überhitzung der Welt bereits in den Krallen (Krallen puterrot, wahrscheinlich). Gurrte, als rüstete es sich bereits dafür – mit all der Gleichgültigkeit seiner Spezies, die dem menschlichen Leugnungsdrang noch himmelweit überlegen war. *Gugruuuhuu, gruhu; gugruuuhuu, gruhu; gu–.*

Noch bevor Onno versuchte, sein rechtes Auge zu öffnen, bemerkte er, daß Eddas Wärme und Volumen aus seinem Rücken verschwunden waren. Wie sie es hin und wieder tat, war sie gegen sechs Uhr vom Toilettengang nicht wieder ins ruhige Einzelbett nach drüben zurückgetappt, sondern aufs

51

letzte Stündchen der Nacht hierher, ins offizielle Schlafzimmer geschlüpft, wo Onno, zum Balkontürvorhang gedreht, schnarchte wie ein Yak. Als er dösig ihre Ankunft spürte, kam er ihr rücklings entgegen und kippte in die stabile Seitenlage, so daß Edda sich hineinschmiegen konnte wie in ein Futteral. Zärtlich knurrten sie sich an – »Schnecke …!«, »Na, mein Uhu …?« –, und wie auf Morpheus' Fingerschnippen waren sie wieder eingeschlafen.

Nun war das rechte Auge offen – es kam ihm vor, als habe er ein Garagentor gestemmt – und starrte auf die irisierenden Ziffern des Digitalweckers: 7:25. Horchte zur Küche hinüber. Kein Radiogedudel. Demnach war Edda bereits bei Liliput, und demnach hatte ihn wieder dieser abscheuliche Taubenteufel geweckt. *Gugruuuhu, gruhu.*

Früher wäre Onno so was nicht passiert. Früher hätte man ihm im Schlaf den Hintern rasieren können. Legendär das Duell Polier vs. Viets, das ich eines Morgens live miterleben durfte. Schon ewig her.

Ich hatte ihm auf dem Weg in die Kanzlei irgendwelche Dokumente vorbeigebracht, und die Wohnung ein Stockwerk tiefer wurde offenbar gerade entkernt. Edda nahm den Umschlag entgegen, und dann flüsterte sie durch den Lärm von unten hindurch: »Komm mal mit«, zog mich von der Wohnungstür ein paar Schritte in den finsteren Flur und deutete auf die geöffnete Tür zum halben Zimmer, wo eine frotteebewachsene Daunendüne vor sich hindämmerte. Dann strahlte sie mich mit geöffnetem Mund an und hob den Finger. Ein betörendes Dramolett.

POLIER	*mit Schlagbohrmaschine* GRIIIIIEEEOINNNGG…!
ONNO	Chrrrrr… Chrrrrr…
POLIER	*erbittert* GRIEOING…! GRIIIEEOINGIOINGIO-INNNG…!
ONNO	CHRRRRRRRR… Chrrrrr… Chrrrrr…

Das war zwanzig Jahre zuvor gewesen oder so. Sein Hochleistungsschlaf war immer Onnos Kapital gewesen, nun aber schien auch das, wie so vieles andere, etwelcher Altersbaisse anheimzufallen.

Die hübsche Zweieinhalbzimmerwohnung lag im zweiten Stock (eigentlich dritten, weil das Haus über Hochparterre verfügte). Die zweiundachtzig Quadratmeter waren aufgeteilt wie zwei unterschiedlich große, ineinander verschachtelte Quadrate. Wohnzimmer nebst kleinem Hauptschlafzimmer (verbunden durch Flügeltüren), mit knapp vier Meter hohen Wänden und Stuck, gingen auf eine kopfsteingepflasterte Nebenstraße hinaus – Aussicht: alte Platanen und Linden vor Jugendstilfassaden –; Eddas Pusselzimmer (sowie Schnarch-Exil) und die Küche (samt Zweitbalkon) auf den Hinterhof – Aussicht: schlichtere Hinterhoffassaden, Gärten, ein fülliger, erlauchter Kastanienbaum –; Bad und Korridor zum Treppenhaus. Der Vermieter war dem Hörensagen zufolge steinalt und verschroben sozial, und weil er seine Steuern niedrig halten wollte, hielt er auch die Mieten niedrig. Seit zwanzig Jahren wohnten Onno und Edda in dieser Wohnung, und seit zwanzig Jahren hatte sich der Zins, der von Anfang an ein Spottzins war, nicht erhöht. (Und wehe ihnen, wenn …)

Onnos Blase war zwar legendär. Doch murmelte er etwas, das klang wie »Warte, du un-« (-erfreulicher Vogel? -angenehmes Tier? -appetitliches Wesen? Er kam nicht drauf …), und schlurfte zur Toilette. Verrichteter Dinge kehrte er zurück, für seine Verhältnisse geradezu hastig, wie um die Gewißheit des Taubengehupes durch eigene Behendigkeit zu betäuben. Riß die blauen Vorhänge zur Seite und die Balkontür auf, um den Schockeffekt zu steigern, und in einem Schwall von Abscheu würgte er einen Kampflaut in den strahlenden Frühlingsmorgen hinaus.

Doch dieses aufgeplusterte Graugeflügel, dessen Kopf- und

Schwingengefieder in den Nuancen gammelnden Schinkens schillerte, es spottete Onnos Attacke. Es täuschte gerade mal Eilfertigkeit vor wie eine Vettel – trat von einem Krallenfuß auf den anderen, machte mit den Armfittichen Aufrappelgesten, neigte den Kopf zur Seite, die Pupille schwarz und dumm wie der Tod inmitten eines lidlosen Rings von widerlich hübschem Goldbraun, und provozierte Onno zu einem Tritt ins Leere. Endlich sprang das Biest, flatternd die Plastikgießkanne umstoßend, aufs Geländer, untermalte die Zwischenlandung mit einem gutturalen Stöhnen und stieg dann – nicht ohne eine weitere Finte Onnos herauszugefordert zu haben – mit klatschenden Flügeln ein Stockwerk höher.

Onno schluckte konvulsivisch. Fast doch noch vergebens, als er entdeckte, was, inmitten eines Idioten-Ikebanas, auf dem nackten Balkonboden lag: ein einzelnes Ei, so groß wie ein Hoden und von embryonal durchscheinender Bleichheit.

Onno rammte die Tür in den Rahmen. Riß die Vorhänge wieder zu – sperrte das kreißende Wetter aus. Unterzog sich einer ausgiebigen Wechseldusche und brannte anschließend einen Tee, der so steif war, daß die Klontjes schwammen. Nach dem zweiten und dritten Schluck erholte er sich ein wenig. Das Balkonproblem, er konnte das nicht, es mußte Edda lösen, wenn sie Feierabend hatte – wie, darüber durfte er nicht nachdenken, sonst gab's gleich wieder Gänsehaut.

Mit Frühstücksappetit war vor Mittag also nicht zu rechnen, und deswegen ignorierte Onno seinen knurrenden Magen. Glückte ganz gut. Weniger gut gelang, das Gefühl der Geiselhaft zu ignorieren. Onno machte gern Ausflüge auf den Balkon, ja, er wohnte gern dort – zumal bei solcher Witterung. Und den Zugang verwehrte ihm dieser Fiederdrache, Satansengel, Scheißegeier.

Onno war kein besonders furchtsamer Mensch. Im Gegenteil, ein bißchen mehr Respekt vor den Schicksalsmächten etwa hätte ihm in seiner beruflichen Laufbahn zum Wohle und Vorteil gereicht. (Wissenschaftliche Tatsache, daß wir alle die Nachkommen von Angsthasen sind – sonst gäb's uns schon jetzt nicht mehr.) Doch litt Onno, wie weiter oben erwähnt, seit seiner Jugend unter einer Phobie. Genauer: Alektorophobie. Noch genauer: Hühner*köpfe*.

Zuwider waren ihm bereits Hühner als solche. (Als das Unternehmen Wienerwald einst eine TV-Kampagne fuhr, in deren Spots ein gerupftes Huhn in Strapsen steppte, litt Onno monatelang unter Impotenz.) Ja, er verabscheute stracks auch andere Vögel ab einer bestimmten Größe, legten sie bloß dieses verdruckste Hühnergetue an den Tag. Jene städtischen Amseln etwa, die unter den Büschen in den Vorgärten scharrten. Vor allem eben Tauben.

Isolierte Hühnerköpfe aber waren das Grauen. Vitales, kristallines Grauen. Zu schweigen von *Hahnen*köpfen. Da drohten Panik, Wahnsinn, Ohnmacht, Koma, Tod. Dokumentationen über Voodoo, Bauernhöfe, Massentierhaltung u. ä. mied Onno wie der Teufel das Weihwasser. Einmal war er aus dem Kino gelaufen, und wir mußten ihn mit der Taschenlampe suchen und stundenlang mit Bier hochpäppeln.

Onno trug den Teepott ins Wohnzimmer.

Neben ramponiertem, ererbtem Friesenbarock (Anrichte, Schrank und Sofa; letzteres ein derartiges Trumm – es mußte hier drinnen erwachsen geworden sein, raus kriegte man es jedenfalls nicht mehr), asbestverpestetem Schwedenpreßspan (Couchtisch, Regale), einem ausgeleierten Schleudersitz von Sessel samt Hocker und vier zerwurmten Flohmarktstühlen an ebensolchem Eßtisch gab es einen Flachbildfernseher (von mir ausgemustert) mit Video- und DVD-Player (von Raimund ausgemustert) sowie einen Sekretär samt PC (von mir ausgemustert). Die Holzdielen waren lückenlos mit Persern, Brükken und Läufern gedämmt, und Stukkatur wie Rauhfasertapete litten an Zware-Shag-Gelbsucht im Endstadium.

Was man allerdings hauptsächlich an der Decke erkannte, weil die Wände ein Puzzle aus CD-, Platten-, Video-, DVD- und Bücherrücken, verstopften Setzkästen, gerahmten Bildern und Bildchen und Atollen ungerahmter Photographien waren. Die Krönung: das Paneel mit Gehörnen sowie einem Geweih über unerträglich perplexem Hirschgesicht. Schwiegervater Jäger, Onno Sammler – zack. Schien die Sonne durch die mit Pflanzen und Blumen überwucherten, von schweren, waldgrünen Samtschals eingefaßten Fenster herein, bezauberte eine Poesie des regsamen Staubfangs.

Nichtsdestoweniger war alles immer sauber. Edda liebte zu putzen. Charakterlich keineswegs oberflächlich, liebte sie Oberflächen um so mehr. Staubsauger, Tischstaubsauger, Staubwedel, Staubtuch – wie befriedigend, mit all den fügsamen Werkzeugen all die gemütlichkeitsgeladenen Objekte Raum für Raum, Woche für Monat, Jahr für Jahrzehnt zu hegen und zu pflegen; all das ja etwas, das blieb, wie es war, während die Zwerge in ihrem Kindergarten ihr regelmäßig entwuchsen. Putzen war ihr Sport, ihre dynamische Meditation – eine Herzensangelegenheit.

Onno drückte den On-Knopf auf der Fernsehfernbedienung und fuhr parallel schon mal den alterslahmen Rechner hoch. Mittlerweile brauchte der an die zehn Minuten, bis er startbereit war. Den Kandis rührend blieb Onno zwar stehen, warf aber einen Blick nach dem Sofa.

Der Winter war so plötzlich zu Ende gegangen, daß das Heizkissen noch eingestöpselt Wache hielt. Den Segen dieser Erwerbung (Flohmarkt, drei Euro) hatte Onno vier, fünf Jahre zuvor für sich entdeckt. Pflegte Al Bundy mit maskulinem Markenstolz von seinem Ferguson (= Klosett) zu sprechen, so Onno von »meinem Sanitas SHK 29«. Anfangs hatte Edda ihn noch ausgelacht, doch inzwischen schmorte sie öfter drauf als er.

Während der PC fauchte und schnarrte wie eine prototypische Herz-Lungen-Maschine, ja bisweilen pfiff, gaffte Onno Agora TV. Das Format mit dem Titel Good Morning, Germany! Und siehe da, wer steckt grad den Daumen ins Schmollmündchen, drei schmutzige Sekunden schweigend? Gretchen Ngoro. (Hans Nogger im KulturKanal: »Beyoncé zum Hartz-IV-Tarif«.)

Neben kupferrot gefärbtem Afro und leibchenkurzen Lamettakleidchen war das Gretchens Markenzeichen: der Daumen im Schmollmündchen, »quasi philopädophil« (Hans Nogger im KuKa). Kultorientiert penetriert, war diese ihre Geste für die Anmoderation von Berichten über die V-GIRLS-Show reserviert.

Schon wurde der Bildschirm dunkel. Dazu zwei Takte Fingerschnipp-Groove, dann wie ein Schrei: »Fe*ver*!«, und auf drei war der Monitor vom Logo erfüllt. Unter nachtblauem Himmel mit Mondsichel und blinzelnden Sternchen eine finstere Backsteinwand, an deren linker Kante rot leuchtende Neoninitialen befestigt sind. Auf der dunklen Mauer irisiert in lachsfarbener Edwardian die Auflösung des Akronyms.

V *ote*
G *ermany's*
I *nternational*
R *ed*
L *ight*
S *tars*

Das V besteht aus animierten Damenschenkeln in Netzstrümpfen, seine Serifen aus Stilettopumps. Staksen in der Luft, stetig rückwärts marsch.

Das linksbündig lastende Phallische des Motivs, das verkehrte Verhältnis von Hoch- zu Querformat … gebrauchsgraphisch nicht eben schulmäßig. Zwei Drittel des Bildschirms nichts als nachtschattige Wand. Wie aber hatte doch Hans Nogger (KuKa) mit »lumpischarfem Intellekt« erkannt: »Genial. Black Box für Couchkartoffels blühende Kellerphantasie.«

Pointierter Umschnitt. In der Totalen: ein blutjunger Klempner in gebügeltem Overall, der artistisch stilisierte Hüftbewegungen an einer wohlfrisierten, -mani- und -pedikürten, kittelmäßig jedoch dekorativ derangierten Neununddreißigjährigen durchführt. Indem die sich an den Spültischkran klammert, befriedigt sie allemal Sponsor karo-Küchen, Neuhahnenburg.

Das, so die entsprechende Verlautbarung der Offkommentatorin mit dem süffisanten Vibrato eines puffmütterlichen Alts, hat sich unser Berner Bulle auch nicht träumen lassen, daß er seine einstige Vorlagenfee mal in echt beglücken würde.

In der Bildschirmecke oben links das Senderlogo von Agora TV, oben rechts in lachsfarbener Edwardian auf schwarzem Grund:

live aus der »Showbar Hammonia«,
Hamburg-St. Pauli

Die primären Geschlechtsteile während der Hubphasen der Penetration sind so knapp wie möglich verpixelt. Das Tempo setzt Ravels Bolero. Die aufwühlende E-Dur-Passage ist bereits passiert, die Posaunen schmettern ihre Glissandi, das Live-Publikum klatscht im Takt, da wird die Szenerie auf den Installateur umgeschnitten. Sein schweißglänzendes Halbprofil drückt Verdrossenheit aus.

Doch wunschlos glücklich, eiteitet es aus dem Off, ist der

Handwerker mit dem selbstbewußten Künstlernamen anscheinend nicht.

Dazu, am unteren Bildschirmrand eingeblendet (= sog. Insert bzw. Bauchbinde):

BULLE HONK
pümpelt gerade Ula Valeska

Und skandiert in sein Warzenmikro: »Ja *gib* doch *mol* ein *kchlitzekchlei*nes *Feed*backch, du [*piiiep*] [*piiiep*], o'drr?!«

Den Bezahlsender RedLight konnten Onno und Edda sich natürlich nicht leisten, und der Partnersender Agora TV zensierte nicht nur die *optisch* heikelsten bzw. prickelndsten Stellen, sondern durch Piepgeräusche auch die verbotensten Kose- und Trotzwörter.

Daraufhin gemischte Reaktionen aus dem *Hammonia*-Publikum; Gelächter, Buh-Rufe, mittels Kazoo nachgeahmte Tuschrefrains.

Dazu nun per Fensterchen (= sog. Split Screen) eingeblendet eine blauäugige Strohblondine mit Zöpfchen, Röckchen und Söckchen. (Hans Nogger: »Was Nonpäderasten und Nichtarier mit ihrem Anblick einzig zu versöhnen vermag, ist die Schiefstellung ihrer Eckzähnchen.«) Ihr Kommentar zum Kchommentar des Kchlempners: »Du [*piiiep*] [*piiiep*]? Hallo? Geht's noch? Wie billig ist das denn.«

Bauchbinde:

FIONA POPO
Superstar V-GIRLS Staffel 1

»Popöchen, nech«, murmelte Onno begrüßungsprompt so vor sich hin. Sein und Eddas Kosename für jenen speziellen ihrer saisonalen TV-Lieblinge. Seit der ersten Folge der ersten Staffel im Vorjahr waren Edda und er treue Zuschauer, ja verschämte Anhänger jener »Stalkshow«, wie sie wiederum Hans Nogger im KulturKanal getauft hatte. Zu dessen treuen Zuschauern und Fans Edda und er ebenso zählten.

Damals einundzwanzig Jahre alt, war die gelernte Bürokauffrau Fiona Schulze-Pohle ins erste V-GIRLS-Superstar-Trio gewählt geworden. Bzw. gevotet. Und zwar in der Sparte BQ (= Burlesque [freitags, 20:15 Uhr]. Die andern beiden Sparten lauteten TX = Telefonsex [mittwochs, 21:00 Uhr] und PN = Porno [samstags, 22:05 Uhr]). Edda und Onno fanden sie »niedlich« und hatten ihr die Daumen gedrückt, daß sie gegen die schwarzhaarige Hexe Dona Chukurowa würde anzicken können.

Als Hans Nogger im KuKa diagnostizierte, Fiona verkörpere »der Dummheit Goldenen Schnitt« (weil sie »den ironischen Überbau der Burlesque-Renaissance überhaupt nicht begriffen« habe), hatte Edda »Ooooch!« gemacht und Onno »Na, na!« Als Fiona sich allerdings von Nick Dolan, dem Mann »mit dem Charme eines Bunsenbrenners« (Nogger), entflammen ließ (den sie nichtsdestoweniger penetrant Dick Nolan rief), waren Edda und Onno doch menschlich enttäuscht.

Für den Sender stellte eine solche Liaison hingegen, versteht sich, ein Geschenk des Himmels dar. Die Natur generiert die für synergetische Renditen so günstige romantische Komponente? Wie geil ist das denn! (Und involviert auch noch den Altbock höchstselber, den eigentlich bereits längst »ebenso steinreichen wie abgehalfterten Erfinder des sogenannten Sexypops« [Hamburger Abendpost]!)

Bevor womöglich ruchbar würde, daß sie in Wahrheit der begehrteste Wanderpokal der Gang-Bang-Gangster Hamburg-Aalkoogs war – war sie *nicht*, aber gab es nicht immer ein Aber? –, designte RedLight die aussichtsreiche Kandidatin in aller Eile zur Jungfrau. Postwendend sublimierten sich die »Jus-primae-noctis-Phantasien des Masturbantenmobs«

(Nogger) in Millionen »calls« zu 49 Cent pro Einheit, und Millionen von Lesern der HEZ fieberten darauf hin, daß Herr »Queckenporn« (Nogger) Fräulein Popo deflorierte.

Kurz vorm V-GIRLS-Finale jener ersten Staffel hatte ihr jemand (irgendein Talkmaster im Dritten) Erich Kästners berühmtes Gedicht vorgelesen: *Was immer auch geschieht / Nie sollt ihr so tief sinken / Von dem Kakao, durch den man euch zieht / auch noch zu trinken.* Fräulein Popo aber gab zur Antwort, sie *liebt* »Kaukau«, besonders mit Schuß, und kann es gar nicht erwarten, durchgezogen zu werden. Woraufhin prompt ein Angebot für einen Werbevertrag mit Miller Milch erfolgte – der dann allerdings unratifiziert blieb, weil Stegreif-Manager Queckenborn sich überpokerte. Bzw. sie. So daß ihr Stern, seitdem die zweite Staffel angelaufen, schon wieder im Sinken begriffen war. Und ihr bestmöglicher Platz fortan im jeweils kleineren der Split-Screens.

Auf dem Haupt-Screen zu sehen nun Ula Valeska (eine sog. MILF; vgl. fikipedia.com), die schwyzerische Offensive stoisch mit dem Gesäß abfedernd (wobei die Klatschgeräusche *un*zensiert über den Äther gehen). Um den Berner Bullen wunschgemäß emotional auf dem laufenden zu halten, ächzt sie fortan.

Die Supervisions-Fiona, die die Chose innerhalb des kleineren der Split-Screens offenbar auf eigenem Monitor unterhalb des Bildrands verfolgt, deutet ein Kopfschütteln an. »Wie unsexy ist das denn. Klingt, als ob sie Rheuma hätte. Geht gar nicht.«

Womit sie Honk aus der Hose spricht. »Du [*piiiep*], du!« nörgelt er. »Ich [*piep*] dir meinen [*piep*] in die [*piiiep*], daß dir der [*piep*] nur so aus der [*piiiep*] [*piep*]!«

Im Publikum Schimpansengebell, Tribünengetrampel, Kazoo. Dadurch angespornt, verpaßt Bulle unserer geduldigen Ula einen Klaps aufs Filet und kreischt: »Yeehaaa!«

Gejohl. Getrampeldonner. Pfiffe.

Umschnitt aufs Amtspult der Jury: Dr. Vagina Mae, Chick des Deutschrappers Bimbo Beelzebub und ›Telefonsexpertin‹. Gackert, daß die Mammographik wackelt. Bambi Boobs (›Burlesquexpertin‹ aus Brighton, England) stemmt die schmalen Brauen, ihr Geisha-Lack hält dagegen. Und mittenmang lümmelt Nick Dolan auf seinem Pascha-Thron. »Nu willä auch noch ulkich wäden«, nölt er. »Geht gor nich. Kompäsen soll'n die Hühnä [*piiiep*] und änsonßn Ränd halt'n. Is so. Dor bin ech gänz ehrlech.« Und im übrigen: Gebügelter Overall – hallo? Und Ula Valeska bewegt sich wie in einem politisch korrekten Bioporno usw. usf.

War er im Dienst, hamburgerte Harald Herbert Queckenborn breiter, als Hamburg an seiner breitesten Stelle je war noch je werden würde. Wähnte vermutlich, das erhöhe seine Street Credibility bei den Kids. Allein die Klangfarbe der Stimmlage, grad aufgrund ihrer Monochromie, vermochte in empfindsamen Gehören ein reiches Potpourri von Assoziationen hervorzurufen: bäuerliche Nörgelei bei Hagel … Julklapp-Ansprache des zweiten Vorsitzenden der Aquariumfreunde Eilbek e. V. … Pausenhofprahlerei des Klassendeppen …

Nach seiner Diarrhöe im Dschungelcamp wäre er beinah für immer von der Bildfläche verschwunden gewesen. Doch wie Kai aus der Kiste kam Image-Klempner YY Whitey, zog ihm die Lederhosen aus, stopfte ihn in einen Lazàro-Anzug, plättete seine schamhaarige Frisur und ölte sie pechschwarz, und als RedLight dann einen Juryvorsitzenden brauchte, kriegten sie ihn so gut wie geschenkt. (Für Staffel 2 dann allerdings nicht mehr.)

Sein Konterfei war grob, hart, nackt. Zerfurcht, zerkerbt. Wenn er sein laut RedLight-/Agora-Propaganda »unbestechliches Urteil« fällte, entstanden zusätzlich Schründe. Als söge sich die derbe Haut durch das Vakuum in der Schädelhöhle an deren Knochen fest. Etwaiger Protest des Mobs knüllte darüber hinaus sein Stirnchakra, und dann sah er aus, als eifere er einer Büste von sich selber nach, die er Gerüchten zufolge einem Herrgottsschnitzer in Auftrag gegeben hatte.

Am authentischsten, menschlichsten war er immer noch in Werbespots. Wenn er sich über Bratwürste und Margarine freute.

[6]

Ungefähr 8:20 Uhr. Onno knipste den Fernseher aus, als der Computer mit hypertrophem Generatorengebrumm Arbeitsbereitschaft signalisierte, und begann damit, Stichwörter wie ›Detektiv‹ und ›Ausbildung‹ in die Suchmaschine einzugeben. Zwar hatte er in seiner Lehre zum Bürokaufmann das Zehnfingersystem erlernt. Grundstellung: *asdf jklö*, und so weiter. Und bis heute nicht vergessen. Selbstverständlich aber war etwa Edda mit ihrem Zwei-Finger-Adler-Suchsystem schneller als er mit seinen zwei Zeigefingern und acht Daumen. Ja, selbst er selbst wäre selbstverständlich schneller mit einem Zwei-Finger-Adler-Suchsystem als mit seinen zwei Zeigefingern und acht Daumen. Doch was ein Onno Viets war, der ließ von Errungenschaften so schnell nicht ab. Und war die Ausübung mühseliger als der Status quo ante.

Er hatte sich gerade auf der dritten oder vierten Homepage festgeschmökert – *Detektei 1a* –, als das Telefon losjodelte. Ungefähr 8:40 Uhr. Auf dem Display stand, soviel nahm er halbbewußt wahr, ›Unbekannter Teilnehmer‹.

»Nnnjorp?«

»Queckenborn.« Ein Quäken mit unverkennbar hamburgischem Timbre. *Kwäggknboän.*

» … ?«

»Oder Nick Dolan; wie du willst. Du weißt, wer ich bin? Sprech ich mit der De'ktei Onno Wiets? Die mit Dannewitz zusamm'arbeitet? Den Anwalt?«

Öff, öff. Du bist aber früh dran, wollte Onno sagen. Sagte aber »das ist korrekt«, so forsch er konnte. Also objektiv mittelforsch, denn sein R rollte nun mal wie ein Käse zum Bahnhof. »Das V spricht man aber wie F. Und natürlich weiß ich, wer Sie sind.« Öff, öff.

»Ach so«, knödelte die Stimme, »Fiets. Und das bist du persönlich, oder was.« Das ist korrekt, wiederholte Onno und gluckste. Obwohl er die Performance am Vorabend insgesamt gelungener gefunden hatte; frischer, fetter, echter.

Er beneidete Raimund um seine Fähigkeit, wiewohl die eben nur das eine Objekt betraf. Immer wieder versuchte auch Onno, seine Lieblingsfiguren aus Film und Funk und öffentlichem Leben zu imitieren. Doch wen oder was auch immer er probierte, heraus kam ein zwölfjähriger Onno.

Früher, wenn er Edda den *Blue-Velvet*-Hopper machte (»Fühl meine Muskeln! Fühl meine Muskeln!«), brachte er immerhin sie zum Lachen. (Und zwar derart, daß sie Appetit auf grüne Götterspeise bekam, und grüne Götterspeise wirkte aphrodisisch auf Edda.) Später übertrieb er es, und sie verdrehte nur noch die Augen. (Seit sie ihre Kleidergröße zum Tabuthema bestimmt hatte, mußte man ohnedies aufpassen wie ein Schießhund, was man sagte. Neulich etwa hatte es nicht unerheblichen Ärger gegeben, nachdem er aus dem Stegreif eine *Cheers*-Folge zitiert, indem er sich zu Edda gebeugt und geraunt hatte: »Mondgesicht? Mondgesicht Petersen?«)

Er, Onno, weiß ja wahrscheinlich, fuhr der andere fort, daß er, der andere, Mandant von Dannewitz ist, und der, Dannewitz (also ich), hat ihn, Onno, als ab-so-lut diskret, seriös und vertrauenswürdig ange… priesen.

»Ehrt mich, ehrt mich«, sagte Onno und räusperte sich.

»Heißt das echt gepriesen, samma? Klingt erngwie komesch.« Aber Butter bei die Fische, meckerte die Stimme weiter vor sich hin (und erstmals schlich sich wegen des flachen dramaturgischen Bogens etwas wie Irritation in Onnos Gemüt): Sagt ihm, Onno, der Name Fiona Popo was?

»Äh …« Grüblerisch, verwirrt, vermochte Onno grad nicht wie aus der Pistole geschossen zu antworten. Obwohl er immer noch auf den PC-Bildschirm starrte, war er jetzt doch mehr Ohr. Der Stimmeninhaber indes schien nicht gerade mit Geduld gesegnet. Fiona Popo! Letztjähriger V-GIRLS-Superstar! Sicher, *muß* man nicht kennen, aber …

Onno haßte den Gedanken, gleich könne Raimund in Hyänengelächter ausbrechen. Doch was, wenn es sich um den – Original-Dolan handelte? Um Stoffels, d. h. meinen, Mandanten? Absurd. Onno grinste sich eins. Aber *wenn*? Dann wäre es unter Umständen sehr ungünstig zu erwidern: ›Queckenborn‹, öff, öff. Das Original klingt aber frischer, fetter, echter!

Also tröstete Onno sich mit dem Gedanken, daß es für sein Genugtuungskonto gleich wäre, ob er es ggf. Raimund an der Platte heimzahlte – oder mir. Denn wenn dies tatsächlich Nick Dolan war: was fiel mir ein, ihn, Onno, nicht vorzuwarnen?

Äh … ja, ach *so*, natürlich, *die* Frau Popo, ja. Sorry.

Wie viele Frau Popos kennt er, Viets, denn, samma, er ist ja ’n ganz schlimmer Finger. Paß mal auf, er, Dolan, wiederholt sich ungern, da ist er gänz ehrlech, aber … er muß sich tausendprozentig drauf verlassen können, daß davon nix an die Öffentlichkeit drängt. Sagt man ›drängt‹, samma?

»Zehntausendprozentig«, sagte Onno in seinem gesalbtesten Gurubariton, den er sich zu Zeiten seiner Versicherungskarriere draufgeschafft hatte. Was sollte er machen? Hören Sie, Herr Dolan, das alles ist ein schreckliches Mißverständnis …? Nie aufgeben. Das war Onnos Devise. Nie.

Orkee, sagte die Stimme und sagte, diese Fiona Popo ist

seine, Queckenborns, na ja Schnalle, Geliebte, was soll's, das »trompeten« ja eh die Spatzen von den Dächern. Und er, Queckenborn, hat aber das Gefühl, daß sie fremdgeht, versteht er, Onno? Er, Queckenborn, ist nicht sicher. Wäre aber gern sicher, versteht er, Onno?

»Njorp …« Und da schweifte Onnos Blick über den Bildschirm des PCs, vor dem er nach wie vor saß. Gewahrte die Internetadresse, die er gerade gecheckt, als das Telefon geläutet hatte. http://www.1a-detektei.de/homepage/untreue-check-liste.htm

»Orkee«, sagte Onno und machte sich grade, und unter einer feinen, elektrisierenden Schicht Amüsement kaltblütig wie ein Karpfen begann er zu fragen. Hat sie neuerdings ihr Handy immer unter Verschluß …? Oder geht da erngwie komesch mit um …? Oder hat sich ein zweites zugelegt …? Sind ihre Anruflisten ständig gelöscht …? Gibt's erngwelche ›Auszeiten‹, die sie nicht vernünftig erklären kann …? Blaue Flecken oder Kratzer am Hals … oder anderswo? Äh …

Er skrollte ein bißchen.

Fangen gemeinsame Freunde an, sich ihm gegenüber merkwürdig zu benehmen, weil die was wissen, das er nicht weiß …? Riecht sie manchmal nach Rauch, obwohl sie nicht raucht …? Oder nach sonst was? Boss Men…? Provoziert sie Streit, um türenknallend abhauen zu können …? Oder geht ›kurz einkaufen‹ und kommt fünf Stunden später zurück …? »Will sie plötzlich deutlich mehr Sex?« kam Onno zum Schluß, wobei er den Schlüsselbegriff mit weichem S aussprach wie Vadder Fokko. »Oder deutlich weniger? Oder neue Praktiken ausprobieren …?« Das weiche S, das schnurrende R … vielleicht war's letztlich die dösige Note in der Artikulation des himmelschreienden Inhalts, die jene phänomenale Wirkung erzielte.

Nach zwei, drei schnaufenden Atemzügen räusperte sich der andere, sagte gepreßt »Orkee, paß auf …«, und dann ein

Laut wie ein Handkantenschlag auf eine Gummiente, und – aufgelegt.

Also lachte sich doch grad Raimund grün und blau? Just wollte Onno zurückrufen, da fragte er sich, ob beim Läuten nicht ›Unbekannter Teilnehmer‹ auf dem Display gestanden hatte? Und während er noch grübelte, ob das so war oder nicht, läutete es wieder. ›Unbekannter Teilnehmer.‹ Geistesgegenwärtig nahm Onno an. »Privatdetektei Viets, guten Tag?«

»'tschuldigung«, murmelte eine Stimme, mit hoher Wahrscheinlichkeit dieselbe von eben, nur mehr schwer verschnupft. »Da ist … da war die Verbindung plötzlich … na, egal. So. Gib mir mal deine Emil-Adresse, denn schick' ich dir Fotos von Fiona, und die andern Eckdaten. Denn kannst schon mal loslegen. Ich weiß, ich weiß – Abwicklung über Dannewitz. Kein Problem.«

Mein schwerer, grundlegender Fehler, von dem ich weiter oben sprach.

Kaum war ich am Vorabend vom *Tre tigli* zu Haus gewesen, hatte mich Queckenborn auf dem Handy angerufen. Wenn man vom Teufel spricht.

Herr Queckenborn, heuchelte ich Leutseligkeit, so spät? Woher er überhaupt meine Handynummer habe. Aus seiner Anruferliste, quengelte er, und ich verfluchte mich für die Bequemlichkeit, ihn ein einziges Mal statt vom Bürotelefon vom Handy aus angerufen zu haben. Degoutant, einen noch nach zehn Uhr abends privat anzufunken, aber ein Queckenborn laberte einem notfalls eben den Pyjama voll.

Er schob irgendeine Vertragslappalie vor. Nach einer Übergangsphase plumper Vertraulichkeiten und pueriler Herumdruckserei, die ich ab einem gewissen Punkt null- bis einsilbig beantwortete, fragte er schließlich spröde wie Glaswolle, ob ich ihm eigentlich und übrigens kurzum eine – Detektei empfehlen könne? Eine seriöse Detektei mit absolut verschwiegenen, tausendprozentig unbestechlichen Mitarbeitern?

Ich konnte es kaum fassen. (Nebenbei bemerkt, so irre war der Zufall gar nicht. Denn durch welchen Fernsehbericht war Queckenborn inspiriert worden? Eben.) Und empfahl ihm natürlich – vielleicht zwei, drei µ zu begeistert – die Detektei Viets. Ein kleiner, aber um so agilerer, effizienter Betrieb. Arbeite eng mit meiner Kanzlei zusammen. Verträge, Auftragsabwicklung, Zahlungsverkehr etc. liefen über mein Büro. Ich gab ihm Onnos Telefonnummer und sagte, Geschäftsbeginn morgen früh nicht vor zehn Uhr.

Zwei Fliegen mit einer Klappe! Eine einzige Telefonnummer, aus dem Kopf rekapituliert, und ich hatte Onno in Arbeit *und* Queckenzeck vom Hals, so daß ich mich bei einem Schlummertrunk endlich einer neuen Folge der *Sopranos* widmen konnte.

Als ich am Dienstagmorgen bei Onno durchkam – weil dauernd im Internet, war auch seine Telefonleitung besetzt –, war er bereits Privatdetektiv. Wie aufgekratzt er war, merkte man daran, daß sein R zwei, drei Umdrehungen mehr drauf hatte als sonst.

»Sachma«, sagte er, »kannst du mir deine Spiegelreflex leihen?« Und mein Diktiergerät, und mein Fernglas, und, und, und. Nach hundert Euro für Spesen fragte er nicht, aber ich versprach sie ihm trotzdem.

[7]

Wohlgemerkt: Das Schicksal tat ausnahmsweise, was es nur konnte, um *nicht* tun zu müssen, wozu es sich so oft gezwungen sah – unbarmherzig zuschlagen. Ja nein, das Schicksal hatte die Ouvertüre zu jener bluttriefenden Horror Picture Show mit einem Zaunpfahl dirigiert. Geschlagene drei Tage lang.

Der erste davon war noch derselbe Dienstag. Von 9:44 Uhr datierte der »Emil«, mit dem Queckenborn die Fiona-Fotos an Onno übermittelte.

Von:	nickdolan@sexypop.de
An:	onnoviets@hallihalloag.de
Gesendet:	Dienstag, 20. April 200x 09:44
Anfügen:	2.jpg (463 KB) 2.jpg (62,3 KB) 1.jpg (396 KB)
	1.jpg (58,3 KB) 4.jpg (396 KB) 4.jpg (61,3 KB)
	3.jpg (455 KB) 3.jpg (62,3 KB)
Betreff:	Telofonat v. eben

Moni,
hier Finoas Fotso sonst alles wie besrochen.. ach so froind-
strasse 10. Porsche Boxster Spyder Arctissilbermetallic
HH- Q 69
Liebe Grüsse HHQ
www.sexypop.eu

Die Prestigebegriffe wie aus dem Spacken-Duden lupenrein buchstabiert, alles andere hingerotzt. Und Onno hatte ein bißchen zu rätseln, bis ihm aufging, weshalb er mit Moni angeredet wurde. (Sollte natürlich ›Moin‹ heißen.) Und dann auch noch ›*Liebe* Grüsse‹!! Soziopath.

Kurzum, rund anderthalb Stunden dauerte es, bis Onno den Emil mit Finoas Fotso auf seinen schwitzenden und röhrenden, sich zweimal aus Verzweiflung aufhängenden PC runtergeladen hatte. Dann stellte er fest, daß er keinen Farbdrucker besaß. Ach ja Mensch, ich hab' ja gar keinen Farbdrucker! – so ungefähr, nehme ich an. Also dauerte es rund eine Stunde, bis sein PC den tonnenschweren Anhang an mich weitergeleitet hatte. (Nachbars Drucker wollte Onno wegen der zugesagten zehntausend Prozent Diskretion lieber nicht nachfragen.)

»Bin sofort bei dir«, hatte er in unserem mittlerweile zweiten Telefonat des Vormittags gesagt. »Kann ich gleich Fernglas und alles abholen. Mit'm Auto; kann ich gleich weiter auf Observation.«

»Cool«, sagte ich, »wie geölt dir der *terminus technicus* bereits über die Lippen kommt.«

»Wieso? Auto, Auto, Auto. Ist doch simpel, nech.«

Laut Einzelverbindungsnachweis hatte dieses Telefonat von 12:09 bis 12:22 Uhr gedauert. Per Pkw brauchte man von Onnos und Eddas Adresse in Hoheluft-West bis zu unserem Bürohaus am Jungfernstieg laut Tourenplaner elf Minuten. Angerollt, ähnlich umständlich wie sein R, kam er etwa zehn vor zwei.

In meinem edelhölzernen und wildledernen Büro sagte er: »Njorp.«

»Setz dich«, sagte ich. »Cognac?«

»Nicht im Dienst.«

Es gab mir nicht selten einen Stich, wenn ich sein kompaktes, grundgutes Grinsen sah. Wie kriegte er das nur immer noch fertig? Hin und her gerissen war ich oft. Zwischen tiefem Mitleid und hoher Achtung.

Auf der Suche nach seinem Auto war er zunächst geschlagene zwanzig Minuten lang durchs Quartier geirrt. Nordöstlich begrenzt von der Hauptschlagader der Hoheluftchaussee, nordwestlich von der Hauptschlagader des Rings 2, südöstlich vom parkähnlichen Kaiser-Friedrich-Ufer des Isebek-Kanals, bildete das Viertel vor allem ein Gitter aus Einbahnstraßen, die von der Bismarckstraße aus den Eppendorfer Weg kreuzten, einige noch mit dem historischen Kopfsteinpflaster, milieugeschützt; streckenweise Blaubasalt. Auch wenn Bombardierungslücken mit teils häßlichen Klinkerhäusern aus den Fünfzigern und Sechzigern gestopft worden waren, herrschte mit herrschaftlichen fünfstöckigen Bauten aus Neorenaissance und Jugendstil der Eindruck von Gediegenheit vor. Mittelresaliten, Erker, Architrave, restaurierte Fassaden in Pastellfarben, Balkone mit geschmiedeten Geländern, Vorgärten mit Zäunen aus verschnörkelten Eisenstaketen. Begehrte Wohnlage. Cafés, Eiscafés, Restaurants, ein paar noble Einzelhandelsgeschäfte und profane Restgewerke. Lehrerinnen, Medienfritzen, Grünwählerschaft patrouillierten mit den sanften Rammböcken ihrer Kinderkarren durchs Revier. Erst seit wenigen Jahren begann der Eppendorfer Chic über die Hoheluftchaussee hereinzuschwappen, und von der anderen Seite drang die Eimsbütteler Gentrifizierung vor. Onno und Edda gehörten zu den letzten einer eher schlichten Schicht der Demographie. Zu den Aborigines in diesem, wie es so hübsch heißt, Bionade-Biedermeier.

Anscheinend stand sein Auto ganz woanders als sonst. Wegen Spritgeldmangels fuhr Onno nur noch, wenn dringend nötig; zuletzt sechs, acht Tage zuvor. (Zum TT holte ich ihn ab und brachte ihn auch wieder nach Haus.)

Letztlich fiel ihm denn doch noch ein, daß er auf einem ungewohnten Platz an der Gärtnerstraße geparkt hatte, um den Lack nicht in noch höherem Maße dem zähen Knospensaft der im nächsten Umkreis der Wohnung verbreiteten Lindenkronen auszusetzen. War bereits klebrig genug. Und abgesehen davon, daß Autowäsche Geld kostete, verkaufte ihm ohnehin keine Tankstelle ein entsprechendes Ticket. Weil sein Ford Ka einen Gepäckträger auf dem Dache trug, der womöglich teuren Schaden an der Waschstraße anrichtete. Und abmontiert bekam Onno ihn nur höchst mühsam, weil die Schrauben vom Lindensaft so verklebt waren.

»Für welches Gepäck«, fragte ich ihn, »brauchst du eigentlich einen Gepäckträger.«

»Tjorp … hm.« Wie auch immer, mit Bedacht hatte Onno einen baumfreien Parkplatz gewählt. Freilich unter einer Bogenlaterne, die im Verlauf jener sechs, acht regenfreien, sonnigen Frühfrühlingstage schätzungsweise dreieinhalbtausend Scheißegeiern als Plumpsklo gedient hatte.

Der ganze blaue Kleinwagen voller Appetitsilt. (Wieder mal. Als erstmals EP ihn zu Gesicht bekommen, hatte der beeindruckt die Unterlippe geschürzt: »Auha, ein Erlkönig? Der neue Ford Guano?«)

Ich kann mir lebhaft vorstellen, wie Onno sich vor dem ganzen Schlamassel aufgebaut, die Fäuste in die Taille gestemmt und »Ach, du liebes bißchen!« geschimpft hatte. (Fluchte Onno nach innen stumm, aber dreckig, so nach außen wie eine Nonne.) Schwarz-weiße Flecken auf dem Dach wie Yin-Yang-Symbole, auf dem schrägen Frontfenster eher syltförmig. Vorsichtig versuchte Onno die Tür zu öffnen, vergeblich; da alles so klebrig war, riß er die Hälfte des Rahmengummis mit raus. Bei der Gelegenheit entfernte er ein laminiertes Kärtchen, mit dem die Firma Balkan Export den Aufkauf von Onnos Auto begehrte.

»Reiß ich mir auch noch det Rahm'jummi mit raus!« erzählte er. Machte er ooch noch den Zille. Verkorkste ihn aber: abgesehen von der viel zu flachen ostfriesischen Transformation der kreglen Spree-Melodie, auch noch gespickt mit Fehlern. »Icke«, verbesserte ich ihn. »Ooch noch. Raues. Noch mal. Reiß icke mia ooch noch – sprich mir nach! – det Rahm'jummi mit raues.«

Nur, um endlich hinterm Steuer sitzend festzustellen, daß die Windschutzscheibe derart verdreckt war, daß er »nach Jehör« hätte fahren müssen.

Ich, ahnungsvoll: »Und die Düsen von der Wischwaschanlage natürlich saftversiegelt.«

»Was?«

Ich: »Die Düsen. Wischwasch. Saft-ver-sie-gelt.«

»Jawohl, Commander, Sir. Positiv, Sir.«

Also erst wieder sieben Minuten weit nach Haus. Zu Hause Eimer mit Warmwasser, Spüli und Schwammi, neun Minuten weit tragen und dann fünfzehn Minuten lang im Erz der Feinde herumschmieren. Zwischendurch eine Minute

Handytelefonat mit mir, wo zum Kuckuck er denn bleibt. Machte, inkl. Stau am Dammtor, satte anderthalb Stunden, bis er vor meinem Schreibtisch saß.

»Immer wieder geiler Ausblick«, sagte Onno verträumt und schaute über meine Schulter auf das funkelnde Binnenalsterbecken mit der steilen Fontäne.

»Man nennt es auch Hammonias Bidet«, log ich.

»Ih«, machte Onno. »Nech.«

Da er immer noch nichts gefrühstückt hatte, war es ausnahmsweise möglich, Onno zum Mittagessen einzuladen. Ich ließ mir von Robota eine ausgediente Ledertasche geben. (Ihr selbsterfundener Spitzname, eigentlich heißt sie Roberta. Langbeinig, aber Mona-Lisa-Wangen – eine herzzerreißende Kombination.) »Das ist jetzt dein Detektivbaukasten«, sagte ich. Tat das Fernglas hinein, das ich auf der Fensterbank zu stehen hatte. Tat die Fiona-Fotos hinein und den Ausdruck des alten detektivischen Observationsprotokolls aus der uralten Studentendealer-Affäre, als Vorlage für Onno. Tat meine Nikon D 70 einschl. Handbuch hinein. Tat mein Diktiergerät hinein. Drückte ihm hundert Euro in die Hand. Dann gingen wir die paar Schritte hinüber in die Cafeteria des Alsterhauses und aßen, wie es sich in Hamburg gehört, Cornedbeef-Matjeshering-Kartoffeln-Rote-Bete-Mus mit Gurke und Spiegelei, sprich: Labskaus.

»Heute«, sagte ich, »haben diese Spiegelreflexkameras keine festen Brennweiten mehr. Mit dem Autofocus stellen sie sich selbsttätig scharf. Für den Zoom drehst du an diesem Ring – und dann klick. Fertig.«

»Und die ganzen interessanten Blinkvorgänge hier, auf dem Display? AF-S und BKT und alles. Und diese Knöpfchen? ISO und WB und QKAL …«

»Vergiß das alles.«

»Was?«

»Vergiß es einfach.«

»Ja, Colonel, Sir. Vergessen, Sir, verstanden, Sir.«

»Für Eventualitäten hast du ja noch das Handbuch.«

»Handtuch, Sir, jawoll, Sir. Was für ein Handtuch, Sir?«

Wir betrachteten die vier Farb-Ausdrucke von Fionas Konterfei. Der eine zeigte eine Art Paßporträt, der zweite ein Privatfoto (sie in langem schwarzem Rollkragenpullover, mit nackten Beinen und untergeschlagenen Füßen samt hyperbolischem rosa Plüsch-Ren auf Ledersofa). Der dritte war das offizielle Burlesque-Bild, mit dem sie letztes Jahr berühmt geworden war. Auf Stilettos balancierend, knickt sie in der Korselettentaille ein und präsentiert eine Vaudeville-Pose von kecker Symmetrie: bilden benetzstrumpftes gestrecktes Bein, Kavaliersstock, Hals, Kopf und Zylinder die lotrechten Linien, setzen die schrägen Akzente benetzstrumpfter eingeknickter Oberschenkel, Korsettachse und ärmelbehandschuhte Arme (eine Hand am Stock, die andere mit *Täterätä!*-Aplomb in die Luft gereckt). Alles in Schwarz, inkl. Perücke. Und der vierte ein professionelles Bikini-Pin-up-Motiv im Stil der Fünfziger. Zweimal war sie blond, zweimal schwarz. Einmal kurz-, dreimal langhaarig. Es hätten vier verschiedene, ähnliche Mädchen sein können, alle hübsch. Man mußte sich sehr auf die Gesichtsdetails konzentrieren, um sie als ein und dasselbe Individuum zu identifizieren. Nur auf dem Bikini-Bild entblößte sie die charmant schiefen Eckzähne.

»Also weißt du«, sagte ich, »so'n Material hätt'ste dir auch aus'm Internet runterholen können.«

»Internet, Sir. Runterholen. Verstanden, Anwalt, Sir.«

Tiefes Mitleid, hohe Achtung – sicherlich. Manchmal, ja oft aber ging er einem auch auf den Wecker. Exponentiell.

Immer noch Dienstag, den 20. April. Inzwischen ungefähr 17:00 Uhr. Parklücke Froindstraße 11/13.

Dienstagnachmittags hatte Edda Dienstbesprechung. Normalerweise war jetzt gerade Feierabend. Vielleicht erwischte er sie also noch. Onno zückte sein Handy und drückte auf die Schnellwahl mit der Kennung ›Edda Lili‹.

»Liliput, Edda Viets?« Bis heute packten ihn mitunter Rührung und ungläubiger Stolz, daß jene schöne, feste, weiche, runde Frau bereitwillig seinen Namen trug.

»Na, Dickerchen?«

»Na, Pantoffeltierchen?«

»Was?«

»NA, PANTOFFELTIERCHEN?!«

»Ach so. Duhu? Schnecke? Ich hab' 'n Job!« Und Onno erzählte.

»Detektiv. Nick Dolan. Ich krieg 'n Föhn. Aber *unser* Popöchen? Du willst *unser* Popöchen bespitzeln und verpetzen? Unser Popöchen verpetzen bei diesem unappetitlichen – nee, alles ♪♫ guhut ♫«, unterbrach sie, als Kollegin Frieda dazwischenquasselte. »Das ist mein ♪ Mahann ♪♫! Der hat ♪♫ sie nicht ♫ mehr alleee! ♪♫«

»Sei doch nicht so unknuffig«, sagte Onno.

»Unknuffig? Was ist das denn.«

»Das Gegenteil von knuffig.«

»Und was ist *das*?«

»Knuffig? Äh … cool. 'ch, 'ch, 'ch …«

»Klingt aber uncool.«

»Unknuffig?«

»Nee, knuffig.«

»Ja, aber knuffig. Jedenfalls, von wegen ›unappetitlichen‹ – öff, öff, sie hat ihn sich ja ausgesucht. Da fanden wir ›unser Popöchen‹ zum Schluß ja auch nicht mehr sooo gut.«

»»Ausgesucht‹, ›auch nicht mehr so gut‹, alles klar, Herr Kommissar. Was wollen wir essen? Wann kommst du denn nach Haus?«

»Nicht vor acht, denk' ich mal.«

19:40 Uhr. Mit knurrendem Magen, mit voller Blase und zugleich dehydriert hockte Onno in seinem Ford Guano. Auf dem Beifahrersitz. (Aus einem Internet-Interview mit einem gewissen Detekteichef: »Bei längeren Beobachtungen vom Auto aus ist es sinnvoll, auf dem Beifahrersitz zu sitzen, dann scheint es nämlich, als warte man auf jemanden, das ist weniger auffällig.«) Seit mehr als vier Stunden behielt er den Eingang von Haus Nummer 10 per Rückspiegel im Auge. Und zwar, das mußte ihm der Neid lassen, ohne signifikante Ermüdungserscheinungen.

Denn wenn es überhaupt irgend etwas gab, das ein Onno Viets konnte – das ein Onno Viets gar besser konnte als viele andere –, dann war es: sitzen. Das war neben seinen sensationellen Pingpong-Reflexen die zweite seiner drei Superkräfte. Egal, wo und wann, wie und wieso – Onno konnte stundenlang sitzen. Tagelang. Jahrelang; notfalls auf einem Schleifstein. Ischias? Hämorrhoiden? Nee. Nich. Onno Sitzriese.

Auf Feten war er stets beliebter Gast. Aber auch, um der Wahrheit die Ehre zu geben, nicht ganz und gar ungefürchtet. Mitsamt seiner selten minder feierlustigen Edda kam er immer gern und ging immer ungern. Legion die Gartenstühle, aus denen ihn im Morgennebel die Feuerwehr hatte schweißen müssen. Legion die Sofas, Sessel, Küchenbänke, denen er Flausen ausgetrieben hatte. Nur durch höchste Konzentration seiner über die Jahrzehnte nahezu unverändert gebliebenen fünfundsiebzig Kilogramm Lebendgewicht auf die Gesäßmuskeln. Durch energischen Nießbrauch der Erdanziehungskraft. Aktive Passivität. Zen in Reinform. Zen ohne den Zenquatsch.

Raimund hatte hinsichtlich Onnos Berufsmisere vorgeschlagen, er möge doch im Akkord Eier ausbrüten. »Oder werd König! Im Thronen schlägt dich keiner! Oder wenigstens Pfahlsitzen wie all diese Guinness-Rekord-Idioten … Gibt's nach'm halben Jahr nicht immerhin 'n Präsentkorb oder irgend 'n Scheiß?«

Und wo wir grad dabei sind: Superkraft No. 3 war das bereits angesprochene Charisma für Arme. Eine Eigenschaft, über die er im Vergleich zu seinen Mitmenschen in außergewöhnlichem, ja übernatürlichem Maße verfügte. Sie bewirkte, daß sich jede/r rund Einskommasiebte gern zu ihm gesellte und mehr oder weniger rasch zu erzählen anfing. Nicht nur die Mühselige und der Beladene, sondern rein arithmetisch mehr als die Hälfte aller, die ihm länger als fünf Minuten begegneten. Onnos Haselnußaugen (Muttererbschaft) strahlten Muße ab, unendliche Muße, und im Verbund mit seinem gütigen Grinsen signalisierten sie die Urpotenz, des Nächsten Seele zu bezeugen.

Mit Folgen. Homosexualität eines Familienvaters? Onno Pfarrer. Promiskuität einer 16jährigen Verkäuferin? Onno Onkel. Untreue im Amt eines Kegelclubkassenwarts? Onno Advokat.

Ich zitiere aus meiner Eloge zu Onnos Fuffzigstem: *Onno Paps und Onno Mama, / Onno Papst und Onno Lama …*

Besoffene, Einsame, alleinerziehende Bluter – alle standen sie Schlange, um zum hl. Onno vorgelassen zu werden. Und noch nie hatte er jemand enttäuscht. Daran hatte es weißgott nicht gehapert, als er mit dem *Plemplem* pleitegegangen war. Dabei tat er oft gar nicht viel. Betteten Mütter ihm ihre grölenden Ausgeburten in den schimmeligen Arm, verwandelte er die dank seines schnurrenden Rs binnen Sekunden in die niedlichsten Babys unserer Stammesgeschichte.

»Weißt du, wie du steinreich werden könntest?« hatte Raimund mal gefragt. »Als Psychiater. Der Guru der Gurus. Der —«

»Genau«, bestätigte ich. »Noppe Viets, Begründer der Onnopathie™.«

»Njorp«, bestätigte Onno. »Und ihr meine ersten Bekloppten.«

Die Froindstraße lag am Südrand der vornehmen Uhlenhorst. Diesseits des Mundsburger Damms war sie eine kurze, geknickte Einbahnstraße. Von hier aus war man in anderthalb Minuten an der Außenalster, auf der Autobahn nach Berlin in acht. Um nach dem arctissilbernen Porsche Boxster Spyder HH-Q 69 Ausschau zu halten, war Onno zu Beginn seiner ersten Observation einmal ganz durchgefahren, hatte den Bogen über Graumannsweg, Buchtstraße und Mundsburger Damm zurückgeschlagen und dann noch einen andersherum, über Kuhmühle und Armgartstraße. Zwei, drei Porsche, doch kein Boxster Spyder. Daraufhin die ideale Parklücke gefunden.

Voluminöse Bäume standen der Straße gespreiztes Spalier. Die meisten schon sehr grün, waren ihre Blätter doch so klein, daß das Schwarz der Stämme und Äste noch deutlich zutage trat. Frisch erblüht, mischten diese erhabenen Wächter Leben unter die verwitterte Soldateska der Bogenlaternen und hüteten zugleich die vier- bis fünfstöckigen Häuser. Eine Drossel sang inkognito, und dito antwortete ihr eine aus der Nebenstraße.

Schräge drückte Onnos Schmuddelford den Schnabel gegen einen der massiven Masten. Anderseits angekettet ein rostiges Damenradskelett mit Plastiktüte überm Sattel. Der Hauch von Endzeitatmo, den die beiden Wracks atmeten, wurde von der Umgebung überzeugend ignoriert. Spiegelgleich die noblen, architravgekrönten Eingänge der Häuser

Nummer 11 und 13, lumineszierten deren Türblätter creme-
weiß. Im Rundbogenfenster des angrenzenden halbhexagona-
len Vorbaus strahlte eine Lampengans aus Plexiglas, als habe
man sie mit Morphium gemästet.

Onno hatte den Innenspiegel verdrehen und tief in den Sitz
rutschen müssen, um die Tür Nummer 10 bequem im Blick
zu behalten. Ein längsgeparkter Mini Cooper verdeckte die
vier Steinstufen, die hinaufführten; die verschnörkelte Flügel-
tür und der verfrühte Lichtschein aus dem Paneel der Klin-
gelschildchen aber waren gut zu beobachten. Unter den Namen tatsächlich Schulze-Pohle, das hatte Onno zu Beginn der
Observation geprüft – quasi mit hochgeschlagenem Trench-
kragen. Queckenborns Auskunft zufolge war Fiona hier mit
ständigem Wohnsitz behördlich gemeldet. War außerdem
derzeit nicht im Urlaub oder ähnliches. Das »Liebesnest« –
aus lauter Daffke dachte Onno gern in Boulevardjargon –,
das der Poptitan für Miss Popo angemietet hatte, lag diesem
zufolge im sechsten Stock des Hauses, eine Kombination von
Mansarde und Penthouse.

Einmal pro Tag werde sie mindestens nach Hause kommen, hatte Queckenborn ausgesagt. Und zwar hörbar gequält, denn er würde bis Sonntag in Köln festsitzen, wo die
Challenges für die Sparte TX im Studio produziert wurden –
sowie die Jury-Urteile. (BQ wurde bekanntlich aus einem
Stripschuppen in Prenzlberg übertragen, PN wie erwähnt aus
der *Showbar Hammonia* auf St. Pauli.)

Weit und breit hauptsächlich Wohngebiet. Eine Pension.
Kein Laden. Tankstelle zu weit weg. Nichts hatte Onno dabei, kein Getränk, keinen Appel, kein Ei, keine Pinkelflasche,
kein gar nichts. Aufs Diktiergerät schnurrte er entsprechende
Notizen. Nicht mal Lektüre, ärgerte er sich ein Weilchen, bevor ihm die erleichternde Erleuchtung kam, daß Lesen das
Gegenteil von Observation gewesen wäre.

Zäh hatte er ausgeharrt in seinem Onnomobil, obwohl

zwischenzeitlich selbst zur ZP geworden (= Zielperson, vgl. Internet). Halbherzig gedeckt von der illuminierten Hausgans, observierte ihn durch die plissierte Gardine des Vorbaus an Nummer 13 seit zweieinhalb Stunden eine schattenhafte Miss Marple in hager. Was, so fragte sie sich sicher, lungert dieser unrasierte alte Hippie da in diesem vollgekoteten Rollator herum? Als es noch hell war, hatte Onno zur Tarnung damit begonnen, alle zehn Minuten auf die Armbanduhr zu schauen und schwer geprüfte Miene zu machen. Er wartete auf … seine Frau, die … beim Friseur war. Oder sonst was. Ging Miss Marple gar nichts an.

Schließlich beschloß Onno, Feierabend zu machen, schon allein wegen Harndrangs, ja -drucks. Zwar verfügte er über die fassungsvermögendste Blase der Onnogenese. Bionisches Modell: Schlange schluckt Hängebauchschwein. Aufgrund jahrzehntelanger Erfahrung im Pilslenzen und Hocken, verquickt mit Faulheit, hatte Onno sein Urothel auf potentielles Fäßchenmaß trainiert. Humpen um Humpen saß er aus. Der Helmut Kohl des Harnverhalts. (Superkraft No. 4?) Der Physik des sprichwörtlichen Überlauftropfens aber hatte selbst er nichts entgegenzusetzen.

Seit sich ahnungsweise die Dämmerung ankündigte, hatte er übrigens darüber nachgedöst, wie Privatdetektive ihre Fotos wohl nachts schossen. Gab es Kameras, die ohne Blitzlicht funktionierten? Mit Infrarot? Oder Infragrün wie bei *Das Schweigen der Lämmer*, oder wie im Irak-Krieg? Oder mußte man halt von so weit entfernt observieren, daß der Blitz nicht auffiele? Reichte aber das Tele weiter als der Blitz? Und zwar im Dunkeln?

Onno nahm sich entsprechende Recherche vor. Dann sprach er, nicht ohne ein verlegenes Grinsen wegen der Attitüde, ins Diktaphon: »19:43 Uhr. ZF noch nicht aufgetaucht. Abbruch der Observation.« ZF = Zielfahrzeug (vgl. Internet). Dabei war es sowohl nach seiner Armband- als auch nach der ovalen Uhr in der Armaturenblende bereits 19:45 Uhr, doch wirkte 19:43 Uhr seiner Ansicht nach glaubwürdiger. Wechselte auf den Fahrersitz, winkte Miss Marple zu und setzte rückwärts aus der Parklücke. Es näherte sich bereits der nächste Verkehrsteilnehmer, rechts blinkend. Könnte, sagte sich Onnos Unterbewußtsein, ein arctissilberner Boxster Spyder sein. Beim Zurücksetzen schaute Onno durch sein verdrecktes Rückfensterchen. Was da rechts blinkte, *war* ein arctissilberner Boxster Spyder. Onno entzifferte dessen Kfz-Kennzeichen. HH-Q 69.

»Ach du meine Güte«, murmelte Onno halb geduckt, halb grinsend. »Na ja.«

Hinterm Steuer saß eine burschikose junge Frau. Die fliegenpilzgemusterte Ballonmütze barg offenbar ihr Haar. Das Handy am Ohr, schien sie unhörbar und unaufhörlich zu schwatzen – und lächelte jetzt: ja, schiefe Eckzähne.

Onno, nach wie vor schielend, zögerte eine Sekunde, fuhr dann aber unter dem gummierten Prasseln des Kopfsteinpflasters davon. Was sollte er machen. Im Rückspiegel sah er, wie sie in seine Parklücke einbog, und das nächste Auto klebte bereits an seiner Stoßstange.

»Herrjemine«, fluchte er grinsend, für seine Verhältnisse aufgeregt. Aufgeregt, weil ›es‹ funktionierte. Was auch immer, aber irgendwie funktionierte es. Sein Phlegmatikerherzchen schlug höher. War das da tatsächlich jene Fiona Popo aus dem Fernsehen? Ja. Das da war wahrscheinlich tatsächlich Fiona Popo. Sein und Eddas Popöchen. Letztjähriger Saisonliebling.

Herrjemine, er könnte irgendwo – was nicht einfach wäre – einen neuen Parkplatz zu finden versuchen, irgendwo unauffällig Wasser lassen, weiterhin hungern und dürsten und dann erneut den Hauseingang observieren, irgendwie. Ob jemand sie besuchte.

Blödsinn. Woher soll er wissen, ob ein Besucher *sie* besucht.

Und wenn sie abgeholt wird? In einer Stunde wird's dunkel. Und Fotografieren geht halt nicht, im Dunkeln, ohne auf sich aufmerksam zu machen – womöglich ›verbrennt‹ er bzw. ›platzt auf‹, wie es im Schnüfflerjargon heißt (vgl. Internet). Muß halt erst mal recherchiert werden.

Im Seitenspiegel sah Onno, wie die Gestalt mit der Ballonmütze dahinten die Straße querte und ins Haus Nummer 10 ging.

Na schön. Es war grad mal der erste und noch nicht aller Tage Abend. Und inzwischen mußte er befürchten, daß sein knurrender Magen auffälliger wäre als ein Blitzlichtblitz. Außerdem vermochte Onno ums Verrecken nicht das Gefühl abzuwehren, seit langer Zeit endlich mal wieder Feierabend zu haben. (Denn das war bekanntlich das schlimmste an der Arbeitslosigkeit: nie mehr Feierabend.)

[9]

Mittwoch, der 21. April. 08:01 Uhr. (Noch neun Tage bis Ultimo Fiskus.) Parklücke Froindstraße 17. Strahlend sonniges Wetter, um die 19 Grad bereits. Der Boxster stand zwei Autos weiter oben – immer noch dort, wo er am Vorabend eingeparkt worden war.

Onno wechselte auf den Beifahrersitz und entnahm seinem Rucksack das daheim improvisierte Observationsequipment. Den Plastiktrichter deponierte er unter dem Fahrersitz. Auf die Fußmatte davor stellte er die leere Johnny-Walker-Flasche, auf Neil Young den Kassettenrecorder und auf entspannten Dauerbetrieb den *gluteus maximus*. Dann gniedelte er sich einen Tabakstift, atmete ihn peu à peu ein und, vom Nikotin und Teere befreit, seufzend wieder aus. Dazu genehmigte er sich, schlückchenweise, behaglich japsend, eine Kappe Tee aus der Thermoskanne. Ein gesetzter Mann. Mit wundervoller, liebevoller Gattin, guten alten Sportsfreunden und abwechslungsreicher Berufstätigkeit.

»11:49 Uhr«, sprach Onno um 11:49 Uhr ins Diktaphon. »Hallöchen, Popöchen.«

D.h., ist das wirklich Froll'n Popo? Ja, doch. Heut zwar eine völlig andere Verpuppung, diesmal aus der Abteilung Sportbekleidung: blonder Pferdeschwanz, kleegrünes Stirnband, seegrüne Sonnenbrille, Joggingklamotten in Creme und Minzgrün und klobige cremefarbene Sneakers. Doch sie stieg in den Boxster. Wäre sie nicht in dem Boxster an ihm vorbei, Onno hätte nur raten können, ob sie es wirklich war. Andererseits, auch als Q69-Pilotin: Sie hätte genauso gut ihre Schwester sein können. Ihre Astrologin. Visagistin. Im Prinzip sogar ihre Mörderin. Nichtsdestoweniger … was soll's? Onno hatte nicht die geringste Lust, seinen neuen Job gleich wieder in Frage zu stellen.

Die erste Beschattung! Onno versuchte, Adrenalin auszuschütten, kleckerte aber nur ein bißchen mit der Wasserflasche. Der Boxster fuhr Strich fünfzig an der Außenalster entlang, die durch die immer- und frühjahrsgrünen Gebüsche funkelte, durchquerte das Ferdinandstor und bog vom Ballindamm links in die City. Kein Problem, zu folgen. Fiona bog vorm Thalia-Theater links ein, noch zweimal links, und dann in das Parkhaus des CSC (= City Shopping Center). Wetten, sie will zu Workout Co.? Onno wartete in zweiter Reihe auf der Straße, damit er nicht auch im Parkhaus in ihrem Rückspiegel auftauchte, und fuhr erst hinterher, als er das arctissilberne Heck im Betonzwielicht des Innengehäuses verschwinden sah. Dann zog er an der Säule vor der Schranke eine Parkkarte.

Spiralförmig ging's bis nach oben aufs Dach. Dort einmal ums Karree. Auf der Gegengeraden kam ihm, Sporttasche über der Schulter, Handy am Ohr, Fiona zu Fuß entgegen. Onno konzentrierte sich auf seine Tarnkappe. Zutiefst autistisch, schwatzte sie lächelnd. Wenn die ihn bemerkt hat, frißt er 'nen Besen. Onno parkte, wo er den Boxster im Visier hatte. Wartete zehn Minuten im Wagen. Stieg mitsamt meiner Nikon aus, ging zum Fahrstuhl – und wieder zurück ins Auto. So geht das nicht. Er kam sich vor, als sei, was da am Schulterriemen baumelte, nicht meine D 70, sondern eine AK 47. Außerdem sowieso Quatsch. Wenn sie sich hier mit ihrem Stecher trifft, werden sie ja wohl kaum knutschen – in aller Öffentlichkeit. (Wobei Onnos Unterbewußtsein allerdings sofort losunkte, wieso er denn dann *überhaupt* in der Öffentlichkeit observierte? Allerdings – wo sonst? ... Dieser verdammte Job.)

Soll er Workout Co. mal von nahem betrachten? Ach was. Gelegenheit, um ›Johnny Walker‹, transportiert im Rucksack, auf der Kundentoilette von k.i.z.z. zu entleeren. Zwischendurch amüsierte er sich damit, von der Flasche als von einer Urin-Ente zu denken, und er wäre nicht Onno Viets, wenn er sie nicht gleich darauf Uri*nen*te aussprach, und zwar mit zunächst wachsender und bald wieder abnehmender Begeisterung und schließlich nur noch routiniert – Uri*nen*te, Uri*nen*te –, und aber dann, der Himmel weiß warum, mit fulminant wiederaufflammender, auch noch in falschem Französisch: *Üröngnangt.* [y:rœŋnãŋt]

Dann kaufte er ein Tütchen Jummibärchen im Werte der Parkgebühr von einer Stunde, ließ sich das Ticket knipsen und ging, vor Cleverness glucksend, zurück zum Auto. Schmatzende Eintragungen ins Diktaphon.

Wie lang mag jemand wie Fräulein Popo Bauch, Beine, Popo trainieren? Onno, der seit seiner Zeit beim Barras keine gymnastische Körperertüchtigung mehr getrieben, hatte nicht die geringste Vorstellung. Was, wenn es über eine Stunde dauerte? Dann würde er mit der Karte zu dem Automaten gehen müssen, um nachzuzahlen. Logischerweise nach ihr. Folglich mit der Gefahr a), von ihr bemerkt zu werden, und b), ihr nicht schnell genug folgen zu können.

Onno prüfte einstweilen, ob er eine Euromünze hatte. Hatte er. Sogar zwei. Der Rest des Handlungsbedarfs versumpfte sanglos im Zuge der Gummibärchenschlemmerei. Wird schon irgendwie werden. Man muß ja nicht marlowiger werden als Philip Marlowe.

13:23 Uhr. ZP am Kartenautomaten. Kehrte zum ZF zurück. Onno zum Kartenautomaten. Kehrte zum Guano zurück, bevor ZF rücklings an ihm vorbei. ZF verschwand im Schneckengehäuse der Ab- und Ausfahrt. Onno fuhr die Abwärtskurven schleichend, um nicht plötzlich in Fionas Rückspiegel aufzutauchen – und ohne sich von dem chromblitzenden Bullenfänger treiben zu lassen, der an einer Art weißem Zwanzig-Fuß-Container auf Rädern angebracht war. Der Fahrer thronte oberhalb von Außen- wie Innenspiegelsicht. Ließ die Verbindung zu Onnos Fördchen nie auf mehr als eine Schwanzlänge abreißen.

Der Boxster bog gerade in die Helligkeit des Tages ein, die Schranke sank in die Waagerechte, Onno rollte dicht heran, seitlich eng genug an der Säule, um das Ticket ohne Verrenkungen in den Schlitz des Kartenlesers einführen zu können. Drückte aufs Abwärts-Knöpfchen des elektronischen Fensterhebers bzw. -senkers. Doch außer gequältem Wimmern tat sich nichts. Ein Wimmern, dachte Onno geistesgegenwärtig, wie von einer geknebelten Blondine. Ach du Schande. Zugeklebt. Na.

Onno versuchte auszusteigen, doch war er zu dicht an die Säule gefahren. Die Tür ging nur einen allzuschmalen Schlitz weit auf. Vorn war gleich die Schranke. Onno schaute in den Rückspiegel. Der weiße Hornochse mit dem Bullenfänger war so weit aufgefahren, daß Onno nicht zurücksetzen konnte. Und dahinter stand bereits der nächste Hornochse, und ein dritter rollte gerade an. Onno ließ, aus purer Sturheit, noch einmal die Blondine wimmern. Dann überlegte er, ob er die ganze Herde zum Zurücksetzen nötigen sollte.

Stieg dann aber über die Beifahrerseite aus, zwängte sich zwischen Motorhaube und Schranke hindurch, schob die Karte in den Kartenleser und beeilte sich, um an der sich hebenden Schranke vorbei über den Beifahrersitz wieder ans Steuer zu kommen. Mittlerweile muhten zwei der mittlerweile vier Hornochsen. Als Onno in die Helligkeit des Tages einbog, war Fiona über alle Berge.

13:40 Uhr. Zurück in der Froindstraße. Schwein gehabt: Der Boxster stand direkt vor Nummer 10. Onno vor Nummer 13. Hinter (unbeleuchteter) Gans und Gardinchen bereits bereit: Miss Marple.

Diesmal ignorierte Onno sie nonchalant. Packte sein Pausenbrot aus. Stulli, das Pausenbrot. Schön mit Margarine beschmiert und dick mit Fleischsalat belegt. (250 g für 59 Cent bei ALMOS.)

13:50 Uhr. Grad noch Zeit für ein Telefonat, bevor Eddas Spielgruppe anfing. »Liliput, Edda Viets?«

»Lieblingsweib. Na?«

»Na, mein … Dings?«

»Was?«

»NA, MEIN … LIEBLINGSDETEKTIV?«

»Na? Wie isses.«

»Gut. Und selber?«

»Na ja … keine besonderen Vorkommnisse, Chief Constable.«

»Na denn …«

»Na denn. Wollt' nur mal hör'n.«

»Jaha! Schühüs!«

»Schüs!«

14:22 Uhr. Leicht verwirrt verfolgte Onno, wie Fiona – immer noch in den Sportklamotten – in die Nummer 10 *hinein*ging. Statt herauszukommen. Offenbar war sie, nachdem sie ihren Wagen geparkt, zu Fuß noch anderswo hin. Na.

15:10 Uhr. Fiona kam aus der Haustür. Wieder allein. Wäre sie nicht in den Boxster gestiegen, Onno hätte sie wieder nicht wiedererkannt – diesmal trug sie eine Sonnenbrille mit chiliroten, tischtennisschlägergroßen Gläsern, chilirote Stöckelschuhe und zu den Jeans eine Art Poncho in Chilirot. Links unter der Kapuze, aus der in dicken Strähnen goldenes Haar quoll, ihre Hand (samt vermutlich Handy).

Onno verfolgte sie – diesmal gar nicht so einfach angesichts der Pest der gelben Ampeln! – über Sechslingspforte, Bürgerweide und Sievekingsallee bis zum Horner Kreisel. Und ferner – fast schon eine Art Zeckenstolz verspürend – das Stückchen Autobahn bis zum Kreuz Hamburg-Ost.

Kaum aber hatten sie sich Richtung Berlin eingefädelt (und die Geschwindigkeitsbegrenzung ein Ende), wurde die arctisfarbene Königinnenkutsche plötzlich unwiderstehlich in den Verlauf der A 24 hineingesogen. Aufgesogen von der unmittelbaren Zukunft. Warp in Zeitlupe oder so was.

Ein Porsche Boxster Spyder macht 267 km/h Spitze. Von null auf 200 km/h braucht er 17,7 Sekunden. Und 100 hatten sie ja schon drauf gehabt. Ungefähr die Hälfte der Beschleunigungszeit hatte Onno verschwendet, um zu begreifen, daß Fiona auf die Tube drückte. Zwar hatte er die fünf Dutzend alten Klepper unter seiner Haube voller Taubenstuhl nach und nach auf einen Galopp von hundertsiebzig Kilometern pro Stunde getrieben (in weniger als 17,7 Minuten). Wobei sie in den höchsten Tönen wieherten. Doch zu sehen war der Boxster längst nicht mehr. Zehn Minuten lang hoffte Onno auf Stau, Panne, Pinkelpause.

Nie aufgeben, gut. Besser aber: Nie zu spät aufgeben. Onno fürchtete, noch einen Kilometer weiter in dem Tempo, und Balkan Export böte ihm max. Dosenpfand.

10

Donnerstag, 22. April. 8:06 Uhr. (Noch acht Tage bis Ultimo Fiskus.) Parkte, wo die Froindstraße in den Graumannsweg mündete. Weiter oben war noch kein Parkplatz frei. Würde sehr anstrengend werden von hier aus, weil praktisch ständig mit dem Feldstecher auf der Nase – was die Miss Marples dieser Welt in Aufruhr versetzen dürfte. Allerdings hatte Onno den Boxster immerhin wieder in der Froindstraße stehen sehen, diesmal gleich ganz vorn. Also müßte Fräulein Popo, so sie sich nicht zu Fuß auf den Weg machte, unweigerlich Onnos Guano passieren.

Die weitere Zeit vertrieb er sich mit obskurer Schwelgerei in einer Art Nachdurst. Nicht daß er am Vorabend zuviel getrunken hätte. Vielmehr war seine mulmige Mundflora Folge eines Lammkotelettgelages, das Edda und er begangen hatten.

Da er bereits gegen 17 Uhr von der Berliner Autobahn zurück gewesen und anzunehmen war, daß Fiona, wenn überhaupt, dann spät in der Nacht zurückkehren würde, hatte er folgende Alternative erstellt: Autowäsche oder Edda mal was Schönes zu Abend kochen. (›Was Schönes‹, nun ja. Kochen konnte Onno natürlich auch nicht.) Unter bräsigem Grusel erinnerte er sich nun an die Knoblauchpranken im Ratatouille.

Im übrigen hatte noch am selben Vorabend ich ihn zurückgerufen. Er hatte mich per Mailbox darum gebeten. Es ging um die Ohne-Blitz-im-Dunkeln-fotografieren-Frage. Ich erinnerte mich, daß professionelle Detektive mit hochempfindlichen Foto- und Videokameras arbeiteten. (Draußen auf dem Land war sicher nicht möglich, was im lichtverschmutzten Hamburg hingegen möglich war.) Ohnedies spielten vor Gericht Fotobeweise keine Rolle, weil leicht zu fälschen. Vor Gericht ging es ausschließlich um die Zeugenaussage des Detektivs.

Um Belege für Untreue zu erstellen, mußte man halt auf Tageslicht hoffen. Versuchen konnte man es im Dunkeln allemal. Nur sollte der Blitz ausgestellt sein. Sonst verbrannte man. Platzte auf. Riskierte womöglich Leberhaken oder einen Schußkanal durch den Cortexbregen, nech.

Da Fiona so früh bisher noch nie aus dem Haus gegangen war, meinte Onno, ein bißchen in dem Handbuch für die D 70 herumblättern zu können. Dick wie ein Krimi war's. Meßfeldsteuerung des Autofokus … m'hm, da, ja. Weißabgleich auf Basis eines Meßwerts … mja, da. M'hm. Knipsen für Klapskallis … nee. Nich.

Onno schaute im Index nach, ob's ein Stichwort »Blitz ausschalten« gab. Blitzbelichtungs-Meßwertspeicher Seite 103 f, Blitzbelichtungsreihe 87–91, Blitzbereitschaftsanzeige 94, Blitz dies, Blitz das. Blitz ausschalten: negativ, Captain, Sir.

Er schaute unter ›Blitzgerät‹. i-TTL-Blitzsteuerung, einmal als Aufhellblitz, einmal als Standard. Für die Blitzsteuerung stehen die Optionen TTL, Manuell und Master-Strg. zur Auswahl. Synchronisation auf den ersten Verschlußvorhang. Langzeitsynchronisation. Synchronisation auf den *zweiten* Verschlußvorhang. Och nö, Leute.

Erst mal eine gniedeln.

10:08 Uhr. Onno setzte ein paar Meter in der Froindstraße zurück, um die Parklücke 11/13 wieder zu belegen. Moin, Miss Marple.

14:16 Uhr. Onno hatte das Gefühl, aus einer Art Sekundenschlaf gerissen zu werden, als es direkt neben seinem rechten Ohr an der Beifahrerscheibe klopfte. Ein geneigtes männliches Gesicht, weder un- noch freundlich, sondern mit scharf ausrasierten grauen Koteletten unterm Polizei-Filz. Ein sog. Bürgernaher Beamter (= BünaBe). Unwillkürlich mußte Onno aufstoßen. Wieder eine Zehe weniger.

Onno grinste ihm zu. Da die Zündung aus war, war auch

der elektronische Fenstersenker aus, und daß er wegen der Verklebung womöglich ohnedies nicht funktionierte, mußte man ja nicht gleich jedem BünaBe auf die BünaNa binden. Deshalb zog Onno an der Kunststoffklinke. Doch die Tür blieb dicht. »Moment«, rief Onno. »Lindensaft!« Und rammte mit vorsichtigen Schulterstößen die Türe auf. Ebenso vorsichtig löste sich det Rahmenjummi. Dieser verdammte Job, dachte, inwendig grinsend, Onno.

»Guten Tach«, wünschte, das Malheur hochherzig überblinzelnd, der BünaBe. Einen Schritt zurücktretend, richtete er sich in seinem coolen, erst kürzlich neugeschöpften Cop-Outfit zu voller Statur auf und, bei gerunzelter Stirne, säuberte mit dem Ballen der Linken seinen klebrig gewordenen Zeigefingerknöchel.

»Tach«, echote Onno, durch den Türspalt aufblickend.

»Darf ich fragen, worauf Sie warten.«

»Klar«, sagte Onno.

Der BünaBe wartete, Onno auch. Onno verlor. »Kleiner Scherz«, grinste er sein gütiges Grinsen. »Nee, ich? Auf meine Frau, nech.« Mit seiner Detektivtätigkeit kam er ihm lieber nicht, solang unsicher, ob dazu eine Lizenz oder so was nötig war. Hätte ich ihm ja vielleicht von Anfang an sagen können, Spacken. Zumal er ja noch am Tropf des Jobcenters hing.

»Auf Ihre Frau, nech. Wo ist die denn hin, Ihre Frau.« Um Bürger Onno noch näher zu kommen, wollte der bürgernahe Beamte sich gerade mit den gespreizten Ellen auf den klebrigen Türrahmen lehnen – zuckte aber noch rechtzeitig zurück.

»Äh … beim Frisör«, sagte Onno. Treudoof rollte das R. »Sagen Sie, an irgendwen erinnern Sie mich.«

»Beim Frisör. Was für 'n *Frisör* denn bloß.« Der BünaBe schaute sich heuchlerisch um. Reine Wohngegend.

»Keine Ahnung. Sie hat nur gesagt, sie geht zum Frisör, und ich soll hier warten. An wen erinnern Sie mich bloß?«

»Hat gesagt, geht zum Frisör. War sie nicht gestern erst beim Frisör? Und vorgestern?«

Mist. Miss Marple. Hat Angst vor Gänsemördern.

Aufgrund seiner Jesus-Aura war Onno Gestänker nicht mehr recht gewohnt. Also reaktivierte er seinen alten Spaßguerillahumor. »Hören Sie«, sagte er. »Äääh ... darf ich mal Ihren Führerschein und Ihre Zulassungspapiere sehen?«

»Da bringen Sie mich«, versetzte der BünaBe, »auf eine Idee, Sie Comedian, Sie. Führerschein, Fahrzeugschein. ›Bitte.‹«

Onno kramte. Schweigen beiderseits. Reichte rüber. Grinste süßlich. Onnokenner hätten leicht seine Vorfreude darauf erkannt, das im *Tre tigli* zu erzählen. Und dann hab ich zu dem Bullen gesagt: Kann ich mal Ihren Führerschein und so weiter.

»Das sind Sie?« Der BünaBe tippte auf das eselsohrige Foto mit den rostigen Stanzringen in dem grauen, grauen Lappen. Onno anno 73. Ohne gütiges Grienen, mit zwar noch weichem, doch dichtem, dunklem Vollbart und in Schwarzweiß, so daß die indischen Kuhaugen verfälscht wurden, wies sein damaliges Konterfei – an nächtlichen Theken oft bestaunt – eine verstörende Ähnlichkeit mit dem Charles Mansons auf.

»Gewesen«, grinste Onno. »Öff, öff.«

»Gewesen öff, öff. Sie wohnen Stellingstraße 55?«

»Njorp.«

»Njorp. Das’ in Hoheluft, richtig?«

»Njorp ...«

»Njorp. Und dann fährt Ihre Frau zum Frisör bis auf die Uhlenhorst. Mit Ihrem Auto. Mit Ihnen als Beifahrer.«

»Nu hör’n Sie doch mal mit –, was reiten Sie denn dauernd – sagen Sie«, unterbrach Onno sich endgültig, noch lange nicht verzweifelt oder so, nur aufrichtig interessiert: »Ist das verboten, was ich hier tue?«

»Kommt drauf an, *was* Sie hier tun.«

»Na nix! Sitzen, nech.«

»Sitzen, nech.« Der BünaBe warf einen langen Blick auf die Johnny-Walker-Pulle vorm Fahrersitz. Inzwischen halb voll. Bzw., pessimistisch betrachtet, halb leer. (Gedächtnisnotiz: Johnny-Walker-Pulle nee. Nich. Apfelsaftpulle.)

»Das ist nur meine Üröngnangt«, sagte Onno.

»Ach so«, sagte der BünaBe. Sparte sich die Wiederholung mal.

»Ich meine, da ist Ingwertee drinne«, sagte Onno. »Wetten?« Eigentlich – seit dem lila Pudel – wettete Onno nur noch, wenn er hundertprozentig gewann. Das aber wär's ihm wert gewesen. »Wenn ich bloß wüßte, an wen Sie mich erinnern.«

Der BünaBe beugte sich zu ihm herab, sorgfältig auf Distanz zu dem räudigen Karosseriefell. »Hauchen Sie mich mal an?«

»Auf Ihre Verantwortung.« Fauchte ihm eine volle Breitseite Knoblauch-Smog ins Gesicht, wuchtig, schwefelhaltig. Der BünaBe wankte, doch strauchelte nicht. Virtuos wechselte er den Fokus, indem er einen langen Blick auf die Rückbank schickte, wo eine *Abendpost*, in die ein Guckloch geschnippelt war, meine Nikon, mein Fernglas und offen die Fotos von Fiona lagen. Wartete stehend. Onno sitzend. »Und das?« sagte der BünaBe. »Die Frisöse?«

»Mein Großneffe«, sagte Onno. »Hans-Heidi. Transvestit. ♫ Hansi is' ♪ 'n Transiii ♪♫ haben wir auf unseren Dessous-Partys immer –«

»Auf unseren Dessous-Partys. Fahren Sie hier wech«, sagte der BünaBe. »Sie Großonkel, Sie.«

Onno überlegte kurz, ob er sich auf seine Rechte berufen sollte. Hören Sie, ich kenne meine Rechte! D. h., schön wär's. Um Zeit zu gewinnen, sagte er: »Jetzt fällt's mir wieder ein! Sie sind einer von den Village Piepels, nech?«

»Fahren Sie hier wech«, sagte der BünaBe wieder und wandte sich zum Gehen, Richtung Alster. »Wenn ich Sie auf meiner Rücktour hier noch sehe, seif' ich Ihr Auto ein, und Sie gleich mit, Sie Comedian, Sie. Und zwar gründlich. Schön' Tach noch.«

Shit, cool, dachte Onno, während er aus der Parklücke setzte. Warum hat er sich eigentlich nie bei der Schmiere beworben? Was hat der für'n coolen Job. Onno fuhr um die Ecke, parkte im Graumannsweg und ging zu Fuß dorthin zurück, wo die Froindstraße einmündete. Lungerte dort herum, bis er halbwegs sicher war, daß der BünaBe aus der Gegend verschwunden war, ging zurück zum Auto und schlug erneut den Bogen über Graumannsweg, Buchtstraße und Mundsburger Damm. Als er in die Froindstraße einbog, sah er, daß der Boxster nach wie vor da stand, wo er vorhin gestanden hatte.

Sein Handy klingelte. Onno kurbelte seinen Guano in eine Einfahrt und schaute aufs Display. Kölner Nummer. Der hatte ihm grad noch gefehlt.

»Viets.«

»Queckenborn. Tach. Und?«

»Äh Tach, Herr Queckenborn. Nee. Nich. Bisher noch nix, nech. Mm …?«

»Gibt's doch nicht. Das' heute der dritte Tach!«

»…«

»Und … Ich mein', die ging gestern nachmittag nicht ans Handy bis in die Nacht, vorgestern nacht nicht, heute den ganzen Tach noch nicht … Was macht die denn. Was machst *du* denn. Eig'ntlich. Ich mein'…«

»…«

»Hallo? Hallo?«

»Ich bin noch dran. Ich bin noch dran, Herr Queckenborn. Ja, ich hab Frau Popo auch mehrmach, mehrfalls, mehrffffach vor die Linse bekommen und beschattet, aber bisher war sie jedesmal allein. Ich …«

»Gibt's doch nicht. Kann ich mal die Osationsprokolle ham? Geht das per Emil?«

»Was?«

»Die Osationsprokolle. Ham. Geht das per Emil?«

»Die Osa… ah so. Klar. Aber da steht natürlich noch nicht viel drin.«

»…«

»Aber wenn Sie wollen, klar. Klar. Ich ruf gleich mal im Büro an, und … Stunde oder so.«

»Orkeh. Orkeh.« Kofferschweres Seufzen. »Orkeh. Denn … erst mal.«

Heißt das jetzt, er will sie tatsächlich haben, die aussageschwachen Protokolle der vergangenen drei Tage? Soll er jetzt tatsächlich nach Hause fahren und tippsen? Onno überschlug im Geiste, was für ein Ergebnis dabei herauskäme.

OBSERVATIONSPROTOKOLL

Zielperson:	Frl. Fiona Schulze-Pohle, wohnhaft Froindstr. 10
Zielfahrzeug:	Porsche Boxster Spyder HH-Q 69

Dienstag, 20. April

15:20 Uhr	Abfahrt Observ.-Fahrzeug (OF) von der Basis zur Wohnanschrift ZP.
15:45 Uhr	Eintreffen vor Ort. ZF nicht ortbar.
19:43 Uhr	Bisher keine besonderen Vorkommnisse. Abbruch der Observation.
19:44 Uhr	ZF/ZP taucht auf. Nimmt Parkplatz des OF ein.
20:15 Uhr	Eintreffen an der Basis.
Einsatzzeitraum:	*5 Std. – Gefahrene km:* 17

Mittwoch, 21. April

07:40 Uhr	Abfahrt OF von der Basis zur Wohnanschrift ZP.
08:01 Uhr	ZF auf selbem Parkplatz wie Vorabend.
xx:xx	*(Peinliche Parkhaus-Episode? Welche peinliche Parkhausepisode?)*

15:10 Uhr	ZP mit ZF Ri. Berlin.
15:41 Uhr	ZF außer Sichtweite.
15:50 Uhr	Abbruch der Observation.
16:49 Uhr	Eintreffen an der Basis.

Einsatzzeitraum: 9 Std. – Gefahrene km: 142

Donnerstag, 22. April

07:40 Uhr	Abfahrt OF von der Basis zur Wohnanschrift ZP. ZF parkt Froindstr. 1.
xx:xx	*(Peinliche BünaBe-Episode? Welche peinliche BünaBe-Episode?)*
14:32 Uhr	Bisher keine besonderen Vorkommnisse. Anruf Kunde.

Einsatzzeitraum: 7 Std. – Gefahrene km: 17

Folgliches Ergebnis seiner Imagination: Protokolle nee. Nich. Und außerdem: was, wenn Queckenborns Nebenbuhler ausgerechnet *heut nachmittag* dort, auf der Haustürtreppe, in genauer Kameraschußlinie, seine Zunge in Fionas Rachenhöhle schöbe?

Also hiergeblieben, befahl Onno sich. Zur Not würde er behaupten, es sei ein Mißverständnis gewesen, oder der Server sei abgestürzt, oder ein Erdbeben habe – na ja, ist doch wahr.

War *nicht* wahr. Es war die bloße onnomanische Widerborstigkeit, die ihn bewog, auf seinem Posten zu bleiben. Er? Freier, unbestechlicher Privatdetektiv! Und läßt sich von keiner Miss Marple, keinem BünaBe oder zweitklassigen Kunden seinen Job erklären.

Rein prioritätslogisch wäre einleuchtender gewesen, er hätte erst mal den Kunden bei der Stange gehalten und ihm zu fressen gegeben. Und außerdem: Wenn es Onno weder vorgestern noch gestern noch bisher heute gelungen war, warum sollte er Fiona ausgerechnet jetzt in flagranti erwischen?

Und doch kam es so. Genau so. Ende Schicksalsgüte. Ende Zaunpfahl.

11

Aus lauter Trotz hatte Onno seine Observation sogar noch über das bisherige Maß hinaus ausgedehnt. Daß Queckenborn nicht noch einmal anrief und nach dem Verbleib der Observationsprotokolle fragte, bestärkte ihn nur. Er fand einen neuen Parkplatz vor Nummer 7. Zum Zeitvertreib grübelte er über Fragen wie die, weshalb ein Dreisilber wie ›Zielperson‹ abgekürzt wird, ein Viersilber wie ›Observation‹ aber nicht. Insofern war die Queckenbornsche Schöpfung ›Osation‹ ja durchaus ein Fortschritt. Na.

Zeit für ein Telefonat. Schnellwahl ›Zuhause‹. Donnerstag- und Freitagnachmittags war Edda zu Haus und besserte ihr 32-Stunden-Gehalt mit Strickaufträgen für das renommierteste Wollfachgeschäft Hamburgs auf. »Viets?«

»Na, Strickliesel?«

»Na, Herr Kriminaldings?«

Onno referierte kurz die BünaBe-Nummer. Und die Dolan-Nummer. Und kündigte Überstunden an.

»Macht nix. Wir haben heut mal wieder hier gekocht. Ein paar Königsberger Klopse sind übrig. Kannst du dir dann warm machen …«

»Wie viele sind's denn?«

»Viewiele, viewiele …« Edda überlegte. Aus irgendeinem harmlosen logopathischen Grund sagte sie, seit er sie kannte, ›Viewiel‹, was Onnos Oxytocinspiegel mitunter bis auf Wonnenniveau schnellen ließ. »Zwei, drei Stück, schätz ich.«

»Klasse, Schneckchen! Schüs!«

»Schüs, mein Uhu.«

Und um 21:05 Uhr hielt dann vor der Hausnummer 10 jenes Taxi. Es dämmerte zwar schon stark, doch als der Fahrer ausstieg, war er gut zu erkennen: Lederkutte, Bauch, und im bleichen Licht des Klingeltableaus die Frisur: Altweibersommer in der Halbwüste. Er drückte einen Knopf, ging zurück und stieg wieder ein. Geschlagene acht Minuten später erschien tatsächlich sie. Aha, kein Boxster heut abend. Popöchen goes Piccolöchen. Bzw. ein Wesen, dessen Identität Onno einmal mehr genau genommen nur erraten konnte.

Inzwischen hatte er allerdings einen Blick für ihren Bewegungscharakter entwickelt. So divenmäßig ihre Toilette war, so schlecht vermochte sie ihre Fohlenartigkeit zu verbergen. Im Schein der Straßenlaterne erkannte Onno, daß sie ganz in Schwarz gekleidet war, Roaring-Twenties-Look oder so; Hütchen mit – ein Klopfer! – Gazeschleier, Bolero mit Schulterpolstern, dazu hochgeschlitzter Bleistiftrock samt Netzstrümpfen und, wie Onno erkannte, als sie in den Fond stieg, gerüschtem Strumpfband. Vollkommen overdressed für einen solch sommerlichen Frühling.

»Jetzt bin ich aber«, knurrte Onno sich in seinen Fünf-Tage-Bart, »gespannt, wo's hingeht. Gespannt wie 'n Straps.«

I wo. Onno und Edda hatten an einem Sommerabend anno 1970 vorm Beatkeller der St.-Johannis-Gemeinde in Wilhelmsburg einander kennengelernt, vollgesülzt und entjungert. Seitdem waren sie ein zufriedenes Paar.

Glücklicherweise war der Droschkenkutscher von der gemächlichen Rasse. Kaltblut, wie Onno. Dranbleiben unproblematisch. An der Alster entlang ging es Richtung Innenstadt. Ein, zwei kurze Seitenblicke auf das Postkartenmotiv gönnte Onno sich. Hinter den buschig verwischenden Hekken, jenseits der defilierenden Baumstämme und Boulevardlaternen, die zwar kühl glommen, aber noch keine lauschigen Aureolen entfachten, die silbern gedengelte Alster. Die Skyline am anderen Ufer noch in ihren Profilen erkennbar, doch auch dort brannten bereits einzelne Lampen, nicht nach außen, vielmehr in sich selbst. Über den hohen Dächern ein rosafarbenes Band vom Abglanz der untergegangenen Sonne.

Die erste *abendliche* Beschattung! Los, Adrenalin ausschütten. Diesmal hatte er sich vorbereitet. Schaltete den iPod-Shuffle ein (Geburtstagsgeschenk von Raimund zum dreiundfünfzigsten), an den er auf dem Beifahrersitz zwei mobile Lautsprecherchen angeschlossen hatte. Es erklangen die schweren, düsteren Noten von Mobys »New Dawn Fades«-Version – das Stück vom Soundtrack (eBay, 1,50 Euro plus Verp.) zu Michael Manns »Heat«, das die Autobahnszene untermalt. Onno mühte sich redlich, Gänsehaut zu kriegen. Während die aufreizend hohen, aufreizend getragenen Gitarrenlicks in den Hamburger Abendhimmel schweiften wie blinde Suchscheinwerfer, sprach Onno den Text des vor Jagdfieber manisch kaugummikauenden Al Pacino vor sich hin: »Wie dicht bin ich an ihm dran, vierhundert Meter oder was? Bin ich weit weg oder dicht an ihm dran oder was.« Und die Antwort aus dem Funkgerät auch gleich noch, mit zugehaltener Nase: »Dreihundert Meter, mittlere Fahrspur.«

Grüne Welle. Der Taxifahrer wählte nicht die Kennedy-, sondern die Lombardsbrücke. Weiter durch die Esplanade. Die Ampel am Spielcasino war rot. Mit Strahlern effektvoll ausgeleuchtet die klassizistischen Fassaden. Weiter, Planten un Blomen rechts liegen lassen. Grellgrün glühen die Ampeln im schwarzen Grün der Baumkronen. Über Gorch-Fock- und Holstenwall bis an den Millerntordamm. Da rechts rein. Gleich wieder links, übern Millerntorplatz – und rauf auf die Reeperbahn.

St. Paulis Hauptschlagader. Vom Millern- bis zum Nobistor ein rund neunhundert Meter langer Stent für impotente Phantasten. Zwei Fahrspuren runter, zwei rauf, ein Trottoir hin, eins her. Weltberüchtigter Fummelbummelrummel rund um die Uhr. Sündenpfuhl. Bordsteinweise Evas mit glänzenden Äpfeln, wo der Wurm drin ist. Babel, Babel, hier ist Babel. Hier schreibt sich SEX mit drei X. Hier bist du Schwein, hier darfst du's sein. Hier wird ge*piep*t, bis die Englein singen. Die Nacht ist dein, dein Leben ein Fest, und die Saaltore leuchten in Rot, in Gelb und einem derartigen Blau, daß es

Schatten auf den Gehsteig wirft. Schilder so groß, so groß ist kein Gott, so hell kein Mond, so laut keine Flüstertüte: REINKOMMEN! MAUL HALTEN! KOHLE HER! Doch in deinen Ohren klingt's wie wilde Lyrik: SCHEISS AUF DIE HEUER! ABENTEUER! NEURONENFEUER!

Keine ganz einfache Aktion da am Millerntorplatz, der Wechsel quer über mehrere Spuren. Hier drängte sich der Verkehr, und Onno mußte zwei, nein drei Fahrzeuge zwischen seines und Fionas Droschke lassen.

Doch stellte sich das als günstig heraus, denn nach nur einer halben Minute Weiterfahrt stieß das Taxi in eine Parklücke auf dem bordsteinlosen parallelen Standstreifen an der Reeperbahn. So hatte Onno Zeit genug, in eine vorher gelegene einzubiegen, gleich nach'm Café Keese. Mit zwei Autos Puffer. Direkt vor Onno eine Art Rennwagen, flach, breit, dunkel. Ferrari. Maserati. Lamborghini. So was. Dahinter eine hochbeinige Geländelimousine.

Über die Loddelschleuder hinweg und durch die Fenster des SUV konnte Onno sehen, wie Fiona telefonierte. Die Eingangsbeleuchtung des Etablissements, vor dem ihr Taxi hielt, versorgte dessen Fond mit. Offenbar trug sie Handschuhe, vielleicht so seidene, ellenlange. Sie telefonierte, und schaute sich immer wieder um. Onno, der grad zum Fernglas greifen wollte, unterließ es. Ist er aufgeplatzt oder was? Falls ja, wie das oder was? Nee. Nich.

Onno drückte auf den Fenstersenkerknopf. Geknebelte Blondine. Versuchte es auf der Beifahrerseite, wo es – funktionierte. Hä? Na, wie auch immer. Ungefiltert nun, strömte Verkehrslärm herein. Sowie das Gehudel eines Grüppchens von Wanderklamotten tragenden Sixtysomethings, in (wetten?) Brustbeuteln hütend die jeweilige Jahresdividende der Ausflugskasse vom Tretbootverein zu Kuckucksau am Essigsee.

Und dann bemerkte Onno, vor welchem Laden er gelandet

war, und alle seine Sünden der achtziger Jahre fielen ihm wieder ein. Er hatte ihn nicht sofort wiedererkannt, weil heutzutage ein Vorgehege aus Sukkulententrögen, mit Whiskeyfässern als Eckpfeilern, ein paar Gartenmöbel einfaßte samt zwei Marktschirmen. Oberhalb von deren gestauchten Pyramiden aus roter Plane mit Astra-Aufdruck war der Paillettenschriftzug Lehmitz erkennbar. Unterhalb entströmte – frostig, irrsinnig – eine hellgrüne Lichtdroge der Glasfront.

In genau diesem Augenblick öffnete sich die Tür, und mit zweieinhalb Schritten den Biergarten querend, trat, Handy am Ohr, ein gewaltiger junger Hüne heraus. Sein Gang entbehrte jeglicher Kraftmeierei; vielmehr handelte es sich um das perfekte *Caminar* eines Killertangos, voll der Laszivität illegaler Macht. »*Wo* denn!« sagte er, den Blick Richtung Millerntor wendend. Nicht laut, er unterbot den aus der Kneipe schallenden Rocksong. *Just a man and his will to survive …* Doch sein kehliger Tenor, erkennbar von Intelligenz timbriert, drang mühelos durch.

Onnos Nackenflaum knisterte. Tarnkappe auf. Kein Mucks. Hanebüchen deutlich wurde Onno sich plötzlich der lächerlich geringen Dicke von Fahrzeugblech bewußt. Kein Zweifel, dieser Bursche da würde seine Fordnuß ggf. zerquetschen wie der Seewolf die rohe Kartoffel. Samt Kern. Erst mit leichtsinniger Verzögerung wandte Onno den Blick ab, senkte ihn fast zu spät.

Dafür hatte er den Koloß fürs erste erfaßt: grobianisch hübsch; nicht schwarzes, doch dunkles Haar, geschoren, doch frisiert. Augen wie Sonnenfinsternisse. Hohe, breite Jochbeine, hagere Wangen (in der linken ein Narben-Y). Prominenter Nasenrücken, volle Lippen, Gebiß wie aus Speckstein – ein Schneidezahn allerdings nur noch drei Viertel. Garantiert kein Glaskinn, o nein. Der onyxfarbene Anzug sorgfältig auf den menhirhaften Leib geschneidert. Das Sakko – fallende Revers – offen, darunter ein T-Shirt im dämmerungsverfälschten Violett einer klaren Amethystfacette. Es lag eng an, aber nicht hauteng: klar gezeichnet maskuliner Muskelbusen, Bauchrippeln nur angedeutet.

Ohne Onno wahrzunehmen – hoffentlich; beschwören mochte Onno das aus den Augenwinkeln nicht –, wechselte der Hüne die Blickrichtung. Die Art, wie er das Handy ans Ohr hielt, hatte etwas Dandyhaftes. Kleiner Finger stand ab. Paßte nicht mehr mit drauf. Doch keinerlei Klunker, keinerlei Rolex. Als er sich mit einem Krebsschritt der Beifahrertür näherte, verschwand sein Kopf aus Onnos Schielfeld. Athletischer Hals mit stabilen Flechsen und Aderzweigen. Wie ein Baumstumpf wuchs er aus der Mulde, die Schlüsselbeine, Trapezmuskeln und Jackettkragen formten. (Keinerlei Kettchen o. ä.) Noch einen Schritt näher, und Onno hätte dem Kerl durchs heruntergelassene Fenster einen Knallfrosch in die Tasche stecken können.

»Ach da!« rief er. »Ja, dann … *(unverständlich, weil abrupt zur Seite gedreht. Wieder zurück:)* Oder was.«

Könnte für einen Türsteher gelten oder Leibwächter, wäre da nicht der unbändige Unwille spürbar, je ins zweite Glied zurückzutreten. Wohl aufgrund der großwildhaften Souveränität, mit der er das Trottoir genutzt hatte, ohne sich um mögliche Kollisionen mit Kuckucksauern zu bekümmern. Sie waren ihm schwarmartig ausgewichen wie einem Hai.

Jetzt entließ er ein Knurren, ein rauhes Seufzen. Onno verstand ein abfälliges »Paparazzi, Paparazzi«. Dann drehte er auf dem Absatz der maßgefertigten Elbkähne aus geächtetem Leder. Tat zweieinhalb Schritte. Ein Wink in den Krawall von *Eye Of The Tiger.* Jemand mit hellgrauer Kapuze erschien im Garten, ein zwölf-, dreizehnjähriger Junge. Wie die Wachsamkeit in seinem steilen Blick widerspiegelte, bekam er eine Anordnung. Der Hüne: gestenlos, den Nacken kaum gebeugt, jochbreites Kreuz. Der Junge verschwand wieder in der Kneipe. Der Hüne drang, Geschmeidigkeit erzwingend, diagonal durch den Passantenfluß. Poussierte nebenbei einen blind ausgescherten Backfisch mit Asi-Palme, der ihn gerammt hatte. Selbst sein Lächeln war muskulös, doch mit Charme korrigierten Y-Narbe und Dreiviertelzahn allzu arg drohende Wäschemodelhaftigkeit. Und er stieg in den Fond des Taxis, wo Fiona sich ihm wild an den Hals warf.

[12]

Besinnungslos langte Onno nach meiner Nikon. Cool war er ja, und cool genug für die reine Aktion wäre er auch gewesen. Und doch schoß er kein Foto. Angst? Skrupel? Der Wunsch, die Zukunft durch Zurückhaltung parapsychologisch zu bannen? Wann immer ich ihn später fragte, die Antwort gelangte über den üblichen Viets'schen Njorpismus nicht hinaus.

Davon abgesehen, wäre das Foto wahrscheinlich ohnehin nichts geworden, durch die Frontscheibe von Onnos Ford, durch die reflektierende Heck- und Frontscheibe des SUV und die reflektierende Heckscheibe des Taxis. Und selbst falls technisch sauber, würde es kaum dafür ausgereicht haben, das wüst um sich beißende, ungleiche Ringerpärchen in ihren Identitäten zweifelsfrei zu fixieren. Zumindest Fiona in ihrer Verkleidung hätte ebensogut jemand anders sein können. An seinem inneren Ohr hörte Onno bereits Queckenborns Kritik: »Wenn ich Fiona was nachweisen will, muß ich nachweisen, daß sie das überhaupt ist.«

Zwischen zwei Zungenschlägen hatte man offenbar dem Taxifahrer Weisung erteilt. Links anblinkend, bog er wieder auf die Reeperbahn ein. Onno hoffte auf ein oder zwei Autos Puffer. Kamen aber keine. Darf nicht wahr sein. Onno harrte. Kalkulierte eiskalt, daß der Chauffeur die nächstgelegene grüne Ampel, dürfte die vor der Hein-Hoyer-Straße sein, nicht schaffen würde. Und *ver*kalkulierte sich eiskalt. »Ach du liebes Lieschen.«

Die Reeperbahn war ampelphasenbedingt immer noch frei, und Onno fuhr los. Casino Royal Spielsalon. Tutti frutti. Hotel Monopol. Herzblut St. Pauli. McDonald's. Haspa. Showcenter 66 Table dance. *Er* schaffte die Ampel nicht mehr. »Määänsch…« *Fack*. Aus der Hein-Hoyer-Straße strömte Verkehr ein. Das Taxi verschwand aus Onnos Blickfeld. Da. Nee, das ist ein anderes. Taxen auf dem Kiez nicht grad die Ausnahme. Warum hat er sich das Kfz-Kennzeichen von Fionas Droschke nicht gemerkt? Grün. Onno gab Gas. Moulin Rouge. Sexy Devil. Viva La Wurst. Hamburger Berg. Kentukky Fried Chicken. Penny. McDöner. Vulkan Casino. Barracuda Bar. Immer weiter, weiter die blink- und lauflichtergrelle LED-Tristesse der Reeperbahn hinunter. Da hinten, auf dem Gehsteig! Der Hüne, oder? Klar. Ausgestiegen. Da ist es ja auch, das Taxi. Jetzt fährt's weiter.

Der Hüne verschwand in einem Hinterhofportal zwischen Laufhaus und PIZZA HUT. Onno näherte sich, das Tempo drosselnd. Hupend überholte jemand. Onno sah, wie das Taxi ein paar Meter weiter aufs neue hielt. Drei, vier Wagenlängen hinter ihm quetschte Onno sich stumpfwinklig in eine Lücke zwischen zwei parkenden Autos. Reckte den Hals. Sah, wie Fiona aus dem Taxi stieg und, in ihrer Aufmachung fremdartig wie an einem Filmset und doch kaum Aufmerksamkeit erregend, mit gesenkter Hutkrempe herübertrippelte in ihrem engen Rock. Und im selben Hinterhof verschwand wie zuvor der Hüne.

Was nun. Ihnen nach? Ohne Nikon witzlos. Und mit Nikon? Guten Abend, die Herrschaften? Mein Name ist Viets, Onno Viets? Bitte recht liederlich?

Er tat einfach, was er am besten konnte: sitzen. Binnen Sekunden trudelte er in Trance, so tief, daß seine Unschlüssigkeit von Gelassenheit nicht mehr zu unterscheiden war.

Widerstandslos strömten Bilder durch Onnos Netzhäute ein. Ein wohlgeformtes rotes Herz, beschriftet mit EROS CENTER. Rote Außenwandflächen, übermannshoch darauf Das Weib als Comicfigur, den Hintern zur Begattung präsentiert, Giraffenbeine, Dreißig-Kilometer-Absätze und Brüste, wie sie im wirklichen Leben den Meistern der Chirurgenkunst Ansporn und Verpflichtung sind. Im Obergeschoß Jalousiefenster neben Jalousiefenster, Plakat neben Plakat. SOLO + DUO Pärchen KABINEN KONTAKTHOF. KONTAKTRAUM DARKROOM VOYEURKABINEN. FILMCENTER GAY HOMO SEX. SEX ARSCHE SPEZIAL HOMO GUMMI STRAF TOILETT BONDAGE FETISCH PISS BUSEN. Videos CD's DVD's DIA's etc. EINMAL ZAHLEN ALLES SEHEN TAGESKARTE. Erotic LIFESTYLE auf 400 qm. SEX VIDEO ABHOLMARKET. Das nächste Gebäude PIZZA HUT. Und dazwischen das Portal, über dem – recht unauffällig für ein interkontinental berühmtes Lokal – ein beschrifteter Hinweispfeil hing: *Zur Ritze.*

Ein Grüppchen quoll heraus. Eine Gruppe. Nach und nach die halbe Einwohnerschaft von Altpieselbach am Eselsjoch. Jutehüte, Windjacken in Signalfarben. Immerhin hatten sie die Nordic-Walking-Prügel daheimgelassen. Stattdessen hielten sie den Kiez mit Digicams in Schach.

Fast zu seiner eigenen Überraschung quetschte Onno sich dann doch aus dem eng eingeparkten Ford Guano. (Versuchte einen Moment lang, das zusehends losere Rahmengummi über die Schulter zu legen, weil er dachte, es handele sich um den Riemen der Kamera.) Bestimmt darf man als Touri auch *in* der *Ritze* fotografieren. Fragt man einfach den Wirt. Und wenn's voll genug ist, ergibt sich vielleicht die Chance, unauffällig einen Schnappschuß zu plazieren. Mit Mühe stopfte Onno die Wagentür in den Rahmen, schloß ab und drang, quer über den Gehsteig, einen Bogen um die hysterischen rotbäckigen Hinterwäldler schlagend, ins düstere Tor vor.

Das Portal war gerade hoch und breit genug für einen Kleinlieferwagen. Auf den Innenwänden hafteten fachwerkartige Spaliere aus ψ-förmigen Stützbalken, dazwischen zerschlissene Plakate. DER TEUFEL HAT DEN STRAPS GEMACHT: SEXY. SPICY. SATAN'S SOUL. Eins weiter: das Nußknackergrinsen unseres beliebten Jurynestors Nick Dolan samt Überschrift JETZT ERST RECHT! Und Unterschrift: V-GIRLS Staffel 2. Noch eins weiter EROTIKMESSE SCHNELSEN. Ein Widerspruch in sich – nein, zwei. *Null* Widerspruch duldet die illustre Nutte unter dem Schriftzug. Gestik, Mimik, Mammonik ordnen unverzügliche Erektion an.

Unter der Tunneldecke entlang führten klobige Rohrleitungen in den Hof. Daß es ein Hof war und keine garagenhafte Sackgasse, erahnte man aufgrund eines schwachen, grobkörnigen Lichtfeldes auf dem Boden da hinten, gespeist von rechts und oben – Abglanz eines abgekämpften Tages. Längst lag die Nacht etliche Runden vorn, und in vierzig Schritt Entfernung wartete jene gewisse schwarze Wand. Neununddreißig, achtunddreißig, siebenunddreißig. Jene niedrige, schwarze Fassadenblende, *so* schwarz, daß die quer darüberhin gemalte weibliche Steinschnittlage um so hellhäutiger heimleuchtet, spiegelgleich verwurzelt in roten Stilettos, lockend mit halterlosen Nylons. Über jedem zweidimensionalen Knie hängt eine dreidimensionale Laterne, noch aus. Und der Schoß die Tür. Schwarz. Zu. Des Rubens von der Reeperbahn Erwin Ross weltberühmtes Triptychon.

Darüber das Neonbanner einer Brauerei, kurioserweise einer bayerischen – und das Namensschild:

ZUR

Achtundzwanzig Schritt; siebenundzwanzig; sechsundzwanzig … Scharren mit Hall. Meter für Meter wurde die Nikon sperriger.

Unterm überbrückenden Gebäude hervor in den himmeloffenen Hof. Das kiezspezifische Dauergeräusch von der Reeperbahn her schallte dumpfer; stumpfer Onnos Tritt auf dem Betonpflaster.

Wie viele schwere Jungs haben dieses Pflaster geschliffen? Auf dem Weg zu ihren Geschäften und Gelagen? Ins berüchtigte Hinterzimmer, wo der Schmuckhändler regelmäßig seine Rolexe und Blingbling anbot? Oder in den öffentlichen Kneipenteil, wo anno 1980 Chinesen-Fritz vom Hocker geschossen wurde? Oder in den Boxkeller, in dem Dariusz Michalczewski und Graciano Rocchigiani auf Säcke und Köpfe eindroschen und Max Schmeling aus seiner Biographie las? Heimat so vieler Kiezgrößen.

Neun Schritt. Acht Schritt. Sieben. Plötzlich, gänzlich aus nächtlichem Himmel, ein Moment von großer Ruhe. Zwanzig Jahre, fünfundzwanzig? Wie lang genau mochte es her sein, daß Onno hier letztmals den Absacker genommen hatte? In die *Ritze* ging man, wenn sich die Scheu vor engen Menschenmengen in ein Bedürfnis verkehrt hatte. Auch wir. In unserer wilden Zeit, als Onno designierter Pleitekneipier, dann Versicherungsvertreter und schließlich Student der Sozialpädagogik war, der schöne Raimund noch gar nicht bzw. mehrfach liiert und ich nicht mal Referendar. Vom *Chikago* in die *Ritze*, von der *Ritze* ins *Lehmitz*, vom *Lehmitz* ins Bett. Das war die Route und Routine.

Vier Schritt. Drei Schritt. Bevor er den vorletzten machte, blinzelte Onno, und exakt in dem Moment fetzt die Tür den Stopper weg, kracht gegen die Wand und läßt die Laterne platzen. Die Bö scheucht Onnos Tolle auf. Noch bevor sie sich wieder legt, rammt ein Handballen seine rechte Armbrustgegend. Onno dreht eineinviertel Schrauben und prallt, gedankenschnell den Schädel bergend, mit dem Buckel gegen die Seitenmauer. Geht, im Feuer der Nervenenden, zu Boden. Stöhnt. Starrt.

Ohne auch nur einen *Seiten*blick zu verschwenden, verschwindet mit Meilenschritten der Goliath – granitharte Absätze, scheinbar gerade mal siebenmal verhallend –, das Sakkokreuz breit wie ein Wendehammer. Aus Onnos Perspektive scheint's, als *zwänge* er sich durch die Durchfahrt. Hinterläßt eine merkwürdige Geruchsmischung. Feuchtes Waldholz, Kabelbrand.

Erneute Sturzgeburt aus der offenen *Ritze*. Fiona Popo. Passiert Onno, ebenfalls, ohne ihn auch nur wahrzunehmen in seinem toten Winkel. Verzweifelt stöckelnd im Sog des Hünen. Onno riecht und spürt ein Pheromon-Taifünchen, hört, wie sie scharf schluchzt, doch mit einem Knacklaut abwürgt – kein Name, kein Kosename, kein Lockruf. Nur ein Greinen herauspreßt. Lava der Lust versiegelt die Quellen der Qual. Wenn das nun endlich doch noch reichlich aufgequirlte Adrenalin Onnos Sinne nicht verkleistert hat.

Unter Schock sah Onno vom kalten Boden aus zu, wie sie im Portalausschnitt des illuminierten Reeperbahntrubels verschwand, dem Hünen nach, Richtung Große Freiheit. Natürlich war sie viel kleiner als im Fernsehen.

[13]

Als nächstes nahm Onno einen hamburgischen Urbaß wahr, aus den Tiefen der *Ritze*. Und während er ihn wahrnahm, fiel ihm auf, daß er ihn auch vorher schon wahrgenommen hatte. »Alles klaa. Alles *klaa*. Ganz *ruich*. Ganz ruich. Krankenwagen ist unterwegs.« Es *war* alles ganz ruhig, unfaßlich ruhig. Allenfalls ein Raunen drang da heraus.

Ächzend, und obzwar kein Mensch in Hörnähe war, *diskret* ächzend, rappelte Onno sich auf. Ritzte versehentlich den rechten Handballen an einer Laternenscherbe. Nicht tief genug, um zu bluten. Atmete tief ein und aus. Tastete Brust und

Schulter ab. Dehnte vorsichtig das Kreuz. Alle drei Regionen schmerzten weitflächig, aber die lokal brummende Taubheit eines Knochenbruchs meinte Onno nicht zu verspüren. Den Großteil der Karambolage-Energie hatte offenbar die Pirouette abgebaut.

Meine Nikon lag am Schattenrand des Durchgangs. War am Riemen von Onnos Schulter geschleudert. Mißlungener Hammerwurf. Onno stakste die sieben, acht Schritte und hob sie auf. Mit Glück, dachte er, hat sie's unbeschadet überstanden. (Hatte sie, wie sich herausstellen sollte. Rutschaufprall aus schwacher Höhe.) Keine Ahnung, wie lang er an dem Ding herumputzte, wie lang er herumstand und seine Knochen nachzählte. Niemand kam in den Hof, weder von der Reeperbahn her noch aus der *Ritze*.

Unvermittelt wich Onnos Schocksteife weichen Knien. Unruhe. Von innen drohte der Urbaß nach dem Rechten zu sehen, von außen – ja, was wenn Rübezahl zurückkehrt? Bloß weg hier. Oder? Was erwartet ihn draußen? Unschlüssig spähte er nach spiegelndem Verhalten von Passanten aus, dahinten, außerhalb des Hofs, im bunten Nachtlicht der Reeperbahn. Schielte schließlich in die Gegenrichtung. Die rote Filzportiere erlaubte ein Drittel Einblick in die Gebärmutter. Kegel von Lampenlicht, erleuchtete Qualmwolken, helles Tischresopal, Bierglas mit Neige, gerahmte Fotos als Wandschmuck dicht an dicht.

Dann füllte den Spalt eine Gestalt mit eingezogenem Kopf. »Au Mann«, ein nervöses Knurren. »Zagen keine Möge mehr. Keine Möge mehr, Alter.« Zu niemandem. Zu sich selbst.

Onno horchte auf. Hatte er recht gehört? Er hörte ja oft nicht recht. Jedoch … Die Länge kam hin.

Hoch aufgeschossen und bleich – auch die Frisur à la Lauchzwiebel –, watete der Mann übers finstere Hofpflaster. Jeder Schritt mit der fatalistischen Gelassenheit des Alkoholikers, doch daß er auf der Hut war, merkte man blind. Angestrengt

108

spähte er nach dem Portal. Auch er schien Befürchtungen zu hegen. Auch er nahm Onno im Schlagschatten des toten Winkels zunächst nicht wahr. Sanft schwankend drehte er sich nach der Eingangstür der *Ritze* um, spähte dann wieder Richtung Reeperbahn. Blieb stehen. Hielt plötzlich etwas in der Hand, aus dem er etwas zottelte, das immer länger wurde, bis es das Ausmaß einer Pall Mall erreicht hatte. Zündete sich die mit dem Daumen an wie Stan Laurel.

»Hein Dattel«, sagte Onno fast zärtlich. Fügte hinzu: »Albert. Albert Loy.« Xerographisch, sein Namensgedächtnis. Wenn er das Raimund erzählt.

Der Lulatsch fuhr zusammen und starrte Onno an.

»Onno«, sagte Onno. »Onno Viets.«

»Onno«, sagte der Lulatsch, im Zuge der Entspannung sanft schwankend. »Onno Viets. Walbein hundertelf. Kniechen, Näschen, Öhrchen. Goldene Delicious. Wie geht's, Mensch.«

»Och, mich hat grad' 'ne Hully-Gully-Gondel gerammt«, sagte Onno. »Aber sonst … prima. Wir ♪♫ wollen alle ♪ prima leben ♪ und sparen ♪♫ … Nech? Und selber?«

»Blendend«, sagte der Lulatsch. »Könnte sozagen Häuser und Kirchen anzünden.« Ein Grinsen bahnte sich seinen Weg durch die Tundra des Teints. Dann sagte er: »Hully-Gully- … Ach du Schande. Du warst *ihm* im Weg?« Machte einen Schritt vorwärts, um Onnos Gesicht inspizieren zu können.

»Mm?« Onno war sich noch nicht so ganz sicher, worüber sie eigentlich redeten. Nie zu spät aufgeben – klar. Auf keinen Fall aber zu früh.

Und siehste. »Onno Viets«, sagte Albert Loy. Drei, vier Sekunden schwankte er wie ein Rohr im Wind. »Ich fass' es nicht, zagen. Wie wär's mit'm Glas Scheiseal, Hauptsache dreifach?«

14

Nach wie vor Donnerstag, 22. April. Inzwischen kurz vor
22:00 Uhr. *Roswitha Bar* in der *Showbar Hammonia.*

Für St. Pauli war's noch früh am Abend, und obschon im
Erdgeschoß gerade ein Container V-GIRLS-Touristen gelöscht wurde (im Vestibül zum Saal, wo, allerdings ohne Auf-
zeichnung, seit drei Jahrzehnten *coitus coram publico* gegeben
wurde), ergatterten Onno und Loy in der Bar im ersten Stock
die komfortabelsten Hocker in der verschwiegensten Theken-
nische. Loy wählte den hinteren. Setzte sich drauf, und indes
Onno seinen erklomm, lieferte Loy die Begründung für seine
Lokalwahl raunend nach: »Die *Hammonia* gehört nämlich
sozagen zu *Leos* Beritt. Höchst unwahrscheinlich sozagen,
daß Händchen hier auftaucht.«

Onno hatte Bedenken angemeldet, sich in dieselbe Him-
melsrichtung wie der Hüne zu bewegen, doch Loy behauptete
zu wissen, was er tat. Während des einminütigen Fußmarschs
durch Gedränge, Verkehrsgetöse und Kannibalengesänge einer Hooligan-Abordnung von Turbine Torfwurz hatte Onno
das Gespräch natürlich längst vergessen. Weshalb er nun,
untypisch aufgekratzt vor lauter Ambiente und posttraumati-
schem Streß, fragte: »Leo Speritt? Welcher Leo Speritt? Und
welches Hemdchen?«

»Sßßßßß…!« Loy hielt Onno die flatternde Rückhand vors
Gesicht. Schielte heftig um sich. Geriet dabei fast ins Trudeln
auf seinen Hockerstelzen. Dabei war die Bar, wie gesagt, noch
recht schwach besucht.

In eine scharlachrote, plüschige Sphäre der vorletzten Jahr-
hundertwende gesetzt – aufwendig restauriert, samt zwei,
drei Objekten Kitschkunst à la Jeff Koons –, wirkte die hoch-
moderne, indirekt beleuchtete Theke wie die Brücke eines
Raumschiffs. Insgesamt sechs Passagiere; die vier entlang der
Längsseite allesamt Touristen, erkennbar am gleichgerich-

teten Blick auf das Grüppchen flitterbunter, sexstrotzender
Zwitter aus Südostasien und Lateinamerika. In einer Ecke
neben der lotterleeren Bühne mit zwei chromglänzenden
Poledance-Stangen vergnügte es sich anhand einer Karaoke-
Anlage. Der Gesang des langbeinigen Ladyboys im Stretch-
mini war ohne Reisschnaps weder machbar noch eigentlich
auszuhalten, und der Monitor zeigte ein Video in so süß-
lichen Farben, daß ein Herbsttyp wie unseresgleichen auf
Dauer insulinpflichtig würde.

»Mann!« raunte Loy, während er seine Hand aus Onnos
Gesichtskreis wieder entfernte. »Paß auf, was du sagst!« Vor
Anstrengung, die eigene Lautstärke zu justieren, schwollen seine Gallertaugen. »Hemdchen‹«, brummte er kopfschüttelnd,
während er mit Galgengrinsen und bibbernder Wangenhaut
umherblickte. Nunmehr zwar ohne Spähimpuls, doch vorsichtshalber blind nach einer Pall Mall fingernd. »Hast nicht
das von Pimmel-Paule gelesen, in der Abendpost? Pimmel-
Paule hat Händchens Spitznamen angeblich zu ›Hänschen‹
verballhornt. Seitdem hat Pimmel-Paule sozagen nur noch
ein Vergnügen im Leben: seine Windeln vollpieseln. Wird seit
drei Monaten im Hafenkrankenhaus aufbewahrt, der Mann.
Und schon der war einer, Alter, der so was wie uns zagen zum
Latte schnupft. Zu schweigen von Händchen. Hännnd-chen.
Verniedlichungsform von Hand, Mensch.«

Rauschend vor goldenem Satin materialisierte sich der
Wirt. »Mutter Berta«, fistelte er und gab Albert High Five.
Im regelmäßig kreuzenden Streuschein der Paillettenlampe
wimmelte seine Perücke. »Ein Pils, ein' Scotch?« Sein Kinn
barg ein Kinn, das ein Kinn barg, das ein Kinn barg. Das ein
oder andere nicht gerade *perfekt* rasiert.

»Ohne Eis«, bestätigte Loy.

»Du wilder Mann! Und Sie, mein Engel?«

Sie! *Sie!* Einen Viets siezte man nicht so ohne weiteres,
nicht in einer Bar auf St. Pauli. Ein Viets war schwer siezbar.

»Ich? Wasser«, sagte Onno – obwohl er nach dem Body-check weißgott einen dreifachen Egalwas gebrauchen konnte. Polizeilich konnte man sich aber keinen leisten, und ein einfacher brachte einfach nichts. Außer Verbindlichkeiten.

»Wasser«, fistelte der Wirt durch die Maybelline-Jade-Membrane. Moisture Extreme in Lush Papaya o. ä. »Mit oder ohne.«

»Mit; mit«, sagte Onno. Mit Gas, ohne Gas. Mit Eis, ohne Eis. Mit Senf, ohne Senf. Ist doch ewig scheißegal. Also immer vorsichtshalber mit.

»Mit Seife und Handtuch.« Befriedigt verschwand Roswitha der Wirt.

»Öff, öff.« Onno wandte sich an Loy. »Und bevor du mir erzählst, was du die letzten zwanzig Jahre gemacht hast, erzähl mal, was da eigentlich eben los war, in der *Ritze*. Eins nach'm andern, nech.«

Der Hüne – eben jener mit Spitznamen ›Händchen‹ – hatte die Kneipe schon sichtlich mürrisch betreten. Als Streetworker kannte Loy diesen seinen Pappenheimer seit langem, einst sogar sehr gut, und hätte am liebsten sofort die Kurve gekratzt. Es verband sie seit jener Zeit eine platonische, leidenschaftliche Haßliebe. Doch saß er in der Falle. Händchen hatte sich direkt an jenem Engpaß aufgebaut, den der Treppenschacht zu Toiletten und Boxkeller verursacht. Händchens Mißmut nahm zu, als Altpieselbach zum Aufbruch lärmte, und nachdem »diese absurde zagen Mieze mit dem Schleier« aufgetaucht war und partout nicht aufhörte, ihm am Ärmel rumzufummeln, warf Händchen seinen Drink ins verspiegelte Regal hinterm Tresen. Und verabreichte dem nächstbesten Gast eine lockere, unverzinkte Maulschelle. Ab.

Was hat der Typ denn verbrochen? Zu lang die Mieze angekuckt, oder was?

»Neehehe«, meckerte Loy herzhaft. »Dann wär' sicher

sozagen nicht nur zagen sein Kiefer entzwo. Nee. Der wollte grad aufs Klo und stand einfach nur im Weg. So wie du da draußen vor der Tür, zagen.«

»Kiefer entzwo«, plapperte Onno.

»Na ja. Mindestens das. *Einen* Zahn, der lose ist, hab ich *mindestens* gesehn. Das Jochbein geprellt, mindestens. Wenn nicht angebrochen. Mordsveilchen dürfte ihm außerdem blühn. Und wenn der nicht 'ne mittelschwere Gehirnerschütterung hat und spätestens morgen früh auf dem Ohr 'nen Tinnitus wie 'n zagen Didgeridoo, lutsch' ich 'ne Pille Lutschi-Bionade. Auf ex.«

»Moment. Litschi. Pulle. Pulle Litschi-Bionade. So muß es heißen.«

»Pille Lllutschi«, bestätigte Loy. »Meine Fresse. Prima.«

»♫ Wir wollen ♪♫ alle«, intonierte Onno blindlings, »prima ♫ leben und spaaaren ♪♫ ...«

Einst hatten er und Albert dies als Sinn des Daseins isoliert: prima leben und sparen. Ende der Achtziger, als sie Kommilitonen waren. Hamburger Institut für Soziologie. Während irgendeiner ihrer legendären Arbeitsgruppensitzungen des Seminars ›Kapitalistische Nervosität‹ o. s. ä. De facto handelte es sich um die Eins-zu-eins-Adaption eines Reklamesingsangs, i. e. die Auflösung jenes Akronyms, auf das die Supermarktkette PLUS getauft war. Prima Leben Und Sparen. »Wahrlich«, hatte Albert eingestimmt, »nichts anderes wollen wir: prima leben und sparen. Sparen, daß die zagen Schwarte kracht. Sparen, bis der zagen Arzt kommt.«

Im Sommersemester '86 hatte Onno das Studium der Sozialpädagogik abgebrochen und im Wintersemester '86/'87 ein Soziologiestudium begonnen, um dieses im Wintersemester '90/'91 abzubrechen. Albert Loy war mehr oder weniger der einzige Kommilitone, für den Onno nicht Ratlosigkeit empfunden hatte oder gar Antipathie (letztere allerdings in der onnoiden Ausprägung, die max. eine Art tranige Nachsicht war). Lag sicher nicht nur am geringeren Altersgefälle.

Damals wohnten Onno und Edda noch getrennt, und in seiner Bude am Walbein 111 in der Neustadt hatten Onnos und Alberts Gruppentreffen stattgefunden. Wobei ihre höchsteigene kapitalistische Nervosität in Kniechen-Näschen-Öhrchen-Exerzitien (vgl. Stan Laurel in »Fra Diavolo«) mündete, in nächtlicher Fassadenkletterei via angelegentlichem Baugerüst mit spontanen »zagen Bumstips« (Loy) für die zu Tode erschrockenen Nachbarn, in philatelistischen Debatten (Onno: »Ich besitze eine Goldene Delicious. Ungestempelt.«), kurzum: in akkuraten Besäufnissen (Loy: »Pilsesammeln«). Bei denen Onno eine Weile Strichlisten führte, wie oft Loy ›sozusagen‹ sagte. (Bzw. ›sozagen‹; bzw. meist gar ›zagen‹.)

Im Gegensatz zu Onno hatte Loy sein Studium abgeschlossen, und zwar mit Sehr gut. Als Erbneffe eines internationalen Pokerprofis, der eines Tages mit einem Lenkdrachen in den Alpen abgestürzt, war er auf Einkünfte nicht angewiesen. Nach dem Examen vor die Wahl gestellt, entschied er sich für die Praxis. Und versoff seine allerletzten Illusionen als Streetworker in neun Jahren St. Pauli.

»Wohlgemerkt: *un*verzinkte Maulschelle, mit der offenen Hand«, sagte Loy. »Nix weiter als eine Backpfeife, aber die kommt so weit auf der Außenbahn, die siehst du gar nicht kommen, und –«

»Unverzinkt?«

»Sag’ ich doch. Backpfeife. Verzinkte Maulschelle wäre mit Schlagring. Jedenfalls, wo Händchen hinlangt, ist die halbe Visage zagen hin. Und wer übernimmt mal wieder die Erstversorgung? Kuck dir das an, Onno Viets.« Der lange, dünne Mann zeigte Onno die Kante seiner schmalen, langen Hand, an der noch Blut klebte. Hatte er beim Waschen wohl übersehn.

Onno fragte: »Und du kennst ihn? Es? Hännnnd-chen?«

Loy beugte sich zu Onno und raunte wieder. »Seit es dreizehn war. Als es dreizehn war, hat es seinen Nihilin-Dealer mit achtundfünfzig Messerstichen in den vorzeitigen Ruhestand geschickt.«

»Was?« Herrje. (*Fack*.)

»Die ganze Entwicklung zagen typisch, einerseits; andererseits aber auch besonders.« Seine Mutter, die Tochter einer Koreanerin und eines Geschäftsmannes aus Ungarn, ist in Deutschland geboren. Callgirl gewesen. Kokainabhängig. Bei Autounfall irgendwo in Hessen ums Leben gekommen, als Tibor drei war.

Herrje. (*Fack*.) Tibor heißt er? So sieht er irgendwie auch aus.

»Tibor Tetropov.« Staatenlos. Vater unbekannt. Stammt angeblich aus dem tiefsten Osten. Tschetschene? Kalmücke? Mongole? Nach dem Unfall kommt Tibor von Frankfurt-Bornheim nach Hamburg-Aalkoog. Zum Halbbruder seiner Mutter, Onkel Bogdan. Wächst bei ihm und dessen Frau auf. Als Tibor sieben ist, begeht sein Onkel Selbstmord. Tibors Stieftante ist Alkoholikerin und tablettensüchtig. Schlägt ihn. Mißbraucht ihn sexuell. Tibor haut ab. Lebt auf der Straße, wahrscheinlich u. a. als Gelegenheitsstricher für Päderasten. »Bei seinen Untersuchungen nach der Messertat hat man übrigens ein Doppel-Y-Syndrom bei ihm entdeckt.«

Was' das denn. (*Fack*.)

Albert seufzte angesichts der anstrengenden Erklärung. »Als normaler Mann hast du ein X- und ein Y-Chromosom. Einige Männer haben *zwei* Y-Chromosomen.« Sind dadurch im Schnitt zehn Zentimeter größer als andere. Haben größere Füße und Hände. Plumpere Zähne, Ohren, Nasenrücken. Höheren Testosteronspiegel. Stärkere Libido, aber zeitweise schwächere Potenz. Geringe Frustrationstoleranz. Sind oft zack auf Zinne. »So weit scheinen die Erkenntnisse gesichert.

Gibt aber auch 'ne Menge falsche Annahmen und hartnäckig kolportierte Irrtümer: Doppelypsilonen seien zagen rappeldoof. Beziehungsweise, wie der Wissenschaftler sagt, kognitiv retardiert. Und sowieso generell kriminelle Soziopathen. Früher sprach man sogar lange Zeit vom Verbrecher-Gen, dann wieder vom Supermann-Gen, sozagen. Stark umstritten allerdings ist bis heute, ob es nicht tatsächlich den idealen Nährboden für ein späteres Hemppler-Syndrom abgibt.«

Hemppler-Syndrom … ja. Was war das noch mal gleich?

»Persönlichkeitsstörung. Aggressives und autoaggressives Verhalten. Die sich ritzen, sind zu neunzig Prozent Hemppler.«

»Ritzen?«

»Mensch, Kerl. Ja, ritzen. SVV. Selbstverletzendes Verhalten. Die schneiden sich mit Scherben, Scheren, Messern Muster ins eigene Fleisch. Ich hab mal ein 14jähriges Mädel gesehn, das hatte *Daddy fucked me and I liked it* in ihren Bauch geschnitzt.«

Gott.

»Außerdem Dissoziation, Depressionen, starke Stimmungsschwankungen, extreme Idealisierungen oder Entwertungen, Jähzorn, der ganze zagen Scheiß.« Ungewöhnliches Doppel-Ypsilon hin, Hemppler-Syndrom her – mustergültig ist jedenfalls Händchens Karriere: mißbraucht, traumatisiert, Schulabbrecher, funktionaler Analphabet, aber durchaus intelligent, Straßenkind, Drogen, Einbrüche, Körperverletzung, Erpressung, Heim, *Martial Arts*, Türsteher, Totschlag, Knast …

»Herrje«, sagte Onno. *Fack*, dachte er.

An diesem Punkt ungefähr mußte es gewesen sein, daß ein ihm wohlbekannter innerer Prozeß begann. Scheppernd und rasselnd, weil Kaltstart, sprang diese große, gutmütige Na-gut-dann-eben-nicht-Maschine an und lief sich für alle Fälle schon mal warm. Ein Viets war bisweilen müde, aber noch lange nicht lebensmüde. »Und jetzt checkt es hier so auf'm Kiez rum.«

»Checkt hier so rum? Ist der aufstrebende Jungstar. Derzeit prächtigster Pimp auf dem Kiez. Germany's next Toploddel. In Rekordzeit zur rechten Hand des Büffels avanciert. Soll ihm ungefragt 'nen großen Gefallen hinsichtlich eines Widersachers erwiesen haben, und dann gefiel er ihm auch als Freefighter, und was weiß ich. Na, man weiß ja, wie unsere Kiezoligarchen ticken. Jedenfalls hat Buv persönlich ihm den Spitznamen verliehen. Soll wörtlich gesagt haben, Tibor habe ›ein Händchen für andersdenkende Geschäftspartner‹«, referierte Albert. »Und das nächste Mal hat er dann gleich nach ›Händchen‹ gefragt. ›Laß Händchen das machen.‹ Händchen hier, Händchen da. Der Mann für die zagen Abteilung Streß.«

Ging alles ein bißchen schnell für Onnos Geblüt. Fragen aber tat er: »Woher weißt'n das eigentlich alles, nech?«

»Teils, wie gesagt, eigene Anschauung – war schließlich mein Klient, bis er sechzehn war. Mann, Alter, die ganze Latte. Autodiebstahl, Drogen, Einbrüche. Kiffen, Abhängen. Zappelphilipp-Syndrom. Jugendpsychiatrie, nachdem er sich zu schlimm geritzt hat. Einmal, weiß ich noch: sechsundzwanzig Anzeigen in drei Wochen – Fahren ohne Führerschein, Drogenmißbrauch, Körperverletzung, Erpressung ... Geschlossenes Heim. Das wichtigste feste Strukturen, Gespräche Beiwerk. Status, Stärke, Gleichaltrige, Liebe, Leistung. Konfliktlösungsmuster: verschieben, vermeiden, vergelten. Biopsychologisches Training, Umerziehung zagen. Gewalt domestizieren, Boxen, Karate et cetera. Negative Anerkennungsbilanz aufstocken. Das ist überhaupt die wichtigste Frage für solche Jungs: Wozu gibt's mich eigentlich? Braucht mich überhaupt jemand? Und darüber hinaus gibt's im Vergleich zu früher heute immer mehr virtuelle Optionen, zagen, und immer weniger reale Möglichkeiten.«

Loy zündete sich eine Pall Mall an. Statt Häuser und Kirchen.

»Und dabei – Händchen ist da ja schon wieder old school. Heutzutage vagabundieren die Jungs ja nur noch ziellos. Ziehen los, um ›Votzen zu klatschen‹, und damit sind nicht Mädchen gemeint, sondern andere Jungs. Formerly known as ›Opfer‹. Ziehen los, um Gründe zum Explodieren zu suchen. ›Erlebnisorientierte Jugendliche‹ hat das mal irgendein 'ziologe genannt. Werden ruck, zuck Intensivtäter. Fangen schon mit acht an, sich gegenseitig Gürtelschnallen in die Fresse zu donnern. Schlucken schon mit zehn Nihilin, nicht nur in Neukölln, längst auch in Aalkoog. Da muß –«

Nihiwas?

»Nihilin. Sehr beliebt. Nicht nur, aber insbesondere bei muslimischen Jungs, weil sie sich einreden können, es sei weder Droge noch Alkohol. Ist ein Schmerzmittel. Auf Nihilin können sie sich hemmungsloser prügeln, merken ja nix, echter Vorteil. Euphorisiert aber auch so recht stark. Katalysator für Allmachtsphantasien. Zwei Fliegen zagen mit einer Klappe. Macht aber abhängig. Belegt dieselben Rezeptoren im Gehirn wie Heroin, Opium, Morphium. Da muß man schon froh sein, wenn sich ein solches Greenhorn einen zagen old school wie Händchen zum Vorbild sucht. Hab grad so einen Klienten. Händchens zagen Laufbursche. Milan. Zwölf. Erzählt mir alles, was ich nur aus ihm rauskitzeln kann.«

Sofort hatte Onno den steilen Blick unter grauer Kapuze vor Augen. Der Junge im Vorgarten vom *Lehmitz*. Fast hätte er sich verplappert.

Und Loy machte weiter im Text. Von Milan und vielen anderen hörte er dies und erfuhr er das. Angeblich bewirkt Händchen die erwünschte Meinungsänderung in den persönlichen Ansichten von Geschäftsfreunden ausschließlich händisch – obwohl er mindestens ebenso fix mit anderen Waffen ist. Faustfeuerwaffen, Ochsenziemer, Dolch, Messer.

»Nennt sich selbst gern Ehrenbürger von Solingen«, behauptete Loy.

Leidet ferner offenbar nach wie vor unterm Hemppler-Syndrom. Haut ständig um sich. Oft, nicht immer, aber oft bereut er's schnell wieder und macht große Geschenke und so. Wohingegen seine *wahren* cholerischen Anfälle jetzt schon berüchtigt sind. Sieht dann nur noch Rot. Hinterläßt dann nix als verbrannte Erde. Buvs Intimfeind soll er mit der eigenen Birne totgeschlagen haben. In irgend 'ner Aalkooger Shisha Lounge. Mit der bloßen Stirn. O ja, Händchen arbeitet auch mit Köpfchen. Dafür ist es berühmt und berüchtigt, seit es sechzehn ist. »Rennt alles mit der Rübe ein, wie 'n zagen Stier, Wände, Türen, Feindesköpfe, alles zagen.« Hat somit summa summarum zwei Leichen auf dem Gewissen, drei, wenn Pimmel-Paule aus dem Koma nicht mehr aufwacht. »Und ist erst dreiundzwanzig Jahre alt, der Junge.«

Herrje. Herrjemine. (*Fack.*) Instinktiv stellte Onno einen Fuß auf den Boden, um sich nach dem Eingang umzusehen. Zuckte dabei vor Schmerz zusammen. Betastete seine geprellte Schulter. Die innere Maschine prüfte schon mal präventiv die Optionen, Harald Herbert Queckenborn den Auftrag zurückzugeben. Was würde der dazu wohl sagen? Was würde die externe Auftragsannahme, -vermittlung und -abwicklung (= ich) dazu sagen? Ein bißchen tatterig drehte Onno sich einen Tabakstift.

»Keine Bange«, sagte Albert aufmerksam. »Wie gesagt: Die *Hammonia* gehört zu Leos Beritt, und Händchen ist nun mal Buvs Mann.«

Apropos: Leos Speritt? Und Buff? Onno fragte nach, und Loy konnte ohnedies schwer aufhören, Bericht zu erstatten – voll jener sadomasochistischen Lust, von der Dauerzeugen menschlichen Elends im Suff beseelt werden. Jene Zeugen ihres eigenen beruflichen Milieus, die sich derlei Offenbarungsorgien, ja -eide bei Strafe von schwerwiegenden Identitätsverlusten nur sporadisch gönnen dürfen – und dann unter dem Schirm eines geneigten Ohrs. Und um den Preis eines voraussichtlich geradezu siamesischen Katers.

Zäune aus Zagens und Sozagens entlang hangelte sich Loy, während er erzählte. Ab und zu verschnaufend an einem Pall-Mall-Pfosten, ständig bedroht von Spritmangel.

Längst gilt eine Gangsteroligarchie auf dem Kiez als bestätigt. Den Markt haben die sog. Big Five unter sich aufgeteilt: Anton Buv (Büffel), Leonardi Dolo (Leopard), Metin Çakmakçe (wegen seiner Nase zum Nashorn bestimmt), Mahmut Mahmut (Elefant, wegen seines Körperumfangs) und Jon Malcolm (Löwe, wegen seiner achtziger Spackenfrisur). Die Zeichen stehen auf Stabilisierung. Die großen Kämpfe scheinen vorerst vorbei. In Polizeikreisen ist man überzeugt, daß die jüngsten Vorfälle, deren Berichterstattung HEZ und Abendpost und Agora TV Hamburg regelmäßig zu Auflagen- und Quotenspitzen verhalfen, nur mehr letzte taktische Scharmützel waren. Um die neuen Grenzen und Geschäftsfelder zu konsolidieren. Und weil es sich bei den Herren um Bizzer mit Weitblick handelt, haben sie sich außer auf Bezirke und Branchen auch auf die Reorganisation eines Kiezkodex geeinigt.

Den ehernen Kodex der Goldenen St.-Pauli-Ära in den Sechzigern und Siebzigern – keine Waffen! – hat man realistischerweise gar nicht erst zu reanimieren versucht. Dafür ist die Eskalation der Brutalität in den Achtzigern durch clanartig organisierte ethnische Verbände allzu nachhaltig wirksam. Und ein Begriff wie etwa Ehre o. ä. inzwischen zu stark dehnbar. Aber man hat ein Schiedsgericht initiiert. Und darf gespannt sein, ob's funktioniert.

15

Onno fröstelte. Am Rücken. Immer klarer wurde ihm, daß er bei diesem Job nicht einfach ggf. den Sanitas SHK 29 an- und die Unwägbarkeiten mit der Zappbazooka ausknipsen konnte. Hatte er sich vorhin im Auto tatsächlich die Nase zugehalten und »Dreihundert Meter, mittlere Fahrspur« ge- schnarrt wie ein Elfjähriger? Nicht, daß er sich allzu päpstlich schämen täte – kicherte nur innerlich (»'ch, 'ch, 'ch«) –, aber trotzdem. Mußte man derart kindisch werden auf seine alten Tage? Ja, verdammt noch mal, er wurde alt, und ja: wenn er noch älter werden wollte, dann hatte er auf dem Kiez nichts mehr verloren.

Sicher, als Hamburger Jung war Onno zagen stolz auf St. Pauli. Immer noch sympathisierte er mit dem Kiez. Mit dessen subversiver, antibürgerlicher Metaphorik. Mit Phä- nomenen wie dem FC St. Pauli, dem sog. Freudenhaus der Liga. (Wiewohl Onno sein Lebtag keinen Einwurf von einem Elfmeter unterscheiden konnte – weswegen seine angelegent- lichen Simpeleien von echten Fans wie Ulli EP Vredemann bestenfalls geduldet wurden. Aber er liebte Geschichten wie die vom angereisten Bayernblock, der die Paulianer am Mil- lerntor mit skandierten Schmähungen wie »Ar-beits-lo-se! Ar-beits-lo-se!« bedachte – und zur Antwort bekam: »Steu-er- zah-ler! Steu-er-zah-ler!«) Ja, er hatte sich selbst viel rumge- trieben auf der Meile, und nicht erst in den Achtzigern. Seit dieser Zwergalbino ihn mit dem Lila-Pudel-Tatau gezeichnet, weil er diese Wette verloren hatte, zog ihn die Meile immer wieder an wie einen Quartalsnarkotiker.

Mit von der Partie war schon damals oft Raimund gewe- sen. Beide hatten sie, lange bereits, bevor sie volljährig wur- den, eine gewisse Lektion gelernt.

Als sechzehn-, siebzehnjährige Pubertätsgenossen hatten sie so grad eben noch Exemplare der letzten historisch amtlichen Auflage von Hippiescheinen ergattert. De facto nichts als Bürohengste, flirteten sie mit Gammler- und Pennertum. (Nicht, daß sie in der Lage gewesen wären, ihren Idolen nachzueifern. Lehrjahre sind keine Berberjahre.) Und auch, wenngleich halbherziger, mit Halbwelt und Milieu. Doch sie tranken Bier, lasen Bukowski und hatten eh 'ne Meise. Hin und wieder gingen sie, beginnend zumeist mit dem Schwänzen der Berufsschule, auf spontane Exkurse. Forschungsziel: die sog. Wirklichkeit. Einmal landeten sie in einer der berüchtigtsten Spelunken. Sie lag am Hamburger Berg und hieß *Zum goldenen Handschuh*.

Der natürlich alles andere war als golden. Qualmwetter, Bierpfützen, Schlagerlärm. Links die Zerette, rechts die Astra-Knolle, quatschten Jung Onno und Jung Raimund mit den Süffeln dort, der Teufel weiß noch, worüber. Woran Onno sich bis heute erinnerte, war eine Frau, die zwei Jahrzehnte älter gewesen sein mochte als er und vier Jahrzehnte älter aussah. Ein, zwei Stunden betrunkener als er, wedelte sie mit der Floskel *als'ch noch jung'n'schön war*, und aufgrund einer Eingebung sagte Onno: »Sind Sie doch immer noch, nech.« Wäre sie nicht blau gewesen, sie wäre wohl errötet. Anstatt Onno eine reinzuhauen, unterdrückte sie damenhafte Verlegenheit. Wahrhaftig, ihre Miene sprach Bände.

Bzw. Hefte. Lore-Hefte. Das war die Lektion gewesen, die sie gelernt hatten: Sie waren weder Angehörige noch Forscher, sondern Touristen, und auf ihren Expeditionen in die sog. Wirklichkeit fanden sie was? Lore-Hefte.

Ein Jahr später wurde der Hurenmörder Fritz Honka verhaftet, der nicht nur das letzte seiner Opfer wo gefunden hatte? Im *Goldenen Handschuh*, und nie wurde Onno die Phantasie los, daß er an jenem bierschwülen Tag womöglich mit beiden angestoßen hatte.

Gut, die Jahre, von denen kaum ein Monat verging, den wir nicht auf dem Kiez ausklingen ließen – sie hatten wirklich

Spaß gemacht. Jetzt aber war es genug. Onno brauchte keine Aufregung mehr. Jedenfalls nicht unbewaffnet. Nicht ohne sein Sanitas SHK 29 und seine Zappbazooka.

An der Wand, an der Albert saß, hingen silbern gerahmte Fotos mit dicken schwarzen Filzogrammen, überwiegend Reizwäsche-Posen, Titten und Arsch hie, Sixpacks und Arsch da – aber auch der Holzkopf von Onnos Auftraggeber nebst Fiona Popos Gewinner-Foto. »Kanntest du eigentlich«, fragte Onno Albert listig, »Händchens Mieze, die da in der ›Ritze‹?«

»Nö«, sagte Albert. Miezen waren halt nicht seine Fakultät. »Halt irgendeine von seinen Miezen. Hat 'n zagen ganzen Zirkus.«

Albert war Alkoholiker, Albert war besoffen – blöde aber war Albert nicht. Er warf einen Blick auf meine Nikon, die Onno neben seinem Wasserglas plaziert hatte. Als Onno und Albert vom Vorhof der *Ritze* aus losgestiefelt waren, hatte der Krankenwagen gerade auf der Reeperbahn gehalten, direkt hinter dem Guano. Weil er ihn so unkonventionell geparkt hatte und nicht unnötig Aufmerksamkeit auf sich lenken wollte (Rahmengummi!), hatte Onno die Kamera lieber mitgeschleppt, anstatt sie darin zu verstauen.

»Was wolltest *du* eigentlich so ganz allein in der *Ritze*, an so einem unschuldigen Donnerstagabend?«

»Ach«, sagte Onno. »Ich bin neuerdings Privatdetektiv und soll im Auftrag des Poptitanen Nick Dolan jemanden beschatten.«

»Leck mich vielmals«, sagte Albert, hin und her gerissen zwischen dem sportlichen Anspruch, Scherze auf seine Kosten wegzustecken, und vager Enttäuschung, kein Vertrauen zu genießen. Die Auserwählte seiner Pall Malls klammerte sich ans Silberfutter. »Zeig mal deine Wumme.«

»Kleiner Scherz«, sagte Onno. »Ich arbeite momentan so 'n

bißchen als freier Journalist und … da wollt' ich ma' 'n paar Fotos schießen, für'n Hamburgbildband, so halt. Und *Ritze* gehört ja unverzichtbar dazu, nech.«

Wenn ein Onno Viets Redefiguren wie ›unverzichtbar‹ bemühte, flunkerte er, und auch Albert glaubte ihm offensichtlich kein Wort. Doch in dem Moment hatte Onnos Handy geläutet. Edda. Wo zum Kuckuck er eigentlich steckt, sie hockt hier wie ein Briefbeschwerer und fragt sich … und geht jetzt aber ins Bett. Und danach hatte Albert bereits eine kleine Augenvögelei mit zwei Neuankömmlingen an der Längsseite der Theke angefangen und war im Begriff, seine Hein-Dattel-Nummer abzuziehen.

[16]

»Seine was?« fragte Edda am Nachmittag des nächsten Tages. Freitag, den 23. April (noch sieben Tage bis Ultimo Fiskus), gegen 16 Uhr. Stube der Eheleute Viets.

Unsere Edda. Edda war eine typische Schönheit-auf-den-zweiten-Blick. Keine, die einem Mann den Kopf verdrehte, wenn sie ihm nur auf der Straße begegnete. Aber eine, der ein Mann zwanzig Minuten gegenübersaß, und plötzlich dachte er: Was ist denn mit mir *los*, verdammt noch mal!

Einssiebzig, ein paar Zentimeter kleiner als Onno, und indes sie ihr Gewicht fast verdoppelt hatte – seit er sie, tief im vergangenen Jahrhundert, zum ersten Mal geküßt –, war sie keineswegs unansehnlicher geworden; schlimmstenfalls drolliger. Mähnenstarkes Haar, von der Natur tiefbronzen gefärbt, umschnörkelte ein Lächeln, das vor vielgestalter Sinnlichkeit fast wund schien und hübsche Zähnchen rahmte, Zähne so weiß wie ihre Haut. Hauchblau wie ein Wasserzeichen das Aderndelta im Dekolleté. Blauer aber ihre Augen, die aus den brauengekrönten, sommersprossigen Grotten wie Unterwasserstrahlen hervorleuchteten: einzigmögliche Ablenkung von all den anderen Attraktionen ihres Leibes.

»Was ist denn seine Hein-Dattel-Nummer.« Edda fixierte den Blick auf ihr Tortenförkchen. Freitagnachmittags pflegte sie sich ein Teilchen zu gönnen. Mit Sahne. (Erdbeer-Vanille-Mousse, Lübecker Nuß o. ä.)

Onno grinste. »Ach«, sagte er, »der zieht da, der hat *damals* schon immer so 'ne Nummer abgezogen, wenn er besoffen genug war. Kann ich bis heute teilweise mitbeten.«

»Ja was denn. Nu komm mal zu Potte.« Edda spatelte ein wenig Sahne nach. Und noch ein wenig. Und *noch* ein wenig, etwas weniger. Insgesamt dann aber doch eher mehr. Zwei, drei μ. Onno sah es mit Wohlgefallen.

Die Hein-Dattel-Nummer, nun ja. Erwähnenswert allenfalls, weil Loy darauf offenbar – genau wie auf der Sozagenreiterei – seit zwanzig Jahren bestand. Handelte sich um einen abstrusen Sprechtext, vermutlich zwecks erotischer Anbahnung o. ä. Besonderen Erfolg hatte er damit wohl nie erzielt, jedenfalls nicht, daß Onno wüßte.

»Gestatten?« hatte Loy begonnen, indem er sich quer über den Zapfhahn an die beiden jungen Pinneberger gewandt. Sein Name sei Hein Dattel.

Onno zu Edda, im Jugendjargon: »Und ich so …« Er fügte ein mimisches Emoticon mit der Bedeutung ›Oh-nein-auch-das-noch!‹ an.

»Geboren«, war Loy fortgefahren, »und aufgewachsen in … ach, scheiseal. Jedenfalls haßte ich von Anfang an zwei Dinge.« Loy schnaubte und stierte.

Onno zu Edda: »Und dann hat er auch noch 'n Hänger, und ich so: ›Anchovis‹.« Daran hatte Onno sich allen Ernstes noch erinnern können: *Haßte von Anfang an zwei Dinge, Anchovis und daß mein Schwager immer in meine Buddelschiffbuddeln pinkelte.*

»Aaaah«, hatte Albert dankbar weitergemacht. »Richtig: Anchovis, und daß mein Schwager immer in meine Buddelschiffbuddeln pinkelte.«

Der eine Pinneberger hatte gekichert, der andere die Brauen gehoben.

»Deshalb riß ich mit acht Jahren aus und ging als tauber Passagier an Bord eines rostigen Seelenverkäufers, der unter zagen Glenfiddich-Maske fuhr.«

»Und ich so: ›Maske? Flagge!‹ Und er so …«

»Flagge! Flagge! Flagge! Flagge!« Loy machte sich in Richtung Jungens lang. »Maske am Arsch! Flagge!« Und obwohl er einen Südwester getragen habe und sicherheitshalber noch einen Nordoster, habe ihn Kaptein Kuddel Hornochs entdeckt und zum Leckschrubben verdonnert. So habe sie begonnen, seine Karriere auf den elf Weltmeeren. Er sei zum Ausguck aufgestiegen, dann zum Tümmler und schließlich zum Ersten Klabautermann. Und zwar auf dem Dingi ›Dongo‹.

An der Stelle hatte Loy schwankend die Arme ausgebreitet, um einen Zwischenapplaus in Empfang zu nehmen. Kam aber keiner. Gekränkt fuhr er fort. »Eines Nachts in der Kubischen Nehrung, drei Grad ostwestlich vom zagen sozagen … äh …«

»Und ich so: ›Schnoddrigen Haff‹ …«

»Genau, vergaß man mich in einer lausigen Spelunke«, sagte Loy. »Zotensüchtig und nautisch zerrüttet, begegnete ich Jahrzehnte später meinem rostigen Schwager wieder – beim Aluminiumschürfen im monegassischen Busch. Wo woll'n se denn hin.«

»Und ich so: ›Zurück nach Pinneberg, vermutlich, nech.‹ Und er so …«

»Fagen, zack. Äh Fack, zagen. Puh. Die jungen Hühner heutzutage … Als Geschäftsmann gescheitert, war er mit achundachtzig Jahren von zu Hause ausgerissen und machte nun in Julklapp. Liebte … zagen …«

126

»Anchovis«, sagte Onno.

»… und daß er immer meine Buddelschiffbuddeln voll-gepinkelt hatte. Und dann zog ich ihm meine Flasche über die Rübe und sagte: ›Ich taufe dich auf den Namen Flasche!‹ So. Woll'n wa nich noch ein' sparen?« Zagend hatte Loy sein leeres Glas in Richtung Onno hochgehalten. »Roswitha! Gib ma' noch so'n – wie heißt der – so'n Witwenmacher!«

»Wußt' ich schon immer«, sagte Edda, »daß der total bekloppt ist. Mann, hat mich das immer genervt damals, wenn ihr da immer eure ›Gruppensitzungen‹ abgezogen habt.«

»Immer?«

»Immer.«

Nicht, daß Onno das nie klar gewesen wäre. Nur war ihm grad danach, ein, zwei Haare zu spalten. Und schon war der Anfall wieder vorbei.

Edda züngelte nach einem Sahneklecks, der in den Winkel zwischen Amorbogen und Stupsnase zu fliehen suchte. »Das geht doch jetzt nicht wieder los?«

»Was.«

»Eure ›Gruppensitzungen‹.« Nach denen Onno oft noch zu ihr gekommen war, um ihr den größten Quatsch vorzulal-len – und zwar in einem Idiom, für das Edda den schönen Ausdruck *Astra-Jiddisch* geprägt hatte.

»Ah geh fort«, imitierte Onno Heinz Becker, kläglich, ver-steht sich. »Wir haben die Handynummern ausgetauscht, weiter nix, nech.«

»Wozu das denn.«

»Na ja, macht man doch so, wenn man sich zwanzig Jahre nicht gesehen hat.«

»Ja?«

»Nich?«

Edda fixierte ihren Blick auf die Törtchenforke. Was sie eigentlich wollte, war Onnos Bestätigung, daß er seinen Eingangssatz ernst gemeint hatte – den Satz, mit dem er eine Stunde zuvor den Rapport über seine Kiezerlebnisse am Vorabend eingeleitet hatte: »Ich glaub', ich werd' doch lieber nicht Detektiv, öff, öff.«

Edda kannte ich fast so lang wie Onno. Wie oft hatte ich im guten alten *Plemplem* mit ihr geflirtet – o ja: Ich war nicht unverschossen in ihre Schwellformen und Sommersprossen, und nicht erst nach dem dritten Halben! –, während Onno danebenstand und gütig grinsend Gläser wienerte. Selbstverständlich wurde Raimund sein Trauzeuge und selbstverständlich ich der ihre, und selbstverständlich war ich (in einem Arbeitsrechtsprozeß) ihr Anwalt geworden, bevor ich selbstverständlich auch seiner wurde. Bis auf den heutigen Tag telefonierten wir gern miteinander. Unser Lieblingsthema, selbstverständlich: Onno. Wetteiferten gern in Onnodeutung, z. B. wie folgt:

»Was genau mag wohl in seinem Schädel vor sich gehen, wenn er so vor sich hin starrt und auf konkrete Fragen nur ›Njorp…‹ gurgelt?«

»Ein Brummen«, sagte Edda. »Oder Summen. Nee, ein Brummen. Leiser als ein Kühlschrank, aber lauter als eine Mücke.«

Oder kritisierten gegenseitig unsere onnonautischen Techniken. (Um so größer mein Dilemma, von Onno zum fiskalischen Stillschweigen verdonnert worden zu sein.) Und so hatte sie mich am Vorabend dafür gescholten, ihm »bei diesem Detektivunsinn« zugeredet zu haben. »Wenn *du* ihm zuredest, kann *ich* nix mehr machen. Dann kann *ich* ihm nur noch 'n Guckloch in die ›Abendpost‹ schnipseln.«

»Das ist zu subtil«, sagte ich. »Das hält er für liebevoll.«

»Es *ist* liebevolllll!« In der Stimmhaftigkeit des Schlußkonsonanten verströmte sie gern ihre Emotionalität. Die Tonhöhe hielt dabei eine vage rhapsodische Spannung.

»Ich meine«, sagte ich, »liebevoll-kritisch. Onno aber hält das für Ansporn.«

»Mensch, Mensch«, hatte Edda geseufzt. »Am Dienstagabend mußte ich ein Taubenei vom Balkon entsorgen, weil er Schiß vor Taubeneiern hat. Am Mittwochabend hab ich von Frieda so einen großen schwarzen Plastikraben gekriegt und auf unseren Balkon gestellt, um die mörderischen Taubenteufel zu verjagen. Und am Donnerstagabend jagt er Kapitalverbrecher auf dem Kiez. Das haut doch hinten und vorne nicht hinnnnn.«

Edda gabelte ihr Törtchen. Und dann – langjährige Übung – kam die telepathische Bitte doch noch bei Onno an, die Bitte um erlösende Bestätigung seines Eingangssatzes *Ich glaub, ich werd' doch lieber nicht Detektiv, öff, öff.* Er formulierte es nur etwas umständlich. »Ich kann ja«, sagte er, »mal das Arbeitsamt fragen« – aus alter Gewohnheit sprach er vom ›Arbeitsamt‹ –, »ob sie mir 'ne Umschulung auf Detektiv zahlen.« Edda sagte nichts, aber nachdem Onno bereits etliche tausend Euro Start-up-Hilfe für seine Karriere als Journalist verbraucht hatte, war die Aussicht auf weitere Förderung düster. Doch Edda sagte nichts, weil sie spürte, daß Onno hauptsächlich etwas anderes sagen wollte. »Aber ich glaub'«, fügte er denn auch hinzu, »diesem Spacken Queckenborn geb' ich den Auftrag zurück.«

»*Das*«, sagte sie, »würde ich aber *auch* sagen.« *Saagnnnn.* Um den Grad ihrer Aufgewühltheit zu verschleiern – um Onno damit nicht zuzusetzen –, fixierte sie den Blick auf ihre Törtchenforke.

129

17

Was sie da in sechzig Minuten zu hören bekommen, hatte ihren Verstand veranlaßt, Alarmstufe Gelb auszulösen. Ein Menschenverstand, der in den weit mehr als dreißig Jahren ihrer Liebesgeschichte zwar nie hatte verhindern können, daß Onno eine berufliche Bruchlandung nach der anderen hinlegte. Aber immerhin, daß er sich das Genick dabei brach.

Eddas Wille war klipp und klar: Mit Gewalttätern nichts zu tun haben, und hatte Onno damit zu tun, hatte sie damit zu tun. Beide hatten sie ihre Jugendjahre in einer Clique verlebt, die sich durchaus hin und wieder mit delinquenten Grüppchen überschnitt. Auch die legendären fünfeinhalb Jahre als Wirt des *Plemplem* waren für Onno nicht ganz ohne gewesen, was halbseidene Kontakte anging. Bisher hatte er Glück gehabt, aber verdammt noch mal, er war dreiundfünfzig Jahre alt! Parallelwelten sollte er sich künftig gefälligst im Fernsehn ansehn!

Mit einem sexy Murren legte Edda die blitzblank gelutschte Gabel auf den blanken Teller, lehnte sich zurück, warf Onno einen ihrer Blicke zu, Blicke, die weitestmöglich von der Kindergärtnerei entfernt waren und doch randvoll mit Liebe, und sagte: »Zeig noch mal.«

Onno drehte sich ächzend ein wenig auf seinem Heizkissen und zerrte den Ärmel des feuerroten *Sopranos*-T-Shirts (New Yorker Mitbringsel meinerseits) bis über die rechte Schulter hoch, um die Prellung zu präsentieren, die er vor der *Ritze* davongetragen hatte.

»Mann, Mann, Mann«, sagte Edda. »Wird ja immer lilaner. Paß mal auf, als nächstes wird's grün und dann gelber als Homer Simpsons Hin– … huQUACHUUU! QUACHUUU! QUACHUUU!«

Oh ja. Wenn Edda nieste, dann aber hallo. (Wenn Onno, dann nach reiflicher Überlegung. Man könnte fast sagen: Das *einzige*, was Onno nach reiflicher Überlegung tat, war niesen. Was in etwa klang wie: »Tf. Tf. Tf.«)

»Komm, Neunundneunzig«, sagte Onno. Einer seiner zahlreichen Kosenamen für Edda. Nach der Kennummer der Kollegin des Agenten Maxwell ›Sechsundachtzig‹ Smart, in die Onno seit der Sechziger-Jahre-TV-Serie *Mini-Max* vernarrt war. Onno entkoppelte sich von seinem SHK 29, das er trotz der frühlingshaften Außentemperaturen angestellt hatte, wenngleich auch nur auf Stufe eins. Schultertherapie. Rappelte sich aus der Sofakuhle hoch und überließ sie Edda. Die den Kuchenteller von sich schob und sich ächzend lang machte. »Und Füße hoooch«, befahl sie sich wohlig stöhnend, als habe sie nicht bereits nach ihrem Mittagsimbiß ein Stündchen Siesta gehalten. Onno schob eine alte Scheibe von Eric Burdon in den Player und surfte im Internet. Edda schnappte sich ihren Strickauftrag.

Für sie war das Thema damit abgeschlossen. Status quo: Unsympath Quecke kriegte seinen ekligen Auftrag zurück; eine anderweitige Detektivkarriere sollte Onno in Gottes Namen ansteuern. Ihr tantenhaftes Wohlwollen Fiona gegenüber hatte in dem Moment ein Ende gefunden, als Onno schwor, die habe sich tatsächlich mit einem Kiezschläger eingelassen. Für sie knackte die Unterhaltsamkeit von solcher Art Dekadenz an Punkten wie diesen.

Auf dem Herd stand fürs Abendessen ein Bottich Kartoffelsuppe parat und im Kühlschrank eine Flasche 98er Sorgenkärrner Schmutzfuß von ALMOS (wie der schöne Raimund zu sagen pflegte, »'ne schöne Pulle Essig«) –, und damit waren die Bedingungen für einen sog. gemütlichen Fernsehabend (= GFA) eigentlich bereits erfüllt. (Hieß ursprünglich GF, bis Raimund immer heilloser von »Geschlechtsferkehr« faselte.)

Ein GFA unterschied sich von zielgerichtetem Film-, Video- und DVD-Konsum durch drei Dinge: 1. Willkür (= Zapping). 2. Asynchronität; d. h., eine/r bedient die Zappbazooka, die oder der andere wurschtelt anderweitig. Wobei Onno das »Tätigkeitsverb« (Onno) *walten* vorzog. 3. ungezwungene Kommunikation, die mit dem Geschehen auf dem Bildschirm korrespondieren darf, aber nicht muß.

Vor kurzem hatte unser Traumpaar zudem ein Spielchen erfunden und kultiviert, das für den GFA wie geschaffen war. Sie nannten es FikProHo. »Paß auf, paß auf«, sagte Edda etwa, nach einer halben Stunde schweigsamen Zappings plötzlich sacht erregt. »Ernst Kahl, nä? *Der* Ernst Kahl, nä?«

»Ernst Kahl, logo«, sagte Onno gespannt. »Der große Ernst Kahl.«

»Und Barbara Auer!«

Die einzige Spielregel war denkbar einfach: anhand fiktiver Prominentenhochzeiten (= FikProHo) Doppelnamen kreieren. Dazu inspiriert worden war Onno von dem TV-Komiker Karl Dall. Der hatte, wenn Onno sich recht erinnerte, einst die Tennisspielerin Martina Hingis diesbezüglich vorsorglich gewarnt, den Torwart-Titan Oliver Kahn zu ehelichen.

Eigentlich waren die Bedingungen für einen GFA also ganz gut. Nach dem Schlemmen waltete Onno abwechselnd auf dem Balkon – Tauben verjagen etc. (»Machst du bitte lieber die Tür zu, Uhuchen! Die verfluchten Mücken!«) – und am PC, und Edda tauschte die Stricknadeln gegen die Zappbazooka, und irgendwann zwischen »V-GIRLS«, »Pastewka« und »3 nach Neun« fing sie an zu kichern. »Uhuchen?« (Wobei, übrigens, Uhu die Abk. v. »unter hundert« ist. Auf seinem fünfzigsten Geburtstag hatte sie ihn vor die Alternative gestellt, ob sie ihn künftig lieber Uhu oder Üfü nennen solle. Raimund entschied für ihn. Üfü klinge »zu schwül«.)

Onno brummte, starrte aber weiter auf den PC-Monitor und versuchte, aus seinem leeren Weinglas zu trinken. Die Flasche war schon länger leer, und Edda als klassische Biertrinkerin hatte ihr halbes Glas im Nippmodus verbraucht.

»Dieser Spacken«, sagte sie, »weißt du, von früher, aus der Lindenstraße. Willi Herren. Nä? Ich glaub, der war auch mal im Dschungelcamp und beim Promi-Boxen und so. Paß auf. Willi Herren, nä? Und Glenn Close.«

Anstatt seinen beifälligen Blick zu erheischen, blickte sie weiterhin geradeaus auf den Fernsehschirm. Bei aller Bescheidenheit fand sie jedoch, daß ihr neuester Coup mehr verdient hatte als Ignoranz, und so schaute Edda denn doch mit amüsierter Fassungslosigkeit nach dem Viertelprofil ihres Gatten, der in der diametral entgegengesetzten Zimmerecke saß und gegen dieselbe Wand starrte wie sie – nur auf den anderen, kleineren der Bildschirme. »Uhuchen? ♫ Huhu! ♪♫ On-no!! ♫«

Da schließlich schrak er hoch. Sie wiederholte ihren kühnen Wurf, doch seine Reaktion – ein unbeteiligtes, höfliches »'ch, 'ch, 'ch…« – verstärkte nur ihre Empfindung, Perlen vor die Sau zu streuen.

Eigentlich, um es ein drittes Mal zu betonen, waren die Bedingungen für einen GFA ganz gut. Und doch stimmte was nicht mit Genosse Gatte. Andererseits war das ja nichts Neues, und so ließ unsere Edda den lieben Onno einen guten Mann sein und in den Monitor starren, der – so viel vermochte sie über die Distanz zu erkennen – einen Text zeigte, eine E-Mail, vielleicht. Für Neugier war sie plötzlich zu müde.

Während der Talkshow schlief sie ein. Das diskrete Klingeln von Onnos Handy gegen elf Uhr hatte sie nicht vernommen.

Später weckte Onno sie. »Willst du nicht im Bettchen weiterrüsseln, mein Dickerchen?« Allein sein zärtlich schnurrendes R überzeugte sie sofort.

Erst am nächsten Morgen – Samstag, den 24. April (noch sechs Tage bis Ultimo Fiskus) –, beim gemeinsamen Frühstück gegen 10:00 Uhr, überbrachte er ihr die Nachricht. Grinsend, gütig grinsend. »Nick Dolan hat gestern abend noch angerufen«, sagte er. »Die Popo-Sache hatte sich wohl eh erledigt. Haben sich ausgesprochen, nech. Aber er hat gleich 'n neuen Job für mich. Ich soll seinen Gärtner auf Mallorca observieren. Verdächtigt ihn des Diebstahls. Dienstag geht's schon los. Fünf Tage. Was sagst du jetzt, 'ch, 'ch, 'ch.«

Weshalb Edda jetzt »Im Ernst? Dolle Sache, mein Uhu!« sagte – und sehr viel mehr nicht? Dafür gab es eine ganze Reihe von Gründen. Erstens paßte es ihr zu gut ins erst gestern für sich selbst erstellte und abgesegnete Konzept, als daß sie es schon so schnell wieder reformieren mochte. Zweitens wußte sie ja nichts vom Ultimo Fiskus – ahnte nichts von jener Bußgeldgeschichte, die er ihr seit letzte Weihnachten unterm Deckmäntelchen meiner Mitwisserschaft verschwieg. Drittens hatte sie ihm kategorisch verboten, ihr zum Geburtstag etwas zu schenken, das mehr als fünf Euro kosten würde, so daß sie die Dringlichkeit seines Antriebs, Geld zu verdienen, unterschätzte.

Und viertens überhörte sie ihre inneren Warnglöckchen, die den Refrain *Gärtner auf Mallorca observieren? Was für ein wuchtiger Unfug!* begleiteten. Für sie hatte es noch nie oberste Priorität gehabt, ob Onno flunkerte oder die reine Wahrheit sprach. Von Anfang an hatte sie gewußt, daß er ein geborener Spinner war. Schon immer hatte er den ganzen lieben langen Tag lang Blech und Lumpen erzählt, wovon sie nie so recht sicher sein konnte (noch eigentlich jemals stets und allzeit sicher sein wollte!), ob es sich um pure Erfindung, um Nacherzählung eines Films, Romans, Gerüchts oder um polizeilich nachgeprüfte Gegebenheiten handelte. Um ehrlich zu sein, hatte sie ihn u. a. deshalb geheiratet – sie liebte sein Vogelkino, es war nie langweilig mit ihm. Und im milden Desinteresse an der Realität durfte er sich ja durchaus im Einvernehmen mit ihr wissen. Es gab also gar nie allzu viel zu verzeihen, wenn sich im nachherein wieder einmal herausstellte, daß Onno ein, zwei Nullen, Mahnbescheide oder Tsunamis hinzugefügt oder verschwiegen hatte. Sie war seit langem daran gewöhnt, daß neun von zehn Aussagen, die Onno machte, offenen oder verdeckten Öff-öff-Status hatten.

Nach Jahrzehnten beruflicher Kalamitäten konnte man das Notlügen bzw. Schutzbehaupten fast als Onno Viets' Superkraft No. 5 bezeichnen. Ja, Onno hatte Zweckoptimismus einmal zu oft zu einem Prozeß exponentiell radikaleren Frisierens von Fakten erweitern müssen, als daß harte, kalte Wahrheit sein Selbst weiterhin noch zu erhalten vermochte. Der Weg das Ziel? Esoterischer Quatsch. Ziel ist das Ziel, und der Weg dahin langweiliges, beliebiges Detail.

Insofern hielt sich sein etwaiges schlechtes Gewissen Edda gegenüber – soviel war ihr klar – in den Grenzen von 1970, als er ihr vorgeflunkert hatte, er wisse schon, was er tue, als er ihr das Höschen auszog. Zugegeben, nicht jeder von Onnos Eiertänzen seither hatte derlei gewünschte Konsequenzen für sie. Doch solang sie sich der Wahrhaftigkeit seines körpersprachlichen Austauschs mit ihr sicher sein konnte – und das, verdammt noch mal, fiel ihr nicht schwer –, war alles andere zweitrangig.

Clip 2/4

Länge: 04 min. 22 sec.
Aufrufe: 755.677
Bewertung: *****

Wie bereits angedeutet, kann in den Clips No. 2/4 bis 4/4 von »inszenatorischer Perfektion« keine Rede mehr sein. Es mangelt an Harmonie, mit der der Zufall Dagmars Ungeschick und Schock und Zittrigkeit zu kunstvoll dilettantischen Kameravolten veredelte wie in Clip 1/4. Keineswegs jedoch bleiben dem Betrachter die Eskalation und Dramatik – und der Schrecken, das Spektakuläre – der weiteren Ereignisse deswegen verborgen. Dagmar filmte und filmte. Sie fühlte entscheidend anders als Ellen, die von ihrer Furcht vor dem Geiselnehmer total absorbiert war.

Furcht ist, im Gegensatz zur ungerichteten Angst, das Gefühl in bezug auf eine *konkrete* Bedrohung. Die Symptome entsprießen den normalen physiologischen Vorbereitungen eines Lebewesens, das unversehens mit der Alternative Kampf oder Flucht konfrontiert wird: Ellens Herz pumpte unter Volldampf; der Blutdruck war so hoch, daß ihr die Augen aus dem Kopf zu schießen drohten wie Sektkorken; und schwitzend schlotterte sie. Drehschwindel zwang sie zurück auf die Bank. Nicht, daß sie an ihre Freunde und Familie dachte – das kam erst später. Zunächst war sie nichts als vital funktionierender Leib, und über die Überbeanspruchung ihrer fünf Sinne hinaus nahm sie mit dem sechsten und siebten die vor Zerstörungskraft und Energie nahezu berstende Präsenz des Hünen wahr. Lähmende Präsenz. Ihr standen die Haare zu Berge wie unter einem Hochspannungsmasten bei Gewitter.

Dagmar hingegen geriet in einen komplexen Schaltkreis psychischer Wechselwirkungen. Alles Mögliche mag dabei Triggerfunktionen erfüllt haben – vom Enduro-Sound und Eheproblemen über ihre sanfte und deshalb geheimgehaltene Bootsangst bis hin zum Kater vom Vorabend, als sie und Ellen (nach dem Besuch von *Satan's Soul*) nur so mit *Dollhouse*-Dollars um sich geworfen hatten. (Was sonst hätte das anschließende sündhaft teure Besäufnis in der *Roswitha Bar* der V-GIRLS-Location gerechtfertigt, wenn nicht die Sensation, wie bitterzart sich Yannicks Haut angefühlt hatte?)

Ihre hohe psychische Stabilität in den weiteren dreiundvierzig Minuten entsprach dem Grad, in dem sie den Aggressor bejahte. (Vgl. Natascha Kampuschs Verdikt zum sog. ›Stockholm-Syndrom‹. O ja: Es bezeichnet kein ›Syndrom‹, sondern eine Überlebensstrategie.) Möglich, daß die Distanz zu ihm, die Dagmar via Kamera erzielte, ihre Unterwerfungsbereitschaft gar noch förderte. Gleichzeitig hatte sie beim Posing des Hünen intuitiv erfaßt, daß dieses Gerät als Unterpfand für ihre körperliche Unversehrtheit zu dienen vermochte.

Klebte man Clip 2 direkt an Clip 1, wäre in der Chronologie der Ereignisse laut Laufzeiteinblendung ein Sprung von gerade mal zwei Sekunden zu verzeichnen. Zu Beginn von Clip 2 hat der bunte Riese zwar bereits den Dolch wieder sinken gelassen, mit dessen Klinge er zu Ende von Clip 1 noch sein Teufelshorn markiert, um Käpt'n Erich L.s Frage zu beantworten, was hier los sei. (Sowie offenbar jene loriotnudelhafte Cellophanhülle entfernt – zumindest haftet sie nicht mehr an der Klinge, sobald die das nächste Mal ins Bild kommt.) Doch setzt er sich zu Anfang von Clip 2 erst in Bewegung.

Nämlich auf Schiffsführer L. zu. Grinst, nach kurzem Schielen in die Kamera, zahnlos und dickzungig unter seinem Kannibalenschmuck, nachdem er erfaßt hat, wie aufmerkund folgsam Dagmar ihn passieren läßt. Trotz des zu diesem

Zeitpunkt noch nicht gänzlich verdunsteten Wassertropfens auf der Linse erkennt man, daß er durchaus blinzeln kann: Geruhsam schließt er für zwei Sekunden die wimpernlosen Augenlider. Die jedoch mit den Abbildern seiner geöffneten Augen tätowiert sind, und dieses untote Zwinkern zählt seither zu den wiederkehrenden Elementen von Ellens Albträumen, ebenso wie etwa der Schlüsselanhänger.

Dann gleitet der Schädel im zernarbten, sonderbar grindigen und mückenstichpickligen Profil an der Kamera vorbei, die ihn fortan von hinten zeigt. Unterhalb des Hirnpuzzles, in die Haut des muskulösen Genicks, ist eine Zielscheibe graviert, weiß eingefärbt die Ringfelder Eins bis Neun, tintenschwarz Zehn und Elf und knallrot der mittige Zwölferpunkt, der Volltreffer, genau auf dem dicksten Wirbel.

Der Betrachter ahnt mehr, als daß er es sieht, wie der Hüne Käpt'n L. anhand der Krallen seiner Linken durch die geöffnete Tür in den Passagiersaal zurückschiebt. Die Kamera macht sichtlich Anstalten, ihm zu folgen.

Daraufhin hört man einen kindlichen zweisilbigen Ruf, wahrscheinlich etwas wie »Daggi!« (ohne Untertitel). Er stammt von Ellen, die, wie sie später selbst vermutete, von der Bank wieder aufgesprungen war und einen Schritt nach vorn machte. Dagmar reagierte darauf ebensowenig, wie sie auf den Auftritt des Käpt'ns reagiert hatte. Deshalb bekommt man in der Totalen nur zu sehen, wie der Hüne reagiert. Die fünf Krallen vermutlich nach wie vor auf der Hemdbrust des zwei Köpfe kleineren Käpt'ns, dreht er sich nach Ellens Stimme um und nuschelt durch den Flunsch der Zahnlosigkeit ruhig etwas, das in etwa klingt wie *Roin oä räouf.*

UT: Rein oder raus?

Zwei, drei Sekunden. Dann geht ein Vorwärtsruck durch seine ramponierte Knochenvisage – mit übertrieben aufgerissenen

Augen nachfragende Fratze: na, *was* nun? –, und die Szenerie beginnt wild zu wackeln. Ellen zufolge hatte der Hüne den Dolch von der Rechten in die Linke gewechselt, Dagmar mit rechts über die Türschwelle herangezogen, gewartet, bis Ellen ihnen gefolgt war, sodann die Tür zum Heckbereich sorgfältig geschlossen – deutlich zu hören das Schnappgeräusch des Schlosses während der stürzenden, verschwimmenden Bilder – und Dagmar zur Weiterarbeit aufgefordert. (Mit kaum verständlichen Worten, ohne Untertitel, meiner Meinung nach »Schön weiterkurbeln« o. ä.)

Nun, bei geschlossener Räumlichkeit – wegen der enervierenden Handhabung ist nur eine einzige der insgesamt zehn schmalen Klappen in den oberen Fenstersegmenten geöffnet, und zwar auf der Backbordseite –, verändert sich die Tonlage der Geräusche: Die Polizeisirenen klingen ein wenig gedämpfter. Der Lärm des spärlich fließenden Verkehrs ist ohnedies völlig verstummt (die Straße An der Alster wird gerade in beide Richtungen voll gesperrt). Zudem hat der Schwung die *Saselbek* bereits ein erstaunlich gehöriges zusätzliches Stück vom Anleger in Richtung Teichmitte entfernt.

Das erste erkennbare Bild nach dem kurzen, schwindelerregenden Gefuchtel zeigt, daß Dagmar den Zoom nun etwas weitwinkliger eingestellt hatte. Stoppt man den Film auf 11:26 Uhr und 44, 45, 46 Sekunden, hat man erstmals Einblick in den breitgefensterten, sonnendurchfluteten Passagiersaal. Der Hüne berührt mit den Hörnern beinah die milchigen Plexiglasflächen im Deckenfachwerk, das auf der Längsachse von Oberlichtern gekrönt wird. Darunter treibt er den Käpt'n vor sich her. Der Mittelgang ist mit blauem, granitgemustertem Linoleum ausgelegt. Vier der fünf länglichen Tische, die sich die Steuerbordseite entlang bugwärts staffeln, sind im Bild. Im Boden verschraubt, grenzen sie mit der Schmalseite unterhalb der Fenster an das Schanzfutter in Resopaloptik. Wäre es möglich, als Filmbetrachter die Tischflächen näher zu inspizieren, erkennte man aufgedruckt jeweils einen detaillierten Plan der Alster sowie verstreut eine rauhe Anzahl von Flugblättern mit Informationen zum I. Moderlieschen-Fest. An jedem der Tische sechs lose Stühle – pro Längsseite drei – mit messingfarbenem Stahlrahmen und marineblauen Polstern, beides stellenweise bereits recht abgewetzt.

Tisch No. 5 steht an der Trennwand zum halboffenen Heck, hinterrücks von Dagmar, im toten Winkel des Kamerafokus.

Tisch 4 ist unbesetzt. An Tisch 3, auf den Fensterplätzen C und F: zwei jungerhaltene, gepflegte, duftende Herren mit Hawaiihemden und Ohrringen; auf den Gangplätzen A und D: zwei kalkige Touristinnen aus Cornwall im Alter Dagmars und Ellens. Tisch 2, Fensterplätze C und F: ein 45jähriger Betriebswirt und sein 12jähriger Sohn. Tisch 1, Platz A: ein kurzbehoster Rentner, dessen Teint in der Farbwiedergabequalität von Dagmars Film gebrannten Mandeln ähnelt, D und E: dito Rentnerinnen; C: das Herrchen der weißen Schäferhündin. Letztere, angeleint und mit Maulkorb, macht neben Platz B Sitz. Am Schalter des Ruderhauses steht ein karpfenmäuliger junger Mann mit Pluderhosen und verfilztem Zöpfchen am Kinn. Auf seinem T-Shirt wäre, könnte man es aus dieser Perspektive entziffern, zu lesen: *Love makes the world go round*.

Die Tische 1 und 2 auf der Backbordseite waren zugunsten der Formation der inkl. Solist sechzehn Schlumper Shantyboys entriegelt und entfernt worden, die Tische 3 und 4 unbesetzt, Tisch 5 wie sein Pendant auf der Steuerbordseite nicht im Fokus der Kamera.

Mit wachsamer Ruhe – sichtlich erzwungener Ruhe, doch unstrittig einer Form von Ruhe – schlendert Godzilla den Mittelgang hinauf. Prüft, stichprobenartig, mit verächtlicher Lässig- und Nachlässigkeit die Individuen der Passagiermenge, auch die des wie Nippes verharrenden Sängertrupps. Als er sich nach Tisch 5 steuerbords und Tisch 5 backbords umschaut, die nach wie vor nicht zu sehen sind, ist auf dem Film keinerlei Stockung seinerseits oder sonstige Regung zu erkennen. Er geht einfach weiter, nur wie wissend nickend.

Noch einmal dreht er sich um, als von achtern her platschende Geräusche ertönen – die vier Piercing-Kids überlassen Werner und Frau ihrem Schicksal. Dagmar bleibt mit der Kamera stur beim Hünen, und so wird der Videobetrachter Zeuge von dessen beeindruckender Ungerührtheit ob des Geiselabgangs. (Das nähere Alarmtäterätä war inzwischen verstummt. Nachschub kam von fern.) Ungefähr auf Höhe von Tisch 3 bleibt er breitbeinig stehen, während der Schiffsführer noch einen weiteren Schritt rückwärts macht, dann aber – unberufen, einfach vorsichtshalber – ebenfalls stehenbleibt. Daß er unmittelbar neben dem Solisten der Schlumper Shantyboys verharrt, der noch einen halben Kopf kleiner ist als er, hat etwas Anrührendes. Schwer greifbar. Vielleicht der Anschein, er hoffe auf Kraft und Beistand durch die Traditionen seiner Zunft.

Dann rief der Hüne etwas, das in etwa klang wie *Allema'ee'öö'ää!*

UT: Aloa he! (Was natürlich Blödsinn ist. Viel näherliegend: »Alle mal herhören!«; d. Verf.)

Dann etwas, das in etwa begann wie: *Dief if oineh Geiflnorrmeh!* und von drei, vier weiteren Sätzen ergänzt wurde – in der nun hinreichenden Übersetzung des Webmasters:

UT: Dies ist eine Geiselnahme! Hab was zu erledigen. Kann eine Viertelstunde dauern, und fertig. Keinem von euch passiert etwas, keine Bange. Fast keinem.

Er gluckst heiser, während er sich umblickt, und entdeckt dabei etwas auf einer Wandstrebe. (Im Clip schwer zu erkennen:

das Ikonogramm für ein Handyverbot. – Übrigens hat, kaum zu glauben, aber wahr, während der gesamten Dauer der Geiselnahme kein einziges der Mobiltelefone an Bord geklingelt.) Er deutet mit der Dolchspitze hin und feixt in die Runde. Tippt zur Bekräftigung mit der Flanke eines Zeigefingers gegen die geschlossenen Lippen unterm Knochenschmuck.

UT: Keinem von euch passiert was, wenn ihr schön cool bleibt. Einfach Schnauze halten. Einfach Gräten still halten.

Dann hält er vier Sekunden inne, und dann fängt er an wie folgt, läßt den Satz jedoch unvollendet:

UT: *Wenn* irgendeiner …

Und bricht ab, und seinen Körper durchquert ein Schauder, bei genauem Hinsehen durchaus erkenn-, doch ad hoc nicht leicht definierbar. (Der Gerichtsgutachter vermutete später, daß er – und sei's halbbewußt –, aus purer Erfahrung, aus einer Art biographisch beglaubigter Paranoia gewissermaßen, etwaigen Widerstand imaginierte.) Jedenfalls ändert sich ab demselben Moment sein Verhalten, wieder unübersehbar. Nicht unbedingt gleich zum aggressiveren als bisher, doch stärker besorgniserregend allein aufgrund einer offensichtlichen neuen Stufe der Offensive. Ihm ist etwas eingefallen. Er hat einen Entschluß gefaßt. Er wünscht ein rasches Zwischenergebnis o. ä.

Er schreitet auf den Käpt'n zu, der unwillkürlich bis an die gefensterte Zwischenwand zum Steuerhaus zurückweicht – der Mittelgang ist schmal. Der Hüne hält aber unversehens auf den Typen neben dem Käpt'n zu, den mit dem *Love-makes-the-world-go-round*-T-Shirt. Schreckstarr läßt der geschehen, daß sein Hals von der linken Klaue des Hünen

142

am Holzrahmen der Wandverglasung fixiert wird (Geräusche schreckhafter Unruhe im Boot) – im Clip schwer zu erkennen, da verdeckt durch die Gestalt des Hünen. Ebenso wie die Tatsache, daß der Hüne ihm das Kinnzöpfchen absäbelt und in dessen Shortstasche stopft. Weshalb der Inhalt des Untertitels noch rätselhafter wirken dürfte als ohnedies. (Vermutlich handelt es sich um die Äußerung der Meinung, das eigenwillige kosmetische Detail ähnele der Zündschnur eines Knallkörpers.)

UT: Wächst bis Silvester wieder nach. Kann ich hier jetzt nicht gebrauchen.

Und wendet sich sodann seinem nächsten Tagesordnungspunkt zu: dem Mann, der direkt neben dem Eingangsbereich sitzt, auf Platz 1 C. Dem Besitzer der weißen Schäferhündin.

Unruhig geworden durch die bösen Gerüche und Schwingungen – in der Luft, in der Leine seines Herrn, aus dem Dunstkreis des ungewöhnlichen Wesens vor ihm –, springt das Tier der Rasse Berger Blanc Suisse, die Krallen klicken und ratschen übers Linoleum, von seinem Platz neben dem Stuhl 1 B auf. Beginnt durch den Maulkorb zu knurren, die spitzen Ohren angelegt, den Schweif elektrisch geladen. Herrchen reißt es zurück.

Dagmar war inzwischen lediglich bis Tisch 3 vorgerückt und stand neben den bleichen Engländerinnen. Die letzteren Vorgänge sind auf dem Film folglich nur teilweise erkennbar gewesen, teilweise von den Tischen 2 und 1 verdeckt worden. Der Hüne, zwischen dem *Love*-Typen und dem braungebrannten Rentner stehend, winkt. Winkt ihr. Winkt sie zu sich und spricht.

UT: Komm? Komm? Kommkommkomm?

Und mit bei jedem Schritt wippender Linse nähert sich die Kamera dem Hünen. Er wartet, winkt, winkt so lange, bis sein fürchterliches Gesicht das Bild voll ausfüllt. Dann fängt er erneut an zu sprechen. Spricht, während sein schwarzer, vollpupilliger Blick sekündlich zwischen denselben fünf, sechs Strahlen wechselt: vermutlich Richtung Steuerbord, Mittelgang, halb Backbord, voll Backbord, Platz 1 C, Boden.

UT: Ich liebe Tiere. – Ich *liebe* Tiere. – Ich liebe nichts
 so wie Tiere. Wenn ich überhaupt *irgend* was liebe,
 dann Tiere. Menschen …? Dreck. Menschen sind
 Dreck. Abschaum. Nichts als Abschaum.

Er nickt, und während er die Kamera mit dem Blick zwingt, ihm, als er sich niederhockt, zu folgen – die Kameralinse mit seinem Blick zu sich herunterlotst –, schwillt im Off das langatmig herausgepreßte *rrrrrrr* des weißen Hundes zu *RRRRRRR*, zwecks Einatmung regelmäßig unterbrochen von raschem, raubtierhaftem Röcheln.

Der Hüne hat sich auf Stuhl No. 1 B gehockt, dem Schäferhundführer samt Schäferhund zugewandt, dem braungebrannten Rentner wie der gesamten Backbordflanke den Rücken kehrend – genauso gut wie er selbst weiß jeder dort, daß ihn jede Bewegung aufgrund der noch so schwachen Spiegelschemen in den Steuerbordfensterscheiben verriete. Der Hüne dirigiert Dagmar in die beste Position, um hundertachtzig Grad gedreht, nun also über die Steuerbordflanke hinweg in Richtung Heck filmend. (Wobei einmal kurz auch der Blinde und seine Begleitung ins Bild geraten, die an Tisch 5, Steuerbord, sitzen, der bisher nicht im Film zu sehen war. Außerdem, allerdings recht schemenhaft im milchigen, unregelmäßig bläulich aufblitzenden Gegenlicht und darüber hinaus inzwischen bereits erstaunlich weit entfernt, eine bemützte Polizistengestalt. Steht auf dem Anleger vor dem

Café Lorbaß, wahrscheinlich mit einem Feldstecher vor den Augen. In ihrer scheinbaren Einsamkeit und starren Haltung bildet sie einen seltsamem Kontrast zu den Geschehnissen. – Die Backbordflanke der *Saselbek* ist in dieser Perspektive unsichtbar.)

Der Hundeführer – im Bild hauptsächlich seine Fäuste mit der kürzestmöglich gerafften Leine, die nackten Knie – hat Mühe, seine Hündin zu bändigen, obwohl die kaum Raum zur Kraftentfaltung hat zwischen den Beinen ihres Herrn, halb unter der Stuhlfläche, an der kurzen Leine. Die impulsiven, vergeblichen Kontraktionen ihrer eingezwängten Muskeln modulieren die Tonhöhe des schlagbohrerrauhen Knurrens. Ihre schneereine Anmut wirkt vergiftet; wüst gesträubt die Unterwolle (wie vermutlich auch die langen Haare auf ihrem Widerrist unterhalb der Stuhlfläche), die Ohren angelegt, die Zähne im Maulkorb gefletscht, auf den Augen ein brenzlig schillernder Ölfilm.

Schsch, macht der Hüne und sagt etwas, das klingt wie:

UT1: Wie heißt er denn?

Der Hundehalter antwortet etwas, das klingt wie:

UT2: Bella. – Bella.
UT1: Wa?
UT2: Bella. Bella. – Bella.
UT1: Bella! – Bella … Wie alt ist sie denn?

Hundebesitzer unter sich.

UT2: Wird drei, wird drei im September.

Bedenklich, ja skeptisch wie ein Arzt wiegt der Hüne seinen Kopf, ja senkt ihn schließlich, traurig, aber gefaßt. Vorsichtig – vermutlich, um die Hündin ruhig zu stimmen; wegen des Maulkorbs kaum aus Bangigkeit – streckt der Hüne Bella den linken Handrücken mit den ZACK-Knöcheln hin. Hält sie ihr unter die vor Angst und Wut gerunzelten Nüstern. Geschlagene achtunddreißig Sekunden lang (während im Hintergrund ein neuerlicher, ständig mißlingender Kanon von Täää*täää*-Tönen nervt).

Doch das Tier läßt sich nicht kirremachen. Mit glitzernden Augen bleibt es auf der Hinterhand gespannt wie eine Stahlfeder, Röcheln und Knurren rhythmisch nun ein wenig angeglichen.

Die Linke nach wie vor unter der Nase des Hundes, schaut der Hüne in die Kamera. Ein böser Lippentic beginnt aktiv zu werden – beide Mundwinkel immer wieder ruckartig herabgezurrt von bleischweren Haßkugeln; abwechselnd entblößt der linke Oberlippenflügel die blanke Kauleiste.

UT1: Hast alles im Bild? Geh ruhig einen Schritt zurück.

Dagmar folgte der Anweisung. Die Perspektive erweitert sich.

UT1: Alles klar?

Und Dagmars Stimme, ohne Untertitel: »Ja ...«

Nach ungefähr der zwanzigsten Betrachtung der Sequenz (und der fünfundzwanzigsten in Zeitlupe) ist die Chronologie des darauffolgenden kurzen Tumults am triftigsten zu rekonstruieren, wenn man davon ausgeht, daß der Hüne, um die Hündin in seine Gewalt zu bringen, die vorfühlende ZACK-Pranke plötzlich in ihren Maulkorb gekrallt hat, hinter den Querriemen zwischen Gurgel und Unterkiefergelenk. Dieser Zugriff muß blitzartig erfolgt sein, unterhalb der menschlichen Wahrnehmungsschwelle, ebenso jenseits der technischen Aufnahmefähigkeit von x Bildern pro Sekunde – einfach verschwunden in einem Zeitloch von einer Hundertstelsekunde Durchmesser.

Im nächsten Moment jedenfalls sieht man, wie der Hüne – im Oberkörper sich ruckartig rückwärts werfend – die Hündin mit links an seine rechte Brusthälfte reißt, als handele es sich um eine (wenngleich unhandliche) Hantel. (Hohes, spitzes Geheul, schmerzhaft, wie wenn ein Feinbohrer auf einen Zahnnerv trifft.) Die Schnellkraft des Zugs wirkt so enorm, daß die Leine nahezu widerstandslos durch die verschwitzten Schwielen von Herrchens Fäusten schießt; und das zusätzlich einwärts geknickte Handgelenk des Hünen begünstigt den Schwung dergestalt, daß die Hündin in einem schrägen Salto vorwärts mit dem Rücken auf der Schulter des Hünen landet. (Nach wie vor schneidendes Gejaul.) Gut genug bemuskelt und elastisch, daß es ihr nicht gleich das Rückgrat bricht, wird sie aber mit dem Nacken eisern gegen den harnischfesten rechten Brustmuskel gepreßt (dennoch weiterhin Geheul, paralysierendes Geheul), Kopf und Maul im Korb kopfüber in der Zwinge der linken Faust, und so hat der außerhalb des Brachialbereichs zappelnde, einundzwanzig Kilo schwere Tierkörper keine Chance. Es bleiben ihm noch zwei Sekunden zu leben.

Der Hüne röhrt vor Kühnheit. Den Dolch aufrecht in der rechten Faust, setzt er die Schneide an, indem er die ZACK-Knöchelreihe der Linken als Lineal für die Klinge nutzt. Versenkt sie im weißen Halsvlies und sägt mit maschinellem Nachdruck los. Er muß dabei extrem abwärts schielen, sein Kinn aufs eigene Brustbein pressen, sonst stößt er sich die Dolchspitze von unten ins eigene Auge. Wenn nicht nach der zweiten, so doch nach der dritten Sägebewegung fragmentieren das Bild hellrote, sternförmige Spritzer – die Krone der Fontäne ist auf die Kameralinse gesprüht. Arterieller Streßdruck. Gleich darauf ist das Szenario vollständig blutblind, das unendliche zwei Sekunden lange Geheul reißt nun ab, und es folgt, bis zum Ende des Clips, ein akustisches Chaos. Güsse, vermutlich auf den Boden, vermutlich von Blut. Ein neunzehn Kilo schwerer Aufprall. Ein viehischer Aufschrei, ein anderer aus der Gegenrichtung wie ein Echo. Ein, zwei wütende Gebrülle, eher unartikulierte Schimpflaute. Begleitend schwächere menschliche Ausnahmetöne, ein vorhöllischer Chorus aus Ächzern und Seufzern. Ein gleißendes Greinen (laut Ellen der 12jährige Junge).

Und schließlich, all das niedertosend, die Greuelorgel des Hünen. Fast übereinstimmend die Zeugenaussagen – sehr selten bei Geschehnissen derartigen Kalibers –, daß er während dessen höchst erregt auf und ab lief (was die Schallschwankungen auf der Tonspur bestätigen). Den Dolch in der Rechten, den triefenden, kopfgefüllten Maulkorb der Hündin in der Linken, soll er das T aus Eingangsbereich und Mittelgang auf und ab gestapft sein. Zu hören unter dem blutblinden Bild ist seine heftige, trostlose Klage.

UT: FRESSE HALTEN, ALLE! FRESSE HALTEN VER-
DAMMT NOCH MAL! HALTET EURE FRESSE IHR
VOTZEN! JETZT IST DAS GEJAULE GROSS! WAS
GLAUBT IHR WIE WEH MIR DAS GETAN HAT!
ICH LIEBE TIERE! ICH LIEBE TIERE UND SO WAS
WIE EUCH GEHT MIR AM ARSCH VORBEI IHR
DRECKSVOTZEN! IST DAS KLAR! HABT IHR DAS
KAPIERT! AM ARSCH VORBEI KAPIERT! WENN
EINER VON EUCH AUCH NUR PIEP SAGT …

Und zur Vervollständigung seines Konditionalsatzes – in diesem Punkt widersprechen sich die Zeugenaussagen allerdings – soll er den Hundekopf auf Tisch No. 3 der Backbordseite geschmettert haben, so daß eine der Engländerinnen auf der Steuerbordseite angeblich von einem davongesprengten Reißzahn im Gesicht getroffen wurde. Von der Tonspur des Clips zu hören ist zwar ein dumpfer Ton zum Abschluß, doch kann der ebensogut vom Aufstampfen eines Fußes rühren. Eines Fußes allerdings von mindestens Schuhgröße einundfünfzig.

Schnitt. Ende des zweiten, rund viereinhalbminütigen Clips.

In diesen viereinhalb Minuten hatte sich die *Saselbek* etliche Längen vom Anleger entfernt und trieb immer tiefer in den Syphon der Außenalster. Die Stadtgeräusche erreichten das Schiff zunehmend gedämpft. Bis auf die Polizeisirenen.

Aus dem Raum um Binnenalster, Ballindamm, Jungfernstieg durchquerte der stupide, schrille und zugleich aufreizend vage Dauerappell so mühelos Entfernungen, als wirke der dichte Uferbewuchs gar als Membrane. Nun nicht länger vereinzelt, vielmehr mit vier bis fünf der endlosen Phonogramme in permanent aufs neue mißlingendem Kanon; kaum noch mit Atempausen, sondern beinah ununterbrochen; teils bereits stationär, teils noch dynamisch oder gar mit Doppler-Effekt schallte das doof-duale, nervzerschrotende Tääät*äää*tääät*äää*tääät*äää* herüber – es »machte einen zusätzlich wahnsinnig« (so Ellen später).

11:31 Uhr. Immer noch Freitag, der 13. August.

[Rückblende II]
Hundertneun Tage vorher …

Weshalb Onno verbrannte

Tauben und andere Hühner – Hallo? –
* formula – »ovj nom hröö sig fovj« –*
Die Tischtennisregeln in Cala Llamp

18

Montag, den 26. April (noch vier Tage bis Ultimo Fiskus). Ungefähr Viertel vor neun. Après-Pingpong, Stammtisch *Tre Tigli*.

»So, Kam'raden. Achtung, Achtung. Hab ich schon gesagt? Morgen flieg ich nach Malle, nech«, sagte Onno, und die Gütigkeit seines Grinsens erklomm eine neue Intensitätsstufe.

»*Gott* sei bei uns«, rief der schöne Raimund. Rang die frisch gecremten Hände. »Gott sei bei *uns*! Gott *sei* bei uns, was soll denn jetzt schon wieder *das* ...«

Diese Woche war *er* derjenige, welcher. Nämlich sensationell zwo null geführt hatte gegen old Onno ›Noppe‹ Viets.

Grad hatte EP mich drei null abgeschossen – unter verschwenderischem Einsatz vredonischer Triumphschreie wie »ßaaaaaaaaaa!« und »KUUBAAAAaaaa!« –, da hatten sie ihren dritten Satz begonnen. Wir beschlossen, uns von der Bank aus anzuschauen, wie Onno das Match diesmal drehen würde.

Sehenswert, die beiden Kontrahenten. Sicher, sie waren Freunde. Unverbrüchlich. Doch weil auf das Perm der Sandkiste datiert, war ihre Freundschaft von Verwandtschaft kaum mehr zu scheiden. So prägte die Partie eine existentielle Symbolik, wie sie Kämpfe unter Brüdern oft prägt.

Hie Raimund, mit schweißschwerem T-Shirt zwar und aufgeweichter Frisur, doch schön und souverän wie eh und je. Hie Onno, unrasiert und ungelenk, auf Noppensocken, in Kasperlehöschen und porösem Leibchen, doch waffeltrocken. Frühlingsfortschrittsgemäß strömte durch die Milchglasfenster am hohen Deckenrand mehr Lux als noch vor einer Woche um diese Zeit. Dadurch blendete die Oberfläche der Tischtennisplatte, wenn man auf der bankabgewandten Seite spielen mußte. Raimund hatte dort begonnen, so daß er auch im dritten Satz wieder dort stand. »Zwo null, null null«, sagte er pflichtgemäß an. Statt konzentriert und erwartungsvoll in die Knie zu gehen, stand er aber einfach nur so da.

»Was ist«, sagte diesseits Onno, den Rücken uns zuge-wandt. Sein Aufschlag.

»Ich *warte*«, sagte Raimund. Mit nur *leicht* übersteuerter Note. Als sei zwar ja wohl ganz klar Onno hier der Umstands-krämer, Verzögerungstaktiker, Spacken, aber macht nix.

Einer der Winkelzüge jenes Psychospielchens, mit dem Raimund das Match flankierte. Eine jener Miniaturattitüden, die der Gegner nicht als Unsportlichkeit zu ahnden vermoch-te, ohne sich lächerlich zu machen. Die in der Summe zu jenem Grad von Enerviertheit beitragen sollten, der zu des Gegners entscheidendem Vorteilsverlust führen konnte.

Onno aber fehlte die tiefinnerliche Bereitschaft, Raimunds Mutwillen als solchen überhaupt erst anzuerkennen. Attitü-den ordnete er den Irrelevanzen eines Matches zu. Attitüden, Ästhetik u.v.a.m. Der Sinn eines sportlichen Spiels war in sei-nen Augen rein binär: Sieg und Niederlage. (Wobei er's mit dem FIDE-Weltmeister Weselin Topalov hielt: »Ich siege, weil ich keine Angst vor Niederlagen habe.«)

Im Vergleich zu Raimund mit ihm, hatte Onno mit Rai-mund seltener Sträuße auszufechten. Und brauchte deswegen nur ein Spiel zu gewinnen, keine Fehde. Er sah einfach zu, daß er den nächsten Punkt erhielt. Nach den Spielregeln ge-wann; ob nach den Regeln der Kunst oder Psychologie, spiel-te für ihn keine Rolle. Sein Ideal war ein Roboter. Was Sport zu Lust und Leidenschaft machte, war ihm nicht nur schlei-erhaft, sondern wurst. Selbst die Niederlage: wurst. Unwurst einzig der Sieg. (Warum nicht auch der, blieb sein Geheim-nis. Und uns ein Rätsel. Ein ärgerliches.)

Momentan lag freilich auch der relevanteste Vorteil aufsei-ten Raimunds: Ihm reichte ein Satzgewinn zum Sieg, Onno brauchte drei. Wobei schon *ein* einziger Satzverlust aufsei-ten Raimunds den Druck insgesamt wieder ausglich. (Denn schon bei einem zwo eins *mußte* den nächsten Satz auch Raimund gewinnen, sonst wäre ja wieder alles offen.) Onno hingegen rechnete nicht. Er spielte nicht mit Köpfchen oder Seelchen. Er baute auf Unerschöpflichkeit seiner Reserven. Er baute auf die Zähigkeit, mit der seine Vorfahren Warften besiedelt hatten. *Deus mare, Friso litora fecit.* Gott schuf das Meer, der Friese die Küsten.

In der Handtuchpause beim nächsten Seitenwechsel ließ Onno seinen Schläger auf der Seite des Tisches liegen, an der er den letzten Satz gespielt hatte. (In diesem Fall: gewonnen hatte. Versteht sich, sonst hätte es ja keinen Seitenwechsel mehr gegeben.) Kein böser Wille. Kein Psychospielchen. Er machte das einfach bloß immer so.

Raimund hingegen pflegte seinen Schläger gleich auf der anderen Seite zu plazieren (bzw., wenn er auf die handtuchstützpunktfernere Plattenseite wechseln würde, mitzunehmen). So daß er, der nach der Handtuchpause stets als erster an die Platte zurückkehrte, derjenige war, der die beiden gleichen Schläger anhand winziger Merkmale auseinanderdividieren mußte – eine zutiefst lästige zusätzliche Konzentrationsleistung. »Es ist unsäglich, wie tierisch mir das auf'n Sack geht«, frischte er die alte Erkenntnis auf. Allerdings lachend. Nicht aus Selbstironie, sondern um die für den kommenden Satz nötige Unverkrampftheit zu beschwören. Das war nicht einfach, weil er seit Jahren vergeblich durchzusetzen versuchte, daß Onno ein häßliches Filzstiftkreuz oder so auf seinen Schläger machte. (Was für Raimund nicht in Frage kam. Erstens, weil er schön war, und schließlich vergaß ja nicht er den Schläger stets auf der falschen Seite.) »Zwo eins, null null«, sagte Onno an.

Vierter Satz. Dauerte sieben Minuten, wie ein gutes Pils.

Nächster Seitenwechsel. »LEG DOCH DEINEN SCHLÄGER GLEICH AUF DIE RICHTIGE SEITE, DU ARBEITSLOSER! DU SCHNORRER! DU SCHNAKE!«

»'schuldigung.«

»ZWO ZWO, NULL NULL!«

Ulli und ich tauschten einen Blick aus. Und *wie* heikel der finale Satz des Kampfes für Raimund verlief, verdeutlichte das Ausmaß seiner Selbstbezichtigung.

Selbstbezichtigung pflegten wir (außer Onno) ebenso zu pflegen wie selbstanfeuernde Triumphschreie (§ 15 Satzung). Es handelte sich um die beiden Seiten derselben Medaille. Selbstbezichtigung half, Fehler nachträglich zu bannen; destruktive Energie abzuführen; nicht einfach als selbstduldsamer Trottel dazustehen – wie etwa Onno es tat, der selbst bei einem GAU max. unartikuliert seufzte wie Oma Meume, die in der Pellkartoffel ein Auge entdeckt.

Unter uns übrigen war die Selbstbezichtigungskultur eine rauhe, versteht sich. Ich etwa fluchte auf mich wie ein Touretteler (»Runter mit dem Arsch, du 🗨️😣💢💀🕸️🕷️👽💀 ...!«), indes Ulli auch hierbei aufs vornehme Vredonisch zurückgriff (»Mak pa!«, »Mu! *Mu*!!« u. ä.).

Nach Onno war normalerweise Raimund am coolsten. Nun jedoch rechnete er nach jedem Fehler erbarmungslos mit sich selber ab. »DU BIST HÄSSLICH!« log er (Aufschlagfehler). »DU BIST SO HÄSSLICH, DASS DICH DIE SCHWEINE BEISSEN!« (Noch ein Aufschlagfehler.) »HAKKEN, DU VOLLIDIOT! SCHWANZDUMMER, SAUDUMMER OCHSENKOPF! HACKEN, WEITER NIX! GEHT DAS VIELLEICHT BALD MAL REIN IN DEIN ERBSENHIRN?« (Aufschlag falsch gelesen.) Ja, schließlich gar: »SCHWUCHTEL! GEH BÜGELN, BLÖDE KUH!« (Keine Traute zu schmettern – folglich verzogen.)

Natürlich schwiegen wir den Umstand, daß Onno noch drei zwo gewann, anschließend wie üblich tot. Doch hielten wir uns mit Sprüchen schadlos.

Auf dem Trott aus der Halle in den Keller war von Raimund lediglich konsterniertes Knurren ausgegangen. Unter der Dusche erkundigte er sich noch heuchlerisch nach der Bewandtnis der verfärbten Schulter bei Onno, der diesbezüglich geheimniskrämerisch auf den Stammtisch verwies. Gleich danach aber, in der Umkleide, ging's los. »Viets, alte Stil-Ikone! Was' *das* denn!« lobte er den halbnackten Onno falsch. »'ne *rote Unterhose*? Hast noch was vor heut abend?«

Verwandelt wurde die Vorlage von EP. »Feuerwehrball?«

»Bißchen ausgeleiert«, behauptete Raimund. »Hängt ja schon der ein oder andere Hode raus.«

Und ich, dem Tatbestand der Verleumdung genüßlich Vorschub leistend: »'n privates Ei, öff, öff.« Usw., usf.

Onno ließ sich mobben, bis der Reif seines Heiligenscheins durchzuschmoren drohte, und am Stammtisch – diesmal hielt er eine angemessene Erholungsfrist (= 0,3 l Bier) ein – rückte er dann heraus mit den neuesten Neuigkeiten. So daß Raimund die Pianistenhände rang. »Und dann sogar Malle?! Warum nicht gleich Bora Bora!?«

Ulli stimmte ein Liedchen an. »Als ♩ ich nach ♪♫ Bora Bora kam ♪♪…«

»Na, na«, warf ich ein. »Onno war ja noch nicht mal auf Krautsand Krautsand.« (= eine Elbinsel.)

Wir – und Schnorf, natürlich – waren die einzigen, die *im* Souterrainlokal saßen. Es herrschte ein lauer Aprilsommerabend, und im Verlauf der vergangenen Woche hatte jemand die Bodenplatten gewischt und die Gartenmöbel rausgestellt. Leider war alles besetzt, was insbesondere Raimund und mich verstimmte.

Raimund, weil er es als persönliche Kränkung empfand, daß Carina dem Einsatz all seines Charmes zum Trotz mitnichten eine Ausnahme von der Regel machte, keine Terrassentische zu reservieren. Beide vermochten wir außerdem Onnos Knasterqualmerei besser unter freiem Himmel zu ertragen. Wie sagte selbst der feuerfeste Ulli einmal doch so schön, nachdem

Onno sich die achte seiner Stiftzigarettchen angezündet hatte? »Hier kann ja nicht mal mehr der Rotwein atmen!« (Dennoch – nach hinten in die charakter- und carinalose sterile Kammer? Dann lieber heftig passivrauchen.)

Nach dem Abklingen des Gefrotzels berichtete Onno. Berichtete von seiner Woche auf Observation, vom Donnerstagabend insbesondere – zeigte sogar noch mal die gelbe, ja grünliche Prellung auf der Schulter, indem er den T-Shirt-Ärmel kurz hochhob.

Von seinem Stützpunkt am Tresen aus erklang ein präzises Schnorfen Schnorfs – ob aus besonderer Anerkennung oder allgemein platonischer Liebe zu Onno, war schwer zu sagen.

Als Onno von Händchens Ruf berichtete, warf Ulli schaudernd »Klingt ja wie Keyser Söze« ein, und DVD-Tauschpartner Onno grinste cineastisch. »Deswegen hätte ich den Auftrag auch zurückgegeben, nech«, sagte Onno. »Wenn Nick Dolan nicht von sich aus zurückgezogen hätte.«

»Hat er?« Ich mochte es nicht glauben (und es stimmte ja auch nicht).

Und wie seiner Edda tischte Onno auch uns das Märchen von der Versöhnung Dolan/Popo und diebischen Gärtnern auf.

[19]

Ähnlich wie Edda ahnte auch ich, daß da was faul war. Und ähnlich wie Edda ignorierte ich die Ahnung. Und das, obwohl ich sogar noch ein bißchen mehr über Onnos Motive wußte als sie. Motive, die bei genauerer Betrachtung nämlich durchaus den Grad akuter Handlungsverlegenheit zu erreichen vermochten – selbst bei einem Inhaber borstigster, ja widerborstiger Nashornigkeit.

Obwohl sie gehalten sind, einen sog. Weihnachtsfrieden zu wahren, können manche Beamte einfach nicht umhin, den ein

oder anderen Vorgang vor Beginn ihrer Brückenferien noch
im alten Jahr abzuschließen. So auch Ludwig Käßner, der Be-
arbeiter der Bußgeld- und Strafsache Viets beim Finanzamt
für Prüfungsdienste und Strafsachen der Freien und Hansestadt Hamburg. Bedauerlicherweise, doch folgerichtig lan-
dete der Umschlag mit der Hiobsbotschaft am Morgen des
vergangenen Heiligabends in Onnos Briefkasten.

Begonnen hatte der Wisch wie folgt:

Sehr geehrter Herr Viets,
das gegen Sie eingeleitete Steuerstrafverfahren wegen des Ver-
dachts der Hinterziehung von Einkommen- und Umsatzsteuern
für das Jahr 2003 ist gemäß § 170 Abs. 2 Strafprozeßordnung
(StPO) eingestellt worden.

So weit, so festlich. Onno hatte im Treppenhaus geradezu einen Purzelbaum geschlagen (bzw. mit den Fingern ge-
schnippt). Im Verlauf der weiteren Lektüre jedoch verlor sein
Grinsen arg an Spannkraft.

Allerdings besteht gegen Sie weiterhin der Verdacht, Einkommensteuern für das Jahr 2004 in Höhe von 1458,– Euro
und Umsatzsteuern für das Jahr 2004 in Höhe von drei Pfund
Gummibärchen vorsätzlich verkürzt zu haben, da Sie es unter-
ließen bla, bla, bla.
Bla, bla, bla.
Bla, bla, bla, bla.
Nach Aktenlage besteht nunmehr die Möglichkeit, Ihr Ver-
fahren entsprechend dem geschilderten Verfahrensablauf zum
Abschluß zu bringen. Ich würde beim zuständigen Amtsgericht
die Einstellung des Verfahrens anregen, wenn Sie einer aufzu-
erlegenden Geldbuße in Höhe von 1200,– Euro zustimmen.
Andernfalls ich beim zuständigen Amtsgericht den Erlaß eines
Strafbefehls beantragen müßte.

Onno hatte es nicht übers Herz gebracht, Edda die Feiertage
zu versauen. Statt dessen konsultierte er heimlich mich; ich
riet ihm, um Ratenzahlung zu bitten, und das tat er dann

auch. Edda nachträglich davon in Kenntnis zu setzen, brachte er aber auch nicht übers Herz. (Als er nach seiner Karriere als Versicherungsvertreter seinen schönen alten Volvo abmelden mußte, hatte er es monatelang nicht übers Herz gebracht, ihn zu verkaufen. Bis endlich der Schimmel aus den Ledersitzen wucherte wie ein Korallenriff und auf die Stellingstraße überzugreifen drohte.)

Nun war das erste Viertel des Jahres keineswegs schneller vergangen als jedes andere des Gregorianischen Kalenders. Auch Eddas fünfzigster Geburtstag blühte Onno nicht früher als die ersten neunundvierzig. Seinem Zeitempfinden zufolge mußte irgend was schiefgelaufen sein, daß wir bereits Mitte April schrieben, ohne daß eine wesentliche Verbesserung seiner finanziellen Situation eingetreten wäre. (Obwohl er, außer sein Bierchen nach dem TT, praktisch überhaupt nichts mehr trank – die Flasche Sorgenkärrner Schmutzfuß war eher eine Ausnahme gewesen –, fehlten seinem Gedächtnis weite Teile des Januars und Februars. »Du kriegst noch mal«, pflegte Ulli zu sagen, »den Oscar für den besten Filmriß.«)

Zwar waren regelmäßig Angebote per E-Mail hereingeschneit. Zum Beispiel:

Von: »Huang Hui« <gary@palace-hotel.com.cn>
An: undisclosed-recipients:;
Gesendet: 18.02.xx 08:31:27
Betreff: Kompliment / Projekt.

Lieber Freund,
Guter Tag zu Ihnen, Kompliment der Jahreszeit. Ich arbeite als ein Investitionsbankier f*r eine Hauptbank in Hong Kong. Ich setze mich mit Ihnen hinsichtlich der Gesch*ftstransaktion in Verbindung, die ich will, daß wir durchf*hren, der ich Sie Berechtigt Finde. Wegen der Natur des Internets sowie unserer Kultur werde ich nur im Stande sein, die Details bekanntzugeben, wenn Sie mir die Gewalt geben voranzugehen.
Bla, bla, bla.

Bla, bla, bla.
Bla, bla, bla, bla, bla.
Mit besten Gr*ßen
Huang Hui

Aber auch die hilfreich ausgestreckte Hand seines lieben Freundes Hui hatte Onno ausgeschlagen. Kompliment der Jahreszeit.

Und nun, am Freitagvormittag des 23. Aprils – sieben Tage vor Ultimo Fiskus und rund zwei Wochen vor Eddas Fünfzigstem –, nach dem aufreibenden Abend auf St. Pauli, der selbst ihm etliches an Nachtruhe geraubt hatte, war Onno eher müde als zuversichtlich. Hin und her wälzte er sein Problem. Erstellte, vorerst mit dem Kuli – aus reinen Anschauungsgründen –, mal eine Proformarechnung für den Poptitan.

Dienstag, 20. April	5 Std.	
Mittwoch, 21. April	9 Std.	
Donnerstag, 22. April	15,5 Std.	
	29,5 Std. à € 65,–	€ 1917,50
	+ 186 gef. km à € 0,90	€ 167,40
		€ 2084,90
		zzgl. MwSt.

Grübelnd nagte Onno eine halbe Stunde an dieser Zahl herum. Rauchte einen Zigarettenstift nach dem anderen, und währenddessen erstand – dies allerdings in rein imaginativer Kladde, quasi in Rauchzeichen verfaßt – ein Anschreiben dazu.

☞ DETECTEI VIETS 👍

Sehr geehrter Herr Queckenborn,
wir freuen uns, Ihnen hiermit persönlich bezeugen zu können, daß die ZP Fiona Schulze-Pohle außer zu Ihnen ein weiteres,

ganz offensichtlich erotisches Verhältnis unterhält. Den gewünschten Photobeweis können wir aus technischen Gründen
leider nicht liefern.

Da unser Unternehmen nicht über die Manpower verfügt,
etwaigen Vergeltungsmaßnahmen Ihres katastrophal beleum-
deten Nebenbuhlers standzuhalten, müssen wir von der Fortführung dieses Auftrags leider Abstand nehmen. Wir bitten
um Verständnis.

In der Anlage finden Sie bitte die Rechnung für unsere
Leistungen. Zahlbar per Konto der R Ae Dannewitz,
Dannewitz & Clausen, Hamburg, sofort, ohne Skontoabzug.

Mit freundlichen Grüßen
Ihre Detectei Viets

Empfehlen Sie uns! ☺ *Gratisgeschenke bei Vermittlung!* ☺ *Empfehlen Sie*

Njorp. Öff, öff. Onno versetzte sich kurz in Dolans Lage:
Zwar hat er Millionen auf dem Konto. Warum aber soll er
zweitausend Euro einfach in den Gulli stecken? Wenn es aus
einer Laune heraus geschah – denkbar. Aber auf Befehl? Vielleicht sollte Onno Dolan besser fragen, ob er sie ihm schenkte?

Wie vorm Jüngsten Gericht quälte Onno eine Frage nach
der andern: Wie ich, Dannewitz, es wohl fände, wenn mein,
Dannewitz', Goldesel veralbert und verprellt würde? Was würde Balkan-Export wohl für seinen Guano rausrücken? Was
würde das Finanzamt wohl tun, wenn er die nächste Woche
fällige erste Rate nicht bezahlte? Und die zweite? Dritte? Vierte? Und wie würde sich der 8. Mai anfühlen, wenn er Edda
zum fünfzigsten Geburtstag was Selbstgebasteltes schenkte?
(Und was zum Teufel konnte das wohl sein?! Eine laubgesägte
99? Ein Kuscheluhu aus Styropor? Ein Gutschein über 1 Fuß-
massage von Acht-Daumen-Onno?)

Edda verdiente in ihrer 32-Stunden-Woche 1435 Euro

brutto und dann und wann ein paar als Strickerin hinzu. Onno bekam seine Hartz-IV-»Regelleistung für volljährige Partner innerhalb einer Bedarfsgemeinschaft« in Höhe von 323 Euro. Die gingen die nächsten vier Monate fürs Finanzamt drauf. Wovon leben? Geschweige ein funkelnagelneues Fahrrad kaufen, oder wenigstens eine Überraschungsparty organisieren?

Die übrigens Raimund und ich »als Eddas Freunde« auszurichten dreimal angeboten hatten, was Onno dreimal abgelehnt hatte – und zwar mit den Worten: »Nee. Nich.« Und gegen seinen Willen? Raimund war dafür, ich dagegen.

Denn Onno wußte eigentlich sehr gut, daß die Summe seiner bisherigen Anleihen bei mir von mir aus voll in Ordnung ging. Über deren aktuellen Stand war er zu meiner Rührung und Verwunderung übrigens jederzeit orientiert. Hätte er ähnlich verantwortungsvoll etwa mit seinem Kiosk gewirtschaftet, wäre ihm einiges erspart geblieben – nicht zuletzt die Lachtränen des Konkursverwalters, als der den Namen des Unternehmens vernahm: *Onno's Chaosk* –, vor allem aber die nach und nach akkumulierten 9400 Euro. Onno hatte sie spröde, doch ohne typische Widerspenstigkeit angenommen – je nach Höhe der Tranchen. 20 Euro wechselten verhältnismäßig leichtfüßig den Besitzer, 2000 Euro mußte man ihm an die Tür nageln. Bevor Onno auf die Detektividee gekommen war, hatte ich ihm wieder einmal ein größeres, ernsthaftes Angebot gemacht, wobei ich alle rednerische Brillanz meines Berufsstandes aufwendete – und verschwendete. Ich vermute – *er* sagte dazu natürlich nichts –, die Schwelle zur Fünfstelligkeit erwies sich als die unter den zahlreichen psychologischen Hürden, über die Onno letztlich gestolpert war. Vielleicht aber waren auch die Tauben schuld.

Als nach all der Rechnerei und Haderei das stumpfsinnige Geturtel und *Gugruhuu, gruhuu* der verfluchten Satansengel seine suppensatte Zufriedenheit am Freitagabend zu versäuern gedroht hatten, war Onno auf den Balkon hinausgetobt und hatte sie mit besonderer Todesverachtung verscheucht. Wie gern würde er diesen zynischen Mistviechern mal volley in den Arsch treten! (Leider ekelte er sich unüberwindlich vor dem unvermeidlichen Geräusch ...) Onnos Blick fiel auf den Raben, der die Gitterstäbe der Brüstung bewachte. »Auf'n Kopp gekackt«, flüsterte Onno; »kacken dem einfach auf'n Kopp, nech ...« Sein Magen bewegte sich wie eine Qualle. Er floh kurz aufs Klo, beruhigte sich, kehrte ins Wohnzimmer zurück, um Sorgenkärrner Schmutzfuß nachzufüllen, und dann ging er wieder auf den Balkon, um den Raben am ausgestreckten Arm ins Bad zu verbringen. Dort schrubbte er ihn in der Wanne ab und duschte den Dreck in den Ausguß – mitsamt erbrochener Kartoffelsuppe in Essig.

Wie geteert und gefedert kehrte er, ohne sich etwas anmerken zu lassen, zurück in die Stube. Waltete und grübelte, während der GFA seinen Lauf nahm, und dann erreichte ihn jene anhangschwere E-Mail – just, als Edda ihm das Traumpaar Willi und Glenn Herren-Close andiente.

Von:	susannequeckenborn@sexypop.de
An:	onnoviets@hallihalloag.de
Gesendet:	Freitag, 23. April 200x 21:38
Anfügen:	ticket.doc (70,3 KB) voucher.doc (66,9 KB)
	ReservasOnLine.doc (80 KB)
Betreff:	Observation Mallorca

Sehr geehrter Herr Viets,
hiermit sende ich Ihnen in der Anlage auftragsgemäß ein Flugticket der German Airlines für die Destination Palma de Mallorca. Die entsprechenden Flugdaten sind aufgeführt. Zum Einchecken benötigen Sie nur noch Ihren Personalausweis.
Außerdem anbei je ein Voucher für einen Mietwagen Mercedes A-Klasse sowie eine Online-Reservierung für ein Hotelzimmer Kategorie Individual vista mar in Cala Fornells.
Die Gärtnerei, um die es sich dreht, ist ein Ein-Mann-Betrieb

und läuft auf dem Namen des Inhabers Henner Sylvester, Mobilfunknummer 0140/9998811, wohnhaft in Santa Ponça.
Eine erfolgreiche Reise wünscht
Susanne Queckenborn

www.sexypop.eu

Unfaßlich. Was war das für eine, die sich zur Leiterin des Seitensprungbüros ihres Bruders hergab? Oder handelte es sich um seine Mutter? Töchter hatte er ja nicht, oder? Und was hatte es mit diesem Gärtner auf sich?

Erst mal lachte er über Eddas Witz. Er hatte ihn nicht verstanden, aber egal. Dann trottete er zur Garderobe auf den Korridor. Faßte in seine Jackentasche. Tatsache, das Handy zeigte zwei Anrufe eines unbekannten Teilnehmers mit Kölner Nummer, einer um 20:10 Uhr, einer um 21:08 Uhr. Auf die Mailbox hatte er nicht gesprochen.

Es dauerte eine gute halbe Stunde, bis er herausgefunden hatte, wie man den Klingelton des Geräts drosselt. Als er zurück in die Stube kam, war Edda eingeschlafen. Um so besser. Und gegen elf Uhr spürte er das Handy in seiner Hosentasche vibrieren und eilte auf leisen Sohlen in die Küche. »Viets«, raunte er.

»Queckenborn«, sagte Queckenborn. »Paß auf. Neue Lage. Dienstach fliechs du nach Malle.«

»'n Abend, Herr Queckenborn«, sagte Onno. Hoffentlich kam die feine Ironie rüber.

»'n Abend.« Er nimmt mal an, daß Onno immer noch kein beweiskräftiges Foto geschossen hat. Versteht er zwar nicht. Das ist doch die Aufgabe von De'ktiven, daß die Fotos machen, oder nicht. Sieht man doch in jedem Scheißkrimi, daß irgendein Depp ein Foto bestellt beim D'ektiv, und dann delivert der das, kriegt das bezahlt, und fertig. Versteht er überhaupt nicht, warum das bei ihm, Onno, nicht funxjoniert. Oder hat er jetzt tatsächlich doch eins geschossen?

165

»Äh … nein, in der Tat«, sagte Onno und räusperte sich, »das …«

»Und die O'sationspro'kolle? Wo bleiben die? Wolltest du gestern nachmittag schon delivern.«

»Äh … Sekunde«, sagte Onno und räusperte sich erneut, »das …«

Queckenborn lachte voller Hohn, voller derart sternenklar funkelndem Hohn, daß Onno über diese Topkategorie der Unverblümtheit beinah selber lachen mußte. »Macht nix«, sagte Queckenborn. Macht nix. Macht nix. Schwamm drüber. Vergiß es. Paß auf. Dienstag fliegt Fiona nach Malle. Hat sie ihm heut morgen am Telefon mitgeteilt, toll, was? Am Telefon! Als wär' er hier der Butler oder was. Aber sie fährt nicht in sein, Queckenborns, Haus in Camp de Mar, sondern in das von dem Stecher ihrer Busenfreundin in Cala Llamp. Und die kennt er, die Alte. Tessa. Die ist falsch bis in die Nippel. Die lügt, wenn sie den Mund aufmacht. Er hat sie schon angerufen und gefragt. Die lügt wie gedruckt. Die sagt, sie wollen mal so'n büschen einen auf Girlies machen, büschen Wellness und so, und sie, Fiona, braucht 'n büschen Abstand zu ihm, Queckenborn. Das muß er, Queckenborn, doch verstehn. Bla, bla, bla. 'n Scheißdreck muß er, Queckenborn, verstehn, verstehst du?

Aber egal, da, in Malle, trifft Fiona sich hundertpro mit ihrem Lover. Da hält er, Queckenborn, jede Wette, wetten? Jede. Er, Queckenborn, hat einen guten Draht zu seinem Gärtnerdienst auf Malle. Das ist derselbe wie für Fionas Freundin Tessa, dieses versyphte Flittchen. Der sitzt in derselben Gegend da im Westen der Insel, in Santa Ponça. Heiner Sylvester heißt der Inhaber.

»Henner«, sagte Onno.

»Richtig, Henner. Ach, hat Susanne schon – Mann, die ist ja schneller, als die Puizei erlaubt!« Da soll Onno vorsprechen. Da kriegt er dann Gärtnerklamotten und alles. Damit kommt er problemlos aufs Grundstück und kriegt problemlos seine Fotos, wetten? Übrigens, Santa Ponça, Cala Llamp, Cala Fornells – alles eng genug beieinander, daß er nicht dauernd weit fahren muß, aber weit genug auseinander, daß es nicht auffällt. Hat seine, Queckenborns, Frau denn auch schon das elektronische Ticket und alles zugemehlt? »Hin und zurück. Fünf Tage. Müßte reichen, wa? Ich weiß, Auslandszuschlag. Kein Problem. Und von mir aus noch 'n Tausender extra bei glasklarem Beweis.«

»Ihre *Frau*?«

Tja. Bis auf Onno dürfte jeder ca. einskommadritte Einwohner unserer Republik darüber orientiert sein, daß Harald Herbert Queckenborn, auch in seiner unappetitlichsten Inkarnation als Nick Dolan, verheiratet war. Bereits verheiratet gewesen war, als Fiona noch nicht mehr war als das geringere von zwei Übeln, die einen kalifornischen Surfstar von paradiesischer Schönheit bedrohten, wenn er die schönsten Frauen der Welt in die schönsten Strände der Welt dübelte (u. a. Fionas Mutter).

Susanne Queckenborn aber gebar ihren ersten von vier Söhnen, da drehte Harald Herbert Queckenborn Horner Trümmerfrauen noch mit gewichstem Schnauzbart Wertpapiere an. In einem Deutsch, das eher hoch als breit war. Ja, selbst der jüngste Sproß wurde noch geboren, bevor Queckenborn sich in Nick Dolan umtaufte und auf Tanga Schanker reimte und mit seiner Schweineorgel im Horner Hobbykeller den sog. Sexypop begründete, »jenen Ententanz in Reizwäsche« (Hans Nogger). Ja, jeder wußte – erst recht natürlich die Klatschindustrie –, daß es eine Susanne Queckenborn gab. Insofern die sich und ihre Kinder von Anfang an eisern der Öffentlichkeit entzogen hatte, interessierte es aber kaum jemanden. Interessanterweise. Ein einziges Mal, zu Zeiten seiner größten Hits, hatte die HEZ mit einer angeblich »ein-

samen Frau Queckenborn« mitgelitten, während ihr »Pop(p)-
titan die Luder fuderweise pudert«. Ein Flop. Interessierte
keine Sau. Säue interessierte, was nun mal Säue interessiert.
Nämlich wie der Pop(p)titan die Luder fuderweise pudert,
und ♫ sonst ♪ gar ♫♪ nichts.

Das jüngste Pressefoto von ihr stammte aus dem Jahre 1985.
Soweit ich wußte, lebten Queckenborn und Frau seit ewig auf
ein und demselben Ramelsloher Gehöft, doch in getrennten
Häusern. Einmal hatte ich sie am Telefon – eine sanfte, selbst-
bewußte Stimme, soviel man aus »Ja?« und »Einen Moment,
ich stell durch« herauszuhören vermochte. Und einmal hatte
ich am Kneipentisch mitangehört, wie der alte Egoshooter
einem seiner Campari-Kumpane folgendes ins Ohr quallte:
»... und als die kleine Schlampe mich mit meiner Olsch er-
pressen wollte, hab ich gesacht: Das mach man, sach ich. Klar,
ruf se an. Hier, sach ich, ich geb dir die Durchwahl. Nee, sach
ich. Vergiß es. Da beißt du auf Granit!«

Habe ich es in sein anschließendes Bocksgemecker nur
hineininterpretiert? Oder war darin tatsächlich kruder Stolz
zum Ausdruck gekommen? Eine Art Liebe gar?

Ich vermute, sie jedenfalls ritt seit langem einfach lieber
ihre Pferde. Die hatten den größeren Kopf.

Zu Onnos Verwunderung jedenfalls sagte Queckenborn
denn auch: »Meine Frau, ja. Ja, und? Weiß natürlich nix weiter.« Die macht halt sein Büro, weiter nix. Er hat ihr erzählt,
es geht um Observation des Gärtners, der klaut ihm seine
Silberlöffel.

»...«

»Also ... ja, was nu. Alles klar? Noch Fragen?«

Selbst wenn Onno stocknüchtern gewesen wäre, ausge-
schlafen und taubenresistent – ihm war die Situation ruck,
zuck zu komplex geworden. War das, was Onno da unversehens erhielt, angesichts der vorher schon recht unübersicht-

lichen Lage nicht genau das, was man ein Angebot nannte, das man nicht ablehnen konnte? Der Kunde baute ihm, Onno, goldene Brücken zur Lösung seiner Probleme. Konnte Onno jetzt noch sagen: »Gut und schön, Herr Queckenborn, aber ich passe. Ja, Fiona geht fremd. Mit dem Gorilla des Kiezkönigs. Ja, diese Info kostet Sie zweitausend Euros. Nein, ein Beweisfoto habe ich nicht. Nein, ich bringe den Auftrag nicht zu Ende, aber die zweitausend Euros will ich haben.«?

Da huldigte Onno mal einem Realismus, und dann an falscher Stelle. Denn natürlich hätte Onno das jetzt noch sagen können! Natürlich hätte Queckenborn die zwei Riesen für den abgebrochenen Auftrag bezahlen müssen! Der Dienstleistungsvertrag ließ gar keinen anderen Weg zu. Queckenborn hatte weder auf Honorarlimit noch auf festgelegte Einsatzzeiten eine Option gezogen, und es gab natürlich keinerlei Erfolgsgarantie. Es war sein freigewähltes Risiko gewesen. (Sollte zudem froh sein, daß Onno keine Sonderkosten für Technikeinsatz zu berechnen brauchte, z. B. Miete für Videoüberwachung 500 Euro/Woche oder GPS-Sender 300 Euro/Woche, öff, öff.)

Hätte Onno mich doch bloß über alles informiert. *Er* wäre finanziell vorerst aus dem Schneider gewesen; *ich* hätte Queckenborn eine ›andere‹ Detektei empfohlen. Und das ganze nachfolgende blutige Fiasko wäre uns allen erspart geblieben.

Doch Onno, noch schwach vor Hirn- und Magenintoxikation durch Schmutzfuß, bewegten folgende Fragen. Erstens: Warum fragt Quecke eigentlich nie definitiv, ob er, Onno, einen Nebenbuhler wenn schon nicht fotografiert, so wenigstens *zu Gesicht bekommen* hat? Wäre doch zumindest eine Frage wert?

Dieser Umstand irritierte Onno, irritierte ihn stark genug,

um die Sache einfach erst mal weiterlaufen zu lassen. Allerdings nicht stark genug, um dem Umstand das angemessene Gewicht einzuräumen: Es mußte doch ein Motiv dafür geben, daß Quecke so hartnäckig und vorrangig nach einem Foto fragte! Als interessiere ihn gar nicht, oder erst in zweiter Linie, wer der Nebenbuhler war! Wobei es für ihn überhaupt keine Frage mehr zu sein schien, *daß* es einen gab.

Und so pflegte Onno – infolge einer jener zahlreichen antirationalen, ja paradoxen menschlichen Regungen – die Vorstellung, diesen Wissensvorsprung nicht vergeuden zu dürfen. Diesen Pfeil einstweilen lieber noch im Köcher zu verwahren.

Und zweitens fragte sich Onno: Würde Quecke nach einem solchen unbefriedigenden Abschluß des Auftrags nicht umgehend mich, Dannewitz, anrufen, mir, Dannewitz, sein, Queckenborns, Mandat entziehen, woraufhin umgehend ich, Dannewitz, ihn, Onno, anrufen würde und ihm meine Freundschaft entziehen? Geschweige, je wieder einen Cent Kredit gewähren? Geschweige, ihn vor Gericht vertreten, wenn er wegen Steuerhinterziehung verknackt würde? Natürlich dachte er das nur aus einem Reflex zur Inschutznahme meiner Person gegen seine eigene – er wußte genau, daß ich das nie täte. (Über den komplizierten Geldfluß an der ARGE vorbei machte er sich hingegen überhaupt keinen Kopf – das überließ er völlig seinem Kumpel und Anwalt.)

Der eigentliche Auslöser, sich ein weiteres Mal willfährig dem Schicksal zu überlassen, hatte jedoch womöglich in jenem neuerlichen Erlebnis mit den Engeln des Satans bestanden. Als er voller Haß registriert hatte, daß die Tauben Eddas Plastikraben nicht nur ignorierten, sondern demütigten, packte ihn die eiskalte Pratze der existentiellen Verzweiflung im Genick. So genügsam er im Grunde seines Wesens war, so gesegnet mit Zufriedenheitstalent: Geriet seine mentale und psychische Stärke, seine Resilienz unter phobischen Einfluß, so schwächelte er wie Clark Kent in der Nähe von grünem Kryptonit. Und so kam es, daß Onno (wieder einmal) eine Entscheidung mit dem Beil fällte, anstatt sie mit dem Pfeil zu treffen. Angetrunken und unterströmt vom phobiegesteuerten Wahn, einen vernichtenden Gegenschlag vollführen zu müssen – wofür er Geld brauchte, Geld für ein Netz, mit dem man den Balkon verhängen könnte; Geld für eine Desensibilisierungstherapie oder wenigstens für eine dieser Plastikpumpguns, mit Hilfe derer man den Biestern einen gebündelten Strahl heißen Wassers auf den verlausten Fiederpelz brennen könnte –; befangen, ja verstrickt in der Hoffnung, in einem nur fünftägigen Aufwasch alle seine vordringlichsten Probleme erledigen zu können, sagte Onno zu.

Und von alldem abgesehen (er hat es stets bestritten, aber ich *weiß* es): Es gefiel ihm der Gedanke, beruflich zu verreisen.

Was also blieb uns übrig, als ihm viel Glück und Erfolg zu wünschen? Weder einzelne Befindlichkeiten noch die Atmosphäre insgesamt waren dazu angetan, aufwendige Detailanalysen und die Globalkritik seines Unternehmens zu betreiben. Es wäre ja mal eine Nachfrage wert gewesen, wie Onno sich dabei fühlte, ggf. einen Gärtner bei einem Arschloch ausgerechnet vom Ausmaß eines Nick Dolan anzuschwärzen. (Wovon unsereins ja ein Lied singen konnte.)

Wie auch immer, hier im muffigen Keller des *Tre tigli* wollte keine rechte Stimmung aufkommen. Draußen herrschte in aller Hemdsärmeligkeit der sommerlichste Hamburger Aprilabend, und Carina kriegten wir nur in Sternschnuppenfrequenz zu sehen. Wir hockten hier im muffigen Keller, und nach seinem zweiten Bier knurrte Raimund: »Ich hab das Gefühl, Schnorf starrt die ganze Zeit auf meinen Skalp.«

Onno sagte: »*Zounds*! Verdammte Rothaut, wenn ich mich nicht irre, hihihi!«, und Ulli, ohne auf seinen halbkahlen Giebel auch nur zu deuten: »Jetzt weiß ich, wer das war.«

171

Um Carina an unseren Tisch zu locken, half diesmal leider kein Mückenstich. (Obwohl die Plage in der vergangenen Woche durchaus zugenommen hatte. Der Höhepunkt der öffentlichen Hysterie sollte allerdings erst im Sommer kommen.) Nahezu sentimental ließen wir den Moment noch einmal wieder aufleben, als sie EP den Ellbogen gesalbt, und den, als Raimund Onnos osteopathisches Mißverständnis generierte. (Immer wenn ich daran denke, fällt mir Nabokovs folgende, wie immer haarfeine Beschreibung ein: *Kaum hatte ich in meinem Zimmer das Licht gelöscht, da kam es auch schon, jenes ominöse Gesumm, dessen gelassener, klagender und achtsamer Rhythmus zu der tatsächlichen verrückten Geschwindigkeit der Kreisbewegungen des teuflischen Insekts in so sonderbarem Gegensatz stand. Man wartete im Dunkel auf die Berührung, man holte einen wachsamen Arm unter dem Bettzeug hervor – und gab sich selber eine mächtige Ohrfeige, so daß sich das plötzliche Summen im Ohr mit dem der fliegenden Mücke mischte …*)

Da unserem Vorhaben also kein teuflisches Insekt Vorschub leistete, bestellten wir aus lauter Verzweiflung ein Glas von diesem Modegesöff, für dessen Kampagne grad die Drudeln einer vampmäßig aufgestrapsten Dr. Vagina Mae nach jeder erigierten Kameralinse peilten:

Torč – schärfer als Blut!

»Soll aus Ingwer gebrannt sein, nech«, wußte Onno. »Ingwer und Erdbeere.«

»Ohne Knoblauch? Dann will ich das nicht«, sagte Raimund.

Und Carina? »Wollt ihr denn auch gleich zahlen?« fragte sie, im häßlichen Bestreben nach Effizienz.

Wofür hielt sie uns? Wir waren vielleicht alt, aber noch nicht senil, und bestritten spornstreichs, schon zu wissen, ob es sich bei der Bestellung um den Absacker handelte.

Und ließen sie zum Abschied noch mal antanzen. *Sie* war *jung*, verdammt noch mal. Und es war nur zu ihrem Besten, wenn sie ihre langen Beine in Schwung hielt.

[20]

Dienstag, 27. April (noch drei Tage bis Ultimo Fiskus). Ungefähr 10:00 Uhr. Flughafen Hamburg-Fuhlsbüttel.

Gate C 05 war das letzte des Piers. Unternehmungslustig ragten die Finnen der Passagiermaschinen hinter den Panoramascheiben auf. Die Querwände der Wartehalle waren bräunlich vertäfelt. Jener Gedämpftheit entsprach der Kachelboden farblich, doch verstärkte er Geräusche – in diesem Augenblick Damenstelzen und Kofferrollen. Die Rückwand war mit taupefarbenen Kunststoffkassetten verkleidet, die ein oder andere ersetzt durch ein leuchtendes Reklamedisplay – eines davon für Torç –, plaziert wie in einem Museum moderner Kunst. Verchromte Kabelrohre führten in die Decke, die mit Leuchten, Lautsprechern und Lüftungsschlitzen gespickt war. »Herr Ahmed Schmidtchen, bitte kommen Sie zur Luftsicherheitskontrolle in der Plaza. Herr Ahmed Schmidtchen, bitte zur Luftsicherheitskontrolle.« Überm Tresen des offenen, noch unbesetzten Doppelschalters hing die elektronische Anzeigentafel: *C 05 German Airlines GA 2243 11:10 Palma de Mallorca.*

Gepolstert mit dunklem Lederimitat, gewährten die in Sessel gegliederten Bänke passablen Komfort. Noch verloren sich in diesem Rahmen lässiger Aerosphäre grad mal fünf, sechs Passagiernester. Eine der Einzelpersonen war Privatdetektiv.

Mal tadelte Onno sich dafür, so frühzeitig da zu sein: zu auffällig, Mensch! Dann wieder lobte er sich: Ging's unauffälliger, als vor der ZP da zu sein?

Nun, der Begriff Detektiv wird abgeleitet von dem lateinischen Tätigkeitswort *detegere* = aufdecken, enthüllen. Bei

173

dieser Tätigkeit bleibt der Tätigende selbst hingegen tunlichst *ver*deckt, *ver*hüllt. Heißt im Beschattungsfall: unauffällig. Diese Unauffälligkeit bemißt sich an Unverdächtigkeit. Ggf. kann am unverdächtigsten gar ein Jamaikaner mit bunter Rastamütze wirken. Oder eine Frau. Oder eben ein Viets.

Wer aber hätte gedacht, daß dessen vornehmste Superkraft – jenes ominöse Charisma, das doch wie geschaffen schien fürs Aushorchen – auch kontraproduktiv wirken könnte? Jedenfalls sollte es keine fünf Minuten mehr dauern, bis Onno verbrannte. Als sich herausstellte, wessen Blick es war, der ihn entfachte, war es bereits zu spät.

Fiona Popos nämlich (heut mal als Rock Chick unterwegs). Sie war es, die sich da im Takt der eigenen Perkussion aus Stilettos und Kofferrädchen den langen Gang herauf näherte. Minirock 'n' Roll. Unerwartet unterbrochen von ihrer eigenen Stimme, mädchenhaft, doch bluffstark: »Jetzt *gehn* Sie endlich weg, äy, sonst *ruf* ich die Security, äy!« Dies mit kurzer Kehrtwendung – gülden wirbelten die Zotteln – samt Aufstampfen zu einem grauen Golem mit Sneakers, Jeans und Wanst, der die Handykamera wieder sinken ließ. (An die Üfüs unter ihren Friseuren vergab die Innung offenbar nach wie vor Lizenzen für Vokuhila/Oliba.)

Als Fiona merkte, daß sie durchaus Eindruck geschunden hatte – zumindest war dem Typen das Aufsehen im Wartesaal sichtlich peinlich –, schmetterte sie zur Bekräftigung ein »Hallo? Geht's noch?« hinterher. Dann setzte sie ihren Rhythmus fort.

Doch nicht mehr lang. Denn auf derselben Bahn, an der sie sich wieder vorwärts orientierte, schoß der Doppelflintenstrahl ihrer blauen Augen in die indischen Kuh- resp. Guruaugen Onno Viets'. Volltreffer. Blinzeln wäre verdächtiger gewesen als Nichtblinzeln, und so schaute Onno ohnmächtig zu, wie Fionas spontane Zutraulichkeit in den drei, vier verbliebenen Takten reifte. Sie stellte den Koffer ab, warf sich in den Sessel neben Onno, schmiegte sich an seinen Arm und schmollte: »Sag du dem Herrn mal, was Sache ist, Daddy!«

»Was?«

»Stoß *du* dem Herrn mal Bescheid, *Daddy*!«

»Äääh … unbedingt«, sagte Onno. War ein wenig zusammengezuckt, wegen der Prellung an seiner Schulter, jetzt aber voll auf Sendung. Superkraft No. 1: schnelle Reflexe. »Wenn wir, wenn wir dieses Foto, wenn wir dieses Foto … in der HEZ entdecken, hetze ich Ihnen meinen … unseren Anwalt auf den Hals, nech.«

Diesmal war's am Golem, nachzuhaken, wenn auch kleinlaut: »Hallo?« Murmelte. »Anwalt, Anwalt, immer gleich Anwalt. Noch sind wir ja wohl nicht in Amerika.«

Daraufhin Onno, der Comedian, der: »Amerika? Hallo? Da sind Sie hier sowieso falsch. Hier geht's nach Malle.«

Dürftig. Aber zack!, war Fiona vernarrt in ihren neuen Schutzengel.

[21]

Und der in sie.

Eingespult in einen Kokon aus Parfüm, geblendet von blanken, schlanken Beinen und Glanzlichtern, die ihre goldenen Locken und rubinroten Lippen fortwährend setzten, während Fiona vor sich und Onno hinschwätzte … der Schmalz der Jugend, mein lieber Schwan.

Nun war Onno gängigen Detektivhandbüchern zufolge »verbrannt«. »Aufgeplatzt.« Hätte nach Hause fahren können. Nach Hause fahren müssen. Oder? Klar. Oder? Konnte er jetzt noch den Gärtner in der Villa Tessa mimen?

Sein zweiter Gedanke war: Was würden wir sagen? Ich, sein

Verwaltungschef? Raimund, dem er noch in letzter Minute dessen Kompaktkamera aus dem Kreuz geleiert hatte (denn welcher unauffällige Malle-Tourist benutzte schon eine Spiegelreflex, zu schweigen von einem – Gärtner? ...)? Dolan, sein Auftraggeber? Der Hamburger Fiskus?

Sein *erster* Gedanke aber galt all dem eingekofferten Breitkord und Feinripp, die vermutlich bereits im Magen der A 310 steckten. Ja, sofern sich überhaupt eine aus einem ganzen Komplex von Fragen *klar* zu formulieren begann, indes Fiona unablässig an seinem rechten Ohr nuckelte, dann diese: Was mochte die GermAir wohl an Schadenersatz verlangen, wenn sie ein bereits verladenes Gepäckstück wieder entladen müßte?

»Voll süß von Ihnen«, flüsterte Fiona.

»Was?«

»Süß, süß, voll *süß* von Ihnen«, wisperte Fiona, und mit einer Geste mädchenhafter Aufgeregtheit strich sie eine goldene Haarranke hinters errötete Ohr, glucksend und hechelnd vor Wonne über Onnos Geistesgegenwart. So begeistert sie darüber war, so selbstverständlich fand sie offenbar, daß Onno sie sofort identifiziert hatte.

Scheel und böse linste sie nach dem Golem, der sich eine Gratis-HEZ aus dem Spender an der Querwand zog. »Sie glauben ja gar nicht, wie die nerven, diese Leser-Reporter.« Mit ihren rubinroten Zeige- und Mittelfingerkrallen setzte sie den Begriff in Tüttelchen. (Erst in diesem Moment begriff Onno, daß Fionas stetiger Outfit-Typus-Wechsel auch *diesen* Grund haben mochte.) »Die kriegen bis zu fünfhundert Eu, wenn ihr Promi-Foto veröffentlicht wird, aber ich glaub, hauptsächlich sind die einfach bloß keine Ahnung, *feucht* drauf, ihren Namen unter meinem Namen zu lesen, äy. Fiona Popo auf dem Weg nach Malle. Foto: Heinzi Spackenhorst. Klar: wie blöd ist das denn, aber so sind die drauf. Ich meine hallo? Und Sie? Wie heißen Sie?«

Tatsächlich betonte sie ihren Nachnamen auf der zweiten Silbe, ganz so, wie sie es bei GMG (sprich: *tschi-em-tschi* = Good Morning, Germany!) erklärt hatte: »Wer mich Pópo nennt, ist mein Feind! Ich hatte mal einen Chef, Herrn Hoeschen – Hoe'schen –, der wurde auch fuchsteufelswild, wenn ihn jemand Herr Hös'chen rief!«

»Otto«, sagte Onno. Reflex. Nicht originell, aber schnell.

»Schöner Name, nee, find' ich echt. Wenn ich je einen Sohn bekomme, nenne ich ihn Otto, echt! – Wie? – Otto Popo!« Verständnisinnige Tüttelchen. »Hallo? Neeeee! Nach dem Vater, natürlich. Sohn nach dem Vater, Tochter nach der Mutter. Und Popo ist ja auch nur mein Zeudonym. Heiß ja eigentlich Schulze-Pohle.« Tüttelchen. Tüttelchen! »Bescheuert, nä? Wollen wir uns nicht duzen? Darf ich einfach weiter Daddy sagen? Ist nur lieb gemeint, echt! Sie sind so – Sie haben voll so was … Und überhaupt, haben wir uns nicht schon mal keine Ahnung, irgendwo gesehen? Blöder Spruch, ich weiß, aber ich hab wirklich das Gefühl, ich kenn' dich von irgendwoher … Was bist du für 'n Sternzeichen, Daddy? O mein Gott, wenn uns hier einer zuhört! …«

Scheißkoffer, dachte Onno. Sie fliegt allein, dachte Onno. Scheißkoffer. Vielleicht stimmt's ja doch, was sie Quekkenborn gesagt hat – Mädelsding und so. Oder Händchen kommt nach. Morgen oder so. Scheißkoffer.

»… kannst du echt nicht mehr aus'm Haus gehen, ohne ständig Angst haben zu müssen, daß hinterm nächsten Baum irgendso'n Horst steht und dich abschießt. Und nicht nur das. Neulich hat mich allen Ernstes mal einer gefragt, ob ich was dagegen hätte, wenn er mir mal kurz an die Hupen faßt, er hat 'ne Wette laufen, über dreihundert Eu, und er gibt mir dann gern auch 'n Hunni ab. Kannst du dir so was vorstellen? Und das nicht irgendwo im Döner oder so, sondern in der DB Lounge! Ich so: oh mein Gott! Ich so nur so gedacht: Ih, wie schräge ist das denn, äy! …«

Scheißkoffer, dachte Onno. Na ja, macht er eben fünf Tage Urlaub auf Queckenborns Kosten. Scheißkoffer. Scheißfinanzamt. Nee, er fliegt hin, ruft Queckenborn an, redet Tacheles und fliegt wieder zurück. Fertig.

»… was glaubst du denn, hallo? Agora? Die Gossip-Leute? Die filmen dir *in die Nasenlöcher*! Max Pannkok haben sie *in die Nasenlöcher* gefilmt, und dann so: ›Hier wär' mal wieder der Nasenkofför gefragt‹, und so: ›Wie uncool ist das denn‹, und da kennen die nix, und neulich hatte ich da so 'nen Shoot outdoor, und als ich da so steh und frier, äy? Kamera voll auf die Nippel, logisch, was glaubst du denn? …«

Und kein Mensch glaubt natürlich, daß sie noch Jungfrau war. Aber trotzdem, äy, jeder meint, bloß weil sie einer von Germany's RedLight Stars ist äy, ist sie 'ne Nutte äy. Ist sie 'ne keine Ahnung, Pussy äy. Wie arm das denn bitte ist.

»Aber gut, Berufsrisiko. Auf jeden Fall. Wenn du in die Öffentlichkeit gehst, mußt du mit so was rechnen.« Gut, sie war schon lange nicht mehr Jungfrau, oh mein Gott, Alter, echt. Sie ging schon immer gern in die Lupinen. Und? Hallo? Wir leben im einundzwanzigsten Jahrtausend! Sie sitzt übrigens 48 A, und Otto?

Scheißkoffer, dachte Onno. »Danke«, sagte er, als die GermAir-Pussy ihm den Abschnitt der Boarding Card zurückgab. »1 C«, sagte er. Sie betraten den schwingenden Boden der überdachten Passagierbrücke.

Oh, toll. Da hat er aber Glück gehabt. Früh dagewesen, was? Da ist mehr Beinfreiheit. Vielleicht tauscht ja 1 B mit ihr, wenn sie ein bißchen mit den Wimpern klimpert. Macht ihr nichts aus, in der Mitte zu sitzen. Oder würde Otto mit ihr tauschen? Darf sie ihn mal was fragen? Hat Otto eigentlich Achtundsechzig miterlebt? Nick Dolan nicht. War Bänker. Spießerfraktion.

»Sagen Sie, hätten Sie was dagegen, mit mir den Platz zu tauschen? – Ja, bin ich, danke für das Kompliment! – Das ist furchtbar nett. – Aber gern, wenn Sie mir Ihre Adresse geben, schick' ich Ihnen ein persönlich signiertes zu.«

War Otto in Woodstock? Mami war in Woodstock. Mit vierzehn. Mit Mamis Mami. Haben Janis Joplin gesehn! Hallo? Wie cool muß das denn gewesen sein! Sie, Fiona, wenn sie damals gelebt hätte? Hippie. Hundertpro Hippie. Die Hippiezeit findet sie megacool. Oh mein Gott, schon allein die Mode! Hammer! Noch geiler, unter uns gesagt, als die Burlesque-Zeiten.

»Mit Käse oder mit Schinken?« fragte die Stewardeß. Scheißkoffer, dachte Onno. »Schinken«, sagte Onno. »Käse«, sagte Fiona. Oh mein Gott, sie liebt Käse, grad den fetten, aber egal. Man lebt nur keine Ahnung, einmal, oder? Gut, sie muß von Berufs wegen auf ihre Linie achten, aber kein Problem. Einfach keine Kohlehydrate mehr nach achtzehn Uhr. Keine Kartoffeln, keine Nudeln, kein Reis, kein Brot und so. Gut, Alk – aufpassen. Sowieso. Otto glaubt ja gar nicht, wieviel in der Szene gesoffen wird. Und gekokst, und Pillen hier und Pillen da? O mein Gott, entschuldige mal. Gevögelt sowieso. Gevögelt, entschuldige mal? Hallo? Nee, das ist wirklich so, wie Klein Erna und Klein Fritzchen sich das so vorstellen. Beides, intern und extern. Intern und extern? Intern, innerhalb der Produktion, extern, auch mit Fans. Wird halt meistens 'ne ganze Zimmerflucht gemietet im Hotel, und im Wellnessbereich geht sowieso die Lucy ab, ganz klar. Hallo? Logen, Alter, äy, ganz klar. Voll Hammer.

Scheißkoffer, dachte Onno. Aber vielleicht hat Queckenborn sich ja doch verschätzt. Vielleicht ist sie ja tatsächlich nur bei ihrer Freundin. Onno langte nach der Plastikdüse, die ihm die ganze Zeit den Scheitel verkühlte, und verstellte sie. Mitnichten unlieb hingegen war ihm der warme Atemstrahl aus Fionas Nüstern am Hals.

Frollein? Frollein? Ja, sie hätt' gern noch einen Prosecco. Alle guten Dinge sind drei! Und Dick Nolan, ja gut, weiß ja jeder, daß sie was mit ihm hat. Und? Hallo? Sie mag ihn ja auch. Ja, sie mag ihn. Wirklich. Gut, er macht den Dicken und er macht gerne den Proll und so, hallo, ich hier nu' wieder und so, aber er ist einfach nur ein Spießer, der ein Riesenschwein gehabt hat mit seinem Sexypop – Tüttelchen –, weiter nichts. Gut, arbeiten tut er viel. Und nicht, daß er so ein ganz Lieber wäre – der kann schon keine Ahnung, ganz schön eklig werden. Auf der Insel ist er auch überhaupt nicht beliebt, nee, kann man nicht sagen. Kein Wunder, wenn er sich immer benimmt, als hätte er das Gelbe vom Ei gefressen. Außerdem zahlt der angeblich nie. Kann sein. Ist natürlich 'n absolutes No-go. Geht gar nicht. Denkt immer, die freu'n sich alle den A… ab, wenn der große Dick Nolan zu Gast ist, hallo? Aber irgendwie egal, also, *sie* kann ihn um den kleinen Finger wickeln. Überhaupt kein Problem. Der ist im Grunde 'ne ganz arme Wurst. Sind sie im Grunde alle. – Wer? Kerle! Kerle an sich! Man braucht doch bloß 'n paar Rüschen zeigen, und die fangen an zu sabbern! O mein Gott, hallo? Voll arm. *Voll* arm. Aber er, Otto, er ist irgendwie anders. Otto ist ein ganz Lieber. Darf sie ihn mal küssen? Nur auf die Wange, natürlich. Mnah. Mmm! Otto ist voll süß. Ach, jetzt geht's ihr wieder gut – gestern ging's ihr überhaupt nicht gut, und überhaupt die ganzen letzten Tage. Die vom Sender haben doch, entschuldige mal, sie ist deswegen extra höchstpersönlich nach Berlin *gefahren*, weil sie's nicht schnöde am Telefon, und da haben die doch tatsächlich gesagt, als sie sie gefragt hat, ob sie zwei Wochen Urlaub nehmen kann: Ja wieso, das ist doch nicht mehr *deine* Staffel. Du kannst doch machen, was du willst. Hallo? Echt. Das ist doch wohl, keine Ahnung … Ein Jahr lang haben die einen nach Dispo durch die Prärie gehetzt, Shooting hier, Shooting da, hier 'n timeslot, da 'n timeslot, bei jedem kleinen Scheiß Winzradiosender mußte man eine ID ablassen, hallo, hier ist Fiona Popo, und ihr hört Radio Schlampe oder so, und dann? … Entschuldige bitte vielmals, aber ist doch wahr. – Na mal sehn, wie's auf Malle wird. Wetter soll ja auch nicht so toll sein.

Einmal bin ich mit Onno den Eppendorfer Weg vom Kindergarten *Liliput* bis an die Hoheluftchaussee gestiefelt. Hatten zufällig den gleichen Weg. Mit von der Partie war Finn-Johann H.-C. (3), der seiner fußkranken Mutter rückerstattet werden sollte. Onno führte ihn teils an der Hand, teils auf dem Arm. Den gesamten Weg jedenfalls – ungefähr zwanzig Minuten lang – ließ jener Finn-Johann kein Atü nach in den Bemühungen, seinen Unmut darüber zum Ausdruck zu bringen, daß Jana-Rebecca K.-P. (4) ihm seine Diddl-Maus entwendet hatte.

Natürlich hatte er das nach schätzungsweise fünf Minuten vergessen. So daß der Alarm substanzlos, aber selbsttätig weitertönte, was die Batterie nur hergab, zwanzig Minuten lang. Ein Geplärr, bei dem Anlaß, Aufwand und Lautstärke in himmelschreiendem Mißverhältnis standen. Wie ich als Jurist es jedenfalls empfand. Ein Crescendo, dessen energische Monotonie mich an den Rand eines Nervenzusammenbruchs trieb.

Während ich – hyperventilierend, weil zwanzig Minuten lang *hypo*ventiliert habend – am Ziel Dankgebete an unseren Herrgott richtete, grinste Onno bloß gütig. Nicht den dünnsten Nerv hatte er eingebüßt. Im Gegenteil, er hatte den stärksten Gegner bezwungen, den man im menschlichen Nervenkrieg nur bezwingen konnte: ein dreijähriges Diebstahlsopfer. Und zwar zu Fuß. Warum wurde er eigentlich nicht auch Kindergärtnerin?

Da waren die fünf Stunden Dauergeplapper von Wartesaal bis Wartesaal, zumal er dabei ja zumeist sitzen konnte, geradezu ein Zuckerschlecken für einen Onno Viets, das Urgestein des Sitzsports.

Und auch die halbe Stunde gemeinsamen Schlangestehens am Schalter der Mietwagenfirma absolvierte er ohne Substanzverlust. Im Gegenteil, seine Kenntnis der Persona Fiona vervollständigte sich po à po wie von selbst: Unehelich geboren ungefähr vorgestern (Sternzeichen: Krebs), und zwar als einziges Kind Margarethe Schulze-Pohles, einer globetrottenden Späthippiebraut (seit ihren alleinerziehenden Jahren Goldschmiedin auf Gomera) und eines kalifornischen Kiffers und Surfstars. Zu ihm (Aids-Tod Anfang der Neunziger) nie Kontakt gehabt. Aufgewachsen und Mittlere Reife in Hamburg-Langenhorn. Ausbildung zur Bürokauffrau in Hamburg-City Nord. Ihre Hobbys sind: Mode, Kochen, Sport, Tattoos, Musikhören, Burlesque-Tanz, www.indielupinengehn.de. Bewerbung bei V-GIRLS Staffel 1. Setzt sich gegen alle Konkurrentinnen durch. Fiona Superstar. Seit knapp einem Jahr Geliebte des Juryvorsitzenden Nick Dolan. (Bzw. Dick Nolan.)

Nachdem Fiona Schlüssel und Papiere für ihren Mercedes Inline in Empfang genommen hatte, umarmte sie Onno so fest, daß ihn Rührung durchströmte, küßte ihn links und rechts ab und stöckelte winkend im Rhythmus ihres Minirock 'n' Rolls davon. Die goldenen Zotteln hüpften über ihrem Kultsteiß. »Nomen is' Pomen« (Nick Dolan). Onno legte sein Voucher vor, und kurz bevor Fiona aus seinem Blickfeld verschwand, machte sie noch jene Geste, die seit Jahrzehnten für *Wirtelefoniern!* bzw. *Rufan!* stand. Sehnenentzündungen am kleinen Finger sind insbesondere unter Kandidat/inn/en von Castingshows weit verbreitet. Sind diese doch verpflichtet, während der Einblendung der Telefonnummer nebst Kennziffer zum Voten ihren Fans vor den Bildschirmen daheim – damit die Döspaddel nicht womöglich persönlich vorbeikommen – diese Geste zu zeigen und aufmunternde Grimassen zu schneiden.

Und Onno bestätigte die Geste spiegelbildlich. Ja. Als nur noch ein Kunde vor ihr dran war, hatte sie Onno ihre Mobilfunknummer in sein Handy diktiert. Daß er eines besaß, hatte sie schließlich im Flugzeug gesehen, als er es pflichtgemäß ausgestellt hatte. Folglich kam Onno seinerseits nicht umhin, ihr seine Nummer ins Gerät zu diktieren. Immerhin baute er geistesgegenwärtig einen Zahlendreher ein.

[22]

Immer noch Dienstag, 27. April (immer noch drei Tage bis Ultimo Fiskus). Cala Fornells, Westmallorca. Hotel Casa Maria. Ungefähr 19:00 Uhr.

Seit der Landung, vor allem während der gesamten Franzerei hierher, hatte Petrus erhebliche Mengen Wasser durch eine dichte graue Wolkendecke passiert. Nun begann sie, fadenscheinig zu werden, und im Westen glühte des Tages Sonne noch einmal auf, bevor sie verlöschen würde.

Onnos schmales, aber hübsches Zimmer lag im ersten Stock. Noch einmal soviel Grundfläche wies der Balkon auf – eines in einer Reihe von Gehegen auf dem Dach des Restaurants. Seufzend trat Onno ans Geländer. Caféterrasse und einspurige Straße da unten, noch glänzend von Nässe, beschattete ein Ensemble hoher Kiefern mit krummen grauen Stämmen. Als tummle er sich unter den Röcken von Greisinnen aus Brobdingnag, wehte Onno eine Brise frühkindlichen Wohlbehagens an – wiewohl kühl. Vierzehn Grad vielleicht. Jenseits der Straße fiel eine Böschung ab, an deren Fuß eine weitere Anzahl Bäume wuchs – unter anderen drei Palmen – und einen Streifen des schmalen, teils felsgesäumten Strandes beschirmte, dessen Sand vor Regenschwere kiesfest wirkte. Durch die Lücken der warzigen, zapfenbewehrten Kiefernwedel leuchtete das Wasser der Bucht so hell wie Eddas Augen. Am anderen Ufer war Santa Ponça zu erahnen.

Trotz oder gar wegen der Frische duftete es nach jener mediterranen Mischung von Gewürzwildwuchs, die Onno und Edda jetzt bereits seit Jahren missen mußten. Wie lange lag ihr letzter Spanien-, Italien-, Griechenlandurlaub zurück? Auch auf Mallorca waren sie einst gewesen – einmal in einer inhabergeführten kleinen Pension in Banyalbufar, weiter oben, im Norden des Westbrockens, mit wundervollen maurischen Terrassengärten und Steinstränden; und einmal in Magaluf, mit Ausflügen wie dem nach Cala d'Or oder ins Künstlerdorf Deià.

»Weißt du noch«, hatte Edda ihn vor Abreise gefragt, »der Typ, der seinen Kaufmannsladen in den Berg gehauen hatte? So'n uralter Typ? Alles hatte der, Wein, Waschmittel, Würste, und dann hat Isa« – eine ortskundige Bekannte – »gesagt, wart mal ab, bis er kassiert, und dann machte er diese Schublade voller Geldscheine auf. Traute der Bank einfach nicht.« Und Onno entsann sich, sah das Bild der wie in einem Karteikasten sortierten Banknoten genau vor sich. »Und da war doch auch noch so ein gemauerter Brunnen, weißt du noch?« Aufgeflammt waren Eddas Lapislazulis.

Trotz der recht frischen Luft setzte Onno sich an den Plastiktisch, öffnete eine Flasche Bier und kurbelte ein Zigarettchen. Dann rief er Edda an.

»Mein Uhuchen!«

»Hóla, Señorita!«

»Señora, du Spacken! Oder willst du dich scheiden lassen?«

»Öff, öff«, sagte Onno. Und erzählte. Ja, Flug prima. Hinter ihm saß die mit der neuen Nase, wie heißt die noch. Hier aber den ganzen Nachmittag geregnet, was nur runterwollte. War nicht so einfach zu fahren, obwohl so 'n A-Klasse ist ja schon geil, nech. Hat 'n Termin beim Gärtner gemacht, morgen dann. Quecks Haus? Ja, von weitem. Morgen dann. Ja, schönes Zimmer hier – »obwohl … ich mußte erst mal 'n Kakerlaken plattmachen«.

»Ih! Wo! Unterm Bett etwa?« Edda übertrieb ihre Panik. Onno wußte, wieso. Um auf diese Weise ihre Bewunderung für seine Hartgesottenheit auszudrücken. Um ihn seine Weicheiigkeit hinsichtlich Hühnerköpfen vergessen zu machen. Onno wußte das zu schätzen. Wenn es von Edda kam.

»Nee. Im Bad. Eigentlich sind die Viecher sogar ganz hübsch. Kastanienbraun, so lange, feine Antennen ...«

»Ih gitt, hör auf, Onno Viets!« Edda kreischte sich vierzig Jahre zurück.

»Ist aggressiv wie so 'n Kampfhund auf meinen großen Onkel zugerast und –«

»Waaas?!«

»Nee. Nich, 'ch, 'ch, 'ch ... ich mein' ...« ›Großer Onkel‹ war eigentlich ihr intimer Code für Onnos *membrum virile*. Vadder Fokko hatte ihm ein recht rustikales Exemplar vererbt.

»... na jedenfalls hab ich ihn mip'm Schlappen dotgehaun. Blut war kaum zu sehn. Scheint aus Schleim und Chitin zu bestehn wie irgend so'n Alienmons –«

»Ich spei gleich!« schrie Edda euphorisch. »Sag doch dem Housekeeping Bescheid!«

»Die können kein Deutsch, und ich kann kein Spanisch. Was um Himmels willen heißt denn ausgerechnet Kakerlake!«

»Ausgerechnet?« lachte Edda. »Ich kann nur ein einziges Wort Spanisch, und zwar das für Kakerlake!«

»Hä?«

Und Edda sang: »♫ La Cucaracha ♪♫ la Cucaracha ♪♫... dam, badabadabadam...«

Und der Stolz auf seine plietsche Frau prickelte Onno im Herzen.

Später begann es wieder zu regnen, und rauchend im schmalen Zimmer hockend, grübelte er ein bißchen vor sich hin.

Ihm fiel auf, daß er nach diesem Tag bereits so gut wie alles über Fiona wußte, Fiona über ihn aber nur wenig. Wenn er sich recht entsann, hatte sie ihn außer nach Namen und Sternzeichen nur drei weitere Dinge gefragt: »Bist du verheiratet?« Geschieden. »Kinder?« Eine Tochter in ihrem Alter. Plump. Egal. »Wie lange bleibst du auf Malle?« Fünf Tage. Sobald Onno seine Aussagen halbherzig mit Stegreiflegenden auszuschmücken suchte, wurde Frl. Popo ohnehin rasch unruhig. Bügelte, um eigene Unart, Ungeduld, Unmut zu kaschieren, jeden Faselversuch des lieben, öden Daddys mit einem resoluten Summton nieder, um effizient auf die Tagesordnung zurückzulenken: das aufregende Leben eines Superstars.

Onno war es nur recht.

Nach dem Austausch der Handynummern hatte Fiona ihn zum Essen »in Tessas Haus« eingeladen. Wer Tessa war, wußte Onno nun ›zufällig‹ von Queckenborn. Nichtsdestotrotz hatte sie immer wieder ganz selbstverständlich namentlich von allen möglichen Leuten geredet, ohne auch nur den Anlauf einer Erklärung zu unternehmen. War sie irgendwie gestört? Oder kommunizierten die jungen Leute heutzutage so? Oder hatte er punktuell nicht aufgepaßt und versäumte aus eigenem Verschulden, von wem die Rede war?

Was für ein Unsinn, das alles. Er sollte sich morgen um einen Heimflug kümmern. Wetter eh besch… Was soll's. Alles schiefgelaufen. Pech. Kommt vor. Für diesen Fall würde die Pauschale anteilig berechnet und …

Ungefähr auf diesem unausgegorenen Stand befanden sich Onnos Gedanken, als Queckenborn anrief. Onno ging ran. Warum er seine Gedanken nicht erst reifen ließ? Das weiß nicht mal ich, und ich bin sein Anwalt. »Viets.«

»Und? Queckenborn hier.«

»Jau, 'n Abend, Herr Queckenborn.«

»Und?«

»Jau, sie ist geflogen.«

Ja sicher. Ist er von ausgegangen. Und? Allein?

Allein, ja. Und, äh …

Na ja, ist klar. Die fliegen nicht zusammen. Kannst du nicht machen. Zuviel Razzis und C-Promi-Gesocks. Der kommt später solo nach, wetten? Abends. Oder morgen. Spätestens übermorgen, wetten? War er, Herr Viets, schon bei Heiner Sylvester?

»Herr Queckenborn, ich muß Ihnen sagen …«, begann Onno, der innerhalb dieser Nanosekunde einen starken, einen unwiderstehlich energischen Drang nach *tabula rasa* verspürte.

Nicht aus moralischen Erwägungen, das wäre ja lachhaft – wieso sollte er diesem abgewichsten Stinkstiefel gegenüber moralische Verpflichtungen verspüren, die er nicht mal Edda gegenüber in der Form verspürte? Im Gegenteil. Er wollte dem Arsch jetzt mal ganz unfromm eine verpulen. Völlig unreflektiert. Einem Viets platzten zwar keine Hutschnüre – dafür reichte der Blutdruck nicht –, aber sagen wir so: Ab einem gewissen Punkt hatte selbst ein Viets seine Reflexe nicht mehr unter Kontrolle (s. Hühnerköpfe). Und das Impertinente, Egozentrische, Soziopathische an Queckenborns Tonlage – der entenhaften Tonlage eines Onkel Dagobert –, das verlangte plötzlich ohne weiteren Verzug nach einem entschiedenen Dämpfer. Den mußte Onno ihm jetzt verpassen. Und sei es unter Einsatz eines Beispiels seines eigenen Unvermögens.

»… ich muß Ihnen sagen, ich bin, äh, ich bin aufgeplatzt.« So. Da kuckst du.

Denkste. Old Queck zerpflückte Onnos ersehnte Genugtuung mit seinen plumpen Heimorgelgriffeln Brocken für Brocken.

»Hä?«

»Na, aufgeplatzt. Verbrannt.«

»Hä? Wie jetzt aufgebran-, geplanzt. Tzt. Was heißt das.«

Fack, der Idiot hat aber auch *null* Ahnung. Onno erklärte es ihm; referierte in groben Zügen die Geschichte ab Golem über den gemeinsamen Flug mit Fiona bis zu ihrer Handynummer.

»Echt? Das doch super! Das doch geil! Läuft doch! Besser geht's doch gar nich! Das doch die beste Tarnung überhaupt! Undercover! *Die* hat sich doch *dich* ausgekuckt! Kommt die doch nie drauf, daß du De'ktiv bist! Hast doch jetzt alle Opsjoon! Kannst sie ja trotzdem beschatten und 'n Foto schießen, und wenn du dabei aufbranzt – aufbranzt, sacht man aufbranzt, samma? –, sachs du einfach, ich bin's doch nur, Daddylein! Oder du machst das ganz offen!« Seine Begeisterung nahm Züge einer Bratwurstlaudatio an. Und übertrug sich – der Himmel weiß, wie – auf Onno Viets.

Weiß der Himmel, wie. Vielleicht ungefähr so: Um Quecke den Wind aus den Segeln zu nehmen, hätte er damit herausrücken müssen, daß sein Nebenbuhler ein lebensgefährlicher Kiezgrizzly war. Dann hätte Queck mit Recht nachgefragt, wieso das jetzt plötzlich ein Problem war, wenn es doch vor der lukrativen Mallorquinisierung des Auftrags offenbar keines war. Blieb Onno, um den Schein seiner beruflichen Integrität Quecke gegenüber zu wahren, nichts anderes übrig, als vor lauter Ratlosigkeit und Verwirrtheit ob der wieder mal geradezu bestrickenden Komplexität enthusiastisch zu werden: so?

Vielleicht aber waren es auch einfach nur die sogenannten Spiegelneuronen, die Primatenhirnen nun mal eigen sind. Jedenfalls schlief Onno mit dem durch nichts gerechtfertigten, nichtsdestotrotz deutlichen Gefühl von Zuversicht nach zwei weiteren Bierchen, erschöpft von den ungewohnten Reisestrapazen, noch weit vor Mitternacht vor dem laufenden Fernseher ein. Und, vermöge Dinosaurierblase, durch. Um 9:00 Uhr schrillte sein Wecker.

Mittwoch vormittag, 28. April (noch zwei Tage bis Ultimo Fiskus). Cala Fornells, Westmallorca. Hotel Casa Maria.

Das Frühstück als solches war recht trostlos: verbrannter Toast, Gurken- und Tomatenleichen, Engländer in Unterhemden, und der Tee schmeckte, als habe er eine Stunde im Strumpf eines Nordic Walkers gezogen. Immerhin konnte es in einer Art Wintergarten mit Blick auf die winzige Bucht eingenommen werden.

Erst jetzt fiel ihm ein, daß – mal abgesehen von einem etwaigen Hünen – womöglich auch Fiona selbst mit seinem, Onnos, potentiellen Vorgehen nicht unbedingt einverstanden wäre.

Nachdem er sie kennengelernt hatte, hatte er ja kaum Zeit gehabt, Skrupel zu entwickeln. Waren ja nicht mehr vonnöten, seitdem er den Auftrag als gescheitert betrachtet hatte; nach dem Relaunch durch das Telefonat mit Queckenborn indes hatte sein Unterbewußtsein Fiona lustigerweise als Komplizin verbucht – vielleicht, weil sie im Flugzeug diese nicht sonderlich geneigte Bemerkung über ihren Gönner gemacht hatte. Hat er, Onno, eigentlich noch alle Tassen im Schrank? Scheißkoffer. Verflucht, ist das alles kompliziert. Er braucht mal einen Tag zum Nachdenken, und wo er schon mal hier ist …

Der Nachbarort hieß Peguera. Was Onno davon zu Gesicht bekam, war eine sog. verkehrsberuhigte Zone nebst einer ehem. Meeresbucht. Erstere war durchgängig mit Verbundsteinen gepflastert, zweifarbig, damit die Typen mit den trotz der schattigen Temperaturen offenen Hemden, Schmerbäuchen, Weiberhosen, Motivsocken und Sandalen nicht etwaige Mietfiats rammten. Baum, Laterne, Baum, Laterne – diese wie jener aus Massenfertigung –, Poller, Poller, Poller. Souvenirbude, Boutique, Restaurant, Bar, Sitzbank. Duft von Ledergürteln und Pommes. Souvenirbude, Boutique, Restaurant, Bar, Abfalleimer. Tafeln, die authentische Spezialitäten feilbieten: Haxe mit Kraut, Pizza ›Morasta‹, Spaghetti ›Polonaise‹. Fast wie daheim in Muffhagen am Donnerbalken – gäbe es nicht die angrenzenden achtgeschossigen Betonanstalten und dahinter, sterilisiert wie ein Sandkasten, Strand.

Sein Halbmond verschwand weitgehend unter einer bumerangförmigen Schule von Strohpilzen. Jeder einzelne davon beschattete zwei azurblaue Polyesterbahren. Auf jeder dutzendsten kauerte mit gänsehäutigen Beinen einE RentnerIn in nicht nur witterungsmäßig gewagter Badetoilette und schielte in die HEZ. (Schlagzeile über dem Foto eines barbusigen Flittchenquintetts mit Transparenten vor dem Eingang der *Showbar Hammonia*: <u>Mopsfidele Luder:</u> BULLE, WIR WOLLEN EIN RIND VON DIR!) Buckel, Dutte, dunkle Brillen. Dekolletés wie verbrannter Toast. Ein Gesächsel, Geschwäbel und Gebabbel, daß die Haftkleber Fäden zogen. Ein Slum. Zombiebums. Rudi's Resterampe für den Schnitter. Zwanzig Prozent auf alles! (Außer Tiernahrung.)

Onno brach in das aus, was er nach Hühnerköpfen am meisten auf der Welt haßte: Schweiß. Plötzlich war die graugepolsterte Himmelsdecke genau über der Sonne gerissen, und mit dem Elan einer Giftspritze stach sie unserem Pingpongkameraden durch Friesennerz, Sweat- und T-Shirt. Schleunigst machte Onno kehrt, suchte im Gewirr der Ortsauswärtsstraßen nach dem Parkplatz, auf dem er seine A-Klasse abgestellt hatte, und fuhr zurück zum Casa Maria.

Dort stieg er die Steintreppe mit Chromgeländer hinab und stapfte den Sandstrand entlang. Terrassen aus schroffen, schwarzen Gesteinsbreien. Spontan legte Onno sich in T-Shirt und Hose barfuß in den schmalen Schatten einer Palme. Mit Windjacke und Sweatshirt als Matte pennte er unverzüglich ein und – verbrannte erneut. Diesmal richtig.

Am späten Mittag aß der Meisterdetektiv Hercule Puterrot auf der Terrasse unter den Röcken der alten Kiefern einen Burger. Sperlinge unterstützten ihn.

Gegen Abend wachte er auf seinem Zimmer von der Siesta auf, fühlte sich nicht so recht und schrieb sich krank. Nahm eine Ibuprofen, stellte das Handy aus und pennte umgehend wieder ein. Nachts um vier erwachte er wieder, lauschte dem Brummen seines Schädels, bis die Müllabfuhr kam, und pennte wieder ein. Den einzigen *klaren* Gedanken, den zu fassen er in dieser Lage fähig war – und der einer gewissen Triftigkeit, ehrlich gesagt, ja auch keineswegs entbehrte –, lautete: Ich bau aber auch nur Scheiße. Irgendwie freute er sich schon drauf, das im *Tre tigli* zu erzählen.

[24]

Donnerstag, 29. April (noch 1 Tag bis Ultimo Fiskus). Den gesamten Vormittag blieb Onno auf seinem Zimmer. Oxydierte vor sich hin. Nach einem erneuten Nickerchen um die Mittagszeit ging's ihm besser. Puffrot unter den angegrauten Bartstoppeln schrillte ihm sein Teint aus dem Badspiegel entgegen. Beim Wühlen in seinem Kulturbeutel stellte Onno gütig grinsend fest, daß seine Doofheit mal wieder schlauer gewesen war als seine Schlauheit: Statt Sonnencreme hatte er Creme zur Behandlung von Sonnenbrand eingesteckt. (Eddas Angebot zur Mithilfe beim Abhaken einer Checkliste hatte er rigoros abgelehnt – ein Ausdruck seines schlechten Gewissens.)

Nun rennt er bei seinem ersten Auslandseinsatz also herum wie Intschu-tschuna? Und wenn schon. Viel cooler wirkt ein Jake Gittes, der sich den halben Film mit verbundener Nase durch Chinatown schnüffelt, auch nicht gerade. (Er konnte es selbst kaum glauben, daß er immer noch diese albernen Vergleiche mit der Welt des Genres zog ...)

Auf der Terrasse trank Onno frierend einen überraschend guten Kaffee. Appetit hatte er keinen. Außer auf Schwarzen Krauser, der ihm bei der Konzentration auf seine Aufgabe aber auch nicht sehr viel weiterhalf. Es war zum Mäusemelken, aber es wollte ihm partout nicht gelingen, einen Entschluß zu fassen: Was soll er jetzt tun? Wie ist überhaupt die Lage? Kann Dr. Watson mal ein kleines Dossier anfertigen? (Schon wieder.)

Er vermißte Edda so sehr, daß er unwillkürlich die linke Hand hob, um sie im Nacken zu kraulen. Das Handydisplay war leer. Niemand hatte angerufen. Das angezeigte Datum erschreckte ihn: 29. April! Vor seinem inneren Auge sah Onno einen Ludwig ›Ärmelschoner‹ Käßner bereits die Feder wetzen. *Sehr geehrter Herr Viets! Da wir bis Ultimo den Eingang der ersten Rate des mit Schreiben vom bla bla bla bla blarrr ...*

Und dann begann Onno, an seinem Handy herumzufummeln. Zwei Stunden dauerte es, bis er herausgefunden hatte, wie die Rufnummernunterdrückung funktionierte. Er probierte es mit Edda aus. »Wozu brauchst du das denn?« »Erzähl ich dir zu Hause!« Dann kiffte er noch ein paar Züge Kiefernduft, und dann, ohne weiteres Aufheben, rief er Fiona an.

Njorp. Öff, öff. 'ch, 'ch, 'ch. Na und? Irgend was *mußte* schließlich passieren. Außerdem hatte er durchaus Lust, Fionas Pfauenaugen wiederzusehen. Menschliche Thermik. Mach was dran.

»Ach Ottooo! Wie supi ist das denn! Ich hab grad erzählt, daß ich dich superdoll ins Herz geschlossen hab! Klaaar! Ich hab dich auch schon dreimal versucht anzurufen, aber ich muß die falsche Nummer eingetippt haben! Kommst du uns besuchen?«

Um jedes Risiko, Verdacht zu erregen, auszuschließen, beließ Onno Nikon *und* Kompaktkamera sowie das Handy auf dem Hotelzimmer. Er wollte es nicht mal im Auto haben – was, wenn: »Ach Otto, wollen wir mal eben schnell mit deinem Auto zum Supimarkt?«, und dann muß Otto mal eben kurz das Auto verlassen, warum auch immer, und dann klingelt das Handy, und … ja nee. Muß ja nicht sein.

Und übrigens, das fiel ihm jetzt, also genau eine Minute zu spät ein: Was, wenn sie sich eines Tages in Hamburg über den Weg liefen?

Siehste, Quecke, dachte Onno. Du Arsch! *Das* ist der Grund, weshalb man nun mal, wenn man verbrannt ist, verbrannt ist! Gab sich Queckes Antwort aber gleich selbst: Wieso? Dann bist du eben immer noch der gute alte Otto, sagst guten Tag, gibst Küßchen und gehst deiner Wege. Wo ist das Problem?

Dank seiner Pfadfinderfähigkeiten brauchte Onno nur eine knappe Dreiviertelstunde für die zehnminütige Strecke. Die *Ma 1A* führte durch ein grünes Tal mit u. a. beinah friesisch anmutenden Fincas, vor allem aber ausladenden Stellwänden mit Plakaten aus dem Katalog der globalen Gebrauchsgraphik – Immobilien, Autoverleihe, Mineralwässer, Mädchen –, und dann kam der Kreisel, wo es links nach Cala Llamp ging. Vorausgesetzt, man hatte Augen im Kopf. Ohne machte man halt den Umweg über Port d'Antratx und La Mola.

Enge, ansteigende Straßen, helle Steinhäuser hinter Bruchsteinmauern und Kiefern mit schuppigen Stämmen. Serpentinen. Pinien. Ein bißchen Mischwald. Wieder ein Kreisel. Da, *Carrer Orada*. Und das Sackgassenschild, von dem Fiona gesprochen hatte. Da geht's also rauf.

Onno kurbelte. Der noch nicht allzu alte Asphaltbelag wies bereits Schlaglöcher auf. An den Außenrändern der Nadelöhrkurven braune Läufer aus Baumnadeln. Links des stetig ansteigenden Weges schmiegte sich eine Villa nach der anderen hinter anmutigen Steingärten in den Berg. Die hohen Grundstücksmauern wirkten, als seien deren Pastellfarben soeben getrocknet. Auch an den tiefgrünen Lamellenläden vor den Fenstern hätten »Frisch gestrichen«-Schilder glaubhaft gewirkt, dito an den schmiedeeisernen Eingangslaternen und zackengratbewehrten Zufahrtstoren, mal Stahl massiv, mal gatterartig. Hier und dort noch Säcke voll Bauschutt, hackevoll einander stützend. Jedes Haus hatte Nummer, Namen – Casa Armonia, Casa del Sol –, Satellitenschüssel und unter der Türglocke Gegensprechanlage.

Rechter Hand riß die Einfriedungslinie ebenfalls kaum je ab, nur daß die in schmalen Terrassen den Abhang hinabgeschachtelten Anlagen unterhalb von Onnos flacher Perspektive blieben. Sichtbar allenfalls Treppenaufgangs- und Mülltonnenhäuschen mit ocker-, umbra- und sienafarbenen Schindeldächerchen, industriell dekorativ vorverwittert, sowie Garage oder Carport mit Porsche, BMW Cabrio oder Matchbox von Sixt.

Schließlich hatte Onno den letzten befahrbaren Punkt des Kapmassivs erreicht, den Wendekreis am Ende der Sackgasse, vier, fünf Baumlängen unterm schroffen, kalkigen Gipfel. Ein Schild am Stamm einer Kiefer mit der Aufschrift *Coto privado de casa*. In den Fels gesprengt eine Handvoll Parkplätze. Im tiefen Schlagschatten eines pechschwarzen Porsche Mammut verschwand Fionas Mercedes Inline. Onno parkte seine A-Klasse daneben, stieg aus, löste per Daumendruck die Schließelektronik aus und schlenderte meerwärts, hinüber zu einer hüfthohen, gelben Mauer. Lauer Salbeiduft stieg dahinter auf.

Von hier oben aus eröffnete sich der Blick endlich vollständig. Über Koniferenwipfel und Kakteendolche und das Pultdach eines ockerfarbenen Gebäudeteils hinweg schaute Onno aufs Meer, das, mächtig und wuchtig, im Westen mit dem Horizont verschwamm, dem Ziel zweier weißer, schaumgefiederter Bootspfeile. In puncto Dünung jedoch war es – wiewohl teils schraffiert, teils narbenübersät – zahm wie ein See, da draußen nicht weniger als in dem kleinen Golf, den Cap d'es Llamp und Cap de sa Mola da unten formten. Paradoxerweise wirkte das metallische Meerblau je weiter draußen, desto oberflächlicher und gewann erst buchtwärts an Tiefe, im Kontrast mit Unterwasserriffen und Algenwiesen. In Ufernähe entstand daraus Türkis.

Verteilt über die gesamte Kehle des Küstengebirges, lückenlos hineingepappt in die schütteren Hänge und Klippen: Waben von Apartmenthäusern und Hotelkomplexen. Hohl und tot wirkten sie auf diese Entfernung, wie ausgelutscht. Strahlten eine grandiose Aura der Armseligkeit ab. Ferienfavelas für den Mittelstand. Immerhin verfügten sie über Kategorie *vista villa*. Während die diesseitigen Villenbewohner mit *vista favela* vorliebnehmen mußten. Daß die sich das gefallen ließen? Warum hatten sie nicht verlangt, daß man den ganzen Ruin mit Tarnfleck verhüllte – durch Christo und Jeanne-Claude, z. B.?

Mordsmäßige Ruhe hier. Onno lauschte dem Tuscheln, das der schlappe Teich vom Fuß der gebleichten, grünbehaarten Kliffs heraufschickte. Dem fernen Brummen eines Generators. Dem atmosphärischen, dreidimensionalen Rauschen eines unsichtbaren Düsenjets. Den lautesten Lärm verursachten noch die autistischen Fagottstöße einer Taube.

Onno wandte sich ab und drückte auf den Klingelknopf am verschlossenen Portal. Die Gegensprechanlage blieb stumm, doch Sesam öffnete sich summend. Onno stieg ein paar steile Natursteinstufen hinab, durchquerte einen Gang, der von jenem Pultdach geschützt war, und gelangte an ein Rundgehäuse, in dessen Innerem sich eine Wendeltreppe weiter den Fels hinabbohrte. Ganz unten wartete, trotz ungeeigneter Außentemperatur in Bikini und hochhackigen Sandaletten, strahlend, ja hyperventilierend, Fiona Popo. »Ottooo!« sang sie. »Daddyiii!« Die hat doch was eingenommen. Fiel ihm um den Hals. »Mein Retter! Komm rein!«

Onno Heiland.

An den Fingern zog sie ihn hackenklappernd durch den schattigen Patio, dessen Boden aus geschliffenen Terrakottasplittern bestand. Handverlegt, was sonst. Vorbei an einem gemauerten Brünnchen mit Manneken Pis. Klobigen Tonvasen, Kübeln mit Olivenbäumchen, Bambus, Callas, Lilien vor pfirsichfarbenen Fassaden.

Auf Anhieb bezaubert nuschelte Onno Zeugs, doch Fiona drehte sich über eine poesiebildchenhaft tätowierte Schulter und das mit einem Hauch von türkisem Pareo umhüllte Nomen-Omen zu ihm um, daß die güldenen Haarwogen tobten, und sagte: »Komm erst mal rein und keine Ahnung, trink was, wir gehen auf die Terrasse, oder? Bleibst du zum Abendessen? Wir waren Wolfsbarsch kaufen und Meeresfrüchte – magst du Meeresfrüchte? –, und oh mein Gott, die Oliven sind sen-sa-tio-nell! Da leckst du dir alle zehn Hände nach ab.«

Wieder ›wir‹, registrierte Onno. Meint sie ihre Freundin, die Libidohygienikerin des Immobilienhais, dem dieses Haus gehört – wie heißt sie noch: Hossa. Tussa. Tessa. Oder beinhaltet die erste Person Plural – Händchen?

Sie durchquerten eine Art Foyer. Rechts ging es in ein Eßzimmer über, mit Zwölf-Plätze-Tafel und Vier-Hocker-Tresen, hinter dem eine Edelstahlküche hervorblitzte, die einen Sternekoch geblendet hätte. Linker Hand dehnte sich eine Wohnlandschaft mit weißen Couches und Sesseln aus und original Zündhölzchenbild von Ugu DD Klöckli, so groß wie das Bett eines Fakirs. Hausbar mit einer geradezu manhattanesken Flaschenskyline sowie Kamin samt schmiedeeisernem Besteck. Spiegel mit Rahmen aus Muscheln. (Gesicht, dösig und rot wie gesottene Garnelen, tauchte kurz drin auf.)

Geradeaus, hinter einer Panoramascheibe, neben der offenen Schiebetür, wartete unter einem auskragenden Dach ein runder Edelholztisch – Aschenbecher, viereckige Schale mit Nüssen –, umzingelt von stilvollen, komfortabel ausstaffierten Rattanmöbeln. Dahinter ging die Terrasse in die Breite, drei, vier Bistrotische aus Eisen und Marmor nebst einer Reihe Tonkübel mit Palmwedeln flankierten die hüfthohe Mauer. Dahinter der Hundertachtziggradblick auf Meer und Bucht und Favelas. Das Maß an Veränderung der Perspektive war erstaunlich – angesichts der paar Meter Höhenunterschied scheinbar unverhältnismäßig viel näher an alles herangerückt. Wie Ameisenstraßen sahen die Treibstoffspuren auf den sanften Rippelmarken des Meeres aus. Die flache Sonne produzierte eine Lichtlache vor der Bucht, und der Blick auf die Favelas erschien gemildert.

»Setz dich, setz dich«, sagte Fiona, doch Onno trat bis an den durchgängig mit noch blütenlosen Blumen bepflanzten Mauerkamm. Von dort aus erkannte er, daß vor dem Untergeschoß eine weitere, durch einen Treppenaufgang mit der hiesigen Terrasse verbundene Terracotta-Ebene lag, die weitläufig einen kobaltblau wabernden Pool rahmte. Vier wetterfeste weiße Liegen, nur eine polsterbelegt, vier weiße Sonnenschirme, nur einer aufgespannt. Im Hangschatten des Nachbargrundstücks stand, entfaltet, aber ohne Netz, eine Tischtennisplatte, und auf der entgegengesetzten Seite des Pools gab es ein kleines Nebengebäude im selben Stil, mit der gleichen Fassadenfarbe, dem gleichen Krüppelwalmdach, den gleichen Schindeln wie das Haupthaus. Dieses Nebengebäude hatte unterhalb der Traufenlinie drei kleine verglaste Fenster, und vor dem linken stand, bekleidet nur mit einer geräumigen, dünnen, langen weißen Hose, ein dunkelhaariger Mann mit üppigen, doch stromlinienförmigen Muskeln und herkuleischem Schulterjoch. Das rechte Blatt war mit einem farbigen Motiv tätowiert. Selbst aus dieser Perspektive relativierte sich die Hünenhaftigkeit des Burschen kaum, vielleicht, weil man von hier aus zu erkennen vermochte, daß er auf Zehenspitzen würde in die Dachrinne schauen können.

»Ein Freund aus Hamburg.« Fiona war Onno – bis auf einen halben Schritt – gefolgt. Sie sagte es leise, heiser und in einer schweratmigen Tonlage, die sich von dem ihrer amselartigen Schwatzhaftigkeit auf schlecht faßbare Weise unterschied. Mütterlich? Nein, deutlicher von Eros getränkt. Von Sorge, Angst, Stolz, hormoneller Überforderung, ja, aber auch von Eros.

Natürlich erkannte Onno ihn auf Anhieb wieder – allein am Gang. An diesem Schreiten eines mehrere Zentner Eigengewicht bewegenden Sibirischen Tigers. Ein erdschweres Wandeln war es, voller Gravität, und doch voll innerer Spannung. Der war so vertieft in sein Tun, daß er sie beide da oben an der Brüstung nicht wahrnahm. Plötzlich dehnte er sich, zeigte mit dem ausgestreckten linken Arm auf das linke Fensterchen, während er zugleich mit rechts ausholte, als wolle er einen Speer schleudern – und vollendete die entsprechende Bewegung in einem einzigen energiegeladenen Schnalzen des ganzen Körpers. Als schnappe eine Grizzlyfalle zu. Der Kerl war eine massive Waffe. Gleichmütig bückte er sich gleich darauf, suchte etwas auf dem Boden, klaubte es auf und nahm wieder Grundstellung ein.

»Was«, fragte Onno ebenso atemlos leise, »macht er denn da?« Kam sich vor wie Großgrundbesitzer mit Enkelin, die den neuen Wildhengst bewundern.

»Ach«, entgegnete Fiona, nun in unverhohlenem Flüsterton, »der versucht schon seit drei Stunden, eine Nähnadel durchs Fenster zu werfen.«

»Vielleicht«, sagte Onno, »sollte er es aufmachen.«

Fiona unterdrückte ein Kichern und knuffte ihn. »Nein, nein – die Nadel muß durch die Scheibe gehen, äy. Durchs Glas. Das ist eine der höchsten Übungen im Kung-Fu, weißt du?«

Damit begannen drei »irgendwie geile Tage«, so hatte Onno
sich zwei Wochen später ausgedrückt, nachdem ich ihn ge-
löchert, ob ihm Begriffe einfielen, die auf seine mallorquinische Gemütslage passen mochten. Was genau es war, das die
Qualität jener drei Tage ausmachte. Welche Wirkungen und
Wechselwirkungen da im Spiel gewesen sein mochten.

Doch schon kurz darauf bestritt er, von »geilen Tagen«
in dem Sinne gesprochen zu haben, sondern im Sinne von
»beruflich interessant oder so, nech« – ›beruflich‹, öff, öff! –,
und das Präziseste, das ich ihm zu entlocken vermochte (und
vielleicht wirklich das subjektiv Präzisestmögliche), war der
verstümmelte Satz: »Irgendwelche alten Lebensgeister.«

So daß ich auf Spekulationen angewiesen bin, will ich meine eigene Frage beantworten. Zwecks Erzählung der weiteren
Entwicklung immerhin kann ich mich auf ausgiebige Schil-
derungen Onnos stützen.

Fiona war grad im Haus, um den Wolfsbarsch im Ofen zu
prüfen, als Onno von seinem Rattansessel aus verfolgte, wie
Händchen schubweise aus dem Treppenaufgang emporwuchs.
Sein kolossaler Torso glänzte vor Intensität, desgleichen der
konturierte Schädel. Hart wie Riefenstahl. Die Y-Narbe auf
der Wange glühte, und die muskulöse Miene drückte nicht
gerade Befriedigung aus. Während er die Strecke zur überdachten Sitzgruppe mit wiegenden Siebenmeilenschritten
überbrückte – barfuß, die Bauchmuskeln definiert –, starrte
er Onno, ohne ein einziges Mal zu blinzeln, entgegen wie ein
Boxer beim *Stare down,* düsteräugig schweigend, voller brenz-
liger Aufmerksamkeit – tödlicher Feierlichkeit.

Onno tat, was *er* am besten konnte: gütig grinsen. Er stand
auf, sagte »Hallo!« und streckte ihm die Hand entgegen.

Der jedoch stützte die Hände auf die Hüften. Blaffte einen Ghettoakkord. »Was *das* deeenn. Geht *gaa* nich. Geht gaa nich.«

Onno drehte die ausgestreckte, verweigerte Hand um ein Viertel, so daß sie nun fragend offen daschwebte.

»Die schwule *Töle* da, Digger.« Händchen nickte in Richtung auf Onnos Tätowierung. Machte sich nicht die Mühe, einen Finger zu heben. »Die schwule Töle da.« Indem die Wiederholung nicht eskalierte, ebnete sie den herrischen Klang ein. Und entweder hatte der Typ Lupen statt Augen, oder Fiona hatte ihn gewarschaut.

»Was? Ach so. Roderich Erasmus.« Onno schielte auf seinen eigenen rechten Oberarm, und die ruralen Rs schnurrten wie Windrädchen. Er zuckte mit derselben Schulter. Drehte die Hand wieder schüttelbereit. »Verlorene Wette anno neun'n'sechzig. 'ch, 'ch, 'ch.«

Güte, Unerschrockenheit, Selbstbewußtsein und -ironie – war es das, was Händchen charmierte? Vermutlich das übliche Viets'sche Charisma. Zudem war es höchst wahrscheinlich, daß er sich eines hübschen Kranzes Vorschußlorbeeren erfreuen konnte, den Fiona ihm geflochten.

Tetropov entlarvte sein Spackengehabe selbst. Sogleich zeigte er ein kraftstrotzendes, doch zivilisiertes Lächeln mit aufrechten, scharfen Grübchen. Ähnlich mühelos, das sollte Onno nach und nach bemerken, wechselte er die Sprachebenen, ja mischte sie. Je nach Bedarf vermochte er von Ghettojargon in bürgerlichen Code zu gleiten; von rotzigem Aalkooger Breitspurdialekt ins nachgerade Hannoveranische. Gangster sind höflich. Zumindest unter Gangstern.

»Tibor«, sagte er nun. Wechselte einen kleinen Gegenstand, wahrscheinlich die Nadel, von der rechten Hand in die linke. Ergriff Onnos Hand jedoch keineswegs zum Bürgergruß. Klatschte sie vielmehr lässig an den Fingern ab, fing sie umgehend wieder ein und funktionierte sie zum Spielball einer jener komplexen Respektsgebärden in der Subkultur um.

Irritiert, ob das jetzt noch zur Ironiesphäre gehörte, stotterte Onno: »On–to.«

»Wie?« sagte Händchen.

»Otto«, setzte Onno neu an. »So heiß' ich.«

»Eben, Diggär.« Er glitt zurück in Soziolekt. In dem er sich offenkundig am wohlsten fühlte. In den er Onno freundlich einbezog, und in dem er künftig meistens mit Onno sprechen sollte. »So hat's mir Fiona nämlich gesteckt. Ich hab aber Auto verstanden oder so was«, versetzte er – mitsamt einem mehrsilbigen Anhängsel, das Onno nicht auf Anhieb zu entwirren vermochte.

Beim ersten Mal klang es kaum anders als eine willkürliche Verstrickung von Selbst-, Zwie- und Umlauten mit watte- bis gummiweichen Mitlauten, vom Kettelrhythmus her doppelt so schnell wie der vorangegangene Satz. Ein kurzes Gestammel mit fragender Hebung. Beim zweiten Hören war ein roter Faden zu erkennen. Etwas wie *weichmeindiggä?* [vaiç-maindɪgæ] Bedeutete wahrscheinlich ursprünglich einmal so viel wie: »Weißt du, was ich meine, Dicker?« Ein rhetorisches Ornament, das dauerhaft friedliche Absichten signalisierte – und selbst erwartete. »Eben. Ich hab aber Auto verstanden oder so was ✧❧✧❧.« Na gut. Otto. Wie der Komiker. Ob er auch Ostfriese ist?

Jo.

Echt? Aus Ostfriesland?

Jo. Aurich.

Auha. Sein Onkel hat ihm als Kind immer so Ostfriesenwitze erzählt. Alle vergessen. Erzähl mal einen.

Du meinst, so einen aus der Zeit, als man mit Ossis noch die Ostfriesen meinte? Nnnjorp … äh … Wie fängt ein Ostfriese Mäuse?

Keine Ahnung.

Er jagt sie unter einen Schrank und sägt die Beine ab.

Genau, Diggär.

Wie fangen die Ostfriesen Fliegen? Jagen sie auf den Heuboden und ziehen die Leiter weg. Wie viele Ostfriesen braucht man, um eine Glühbirne zu wechseln? Fünf. Einer hält die Birne und vier drehen den Stuhl.

Nee is' klar, Diggär.

Onno erkundigte sich nach der Bewandtnis mit der Nadelübung, und Händchen gab gefällig und ernsthaft Auskunft, wobei er zwischen Ghettosprech und Hochhamburgisch hin- und hersurfte. »Das geht darum, Körper und Geist zu vereinen. Erst, wenn Körper und Geist eine Einheit bilden, kann man solche Höchstleistungen erzielen.« Du mußt die Nadel auf eine Geschwindigkeit von hundertsechzig Stundenkilometern beschleunigen, und sie muß exakt im Neunzig-Grad-Winkel auftreffen, dann geht sie durch. Entscheidend ist, daß der Körper ganz weich bleibt, so daß du die Geschwindigkeit entwickeln kannst. Der Körper muß ganz weich bleiben und dann die ganze Kraft auf einen Punkt konzentrieren.

»Komma her, Diggär.« Händchen sprang auf und winkte Onno, und Onno erhob sich leutselig. Händchen, beflissener Recke, positionierte sich neben ihn.

»Versuch mal, die Nadel mit den Fingern einzuklemmen – so –, mit dem Daumen fixieren, mit den andern Fingern halten, ganz locker stehen –«

Onnos Hand hätte in Händchens zweimal gepaßt. »Den Arm ganz durchstrecken?« Auf der Innenseite von Tibors muskulösem, sehnigem Unterarm entdeckte Onno einen wuchernden Stacheldraht von Narben über einem Mehrstromdelta blauer Adern.

»Nicht *ganz* durchstrecken, aber so weit nach vorne wie möglich.«

»Aua. 'ch, 'ch, 'ch.«

»Und dann versuchen, die Nadel von ganz hinten nach

ganz vorne zu beschleunigen, mit dem ganzen Körper, und zwar schnell – so: hop! Na ja, so ungefähr. Noch mal, weicher. Hop! Njaa – etwas direkter, die Hand; keinen Bogen machen, sondern direkt: hop!«

Man übt zuallererst auf Karton. Karton ist ja ziemlich weich, da geht 'ne Nadel einfach rein. Wenn die Technik stimmt. Und dann steigert man halt den Schwierigkeitsgrad nach und nach, bis hin zur Glasscheibe.

Raimund, Edda und ich, wir durften Meister Onno in den vergangenen Jahrzehnten natürlich schon des öfteren bei der ein oder anderen seiner Zuhörorgien (Raimund: »Lauschangriffe«) belauschen und beobachten. Er knipst seine Augen an, brummt beipflichtend, stellt minutiös dosierte Nachfragen und rollt die Rs, daß man als mitteilungsbedürftiges Gegenüber einfach in einen Wonnekoller gerät. In Hypnose. In Trance.

Binnen Minuten erfuhr Onno – und zwar ähnlich ungeordnet –, daß Händchen nicht nur der Nadelwurf bereits mehrfach geglückt war. Sondern daß er außerdem über das Geheimnis der im sog. Bubishi gelehrten sog. »vergifteten Hand« verfügte: Man muß nur einen bestimmten Vitalpunkt am Körper mit einer genau dosierten Wucht treffen, um eine tödliche Wirkung hervorzurufen – die unter Umständen erst mit wochenlanger Verzögerung eintritt.

Und daß er bis vor kurzem noch Freefighter war. Härteste Sportart der Welt, Digger. Vollkontakt. Alles erlaubt, außer Beißen.

Und daß sein größter Lebenstraum darin besteht, eines Tages ins Kloster der Shaolin-Kampfmönche aufgenommen zu werden. Aber eines Tages schafft er das auch, er ist Ratte, im chinesischen Horoskop ist er Ratte, und Ratten schaffen alles, Ratten sind unverwüstlich, Digger. In Kaiserslautern gibt's eins. Hart da, Digger. Wenn du sagst, ich kann nicht mehr, machst du zur Strafe dreißig Kniebeugen, und *dann* geht's weiter. *Da* ist das schon hart, Digger, aber erst recht in einem japanischen oder chinesischen Kloster. Da läufst du morgens um fünf erst mal zwei Kilometer bis zum Training, die Hälfte davon den Tempelberg rauf.

»Na ja. Für *mich* wär' das hart, 'ch, 'ch, aber ... ich mein', zwei Kilometer ist ja nun nich –«

Auf den Händen, Digger. Auf den Händen.

Irgendwann kam Fiona aus der Küche zurück. Erkannte strahlend, daß Daddy auch ihrem Händchen gefiel. Und stürzte sich unverzüglich auf Händchen, um es zurückzuerobern. Um die Verhältnisse zurechtzurücken. Mit Otto meinte sie eine Art lebenden Spiegel erworben zu haben, einen altmodischen, schmeichelhaften, gemütlichen Spiegel mit Plüschrahmen für ihre Wellness-Ecke. Zwar glaubte sie, ihr sei ein großes Herz eigen, und hatte daher nichts dagegen, daß auch Händchen den ein oder anderen Blick hineinwerfe. Doch obwohl sie die Geschichte von Narziß gar nicht kannte, hatte sie sie schon früh verstanden, und so wurde sie vorsichtshalber handgreiflich.

Verlegen hockte Onno auf dem Nebensessel, nippte an seiner Cola und sah schielend von rückwärts zu, wie Fiona sich einen von Händchens weißbehosten Oberschenkeln zwischen ihre nackten Oberschenkel klemmte und in Zeitlupe ein, zwei Reitbewegungen andeutete, während sie sich in Händchens Haar verkrallte, um ihm ihre Zunge ins Ohr zu stecken. Nicht eben geräuschlos. Händchens Hände hatten auf ihrem Rücken gerade eben Platz genug.

Ach du Schande, dachte Onno. Die wollen Publikum.

Und tatsächlich, als sie abstieg, wandte sie sich zu Onno um und sagte: »Sorry du, aber das mußte jetzt mal sein. Hallo? Gleich am zweiten Tag drei Stunden lang verschwinden? Wie schräg ist das denn! Geht ja wohl gar nicht!«

Händchen grinste und blinzelte Onno über ihre Schulter hinweg zu. Die Chicks. Was sollste machen? Wird der Schwanz hart, wird das Herz weich …

Onno blinzelte nicht zurück, doch er grinste. Dann schaute er über die Blumenbrüstung. Gut Schauen war hier schon. Neben den Favelas gab es hübschere dreistöckige Häuser mit maurischen Bögen, in Gelb und Rosa, in Rot wie Ochsenblut, die Läden grün – doch auch sie wurden noch vom ein oder anderen orangefarbenen Bagger belagert, kranbewacht. Aquamarin leuchteten die Pools herauf.

Die Macchie sah aus wie Brokkoli, der die graukarstigen Hänge hinunterwuchs. Die Bucht da unten war ganz ruhig, zart gewaffelt, gekreuzt von Bootsfährten. Die Geräusche der Möwen, die da wimmelten – teilweise aufflogen, teilweise dahinschipperten –, sie waren sehr, sehr unterschiedlich deutbar: höhnisches Kreischen, fröhliches Gelächter. Schmerzliche Klage. Irrsinnige Dankgebete. Kultische Gesänge zur Selbstreinigung durch Sühneopfer. Onno waltete, tatenlos.

[26]

Wie maliziös das Schicksal zum Gelingen des Abends beitrug, beweist u. a. die Unwahrscheinlichkeit, in welchen Aspekten des Lebens Onno und Händchen Übereinstimmung feierten. Ein Viets, der, seit Muttern ihn einzukleiden aufgehört hatte, mit nahezu nordkoreanischer Beharrlichkeit eine Art Viets-Uniform trug – ein solcher Viets pflegte zum Thema Mode nicht gerade zu brillieren. Und doch fanden Händchen und er auf Anhieb den winzigsten gemeinsamen Nenner.

Während Fiona den Fisch aufgetragen, hatte es zu dunkeln begonnen und die Lichter in der Bucht zu funkeln. »Sieht ja schon mal viel geiler aus als tagsüber, finde ich«, sagte Onno und referierte seine Flecktarn-Idee. Weder Händchen noch Fiona sagten die Namen Christo und Jeanne-Claude etwas, doch Händchen sagte: »Flecktarn ist das allerletzte.«

»Wieso? Camouflage?« sagte Fiona. »Kann hochmodisch sein.«

»Hör bloß auf«, sagte Händchen, und Onno seufzte, als habe er auf eine Gewürznelke gebissen. »Nä, Diggär? Ist doch das allerletzte«, sagte Händchen. Flecktarn tragen nur Fickfehler. Fickfehler wie Hummer-Tim und Pimmel-Paule, die tragen Flecktarn. Da kotzt du doch Pommes Rotweiß ✎✎✎✎.

»Find ich auch«, sagte Onno Noppe Viets. Hauptsächlich, zugegeben, um den schwindelerregenden Ruch des Déjà-vus zu zerstreuen, den dieser gewisse Name hervorrief.

»O Alter, und …« Und hier hielt Händchen ein Weilchen inne. Hörte auf zu reden, und Onno registrierte erneut seinen Blick. Die seltsam verstörende, einschüchternde Intensität dieses Blicks. Nicht nur wegen der bodenlosen Schwärze der Iris, nicht nur wegen der Bewegungslosigkeit, der Ungerichtetheit, der Blindheit des Blicks – es war noch etwas anderes, das Onno als Ursache erkannte: Tetropov schien nie zu blinzeln. Jedenfalls hatte Onno ihn bisher nicht bewußt blinzeln gesehn. Entweder blinzelte er immer genau dann, wenn Onno selbst grad blinzelte, oder er schien nie zu blinzeln. Aber so etwas gab es nicht. Normalerweise blinzelt ein Mensch soundsovielmal pro Minute, damit das Auge nicht austrocknet, das wußte Onno. Also blinzelte Tetropov wohl immer dann, wenn Onno seinen Blick abgewendet hatte. Um das zu verifizieren, konnte Onno ja nun aber nicht einfach zurückstarren – ein solches Verhalten wäre wohl schwer vermittelbar. (Übrigens hatte er einmal gelesen, daß der *all time favourite* Killer der österreichischen Kulturschickeria – Jack Unterweger – ebenfalls einen solchen niederfrequenten Lidschlußreflex gehabt haben soll.)

Zu Ende jener Sequenz des Starrens – scheinbar zeitlos, weil Onno nicht zu sagen gewußt hätte, ob er und Fiona hypnotisiert gewesen waren oder tatsächlich Zeit vergangen war (oder beides) – huschte eine wolkige Bö von Traurigkeit über Tetropovs Miene, und etwas wie ein innerer Motor sprang an. Er begann, manisch mit dem Fußballen zu wippen, und dann legte er den Kopf in den Nacken und brach in Gelächter aus.

Brach erstmals in dieses Gelächter aus, von dem Onno noch träumen sollte – ein Gelächter, das Onnos Seelenhärchen in angenehme Schwingungen versetzte, obwohl es ihn an einen hysterischen Truthahn gemahnte. Doch die unvermittelte Weichheit und Hingabe rührten Onno an. Er spürte geradezu, wie Händchens stets angespannte Wachsamkeit sich auflöste. Als betrete er einen anderen, sonnendurchfluteten Raum. Im Rhythmus seines Heulglucksens zuckten die schweren Schultern, und im Schein der entzündeten Sturmlichter auf dem Tisch war deutlich zu sehen, wie seine Augen zu glänzen begannen. Dann faßte er sich zunächst wieder.

Ein Kumpel aus Aalkoog, der hat auch immer so Tarnfleckhosen getragen. Eymen. Den haben sie … Den haben sie …

Händchen rief sich, sich räuspernd, zur Ordnung, versuchte, die nun schwer verkrampfenden Wangen- und Stirnmuskeln zu entspannen. Obwohl seine Haut straff wirkte – trotz der Y-Narbe zweifellos von stabiler Dickte, elastisch, also wenn nicht stich-, dann reißfest –, schien sie das giftstrotzende Natterngezücht der Adern am Hals, an Schläfe und Stirn doch nur schwer bändigen zu können. Tetropov massierte sich die Augenlider mit den Mittelfingerkuppen, holte tief Atem und sagte schließlich erschöpft: »Plattgefahrn, Digger.« Und platzte erneut – Putergeheul. »Den haben sie plattgefahrn! Am Henry-Vahl-Park! Im Herbst!« jaulte er. »Im Herbst, Digger!«

Da begann auch Onno, sich nach und nach in einen seiner typischen Kicherkrämpfe hineinzuknoten, und indem Fiona, schon mal eine aus dem Wolfsbarsch hervorstechende Gräte zupfend und ablutschend, vergeblich versuchte, den für sie unersichtlichen Grund der Heiterkeit herauszufinden, richtete sie die albernen Männer nur noch mehr zu. Schließlich gab sie es auf und fragte ironisch, um im Spiel zu bleiben: »Und? Hat er's überlebt?«

»Nee«, sagte Händchen.

Onno schluckte und sagte: »Echt?«

»Klar«, sagte Händchen. »Wo 'ne S-Klasse drüberwalzt, da wächst kein Gras mehr ❧❧❧❧.«

»Hallo?« sagte Fiona. »Wie schrecklich ist das denn. Wann war das denn. Wie alt wart ihr denn da.«

»Elf, zwölf«, sagte Händchen. »Tja. Das kommt davon.« Er ließ noch ein letztes Glucksen als Reminiszenz an die Initialzündung entfahren, seufzte schließlich, schnappte sich die Gabel und sagte ein buddhistisches Tischgebet auf: »Beim ersten Bissen geloben wir, nichts Böses mehr zu tun. Beim zweiten Bissen geloben wir, nur noch Gutes zu tun. Beim dritten Bissen geloben wir, alle Wesen zu befreien.«

Dann aßen sie, und Fiona übernahm das Reden, und nach der Mahlzeit sagte Händchen, mit Seitenblick auf Onno: »Torč?« Und Fiona sagte: »Hallo? Ich dachte, du wolltest dein Leben ändern?«

Nicht, daß sie regelrechte Gemeinsamkeiten gehabt hätten. Die *Sopranos*, o.k. Boxen. Formel 1. Sie debattierten ein bißchen. Onno brachte ein gewisses Verständnis für die sog. Stallorder auf, desgleichen für die sog. Traktionskontrolle, zumindest am Start etc., Händchen jeweils nur Verachtung usf. Händchen erzählte, wie er mit seinem Lamborghini Gallardo LP 560-4 auf dem Nürburgring gewesen war. Fünfhundertsechzig Pferdchen. Allrad, Digger. Fünf-Liter-Motor. Zehn

Zylinder, vierzig Ventile, vier Nockenwellen. Zweihundert-fünfundneunziger-Pantoffeln drauf. Macht über dreihundert km/h. Aus dem Stand auf hundert in 3,4 Sekunden. Lakkierung: nero noctis. Ein Sound, Diggär, als Passant brichst du da in Panik aus. Lamborghini beschäftigt keine eigenen Sound-Designer. Da kümmern sich die Ingenieure der Motorentwicklung selbst drum. Und die haben ein Meisterwerk abgeliefert, Digger. Das ist Kunst. Die berechnen jedes Volumen, Luftfilter, Rohre, Schalldämpfer, jedes Teil, das am Gaswechselsystem beteiligt ist, hier noch an 'nen paar Stellschrauben gedreht, da noch am Ansaugsystem gebastelt … und dann, borr Digger, der Klang, und dann auf die Rennbahn, da hast du die ganze Zeit 'ne Erektion, Digger. Mußt mal nach Hamburg kommen, Digger, dann machen wir mal 'ne Spritztour.

Aber sonst? Zu Anfang war es schlechterdings besonders schwer faßbar, was es war, das die beiden offensichtlich himmelweit voneinander entfernten Menschewiken einen solchen Narren aneinander fressen machte. Reichte es, daß der Humordraht auf derselben Frequenz funkte?

Beispiele. Fiona freute sich schon »doll« auf den nächsten sog. Schlager-Move in Hamburg, und als Onno sagte, für ihn sei der sog. Schlager-Move »nichts anderes als Landfriedensbruch«, klatschte Händchen ihn begeistert ab.

Ein andermal beklagte Fiona sich darüber – aufs heuchlerischste, wohlgemerkt –, daß Lesben so auf sie abfuhren. Hallo? Eine richtige Plage, äy. Und Onno, der grad ein Insekt von seinem Colaglas verscheuchte, stieg zu Fionas Verblüffung ein wie folgt: »Auf mich auch, nech. Mann! Am schlimmsten war's mal in den Siebzigern, da war ich auf Inselhopping, auf so 'ner Ägäisinsel, wie hieß die noch«, und Händchen puterte: »Wespos!«

Und Händchen erzählte einen Witz, den Tony Soprano in

den *Sopranos* erzählt – worüber Fiona überhaupt nicht lachen konnte, Onno jedoch sehr wohl: »Kommt ein Mann mit 'ner Ente unter Arm nach Haus und sagt: ›Und die Sau hab ich gefickt!‹ Sagt seine Frau: ›Aber das ist doch 'ne Ente!‹ Sagt der Mann: ›Mit dir hab ich nicht geredet.‹«

Und als Onno zur Toilette ging, tätschelte ihm Händchen, sich aalend in all seiner antiken Körperästhetik, das Bäuchlein – »Sieht aus wie 'n leerer Känguruhsack, Digger!« –, und Onno sagte: »Früher hab ich auch immer 'n Sixpack gehabt«, und Händchen grölte: »Ja, unnern Ääm, Digger!«

Allerdings geriet Onno in puncto Pointen ein wenig unter Lieferstreß … Nach Flecktarn und Sixpack waren z. B. Piercings dran. Auch da waren sich die Jungs einig. »Mädchenkram«, sagte Händchen. »Auch so wie so kiloweise Blingbling? Steh' ich nich' drauf. Niggerzeug ❦❧❦❧. Nix gegen Nigger, Diggär! Bin quasi selber einer ❦❧❦❧. Homie von Bimbo Beelzebub. Kennst du? Bimbo Beelzebub? Kennst du ›Maltschiks‹? ›Krake Bukkake‹?«

»Äh, nee, aber …«

»›Eingebor'ner Sohn‹? Logo, das kennt jeder.«

»Genau«, sagte Onno. Und: »Wie ist das eigentlich«, fügte er hinzu. »Wenn die mal den ganzen Schrott rausnehmen, die Gepiercten. Wenn die dann mal 'n Niesen unterdrücken müssen, öff, öff. Das sieht doch aus wie'n poröser Gartenschlauch!«

Bißchen konstruiert. Aber: Geputer. »Gib mir fümf!« gluckste Händchen. Sie klatschten sich ab. Er wollte Onno nachschenken, doch der legte die Hand auf das Glas.

»Griffel wech«, sagte Händchen.

»Muß noch fahr'n«, sagte Onno.

»Wer sagt das«, sagte Händchen.

»Was?«

»Wer sagt das. Wer sagt das.«

»Nee, echt.«

»Finger wech, sonst gibt's eine gekoffert«, sagte Händchen.

»❧❦❧❦.«

»Wenn das Echo abkanns'.«

»Du Pansen, du«, sagte Händchen. »Echo abkanns'. Hammer, Digger.«

»Vorsichtig, nech. Ich kann Karaoke.«

Geputer. Gib ihm fümf.

Usw., usf.

Beim Thema Tattoo vermochte Fiona noch mitzuhalten. Sie erzählte von ihrer Fee mit Füllhorn auf Schulter und »Bizep«. Kräftige, herzerwärmende Primärfarben, die Onno an die Innenverpackung der Kaumgummiriegel seiner Kindheit erinnerten, lange, schmale, mörtelgraue Riegel, die in Sammelbildchen mit Micky-Maus-Szenen eingewickelt waren. Die beglückende Haptik des Glanzlacks. Der Vanilleduft. Und sie erzählte, daß sie ihr Sternzeichen anfangs nicht überm Fußknöchel, sondern auf der linken Brust haben wollte. Doch ihr »Stecher« –

Händchen: »Dein was? Es setzt gleich was ❧❦❧❦.«

– äh, hihi, ihr Tätowierer habe davon abgeraten. »Weil ich ja Krebs bin.«

Geputer. 'ch, 'ch, 'ch. Gib ihr fümf.

Onno erzählte auf Nachfrage von seinem lila Pudel. Mitnichten von dem Zwergalbino, der bis heute manchmal in seinen Träumen auftauchte – womöglich war der eine Kiezlegende, die heut noch umging? Holzauge, sei wachsam. Nein, er erzählte, daß er neunundsechzig nach Amsterdam ausgerissen sei, in einer Kneipe im Rotlichtviertel jene erwähnte Wette verloren und sich im Hinterzimmer habe tätowieren lassen müssen. Um was? Wie, um was. Ach, Wette. Äh – sagt er nicht. Datenschutz.

Los, raus damit.

Nee. Nich.

Los. Hier, trink noch einen.

Nee. Nee.

»Was Sexuelles, du Schlimmer?« Fiona.

»'ch, 'ch, 'ch …«

Und Tibor erzählte, wie sie im Knast seine Adiletten mit'm Feuerzeug angeschmolzen haben, um Farbe für die drei Punkte zu kriegen – hier, siehst du? Nichts hören, nichts sehen, nichts sagen. Gestochen haben sie das Triangel sieben Jahre zuvor mit einer Tätowiermaschine Marke ›Hahnöfersand‹ (nach jener Elbinsel im Alten Land, die für ihre Jugendstrafanstalt bekannt ist): Ventilatormotor, Eßlöffel, Verschluß einer Getränkedose sowie in Kugelschreiberhülle geführtem Nadelbündel. Und erzählt, wie andere sich ein Zentimetermaß auf den Schwanz haben tätowieren lassen ✧✧✧✧ – echt! Wenn er schlaff wurde, haben sie ihn wieder steifgewichst, und weiter ging's. Oder auf die Eichel 'ne Fliege. Oder auf die Innenseite der Unterlippe: ›Leck mich‹. Verräter kriegen im Knast übrigens 'ne Waschmaschine auf den Rücken tätowiert. Miele. Komplett mit Knopf und Trommel und alles.

Und erzählt, daß die Wirbelsäule sehr empfindlich ist. Und Fußsohlen unmöglich. Wegen der ganzen komplizierten Nerven. Weiß er von Tinten-Herbert, der ganzkörpertätowiert ist und schon überall auf der Welt war und von einem samoanischen Tatau-Meister das Rezept einer Antitätowierungssalbe geschenkt bekommen hat, mit der er die Tattoos bestreicht und nach einiger Zeit wie Pergament abziehen kann. Hat 'n riesiges Album mit ehemaligen Motiven zu Haus.

Und erzählt von seinem bunten ›Onkel Bogdan‹ auf dem rechten Schulterblatt, den ihm »###« gemacht hat.

»Drei Kreuze? Der heißt so? Nie gehört.«

Berühmter japanischer Meister der zweihundert Jahre alten Künste des Irezumi und Tebori. Der beste unter den Lebenden.

»Rate, was Onkel Bogdan gekostet hat. ›Tausend Eu‹. Gleich kriegst du eine gekoffert, du Pansen 🙬🙮🙬🙮.«

Gemeinsam mit Fiona bewunderte Onno den farbigen Stich. In einer verstörenden Mischung von Naturalismus und Idealismus – sanft stilisiert, aber längst nicht gephotoshopt – hatte der Künstler auf Tetropovs Schulterblatt das Porträt eines pausbäckigen Mannes appliziert. Graziös aufgezwirbelter Schnauzbart, aber todtraurige Augen. Eine Tolle in der breiten, zerfurchten Stirn. Die linke Hand mit im Bild, und sie hält ein zangenartiges Werkzeug. Über seinem behaglichen Wanst flattert eine zweifach gefaltete Schmuckschärpe, auf der 𝕺𝖓𝖐𝖊𝖑 𝕭𝖔𝖌𝖉𝖆𝖓 steht.

»Achtung!« sagte Tibor, und plötzlich grinste Onkel Bogdan breit. Irgendwie (mit dem Mittelfinger oder ähnlich) mußte Tibor den *Teres minor* dazu gebracht haben, sich isoliert zu straffen. Onno lachte – »’ch, ’ch, ’ch« –, Fiona jauchzte auf. »Süüüüüß! Wie süß ist das denn! Das hast du mir ja noch nie gezeigt!«

Onno sagte: »Ist das ’n Bördeleisen?« Er meinte das Werkzeug, das Onkel Bogdans Finger umklammern, und indem Tibor grob die ihn vorwurfsvoll umhalsende Fiona mißachtete, drehte er sich nach ihm um. »Sag bloß, du bist auch Klempner, Diggär.«

Längst paßte zwischen die beiden kein Blatt Papier mehr, geschweige Fiona. Bevor Onno für die nächsten zwei Stunden nur noch Ohr war – quasi in einen seiner alten Zuhörräusche verfiel, die er im *Plemplem* perfektioniert hatte: jene Art von Duldungsstarre mit aktiver Berieselungsbereitschaft, die u. a. sein Charisma ausmachte –, nahm er noch wahr, wie Fiona mit der Pinzette ihrer Fingernägel eine frische Packung Marlboro lights enthüllte. In der Folge ging die Zigarette nicht mehr aus. Hin und wieder sah er noch, wie Fionas blonder Pony zuckte, wenn sich ein Strähnchen in ihren Wimpern verfangen hatte. Als sich ihr Handy meldete – mit jenem Tarzanschrei, mit dem Johnny Weissmüller noch in die Grube gefahren sein dürfte (»Der Spacken ruft an«, unkte Tibor verächtlich, und Onno machte im Zentralordner seiner geistigen Asservatenkammer den Vermerk, daß der Haupt- dem Nebenbuhler in höchstmöglicher Form gleichgültig zu sein schien) –, schnappte Fiona es sich und verschwand im Haus. Als sie wieder herauskam, war Onno bereits angetrunken.

[27]

»Was weißt du noch von dem Gespräch?« fragte ich ihn – später, als alles aufgeflogen war –, und er sagte: »Na ja. Er hat halt die ganze Zeit von Onkel Bogdan erzählt. Onkel Bogdan, Onkel Bogdan. Ich hab ihn übrigens später mal gefragt, warum der sich eigentlich umgebracht hat, und Händchen nur so: ›Ph! Gibt doch wohl Gründe genug!‹ Der ist wohl so ’ne Art Vaterersatz für ihn gewesen, nehm’ ich an. War Klempner gewesen.«

Und weil Onno selbst mal eine Klempner- und Installateurausbildung angefangen hatte, fand er sich plötzlich in der Lage wieder, mit einer Hamburger Kiezgröße in einer Luxusvilla auf Mallorca übers Handwerk des Schweifens, Treibens und Bördelns zu fachsimpeln. Händchen hatte am liebsten den Schweifhammer mit den abgerundeten Finnen und den Polierstock gemocht; Onnos Lieblingswerkzeug war der Kugelhammer zum Treiben gewesen usw.

Mit schwarz funkelnden Augen schwärmte Händchen von der Duftmischung in Onkel Bogdans Aalkooger Werkstatt, gelegen am Ufer der Bille: Putzöl, das schmelzende Lötblei, das glimmende, würzige Kraut in Onkel Bogdans Pfeife, die er mit einer einzigen Füllung stundenlang zu schmöken verstand – in Pforzheim hatte er gar einmal einen Wettbewerb im Langsamrauchen gewonnen. Viel mehr wußte Händchen wohl auch nicht mehr. Aus Onkel Bogdans Mund erinnerte er sich nur eines einzigen Satzes: »Ein Klempner arbeitet immer im Sitzen, dann hat er die ruhigste Hand.« Aber er muß ihm ja all die Werkzeuge erklärt haben, sonst wüßte er das ja nicht mehr. Tja, Digger, das war das Schönste für ihn, das er jemals erlebt hat. Da war er sechs, sieben. Da stand so'n alter Sessel neben der Abbiegebank, und da hat er nach der Schule immer drin gehockt und bei ALMOS geklautes Hubbabubba gekaut und Onkel Bogdan zugekuckt. »Und dann hat Onkel Bogdan sich aufgehängt, und dann gab's nur noch mich und Tante Votze ✌✌✌✌.«

Später fragte ich bei Onno nach, ob Onno an dieser Stelle nicht bei Händchen nachgefragt hatte.

»Was nachgefragt.«

»Na: Tante *piep*.«

»Ach so. Weiß ich nicht mehr. Wahrscheinlich nicht. Wahrscheinlich hab ich so getan, als könnte ich damit schon so was anfangen. Außerdem wußte ich ja von Albert, wer Tante Piep war.«

»Aber Händchen wußte nicht, daß du's wußtest.«

»Nee, natürlich nicht. Herrje. Aber … ich weiß auch nicht: Das war so der Tenor die ganze Zeit. Man fragte einfach kaum nach. Man redete einfach so drauf los, und entweder wurde man verstanden, oder nicht, nech. Ich weiß auch nicht, nech.« Ich kann es mir vorstellen. Ich kenne das von Klienten. Eine kaum merkliche nervöse Scham. Denn bekämen sie keine Antwort, wären sie einmal mehr die Gelackmeierten, Gedemütigten. Und in dem Fall müßten sie sich Reaktionen, ja Sanktionen ausdenken – und durchziehen, sonst machten sie sich doppelt lächerlich. Eine Dynamik voller Fallen. Fallen für die eigenen Bedürfnisse. Da fragte man doch lieber gar nicht erst nach.

215

Alles, was Händchen von seinem Otto wußte, war das, was Fiona wußte – plus ostfriesischer Herkunft und vage Rückschlüsse aus seinen Beiträgen zu ihren Gesprächsthemen. Er hatte keinen Nachnamen, Wohnort, Beruf erfahren; kein Alter und keine Religion.

»Und dann knipsten die Bergbewohner langsam die Lichter an, und Händchen sagte, wie 'n Weihnachtsbaum, und langsam wurd's zu frisch auf der Terrasse, und dann sind wir irgendwann rein«, erzählte Onno später, »und da hab ich dann den Rest gekriegt. Aber vorher haben sie mich noch für meine Riesenblase gelobt und noch 'ne Line gerotzt und … Moment, genau, nee, erst kam Fiona zurück, und dann gab's irgendwie noch so'n kleines Gepländel …«

Fiona trank nämlich einen Torč, und während Händchen mit der Rechten ein Brunnensymbol wie beim Tschingtschangtschong formte und, mit der flachen Linken – überraschend einfühlsam – draufklopfend, einen gewissen Laut aus dem Kamasutra imitierte, sagte er: »Hast gleich noch Bock? Im Jacuzzi?«

Und Fiona sagte: »Wie charmant.«

Händchen: »Keine Möge auf Vorspiel Marke U-Bahnhof.«

Keine Möge! Loysche Schule!

Fiona: »Hä? ›Marke U-Bahnhof‹?«

Händchen: »Halbe Stunde Betteln, Digger.« Puter. »Also, ja oder nein.«

Fiona: »Ja, ja, du Sau.«

Händchen: »Okeh, dann trink nicht so viel, sonst kriegst du gleich keinen mehr hoch ᒍᒐᒍᒐ.«

Und Fiona sagte: »Hallo? Was für einen soll ich denn wohl hochkriegen.«

Und Händchen: »Na, du hast ja keinen.«

Und Fiona: »Na, eben! Hallo?«

Und Händchen: »Na, eben. Bleibt ja nur einer. Ooodär?«

Und schielte mit hoffentlich scherzhaft bösem Blick Onno an. Stand auf. »Hoff'n'lich quietscht dein Diaphragma nich, das Haus is' so hellhörig.« *Diorrfräggmorr*. »Äy Digger, du wirs ja rot wie 'n Ferrari!« *Färorr'rie*. »Oder ist das dein Sonnenbrand!« *Sonn'bränn*. Und ging hinein.

»Er nun wieder«, flüsterte Fiona. »Manchmal weiß ich selber nicht, ob ... einmal, als ich ihm nicht unverzüüüglich einen entschuldige mal auf Anhieb du weißt schon ...«

Onno nickte. »Piep, öff, öff.«

»... da hat er die Tür vom Schlafzimmerschrank eingeschlagen. Mit'm Kopp!«

Herrje. Hoffentlich, dachte Onno, fängt Edda nicht mit so was an. Unter Puddingeinfluß ist sie zu allem fähig.

»Und dann«, erzählte er, »sind wir rein, und ich bin ganz schön geeiert«, und dann machten die beiden jungen Menschen unsern Onno auf seine alten Tage noch mit dem Phänomen *Youporn* bekannt.

Zwar hatte er längst schon mal gehört und gelesen und per TV gelernt, daß der Pornovideo-Tausch von Handy zu Handy auf Schulhöfen nicht erst seit gestern Sitte war. Und schwante ihm, daß die aus dem Internet ›runtergeholt‹ wurden. Doch ihm als Döspaddel und Webfremdling war bisher mitnichten klargewesen, daß man dazu keineswegs Platinen einbauen, Programme rauf- und runterladen oder sich bei Beate Uhse einhacken mußte. Sondern man tippte eine Webadresse ein, und dann öffnete sich jedem Achtjährigen eine Galaxie außer Rand und Band.

Gleich dem Poesiealbum eines Strolchs zeigte der Bildschirm auf samtschwarzem Fond unendlich zu skrollende Fünferreihen von sondermarkengroßen Standbildchen. Neben der jeweiligen violetten Legende – Lauflänge (meist drei bis dreißig Minuten), vier- bis sechsstellige Anzahl der »views« und Bewertungsskala bis zu fünf Sternen – verfügte jedes Szenenfoto über eine Überschrift. *Hot asian gets a facial.* Gets watt? *Bukkake party II.* What for a party? *MILF in Strapsen f***t sich selbst.* Wer? Und warum plötzlich so prüde?

(Und, nebenbei bemerkt: Es fehlten zwar Titel wie *Keine Ängste vorm Haflingerhengste* oder *Mannequin pis.* Doch der *content* war zuhanden.) Jede der naßforschen Heldinnen nackt, halbnackt oder wenigstens ostentativ angezogen. Die einen liegen lang, die anderen verrenken sich vor lauter dionysischem Pogo, die nächsten hocken (Peniküre). Sie stammeln Afroamerikanisches, Weißrussisches, Meckpommersches und stöhnen eine Art Mänadenvredonisch, das dem Betrachter sagt: Kuck mal, *ich* hier, jahaa! Fummeln an den Ventilen ihrer Meiereien. Münder, Kloaken, Rekta – alles blüht wie Klatschmohn. Peitschenschwingenden Amazonen gegenüber, in kardanischer Aufhängung: Adipositaspatienten mit gebleckter Glans, in Ledermaske und Unterwäsche aus Stahlwolle … usf. *Piiiep* en masse. Nur »Stellen«. Traffic. Trash-traffic. Ficken ist trash. Erotik spielt keine Rolle. Ohne Umwege ins Eingemachte. Ficken für Nichtficker. Nutzen für Nutzer, die als Alkoholiker Benzin söffen.

Händchen, der sich ein Sweat-Shirt übergezogen hatte, und Onno lümmelten in je einer Ecke der größeren weißen Couch. Onno hielt sich am Torčglas fest. Bzw. versuchte, ohne den Torč aus dem Glas, den Alkohol aus dem Torč herauszuschwenken. »Nix gutt«, sabbelte Onno, gütig grinsend, »beser weise Fahahahne«, doch niemand verstand sein Astra-Jiddisch. Brüderlich ließ Händchen ihn brabbeln. Im rechten Winkel zu ihnen saß Fiona an einem acrylgläsernen Sekretär, halb verdeckt von der edlen Schale eines 27-Zoll-Macs. Ihre rechte Püppchenwange reflektierte als bläuliches Gewitterflackern, was der Monitor ihr zeigte – und den Männern, gröbst gepixelt, via Beamer auf einer gegenüberliegenden Leinwand.

»Das ist sie doch«, sagte Fiona. »Das ist doch Dona, wie sie leibt und lebt.«

»Schleimtunklebt«, nuschelte Onno, gütig grinsend, und fügte hinzu: »Oh mein Gooott. Ich kannich glauben, was ich da gesacht hab. Und was'ch da seh schogar nich. Hallo? Was hat sie denn da im Aller–«

»Hasenpfote«, sagte Fiona. »Oder 'n Kratzfuß oder so was. Oder Kratzhand, wie heißt das. Schlimm.«

»Aber jetzt such mal diese andere Irre da«, sagte Händchen, »dieses Tier.«

Er wollte, daß Fiona einen bestimmten Clip fand – seines Erachtens nach ein Beleg, daß Pornos keineswegs frauenfeindlich sein müßten. Angeblich handelte es sich um eine nackte, frei im Raume stehende Bodybuilderin, die, um sich ohne niederzuknien an dessen Glied ergötzen zu können, einen nackten Burschen stemmte – allerdings umgedreht, mit den Füßen nach oben und dem Kopf nach unten.

»Echt, Diggär«, sagte Händchen. »Und die pumpt nich mit ihrm Kopp, sondern bewegt den ganzen Kerl! An den Hüften!« Er demonstrierte das mit erhobenen Händen, Pumprhythmus und O-förmigen Lippen.

Und wie aus der Erbsenpistole geschossen, machte Onno den Witz, den Händchen in den nächsten Tagen immer aufs neue wiederholte: »Osfriesin, wscheinlich.«

Und da begann Händchen, *so* haarsträubend zu lachen, daß Onno die Gänsehaut selbst auf seinem angesoffenen Kopp spürte.

Es schien kein Ende nehmen zu wollen. Zwischendurch hyperventilierte Tetropov, stand keuchend auf und stapfte im Wohnzimmer auf und ab – und doch erwischte es ihn nach wenigen Schritten erneut, und er sackte in die Knie und hämmerte die Stirn in den hochflorigen Teppich. Selbst in seinem angesoffenen Kopp begann Onno, sich Sorgen zu machen, und Fiona suchte mehrfach seinen Blick, und als Dona auf der Leinwand endlich *pacem* gab, ging Fiona zu Händchen und kniete sich neben es, als habe sie es grad auf dem Asphalt der *MaIA* gefunden.

Das war das letzte, an das Onno sich erinnern konnte, bevor der Film riß. Und das nächste, wie er – zugedeckt mit einer Wolldecke – langgestreckt auf dem weißen Sofa erwachte. Harndrang. Der Deckenfluter war maximal gedimmt. Hinter der Panoramascheibe Schwärze jenseits der schwach beleuchteten Terrassenmauer. Kein Meer zu sehen, Bucht erst auf den zweiten, druckvoll pulsierenden Blick: flimmernde Lichtgarben.

Neben dem baßlastigen Brummen aus dem Oberstübchen nahm Onno ein weiteres Geräusch wahr, schwer zu lokalisieren, ebenso schwer zweifelsfrei einzuordnen. Die Leinwand jedenfalls war dunkel, und auf Onnos schwierigem Weg zur Gästetoilette veränderte es sich. Es klang ab, war praktisch übern Berg, hörte aber nicht auf. Sondern wandelte sich zu einem tranceartigen, wohligen Klagen, kurz eingeatmet, lang ausgeatmet und rhythmisiert, wie wenn ein Kind den Klang entdeckt, der mit Brustklopfen bei anhaltendem A-Gesang entsteht, und das um Himmels willen nicht damit aufhören mag, weil die anschließende summende Stille es traurig stimmen würde.

Onno knüllte eine stattliche Fahne Toilettenpapier zu einem Knäuel, legte es in die WC-Schüssel und, um sich geräuschmäßig nicht mehr zu exponieren als nötig, zielte drauf.

Dann tappte er zurück und schlief nach Vietsfasson umgehend wieder ein.

Freitag, 30. April, mittags (Ultimo Fiskus). Der Tag, an dem Onno 300 Euro an die Steuerkasse Hamburg überweisen mußte. Nun aller-, ja schlechterdings auf dem weißen Sofa einer Viereinhalb-Millionen-Villa namens Casa Tussi pofte. Oder Tessa. Jedenfalls in Cala Llamp, Westmallorca.

Und von einem rhinogenen Brummen erwachte, über das er selbst gelacht hätte, wäre ihm danach gewesen. War ihm aber nicht. Also hörte er sich – mit geschlossenen Augen, doch durchaus verwirrt – statt dessen das Gegacker eines Puters und einer Henne an. Hievte dann doch ein Lid … Au nee. Nich.

Und schlief, ein soziales Knurren absondernd, beinah sofort wieder ein. Kaum, daß der grelle, plastische Anblick einer glühenden Fiona Schulze-Pohle und eines taghell strahlenden Tibor Tetropov, gemeinsam am Mac sitzend – gottseidank bekleidet –, verblaßt und dessen Satz verklungen war: »Möönsch, Diggär – däs klingt wie 'n Looping von 'ner Cessna!«

Vielleicht schlief er nur fünf Minuten, vielleicht auch fünfzig. Erneut zu Bewußtsein gelangt, stellte er mit vorsichtshalber nach wie vor geschlossenen Augen fest, daß die beiden immer noch dasaßen.

»Otto? Bist du wach?« hörte er Fiona flüstern.

»Der pennt wie'n weißnichwas«, knurrte Händchen. Um ihn nicht Lügen zu strafen, begann Onno wieder ein bißchen zu raspeln. Damit er sich an einem Tag wie heute der Welt offenes Auges zu stellen vermochte, mußte er mutterseelenallein sein. Er hoffte, die beiden täten ihm den Gefallen irgendwann.

»Gut, dann weiter im Text«, flüsterte Fiona.

»Ach Fack, ich hab kein' Bock mehr«, knurrte Händchen. Knurrte, aber knurrte leise. Der nahm tatsächlich Rücksicht

auf Onnos Schlaf, und selbst in Onnos akut C_2H_6O-ver-
seuchtem Hirnmilieu entstand eine Emotionsmischung, ver-
quirlt aus einer ganzen Handvoll teils gar widersprüchlicher
Impulse: Rührung, Scham, Angst, Ekel, Depression, und
wenn nicht Reue – Reue hatte ein Onno Viets aus Selbst-
erhaltungsgründen in den Keller seines Gefühlshaushalts
verbannt –, so doch die bußeähnliche Bereitschaft, Fehler-
analyse zu betreiben. Demnächst. Sobald in seinem Kopf ein
bißchen mehr Ruhe herrschte. Zwei, drei µ. Irgendein Gartenzwerg randalierte da. Na sagen wir, der Gartenzwerg eines
Gartenzwergs.

»Ach komm«, flüsterte Fiona, »du hast doch sonst so'ne …
keine Ahnung. Ausdauer.«

Händchen knurrte anzüglich, Fiona kicherte. »Hallo? Du
Tier du. Mit deiner keine Ahnung, blöden Nadel zum Beispiel, mein' ich.«

»Schreib mal was.«

»Hab ich doch. Da.«

»Hat ja schon dagestanden. Ich will aber sehn, wie du das
machst. Blind. Ich denk, du kannst blind tippen.«

»Klar. Hab ich gelernt. Als Bürotusse mußt du so was können.«

»Mach mal. Halt, halt, *mich* ankucken.«

»Na und? So. Was soll ich denn schreiben.«

»Irgend was, Diggär. Schreib dreimal untereinander ›Ich
bin geil auf dich‹ und dreimal ›fick mich‹. Kuck mich an.
Kuck *mich* an.«

»Du Sau. Glaubst, das mach ich nich?«

Onno vernahm das diskrete Rattern der Tastatur.

»Druck mal aus. Muß ich auf Papier sehn.«

Tastengeklapper. Leises Heulen und Mechanik eines Laser-
druckers. »Da. Huch?«

»Zeig, zeig. Zeig her, Diggär.«

»Nee, das … da ist was …«

222

»Go … Gon … Gowwel… Was soll das denn heißen. Und das da, ’n Wort mit zwo, vier …«

»Bin mit den Fingern verrutscht.«

»… zwölf Ypsilon?«

»Bin mit den Fingern verrutscht. Bin mit den Fingern verrutscht, du Sau.«

»Ha, ha.«

»Doch, weil du so gedrängelt hast. Gib her. Vergiß es. Lies das, da oben.«

»Jaja. Mit den Fingern verrutscht.«

»Lies. Los, lies. Da.«

Händchen knurrte, gehorchte aber nach einem Räuspern. »Funk … Funk …«

»Genau. Funk …?«

»Funk …« Er krächzte. »O Mann Diggär, ich hab vielleicht ’n Brand äy ᔐᔐᔐᔐ …«

»Ich hol dir was«, flüsterte Fiona. Onno hörte es rascheln und das hydraulische Quietschen der Chefsesselfeder. (Sie rutschte von seinem Schoß.) »Wasser?« Tock, tock, tock …

»Ich will mich nicht waschen, ich will was trinken. Jaja. Wasser. Fack. Hammer ᔐᔐᔐᔐ … Und mach mal bißchen leise Lala. Bimbo. Hip-o-drom. Liegt glaubich noch drin. Ist glaubich noch an. Einfach Play-Knopf drücken.«

Tock, tock. In Zimmerlautstärke begann der erste Track des zweimal vergoldeten Albums (Musik: Bimbo Beelzebub, Texte: Dr. Vagina Mae / Bimbo Beelzebub), mit dem Bimbo Beelzebub innerhalb weniger Monate im deutschsprachigen Raum berühmt geworden war. Schwerer, schleppender Baßbeat, Wiegenliedriff auf Spielmannslyra, und dann Bimbos kehliges, mephistophelisches Timbre. *Was ist für Pussys das absolut Krasseste? / Was aber bleibt im Blutrausch das Blasseste? / Liiiebööö – der Same des Hasses / Liiiebööö – der Same des Hasses …* Tock, tock, tock. Verpuffung von Kohlensäure. Klicken von Glas auf Glas. Sprudelndes Gluckern. Kurzes

Aufrauschen. Tock, tock, tock … Kleiderrascheln, hydraulisches Quietschen.

»Ich vermiss Faktor und Harras«, knurrte Händchen. Faktor war sein Hund. Ein Staffordshire. Hatte ihn am Vorabend erwähnt. Hatte ihn Faktor genannt, »weil Kostenfaktor«. Harras hieß seine Katze.

»Warum hast sie eigentlich nicht mitgebracht«, flüsterte Fiona.

»Zu kompliziert.«

»Na, die nächsten zwei Wochen hast eb'nd halt mich.«

»Auch zu kompliziert.«

»Duuu …?«

»Aua. Schnepfe.«

Was ist der Stoff für die breiteste Masse? / Das an der menschlichen Rasse ich hasse? / Liiiebööö – der Same des Hasses …

»Los. Weiter im Text.«

»Pfffffffff. – Funk …«

»Funktio …«

»Das' doch kein Zett!«

»T, i, wird auch Zett ausgesprochen.«

»Ach. Also heiß ich Zibor?«

»Ha, ha. Funktio…«

»Funktionaler …«

»Genau! Geil! Weiter!«

»Funktionaler Aaanaaal…«

Fiona kicherte.

Händchen knurrte ein Verlegenheitsknurren. Versuchte ein selbstironisches Schnauben. »Du Pansen, du. Du Fickfehler. Ha, ha, ha. Ist ja gut, äy.«

Fiona kicherte. Holte Atem. Kicherte mit doppelter Drehzahl. Quietschte einmal auf (gekitzelt?). Kicherte sich in einen kleinen Erstickungskrampf hinein, und plötzlich – alles so gut wie gleichzeitig – schrie sie in Schockpanik auf, ein Rumsen auf dem Boden, Hartplastikrollen auf Terracotta, ein

Krachen. Onno fuhr aus dem Sofa hoch, als sei er vom Hochseil gestürzt.

Sah Fiona hinterm Sekretär auf dem Boden hocken. Sah den Mac vorm Sekretär auf dem Boden. Sah, wie der Chefsessel rückwärts über den Boden rollte und gegen die Panoramascheibe knallte, daß von der Decke bis zum Boden ein Blitz einriß. Sah Händchen das U um die Wohnzimmerwand schlagen und hinaus auf die Terrasse und die Treppe hinunter verschwinden. Sah Fiona benommen sich aufrappeln und hinter ihm her hasten. Humpelnd.

Ich / bin des Satans / eingebor'ner Sohn! / Der Boß und Pimp vom Votzenbataillon! / Und ich wette / die Hölle / du merkst es nie: / Fick ich dich noch / oder grill ich dich schon?

Normalerweise hatte Onno morgens einen Blutdruck von achtzig zu fuffzig. Mußte erst ein paarmal mit den Zehen und Ohren wackeln, ordentlich abhusten, Teekoffein nachtanken und den Nikotinspiegel kallibrieren – vorglühen quasi, bis der alte Vietsdiesel wieder rundlief. An diesem Morgen ging es zackiger.

Allerdings hatte jemand diesen ungelenken Gartenzwerg in seinen Schädel gesperrt, der nun wieder hinaus wollte. Mit einem Nothämmerchen. Durch die Augenhöhlen. Onno fixierte die Äpfel mit den Daumen, stand auf und tappte vorsichtig zum Mac. Totalschaden, sicherlich. Ging um den Schreibtisch herum und schielte nach draußen. Die leere Terrasse lag im Schatten des Kapgipfels. Von den beiden Königskindern nix zu sehn. Onno betastete die gesprungene Panoramascheibe. Hob den Bogen Papier auf, der durch plötzlichen Zugriff am rechten unteren Winkel zu einem Wisch zerknittert war. Las.

Funktionaler
Analphabetismus

ovj nom hröö sig fovj
ovj nom hröö sig fovj
ovj nom hröö sig fovj

govl ‚ovj
govl ‚ovj
govl ‚ovj

yyyyyyyyyyyyyyypzzp odz rom hsmu öornrt

Steckte ihn, einer überspannten Eingebung folgend, zusammengefaltet in die Hosentasche. Ging nach draußen auf die Terrasse. Auf dem Tisch die Gelageruinen der Nacht – Kippenhalden, gesprengte Korken, inaktive Flaschenschlote, Gläser übersät von selbstmörderischen Fingerabdrücken. Fionas Taschenspiegel, American Express Card, Strohhalme. Der Gartenzwerg schlug Purzelbäume.

Verschwinde, befahl Onno sich selbst, und zwar sofort. Du hast hier nichts verloren. Ab ins Hotel. Packen. Ab zum Flughafen und einfach so lange warten, bis es einen Flug auf den Kontinent gibt.

Statt dessen tat er zwei Schritte bis an die bewachsene Balustrade. Händchen stand da unten vor dem linken Fensterchen der Villenkopie. Peilte mit der ausgeholten Rechten über eine imaginäre Kimme das Korn der ausgestreckten Linken an und – schnapp!, kehrte sich das Verhältnis um. Mit unheimlicher Ruhe bückte er sich, hob die Nadel auf und stellte sich erneut in Ausgangsposition.

Fiona, aus dieser Entfernung weniger als die Hälfte von Händchen, stand auf der anderen Schmalseite des Pools. »*Ti*bor!« wimmerte sie. »Das war doch nicht *bö*se gemeint!«

»Ver'piß deeech«, sagte Händchen, »Fett'vot'zeee.«

Ohne sich umzudrehen, glasklar, februarkalt und mit jener

verschleppten Überbetonung der Silbenübergänge, wie sie der Ghettosprech verlangt. Die Stufe des Sprechakts, auf welcher der Sprecher Fakten zu schaffen droht. Wer so spricht, aber ggf. blufft, braucht eine sehr gute Erklärung – sonst hat er sein Gesicht für immer verloren.

Fiona erstarrte, schrumpfte mit einem Ruck auf ein Drittel und schleppte sich, mit gesenktem Kopf und zuckenden Schultern, die Treppe herauf. Wo, unschlüssig, Onno stand.

Onno Otto. Otto Daddy. Otto Osho.

[29]

Sie saß in dem Rattansessel, auf dem Händchen in der Nacht zuvor gesessen hatte, und Onno auf dem, auf dem Onno in der Nacht zuvor gesessen hatte. Ungeschminkt, verrotzt und voller dusseliger Demut sah Fiona heillos reizend aus. Burlesque mit menschlichem Antlitz, zagen, und Onno wunderte sich über einen überdeutlichen Impuls, sie auf den Schoß zu nehmen, gurrend zu wiegen und die Löckchen zu striegeln. Herrje. Onno Daddy? Onno Opi.

Doch um von derlei Dummheiten Abstand zu nehmen, brauchte es nicht mehr als die Kritik seiner reinen Vernunft. Der Gartenzwerg tat ein übriges, sprich was er nur konnte; und der Riese eine Ebene tiefer brauchte, um seine hochgradig radioaktive Aura zu verströmen, nichts weiter zu tun, als was er ohnehin tat – den Versuch, eine Nähnadel durch eine Scheibe zu schleudern.

Hallo? Sie weiß nicht, was mit ihm los ist. Er ist so launisch, Otto, verstehst du? Er ist funktionaler Analphabet, aber er will ja sein Leben ändern, er will lernen und er will ins Shaolin-Kloster, und er will von den Tabletten los und überhaupt von den Drogen und Alk und raus aus dem Milieu, sonst bringt er eines Tages noch jemanden um (Onno: Eintrag ins Zentralregister, nicht ohne zwei, drei Fragezeichen), oder sich selbst, hat's als Jugendlicher schon zweimal versucht, und er will wieder Therapie machen, und sie will ihm dabei helfen, und dann hallo?, rastet er beim geringsten Anlaß aus! Sie kennt ihn jetzt seit zwei Wochen, und sie muß sagen, sie ist ganz schön verknallt, schlimmer als sie selber dachte – vor allem, sie mag's gar nicht sagen, aber sie ist total verschossen in seine Ohren, er hat so schöne Ohren –, aber in den zwei Wochen ging's schon dermaßen rauf und runter, wie soll das denn bitte noch weitergehn?

Anton ›der Büffel‹ Buv hat ihn verstoßen. Warum, keine Ahnung. Spricht er nicht drüber. Der Büffel war, keine Ahnung, Vaterfigur für ihn. Hat nie 'n Vater gehabt, und seine Mutter ist tödlich verunglückt, als er keine Ahnung, drei war oder so. Hat null Freunde. Null. Nur seinen Hund und seine Katze.

Dabei hat er so viele gute Eigenschaften und Skills und so, und wie hartnäckig er ein Ziel verfolgen kann, siehst du ja. Er ist so süß, aber phasenweise rastet er bei jeder Gelegenheit aus. Sie kennen sich grad mal zwei Wochen, und in den zwei Wochen hat er in ihrem Beisein schon zweimal jemanden einfach so in die Fresse gehau'n, einfach so, und wo der hinhaut, da wächst kein Bart mehr äy, und sie wird jetzt als Zeugin gesucht und weiß gar nicht, keine Ahnung.

Und Mensch, ist sie jetzt plötzlich fertig. Keine Ahnung. Sie haben überhaupt noch nicht geschlafen. Onno hat ja geschlafen wie ein Bärchen. Voll süß. Beneidenswert. Übrigens haben sie ein Foto gemacht von ihm! Zeigt sie ihm gleich. Aber sie und Tibor haben nicht eine Minute die Augen zugemacht seit gestern morgen um sechs. Das sind, Moment mal, vierundzwanzig plus – jetzt ist es fünfzehn Uhr zehn, also bald vierzig Stunden, geht ja noch, sie war schon mal fünfundfünfzig Stunden wach, als sie BQ-Star wurde, o mein Gott haben sie gefeiert, und dann vollgekokst bis an die Zwirbeldrüse gleich stundenlang Interviews geben im Viertelstundentakt, und ein Meet and Greet nach'm andern, und nachts gleich wieder Paady, bis morgens um neun die nächsten Termine anstanden …

»Zirbeldrüse«, verbesserte Onno gütig.

Fiona schmollte vorsichtshalber schon mal. »Hä?«

»Zirbel. Nicht Zwirbeldrüse.«

»Häpäpäpäpäää …«

»Siehst du?«

»Hallo? Was!«

»Siehst du, wie doll du Tibor gekränkt hast? Nech?« Gütig schloß Onno kurz die Lider. »Wenn *du* schon bei *so* was einschnappst …«

Und Fiona begriff. Senkte die Manga-Wimpern. »Oh mein Gooott …« Gleich darauf sprang sie auf. Wollte gleich wieder runter und sich entschuldigen, doch Onno stoppte sie. Schickte sie zu Bett. »Ist besser so, nech. Laß ihn mal noch 'n bißchen.«

»Du bist so klug, Otto«, sagte sie mit aufrichtigem Kinderstimmchen. »Wie kommt das eigentlich.«

»Na ja«, sagte Otto-Osho. »Ich weiß, wie es ist, dreiundzwanzig zu sein, aber du noch nicht, wie es ist, dreiundfünfzig zu sein.«

Onno wußte selber nicht, was er damit sagen wollte, doch Fiona kaufte es wimmernd. Onno hatte sich erhoben und zu Fiona gesellt, die an die Balustrade vorgerückt war. Schon wieder der weise, alte Comandante und seine Enkelin, die sich ihren Kummer über den ungebärdigen Wildhengst teilen.

In diesem Moment (so seine Erinnerung nach der Rückkehr, als er sich so fremd fühlte) kam er sich auf sonderbare Weise mißbraucht vor. Mißbraucht weder von Fiona als hiesige, physische Goldlockenperson, noch von Queckenborn, noch von Händchen. Sondern von etwas Unstofflichem, das dennoch roboterhaft vital war. Er fühlte sich verpflichtet, niederträchtigerweise in die Pflicht genommen, in lügnerischer, widerwärtiger Form verantwortlich gemacht. Er verspürte eine Art Verwandtschaft zu diesen beiden Figuren hier – aber was für eine Verwandtschaft sollte das sein?

Hatte sein Verhältnis zu Fiona womöglich etwas Inzestuöses (wiewohl, nichtsdestoweniger, *sie ihn* zum Daddy gemacht hatte)? Nein. Und doch, er war schon letztes Jahr schuldig geworden, asexuell zu Haus auf der Couch, und Edda seine Helfershelferin. Ob Patri- oder Matriarchat, die Verwandtschaftsgrade an sich blieben dieselben, doch gab es in traditionellen Familienkulturen nicht viel ausgefinkeltere Nomenklaturen? Was galt ein Cousin noch in *unseren* Breiten? Vielleicht sollte man für »Freund meiner Mutter« und »Freundin meines Vaters« neue Ausdrücke erfinden. Patronkel und Matrante. Und ebenso auch für Verwandtschaftsverhältnisse, die das Fernsehen stiftete. Visionichte und -neffe oder so.

Telefiona schien unter derlei Erkenntnissen allerdings nicht zu leiden. Sie genoß ihren Gewinst, den sie aus dem Verhältnis zu Onno zog. Und dieser Umstand führte bei Onno zu einem Schwall von Solidarität, die er plötzlich Händchen gegenüber empfand. Zwar ohne Bringschuld, doch Onno gehörte nicht zu denen, die weiterfahren, wenn sie nachts auf der Straße jemanden liegen sehen.

Als Fiona sich gehorsam ins Bett verabschiedete, sagte auch Onno Tschüs. Er kommt ja gerne später wieder, aber jetzt will er erst mal seinen Kater pflegen. Nein, sie braucht ihn nicht rauszubringen. Weiß ja, wo's lang geht. Er raucht nur eben noch auf.

Doch Onno rauchte noch eine weitere, und dann schritt er an die Balustrade und schaute Tibor zu, der seine Falle aufbaute, zuschnappen ließ und beharrlich wieder aufbaute. Er schaute Tibor zu, doch achtsam genug, daß er ggf. durch einen schnellen Schritt rückwärts würde unter dessen steiler Perspektive wegtauchen können.

Onno war niemand, der weglief – jedenfalls erst dann, wenn es so dringend geboten war, daß es genauso gut zu spät sein konnte. Das war oft so, er verstrickte sich in etwas. Irgendwann stellte er dann fest: Oha, da hab ich mich in was verstrickt, nech. Andererseits war es aber auch oft so, daß Onno irgend was einfach nur stur nicht wollte. Woraufhin er sich dann eben auch nicht darein verstrickte. Wann aber welcher Fall eintrat, das unterlag einer nur außersinnlich wahrnehmbaren, wenn nicht außerirdischen Willkür. Das einzig Berechenbare an Onno war seine Unberechenbarkeit. Dem wild randalierenden Gartenzwerg zum Trotz ging er die Treppe hinunter. »Moin«, sagte er.

Händchen blickte sich überrascht um. Sagte aber nichts, sondern baute die Falle wieder auf und ließ sie wieder zuschnappen. Dann suchte er mit den Augen nach der Nadel, bückte sich und hob sie auf. Sagte, ohne sich umzudrehn, kalt wie Nachtfrost: »Hast du eigentlich gar keine Angst vor mir, Digger?«

»Und du vor mir?« sagte Onno.

Händchen schnaubte. Keineswegs verächtlich, sondern Onnos Witzmut anerkennend.

»Zum Beispiel, daß ich dich schlagen könnte?« erläuterte Onno.

Falle schnappte wieder zu. Nadelsuche, Bücken, Aufheben.

»Im Tischtennis«, sagte Onno, »zum Beispiel. Oder Fang den Hut. Oder Gummitwist.«

Gehört hatte Händchen nur von einem, und mit der totalen Gewißheit des siegreichen Wettkämpfers sagte er: »Das wirst du noch bereuen ...«

Es ging ein nur sehr sanfter Wind, und an der großzügigen Hangnische, in der die Tischtennisplatte stand, wehte er gar noch tangential vorbei. Auf der Suche nach Netz, Schlägern und Bällen wurde Händchen in dem Häuschen fündig, das er mit der Nähnadel bombardiert hatte. Onno holte aus der Küche einen feuchten Lappen und wischte die Platte penibel sauber. Die Schläger waren unter aller Kanone. Einer hatte einen etwas dickeren Offensivbelag, der andere abgewetzte Langnoppen. Klar, wer welchen wählte.

»So, du Pansen«, sagte Händchen. »Ist dir eigentlich klar, wie viele Stunden ich in meinem Leben mit Tischtennis verschwendet hab? Im JuZ in Aalkoog, im Heim, im Knast, in der Therapie? Ich sag's nur, Diggär. Nicht, daß du hinterher sagst, ich hätte dich nicht gewarnt, Diggär.« Jetzt schon spürte Onno, wie Händchen die Depressionsschlacken abzuschütteln begann – durch die pure Aussicht, Wut in Bewegung zu wandeln.

Sie spielten sich warm. Anfangs schmetterte Händchen jeden Ball, den Onno ihm zuspielte (und es gab einen ganzen Eimer voll) – zudem mit einem Overkill, als schlachte er ein Schwein. Der Außennoppendrall schien ihn überhaupt nicht zu stören.

Schließlich sagte Onno: »He. Ich bin nicht dein Sparringssack.« Danach hatte sein Gegner es kapiert, und sie versuchten gemeinsam, den Ball geschmeidig zu halten. Zwischen den Schlägen federte Händchen immer mal wieder auf eine lichte Höhe von zweiachtzig, lockerte die Hüften und schleuderte den Arm wie einen Windmühlenflügel. Kein Anzeichen davon, daß er seit vierzig Stunden wach war. Onno hingegen fühlte sich wie das, was er war: ein alternder, verkaterter Mann.

Schon beim Einspielen war nicht zu verkennen, daß Händchen nicht gebluft hatte. Sein Stil ähnelte Raimunds: Topspin mit trotz mangelhaften Belags extremer Rotation, starkes Stellungsspiel bei langen Bällen, Allrounder mit bisher schwer auszumachenden Schwächen. Und etwaige Angabentricks würde er natürlich erst im Spiel offenbaren.

Schwieriges Amt. Technisch war Onno bei weitem unterlegen. Höchstens, daß Händchen bei längeren Unterschnittpassagen ungeduldig werden würde. Um zu gewinnen, würde Onno dessen Moral brechen müssen. Ihm den Spaß verderben. Kurzspielen, trotz der Reichweite. Plattblocken. Zu Tode schupfen. Zunächst das Spiel stören, dann das Spiel zerstören, dann Tetropov zerstören, bis er sich voller schwarzer Lust selbst zerstörte. Ein Gemetzel.

»Woll'n wir?«

»Fang an, Diggär.«

»Nix.« Onno legte den Ball auf den Tisch, preßte die Zeigefingerkuppe drauf und ließ ihn drunter hervorschnellen. Nach einem Dezimeter Schlittern Richtung Netz faßte der Rückwärtsdrall Fuß, und der Ball rollte gemächlich kehrt Richtung Tischkante. Unterhalb fing Onno den Ball mit beiden Händen auf, trennte sie dann und schaute Händchen an. Händchen wählte die Linke und gewann den ersten Aufschlag.

Händchen tänzelte ein bißchen, federte zwei-, dreimal in die Höhe, spielte ein bißchen Pingpong mit sich selbst, indem er den Ball zwei-, dreimal zwischen linker Hand- und Schlägerfläche hin- und herprallen ließ, und dann stellte er sich weit nach außen in den spitzesten Winkel, warf den Ball sehr hoch, irritierend hoch, und zwiebelte ihn im richtigen Moment mit der Rückhand exakt diagonal über die Platte, und zwar nach Kick-drop-Art, so daß das Biest auf dem äußersten Plattenquadranten auf- und wie ein Dumdumgeschoß wieder absprang. Und das auf Onnos katastrophaler sog. Vorhandseite. Onno reichte erst beim Sechs-Null überhaupt mal mit dem Schläger dran, wobei der Ball allerdings kerzengerade in den Himmel funkte. Beim Acht-Null brachte er ihn erstmals zurück, so hoch, daß Händchen ihn mit dem Spaten tothauen konnte. Händchen verschlug eine Angabe (»ßaaaaaa!« dachte Onno) und gewann den ersten Satz folglich nur elf eins.

Seitenwechsel. Scheinbar humorlos machte Händchen immer wieder die gleichen Angaben. Doch Onno beschwerte sich weder über Humorlosigkeit noch über etwaigen Hochmut, der aus der Trainingsstundenattitüde sprechen mochte. Emotionslos lernte er, und nach dem Drei-Null versuchte er zum ersten Mal in seinem Leben mit ausgestrecktem Arm eine Vorhand. Und stellte sie gleich so flach wie möglich – wie das Querruder eines Flugzeugs beim Start –, so daß Händchen seine Angabe auf der gleichen, diagonalen Bahn erstattet kriegte. Und zwar im gleichen Tempo, so daß Händchen noch nicht ganz fertig war mit der langen Rückhandaufwärtsbewegung, die er zum Anfeilen benötigte.

»Super, Diggär! Drei-eins. Eins-drei. Aufschlag Diggär.«

Onnos Aufschläge aber stellten für Händchen nach wie vor kein Problem dar, und entweder verwandelte er gleich die eigenen Rückschläge in Punkte, oder er zwang Onno zu immer höheren Rückgaben, die er dann mit ansatzlosen Schüssen in Punkte verwandelte. Und nun, kaum daß Onno die schrägen Kick-drops zu erwidern gelernt hatte, führte Händchen Flipaufschläge ein, die er auch erst wieder lernen mußte. Oder deutete die langen Diagonalen an, so daß Onno entsprechend Aufstellung nahm, spielte dann aber eine ganz kurze *longline*, so daß Onno selbst mit Händchens Siebenmeilenstiefeln nicht mehr rangekommen wäre. – Zweiter Satz elf zu eins. Und wenn bis hierher jemand gehofft hatte – Onno selbst, zum Beispiel –, er könne das Spiel noch drehen wie montagabends im Günther-Jauch-Gymnasium, dann wurde er eines anderen belehrt. Verlor auch den dritten Satz. Diesen zu null. Falsche Liga.

»Revanche, Diggär?«

»Nee laß mal«, knurrte Onno. »Ich versteh die Tischtennisregeln hier in Cala Llamp nicht.« Zu seiner eigenen Verblüffung stellte er fest, daß er sich gedemütigt fühlte. Zumal sein linkes Ohr noch, als sie schon oben auf der Terrasse saßen, pfiff wie ein Teekessel von dem freundschaftlichen Klaps, den Händchen ihm wie vorsichtig auch immer verpaßt hatte, und dies ungeschehen zu machen, wäre der Gartenzwerg der letzte gewesen, der dazu in der Lage wäre.

[30]

So agil Tetropov soeben noch gewesen war, hier sackte er förmlich zusammen. Begann zwar, manisch mit dem rechten Fußballen zu wippen, doch neun Zehntel der Spannkraft schienen schier verpufft. Oder stauten sich in Venen und Arterien. Die Ader, die seine Stirn teilte, warf einen Schatten.

»Wo ist die Kleine, Digger? Wo ist die Kleine?« Seine Gesichtsmuskeln arbeiteten.

»Hat sich schlafen gelegt.«

Und dann schleppte Händchen eine neue Flasche Torč an und ein Heftchen Koks. Schenkte sich in das klebrige Glas vom Vorabend ein. Onno lehnte ab.

»Ist gesund, Digger. Echt. Ingwerbasis. Ingwer ist gutes Zeug. Thailand-Kay war Kobraboxer in Bangkok, ist siebenmal gebissen worden, einmal in die Zunge – der war schon zehn Minuten klinisch tot –, aber die Thai kennen ein geheimes Gegenmittel auf Ingwerbasis. Echt, Digger.«

»Ich box heut keine Kobra«, sagte Onno.

Händchen schnaubte. Fragte kein zweites Mal. Trank.

Seine Körpersprache wirkte ganz anders als bisher. Als versuche er, sich zu verringern. Weniger Luft zu verdrängen. Wie jemand, der sich im vollbesetzten Bus schmal macht. Für jemanden von Tibors Ausmaßen ein tragischer Versuch.

Es war, als täte es ihm leid, daß ausgerechnet Onno un-

235

ter sein Ein-Mann-Rollkommando geraten war. Gleichzeitig mußte ihm bewußt sein, wie übertrieben das wäre – es war um einen Celluloidball gegangen, nicht um Leben und Tod. Und wenn ihm das also bewußt war, blieb nur die Schlußfolgerung, sein Körper drücke das aus, was sein Körper ausdrücken würde, wäre es um Leben und Tod gegangen.

Trank Torč, schnupfte Kokain, und redete. Verknüpfte Reepe mit seidenen Fäden, verdrillte Garottendraht mit Ochsenziemern, verflocht Stahlseile mit Galgenstricken und Peitschen mit Hanf. Und doch entstand ein Netz. Er ist süchtig, ja und? War schon immer süchtig. Schon als Kind, da war er verrückt nach Autoabgasen. Abgase schnüffeln. Hat ihn high gemacht. Später war er süchtig nach Blut, nach seinem eigenen, zuerst, später auch nach anderem. Nicht gesoffen oder so. Quatsch. Aber sehen. Riechen. Fließen spüren. Tränen sind für Pussys, Bluten ist geil. Schwemmt all den Dreck raus. All den Dreck raus, Digger. Schwemmt den Kloß im Hals raus.

Bluten ist geil, aber süchtig kannst du nach allem werden. 'ne Zeitlang ist er süchtig danach gewesen, die Pflasterkleberückstände auf der Haut abzurubbeln. Schorf abzupulen. Süchtig nach dies, süchtig nach das, Diggär. Als er zehn war, Diggär, hat er auf der Straße gelebt, hat er dreißig Zigaretten am Tag geraucht. Und jede zweite auf der Innenseite des Unterarms ausgedrückt. Eymen auch. Eymen, Aslan, Timmy … alle. Sie waren die Narbenbande, die, aus der später die Hamburger Aale hervorgegangen sind. Ist dir 'n Begriff, Diggär. Hier, kuck dir das an. Er legte seine Handgelenke aneinander, nach außen rotiert, und zeigte verblaßte Nester von Brandwunden, zeigte den Stacheldraht, die Disteln und Grannen von Messer-, Scherben-, Dosenschnitten auf der Pulsseite seiner Unterarme.

Im Hip-Hop-Takt mit der Stahlbürste auf den Handrücken klopfen, wer zuerst aufgibt, hat verloren.

Er weiß noch, was für'n Gefühl das war, als er mal mit'm Fahrrad verunglückt ist, da war er fünf oder sechs, da war er irgendwie in die Speichen geraten, frag nicht wie, das ganze Fleisch aufgeschlitzt, und blutete wie ein geschlachtetes Schwein, und da trug Onkel Bogdan ihn durch eine Kindermenge, die da vom Spielplatz am Aalkooger Bodden herbeigelaufen ist, zu seinem Wagen, um ihn ins Krankenhaus zu bringen, und da, keine Ahnung, Diggär, wie die da alle gafften und erschrocken waren, das war'n Gefühl, Diggär, keine Ahnung, und er hat ganz laut gerufen: Jaa, jetzt kuckt ihr, wa? Und da war er plötzlich nicht mehr so neidisch auf Aslan und Oktay und Oliver und alle, die noch 'ne richtige Mutter hatten, war sie auch noch so versoffen, verhurt oder verblödet.

Da war er noch klein und schmächtig gewesen, erst mit neun, zehn hat er den ersten Schub gekriegt, Wahnsinn, zwölf Zentimeter in einem Jahr, und den zweiten Schub dann mit fünfzehn, sechzehn, von einssechsundachtzig auf zwei Meter, Diggär. Wütend gewesen auf seine Mutter. Weil sie besoffen war, als sie ihren Jaguar an den Brückenpfeiler auf der A5 genagelt hat. Und auf Tante Votze, weil sie bis heute behauptet, er sei schuld an Mamas Tod, weil sie auf dem schnellsten Weg zu ihm ins Krankenhaus wollte – er ist angeblich vom Klettergerüst gefallen. Das einzige, was er als Andenken von ihr hat, ist ein Zettel, auf dem sie eine Anweisung für den Babysitter geschrieben hat. Keine Ahnung, woher er den Zettel hat. Der war eines Tages da. Onkel Bogdan hat ihm den gegeben und gesagt, hier, das ist die Handschrift deiner Mutter, und seitdem schleppt er den Zettel immer mit sich rum, als Talisman. Erinnern kann er sich kaum an sie. Es gibt keine Fotos von ihr. Sie soll unwahrscheinlich schön gewesen sein. Das schönste Callgirl Deutschlands. Eins mit Stil. Eine Lady. Waschechte Kokotte, keine Fuffzig-Euro-Nutte, Diggär, du kennst den Unterschied. Naturgeilheit.

Onno sah ihn an, während ihn Tetropov anstarrte. Tetropovs Augen loderten schwarz, und ohne zu blinzeln wippte er mit dem Fußballen, und obwohl Onno nicht erkennen konnte, ob Tetropov ihn wirklich sah, wußte Onno, er mußte zeigen, daß er alles aushielt, was man ihm erzählte – *alles* aushielt, wie der Findling eines Hünengrabs.

'türlich hat er auch schon mal Männer gefickt, Diggär. Denkst *du* denn. Im Knast? Zwei Jahre Knast? Knastschwul nennt man so was. Ist meistens nur 'n Machtinstrument. Wird als solches allgemein toleriert. Kein Problem. Kennst den Spruch, Diggär? *Weiber ficken ist was für Schwuchteln.* Aus so'm Film, wie heißt der … Kennst den? Genau! Den, wo sie eine Million Ecstasypillen geklaut haben, und dann dieser Typ, der den einen da mit'm Bügeleisen foltert.

Im Bedürfnis, das Thema zu wechseln, fragte Onno, was denn vorhin losgewesen war.

Vorhin? Was.

Na, vorhin im Wohnzimmer, mit Fiona und dem Computer und so. Mann, ich dachte, ich träum' noch. Ich dachte, Erdbeben oder was.

Ach, Pussys, winkte Händchen finster ab. Fand in der Erinnerung daran, mit welch minimalem Aufwand an Chi er den erheblichen Sachschaden angerichtet hatte – einfach abrupt aufstehen! –, aber doch zu seinem Galgenhumor zurück. Ohne eine Miene zu verschieben, schürte er die Glut in seinen schwarzen Augen. »War bloß 'n bißchen unterzuckert, Diggär.«

Und dann wieder: Puter. Es gibt 'n Videofilm von seiner Klassenlehrerin, Diggär, Ausflug nach Wenningstedt, und da filmt sie die halbe Klasse da vor der Eisdiele, alle sind ungefähr gleich groß, alle bis auf einen, der ragt da 'n halben Meter aus der Menge raus, und alle haben 'n Eis in'ner Hand, alle bis auf einen, und einer ruft: Tibor hat sich 'n halbes Hähnchen geholt!

Puter.

Das war ungefähr das letzte Mal, daß er überhaupt an was teilgenommen hat, Schule und so. Fing dann bald mit Kiffen an und so. Ist dann zu Hause raus. Tante Votze eins in die Fresse und raus. Richtig in die Fresse, Diggär. Bam! Durchgeboxt, Alter. Regelrecht durchgeboxt.

Mit zwölf hat er seinen Dealer abgestochen, Digger. Notwehr. Der hat ihn zwei Jahre lang gemobbt und gefickt, Digger. Hat ihn bis aufs Blut gequält. Regelrecht gefoltert, Zehennagel gezogen und so. Einmal mußte er in 'nen Kantstein beißen, und er hat ihm ins Genick getreten. Hat's überlebt, aber frag nicht wie, Digger. Die Weißrussen haben ihnen das Leben zur Hölle gemacht, Digger. Russen gegen Narbenbande. Kämpfe bis aufs Blut. Bis aufs Blut. Aber als er den Dealer abgestochen hat, Digger, da war endlich Ruhe. Da war endlich Ruhe, Digger. Vierundsechzig Stiche. Er weiß nichts mehr davon. Das letzte, was er weiß, ist, wie der Dealer ihn Votze nannte, und dann hat er nur noch Rot gesehen, und dann erinnert er sich erst wieder, wie er in der Jugendpsychiatrie aufgewacht ist.

Drei Jahre, Digger. 'türlich Therapie. Hat null gebracht. Er hat vier Therapeuten verschlissen, Digger. Und ein' Pastor.

Drei Jahre, und dann raus aus Aalkoog. Bei so'm Kunstheini in so'm Hafenloft gewohnt, ab und zu ein' geblasen, Wohnungsschlüssel, fertig. Auf der Straße verzinkte Maulschellen verteilt, Diggär. Jeden Tag ins Dojo, Diggär, jeden Tag, Diggär. Einmal mit'm Springseil um die Erde. Millionen Liegestütze, Diggär, Liegestütze, bis du Scheiße kotzt. Hammer, Diggär. Fick dich, Diggär ໑ ໖ ໑ ໖. Morgens kalte Dusche, rohe Eier, hundert Liegestütze, Diggär, auf der Faust, einarmig im Wechsel. Gleich nach'm Aufstehn. Als Aal gehst du in die Kampfsportschule oder du gehst unter, Diggär. Is' so. Regelrechte Ausbildung. Wie 'n Soldat. Immer viel Sport gemacht. Immer exzessiv. Eine Saison sogar American Football! Meistens aber Martial Arts. Er hat Onkel Bogdan geliebt, aber dieses Schwammige, Nachgiebige an ihm, das hat ihn immer angeekelt.

Und da gab's so'n Spruch in Aalkoog, den kannte jedes Kind, den sagst du auf, wenn einer ausgewählt wird, zum Jakkeabziehn oder Scheibe einwichsen oder Handyklauen oder so: Tsching, Tschang, Tschong / Aal oder Zähre / Schande oder Ehre, und dann wirfst du 'ne Münze ❧❧❧❧. Aal oder Zähre, nicht Zahl oder Ähre. In Aalkoog sagst du Aal oder Zähre. Und Zähre ist 'n alter Ausdruck für Träne, Diggär. Hat Bimbo Beelzebub später in 'nem Rap verarbeitet, Diggär. Kennst das Stück? Aal oder Zähre / Schande oder Ehre / Galeere oder Gangsta / du hast die Waaahl. Dazwischen gib's nix, Diggär.

Und das war kein Muschilecken, in der Kampfsportschule. Als Neuling bist du grundsätzlich direkt vom Dojo in die Notaufnahme, damit du weißt, wie der Hase läuft. Kommst du wieder: Respekt. Wenn nicht, denn nicht. Bei den Hühnern hast du natürlich Schlag, Diggär. Hammer, Diggär. Wenn die Blut sehn: Milcheinschuß, Diggär. Ist so. Ist Natur. Außer irgendwelche Knistervotzen, die sich lieber von 'nem soliden Appel befummeln lassen. Gab aber kaum welche in Aalkoog. Aalkoog, Alter, Aalkoog – da gilt Blutrecht, Diggär.

Er hat schon allen Scheiß gebaut, den's gibt. War GS, Gewalttäter Sport. Mit den Hamburg Hools losgezogen, Digger. Heidenspaß gehabt. Meistens ist er aber Einzelgänger gewesen. Die andern haben sich immer zusammengerottet, er ist meistens Einzelgänger gewesen. Einsamer Cowboy und so. Er kann übrigens auch Messerwerfen. Ist Ehrenbürger von Solingen. Na ja. Aber wenn ihm nicht dauernd sein Hemppler dazwischen käme, wäre er schon längst 'n ganz Großer im internationalen Sport. Kickboxen. K1. Free fighting. Irgend so was.

Zweieinhalb Stunden lang erzählte Tetropov. Dieser Kontrast zwischen Ruhe, Sediertheit geradezu, und dieser merkwürdigen Spannung und brenzligen Aufmerksamkeit. Die unmerklich ins Unstete übergehen konnte, das wiederum in dicke Adern mündete, die wiederum das Knie antrieben wie ein Mühlrad.

Zweieinhalb Stunden lang gab Händchen Onno mal väterliche Klapse – du bist in Ordnung, Digger, du bist in Ordnung –, mal schaute er ihn mit Sohnesaugen an.

Zweieinhalb Stunden lang hockte Onno da, ohne sich auch nur ein einziges Mal aus dem Rattansessel fortzubewegen. Alle Viertelstunde rauchte er ein Zigarettenstiftchen, und ab und zu nippte er an einem Glas Leitungswasser, das Händchen ihm hingestellt hatte. Sein Magen murrte, und der Gartenzwerg taperte unschlüssig auf und ab. Wenn Händchen zur Toilette ging – »Du rührs dich nich vom Fleck, Diggär« –, schaute Onno auf seine Armbanduhr. Tabaknachschub hatte er bei Handy und Fotoapparaten im Hotelzimmer gelassen. Hatte noch ein paar Fasern und Krümel für max. eine Stunde inkl. Rückfahrt.

Wie von Geisterhand hatte sich der runde Tisch seit gestern abend in die Nischenecke bewegt und den vierten Rattansessel an die Unterkante des Fensters genagelt, das Einblick ins Eßzimmer gewährte. Zweieinhalb Stunden war Onno praktisch eingekesselt gewesen von Tisch und Hüne. Onno wußte tiefinnerst, je weniger er sich rührte, je länger er aushielt, desto einfacher wäre der Abgang, falls Wachablösung durch Fiona nicht früh genug erfolgte. So hockte er seinen Gegner nieder.

»So, ich geh jetzt mal ins Hotel. Wird ja bald wieder dunkel.« Das war übertrieben – es war halb sieben –, aber Onno schaute demonstrativ in die graue Bucht, die von flauschigen, aber nur allzu dicken Wolken belagert wurde. Es war keineswegs warm, aber schwül. Blind starrten die Wohnwaben aus dem beige-grauen Karst und grau-grünen Gebüschel da drüben herüber. Eine Möwe kreischte, als würde ihr jede Feder einzeln ausgerissen.

Tetropov zögerte nur kurz, Onno gehenzulassen. Seine Miene war böse und flehentlich, und das Narben-Y auf der rechten Wange schien zu glühen. Die Stirnader warf ihren Schatten, zusammengesackt saß er da, die Augen geschwollen, doch das Knie wippte, als werde es mit Quarz betrieben. »Gut, aber du kommst morgen wieder, Diggär«, sagte er, »und bringst Badezeug mit.«

Als Onno aufstand, prüfte ihn Tetropov ein letztes Mal. »Eins noch, Digger«, sagte er, und stierte ihm schwarz ins Gesicht. Seine Mutter, Digger. Will er wissen, was das einzige ist, woran er sich richtig erinnern kann?

Klar.

Das einzige, woran er sich erinnert, ist, wie sie ihm immer den Mund und das Gesicht abgewischt hat, wenn er sich bekleckert hat. Hat ihr Taschentuch, das nach tollem Parfüm roch, Diggär, mit ihrem eigenen Speichel befeuchtet und dann sein Gesicht damit saubergemacht. Der Geruch, Diggär. Der Geruch von der Spucke seiner Mutter im Gesicht, und ihr Parfüm, Diggär.

Schwarz, mörderisch stierte Tetropov Onno ins Gesicht. Sein Fußballen wippte, doch all die andern schweren Muskelstränge wackelten völlig entspannt im Takt.

Und Onno wußte *genau*, was er zu tun hatte. Auf Anhieb. Intuition.

Er nahm das Dargereichte an. Hielt dem seltsam entleibten, halluzinatorischen Fleh- und Drohblick stand. Nickte. Wissend. Zweimal, oder zweieinhalb. Drehte dann den Blickwinkel auf vier Uhr und gestand mit brüchiger, doch rauher Stimme – wobei er versuchte, nicht allzu dick aufzutragen –: »Njorp ... Ich zum Beispiel, ich hab 'ne Phobie. Ich bin Phobiker, Dicker. Ich mach mir in die Hosen, wenn ich Hühnerköpfe sehe. Geschweige Hahnenköpfe.«

Nun senkte Tetropov den Blick auf vier Uhr, und während ein Lächeln der Dankbarkeit, ja Seligkeit, der frivolen Verschmitztheit und Erleichterung in seine Gesichtszüge ausschwärmte, stand auch er auf und zog Onno an seine Brust, preßte ihn kurz an sich, daß Onno unwillkürlich ein »Uff« entfuhr, küßte ihn links, rechts, links, rechts, und sagte, hau ab, Diggär. Schlaf gut. Und versetzte ihm einen Klaps auf die geprellte Schulter, diesmal von hinten.

[31]

Und wieder aß Onno einen Burger im Casa Maria, und dann ging er auf sein Zimmer, prüfte das Handy – kein Anruf, weder von Edda noch, erstaunlicherweise, von Queckenborn – und schaltete Agora TV ein. Doch noch vor Beginn der Show schlief er ein, und diesmal schlief er zwölf Stunden – zwar war er ein- oder zweimal pinkeln gewesen, doch war es fraglich, ob er zu dem Zweck ein Lid mehr als nötig gehoben hatte –, und erwachte am Morgen des Samstags, den 1. Mai (Ultimo Fiskus verstrichen), gegen 9:00 Uhr zum Plappern des Fernsehers und Rauschen eines Wolkenbruchs, der die schmale Straße vorm Hotel in einen zweistromigen Bergbach verwandelte.

Im Telefonat mit Edda erfuhr er, daß sich die Anarchos in der Schanze, in Kreuzberg und anderswo besseres Krawallwetter nicht hätten wünschen können: Hochsommerliche Temperaturen bis in die Nacht waren angesagt. Sie frühstückte gerade auf dem Balkon, und Onno konnte das Gurren der Tauben in der Leitung hören. »Ich vermiß dich, Neun'neunzig«, sagte Onno, und Edda: »Sprich deutlicher, das klingt immer so billig.«

Und es war gar keine Frage, die er tiefergehend hätte mit sich selbst erörtern müssen oder auch nur wollen: Am Nachmittag saß er den dritten Tag in Folge am Terrassentisch der Villa Tussi. Auch diesmal hatte er das Handy im Hotel gelassen, nicht aber Badezeug und – Raimunds Kompaktkamera.

Es war ungefähr 17:00 Uhr, als ein Helikopter die bereits aufs neue verdichtete Luft über der Bucht aufquirlte. Hochkantig grinsend blinzelte Händchen gegen den Himmel, der, von einer gazeverhüllten Sonne gespeist, diesig leuchtete, und sagte: »Naaa?« Wachsam, doch gelassen wie ein Chamäleon, das sich der Kraft, Schnelligkeit und Reichweite seiner Zunge jederzeit sicher sein kann.

»Was«, erkundigte sich Fiona.

Und Tetropov: »Schickt der 'n Detektiv hinter uns her?«

Onnos Wiederkunft war geradezu pfingstlich gefeiert worden – herzlicher noch als seine Epiphanie zwei Tage zuvor. Er trug die kleine Canon-Digitalkamera am Riemen über der Schulter wie der unschädlichste Touri, legte sie einfach neben der von Fiona auf dem Tisch ab, und weder Fiona noch Tibor Tetropov schienen es registrieren zu sollen für auch nur niedrigstgradig vonnöten zu halten. Weder machten sie die harmloseste Bemerkung, noch warfen sie auch nur einen Blick.

Zum Auftakt hatte es Blätterteigpastetchen nebst Kaffee gesetzt, und währenddessen hatte Fiona einen Farbausdruck aus dem Haus geholt und Onno strahlend vorgelegt. »Ist der«, schnurrte sie, als habe sie das Motiv grad an einer Schießbude auf dem Hamburger Frühjahrsdom erlegt, »nicht süß?«

Eine Art Nager im Winterschlaf nämlich. Harmloser als ein Topflappen. M. a. W.: Onno. Augenlider geschlossen, Mund geöffnet. Sein Nacken mit der Lehne des weißen Sofas auf Gehrung, und von dahinter strahlte die Leselampe des Deckenfluters in die Linse. Dieses Gegenlicht zeitigte zwei Effekte:

Erstens milderte sich das Grelle des Sonnenbrands, zumal

im Zusammenwirken mit dem üblichen fünftägigen Salz-und-Pfeffer-Bart.

Zweitens einen billigen Nimbus, der ohne die Strahlung der Augen allerdings jeglicher echten Aura entbehrte. »O Gott!« sagte Onno, ehrlich bestürzt.

Händchen lachte glucksend, und dann begann er – den gestrigen Katzenjammertag ausblendend, als sei er nie gesche-hen – mit der weiteren Nachlese des vorgestrigen Abends: Genußmittelverbrauch, Onnos »mangelnder Grip« zu vorge-rückter Stunde, Highlights des Sprücheklopfens.

Unterdessen machte Fiona »einen Shoot«. (Jedesmal, wenn Fiona »Shoot« sagte, dachte Onno: Schut. Karl May, Der Schut. Und: Hadschi Halef Omar Ben Hadschi Abul Abbas Ibn Hadschi Dawuhd al Gossarah. Im Sommer 1964 hatte er nicht nur den Roman verschlungen, sondern zusam-men mit Raimund und dessen Eltern von Wilhelmsburg bis in die Mönckebergstraße zur Uraufführung des Kinofilms fahren dürfen [in einem elfenbeinfarbenen Opel Rekord A, dessen zuckerstangenhafter Tachometer vom Gelblichen ins Rote schlierte, wenn Hermann Böttcher auf über 100 km/h beschleunigte!], und noch heute konnten sowohl er als auch Raimund den Namen von Hadschi Halef Omar Ben Ha-dschi Abul Abbas Ibn Hadschi Dawuhd al Gossarah herun-terrattern wie im Sommer 1964, als sie per Stoppuhr geprüft hatten, wer es schneller brachte. [Raimund; Onno hatte ihn allerdings im durchaus nicht unbegründeten Verdacht, ganze Silben zu verschlucken. Wohingegen Raimunds Theorie war, Onno lasse das R am Ende zu lang rollen. Hadschihalefo-marbenhadschiabulabbasibnhadschidawuhdalgossarrrrrrah.] Und schon damals war übrigens klar, wer von beiden Lex Bar-ker würde und wer der ewige Ralf Wolter.) Während Tibors Laudatio auf den Humor Ottos (der völlig vergessen hatte, daß er jene standfeste Youporn-Amazone als Ostfriesin iden-tifiziert hatte) hockte Fiona auf Tibors Knie und spielte mit ihrem Fotoapparat herum – ebenfalls einem aus der Kompaktklasse. Knipste eine Nahaufnahme nach der anderen, bis es ihm lästig wurde und sie ihn zur Strafe tief und glitschig küssen mußte. Und dann, dann mußte Otto knipsen. Otto aber zierte sich. Herrisch griff Fiona nach dem Apparat und drückte ihn Otto in die Hand. Und so entstand jenes recht dynamische Motiv, in dem Tibor sein Händchen unter Fionas zagen expoponierten Pareo schob, während sie auf seinem Knie ritt sowie – alles gleichzeitig – an seiner Zunge leckte, seine Familienjuwelen nachzählte und in die Kamera schielte. Kuck mal, *ich* hier, jahaa!

Und dann löste sich das parodistische Gestöhne in pseudoverlegenes Gekicher auf, und Fiona tönte: »Was meinst du, was die HEZ für so'n Foto zahlen würde!«, und seither herrschte eine mediterrane Stimmungsmischung aus Angeregt- und Gelassenheit am Tisch. Die jungen Leute turtelten und schnäbelten, daß es die reinste Freude war. »Tibor und Fiona, zwei Namen wie aus 'ner Operette, nech«, sagte Onno zum Entzücken letzterer, und dann mußte Onno niesen – »Tf. Tf. Tf.« –, und Händchen bölkte: »Was war das denn, Digger! Wie schwul ist das denn!«, und so, doch dann machten Onno und Fiona einen Fehler.

Noch allzu aufgedreht, tupfte Fiona übriggebliebene Schuppen Blätterteig vom Teller auf, und während sie sich die von der Fingerkuppe lutschte, machte sie »Mmmmmmm« und schmatzte: »Mami hat immer spitzenmäßigen Kuchen gebacken. Spitzenmäßig. Sie war 'ne Hippietrine erster Güte, aber Kuchenbacken, das konnte sie. Als ich noch nicht zur Schule brauchte, haben wir ein halbes Jahr in Goa gelebt – phantastische Zeit. Strand so weich und weiß wie Zucker, Palmen, türkisfarbener Ozean, und dann brachte sie immer diesen selbstgebackenen Kuchen mit an die Beach, mit all den tausend indischen Gewürzen gebacken … hallo? Das war das Paradies!«

Und Onno, in einem allzu dösigen Moment: »Meine auch. Ihre Spezialität ist Kalter Hund. Zum Verrücktwerden.« Doch als er einen innigen Blick mit Fiona tauschen wollte, bemerkte er an ihren bereits niedergeschlagenen Augen, daß Tetropov wieder mit dem quarzbetriebenen Kniewackeln begonnen hatte.

Loderndes Schweigen und das rhythmische Rascheln des Hosenbeins – und ein mehrfaches Schniefen, als er sich die erste Nase des Tages reinzog –, das war alles, was von Tibor die nächste halbe Stunde zu hören war. Aber er ging nicht weg. Zäh versuchte er, durch das Loch in seinem Herzen zu atmen. Versuchte heroisch, den Aufruhr in seinen Venen niederzuringen. Onno vermied es, Blickkontakt zu ihm zu suchen, während Fiona drauflos plapperte wie Scheherazade.

Doch als jener Hubschrauber ums Steilkap herumkurvend in die Lufthoheit über der Bucht eindrang – blauschillernd wie eine Libelle, unterm Bauch Skier zur Wasserung –, machte Händchen ebenjene Bemerkung. Die sich auf die Option bezog, Fionas Gönner könne einen Thomas Magnum im Helikopter zwecks Beschattung engagiert haben.

Und Fiona, übermütig vor lauter Erleichterung, daß Tibor wieder ins Gesellschaftsleben zurückkehrte, sagte, eine Nuance zu weit daneben, als daß Händchen auch darüber noch hinwegsehen konnte: »Ach Quatsch. Dafür ist der viel zu geizig. Keine Bange.«

»Bange, Diggär?« Händchen gluckste und puterte. »Willst du damit sagen, daß der den längeren Schwanz hat oder was? Wer hat hier die Eier, Diggär. Glaubst du, ich hab Angst vor so'ner ausgelutschten Pussy wie Queckenborn? Oder was? Oder was willst du damit sagen, Diggär?«

»Neinnnn …« Fiona greinte.

»Glaubst du, ich mach das ganze Versteckspiel wegen *dem* mit?«

»Nein. Nein. Ich –«

247

»Das wollt' ich dir aber auch geraten haben. ›Keine Bange‹, ich glaub, es hackt. Bin ich 'ne Pussy oder was?«

»Nein, nein ... ach, Schatz –«

»Ich glaub, es hackt. ›Keine Bange.‹ Ich sitz hier auf der Scheißinsel rum und langweil mir die Eier weich, weil ich Schiß vor so'ner Pussy wie Dick Dödel hab, oder was. Weil ich mir jeden Morgen in die Boxershorts piesel, daß Dick Dödel auch ja nicht mitkriegt, daß ich seine Mieze knall, Diggär?« Das Puterglucksen uferte aus.

Onno spürte, *wenn* Händchen vor etwas Angst hatte, dann Fiona anzusehen, ins Auge zu sehen – Angst davor, etwas Grelles zu sehen, das ihn blenden könnte. Oder daß ein Blitz seine Blut-Hirn-Schranke zerfetzte. Tetropovs chamäleonische Ruhe war dahin, und ohne sie brach sich die Spannkraft ungut Bahn. In zerhackten Zyklen der Fußballenwippe. Hin- und Herwiegen. Blickamplituden, die den gesamten Mittelmeerhimmel abmaßen. Lockerungsübungen für die jederzeit zu verkrampfen drohenden Muskelstränge im Nacken. Es war, als bändige ihn nur noch der Rattansessel. Der hatte sich dem, in dem Onno saß, angenähert wie unter Einfluß eines Poltergeists, und Händchens Ellbogenknochen, ungefähr so groß wie Onnos Knie, nur härter, mahlte sich isotonisch durch Onnos Oberarmfleisch bis auf den -knochen. Noch ein, zwei Minuten, und der lila Pudel wäre schwarz.

Glücklicherweise katapultierte das Chi Tetropov vorher aus dem Sessel. Dessen Lehne wiederum in *diese* Panoramascheibe einen Riß riß. Fiona schrie auf, Händchen, im Killertangoschritt, verschwand eine Etage tiefer.

Diesmal faßte sie sich rasch. Atmete zwei-, dreimal durch. Tupfte Tränen aus Luft von den Wangenknochen. Dann, als gelte es, keine Zeit zu verlieren, sagte sie: »Ich pack jetzt meine Badetasche, und dann gehen wir baden, ja?«

Und Onno?

Zuckte die Schultern. Und nickte.

Kurz darauf führte sie Onno durch den Patio. Noch vorbei am Fuß der Wendeltreppe, die zum Parkplatz hinaufführte. Rund zwanzig Schritte weit zwischen mannshohen Grundstücksmauern hindurch, die bergabgewandte Seite weiter Richtung Bucht. Über eine kurze Brücke, die Zugang zu einem verglasten Fahrstuhl bot – offenbar auch den beiden nächstgelegenen Villen. Damit fuhren Onno und Fiona abwärts.

Hineingesprengt und -gegossen in die Küstenklippen, erwartete sie ein Betonplateau mit vier Einstiegsleitern wie in einem städtischen Naturbad. Außer ihnen nutzte es niemand. »Zu kalt, wahrscheinlich«, sagte Fiona. Möglich. Es war ein wolkiger Tag, der nur kurze Phasen aufstrahlenden, wärmenden Sonnenlichts zuließ. Onno glaubte allerdings eher, daß die umliegenden Villen einfach noch nicht bewohnt waren. Für so was hatte Genosse Millionario wenig Zeit. Mußte seinen Geldspeicher grubbern etc.

Onno ging zur nächsten Leiter und schaute ins Wasser. Fragte: »Gehst du rein?«

Fiona zog die Schultern hoch. »Und du?«

»Das geht gleich tief runter, nech?«

»Ja, ja! Stehen kann man hier nicht!«

»Tja, denn … ich kann nicht schwimmen, öff, öff. Nichtschwimmer.«

»Wie niedlich panne ist das denn? So was gibt's?«

Fast hätte Onno ihr gestanden, daß er außerdem Nichtradler war, Nichttänzer und Nichtkugelstoßer. Aber wozu.

Fiona fröstelte; sie suchten sich ein windschattiges Plätzchen, wo sie ihre Handtücher ausbreiteten, und Onno schaltete auf Standby-Modus – doch Fiona schloß Mund und Augen, und trotz sorgenvoll pulsierender Halsschlagader schien sie irgendwann eingeschlafen zu sein.

Onno hatte sein T-Shirt anbehalten. Grund genug war die Witterung, aber er hätte es auch anbehalten, wenn er ins Wasser hätte gehen können. Hätte es mit der Gefahr weiteren Sonnenbrands erklärt. Wollte in Wahrheit aber vorsichtshalber vermeiden, seine Schulterprellung zu zeigen.

Nach einer Stunde erhob Onno sich und taperte ein wenig auf und ab. Die Wolken hatten sich verzogen, und im vorabendlichen Westlicht der schwachen Sonne bekam das Wasser eine schöne, klare Farbe. Onno dachte an die weitere Planung – wenn sie denn noch galt, nach dem Streit: Zunächst hatte es nach Port d'Antratx gehen sollen, zum Essen, für den Absacker dann nach Portals Nous bzw. Puerto Portals. Ganz schönes Hin und Her, doch nicht so schlimm wie Fionas Idee. Sie hatte eine Sause nach El Arenal vorgeschlagen – »voll trashig, wär doch voll lustig, keine Ahnung, voll mal den Ballermann machen, wenn wir schon mal hier sind« –, doch Händchen hatte angewidert abgewinkt: »Dreck, Diggär, Abschaum, Diggär. Ohne mich.«

Zutiefst abgesoffen in Sehnsucht nach und Vorfreude auf Edda, stand Onno da am Rand des Plateaus und starrte in den mit schaukelnder, tödlicher Fluidität gefüllten Abgrund, Karst, Schwämme, wehendes Meerjungfrauenhaar in türkisfarbener Sphäre … ein ellenlanger Barracuda, der in Zeitlupe mit dem Schwanz wedelte … und da geschieht es: Nichtflieger Onno fliegt. Ganz schön weit fürs erste Mal.

Als Kanonenkugel im Zirkus bist du ja mental vorbereitet auf jene Katapultkraft, die dich ab einem bestimmten Sekundenbruchteil unwiderstehlich befördert. Onno hingegen ist so überrascht, daß er schon wieder gerettet ist, bevor er in Panik ausbrechen kann. Schnelle Reflexe und flache Affekte schließen sich keineswegs aus, und deswegen vermag Onno zwischen dem Stoßächzen unmittelbar nach dem Abschuß und dem Eintauchen noch reichlich Atemluft zu hamstern. Dann sortiert er erst mal die Eindrücke.

Akute: Eisschock, heiß wie Feuersbrunst. Kiloschwere Klamotten. Schrumpfgeschwindigkeit Skrotum Mach >1. Gliedertaubheit. Haare schwer zu Berge. Gehörschotten dicht. Via Schädelknochen Geblubber.

Jüngst vergangene: ein Schnauben im Nacken. Vier, fünf Druckpunkte im Schultergürtel – die konzentrierte Abschußgewalt. Chi. Ein spitzer Schrei: »Niiicht!« Flug, Sinkflug, Wasserung, Untergang.

So weit etwa war Onno in der Registratur vorgedrungen, als er wegen der gespeicherten Luft im Thorax und dem Salzgehalt des Wassers aufging wie ein Korken. Und gleich darauf schlug eine 132-Kilo-Arschbombe neben ihm ein (jetzt, im April, wog sie noch vier Kilo mehr als später im August), und schon fühlte er sich rücklings gepackt. Spürte einen mittelhart gepumpten, rugbyeidicken ›Bizep‹ am Hals, geschmeidig vom Salzwasser. Spürte seinen oberen Rücken dito auf Muskeln gebettet und das Steißbein auf einer Art Kalmar, fest und weich zugleich. »Bleib ruich, Diggär«, hörte er. »Finger wech, ich hab dich zu fassen, Diggär.«

Zwischen Enkeltöchter- und Mütterlichkeit hin- und hergeworfen, fummelte Fiona die ganze Zeit der Rückkehr ins Haus an Onno herum. Oh-nee- und ő:::-Orgien. Zog ihm im Fahrstuhl das Leibchen über die Rübe, und noch bevor er protestieren konnte, hatte er's geschehen lassen. »Was ist das denn!« rief sie aus; »das ist doch nicht eben passiert, oder?«, und Händchen: »Bist unter die U-Bahn gekommen, Diggär?«, und Onno erwähnte einen heftigen Zusammenprall mit seinem TT-Doppelpartner Tage zuvor. Händchen sagte nur: »Mensch, du klapperst mit den Zähnen, Diggär, da wird 'ne Flamencotänzerin geil bei.«

Trotzdem mußte er sich erst Händchens Erfolg anschauen – der dessen Stimmung abrupt gedreht hatte –, bevor er im Haus in einen weißen Bademantel schlüpfen durfte. »Hier, Diggär, siehste? Schönes rundes Loch.« In der Tat. Wie ein Einschußloch kleinsten Kalibers. Hinter der Scheibe hing

an einem Stück Angelsehne der Schnuller eines blauen Luft-
ballons, der Rest in Fetzen.

Immerhin bescherte Onno dieser Zwischenfall die Recht-
fertigung, das Essen in Port d'Andratx ausfallen zu lassen.
»Muß mir trockene Klamotten besorgen.« Sie machten einen Zeit- und Treffpunkt an der *Ma-1A* aus, wo sie in die
Ma-1 überging, und dann fuhr Onno nach Cala Fornells
zurück, ins Hotel Casa Maria, ordnete seine Eindrücke und
stellte fest, daß er für den parapornographischen Schnappschuß nicht Fionas Kamera, sondern Raimunds genommen
hatte.

Und die Wahrheit war: versehentlich. Denn eigentlich hatte er sich schon dagegen entschieden, als er sie – bei seiner
Ankunft – auf den Tisch gelegt hatte.

[32]

So daß er während ihres abendlichen Ausflugs die ganze Zeit
erwartete, daß Fiona oder Händchen ihn auf den in *ihrem*
Speicher fehlenden speziellen Shoot ansprachen. Taten sie
aber nicht.

»Na, wie war's in Port d'Andratx?« hatte Onno gefragt,
nachdem er in den Porsche Mammut zugestiegen war. Schon
wieder dicke Luft, und Fiona sagte düster: »Wie in Düssel-
dorf.«

Händchen sagte gar nichts.

»Ich hatte St. Petersfisch mit fritierten Zwiebeln und Pa-
prika in Öl, und Tibor hatte mallorquinische Sepia. Ganz
lecker«, fügte sie mit einer Trauer hinzu, die wieder diesen
Knuddelreflex in Onnos großväterlichen Synapsen auslöste.
»Ja, es *war* langweilig«, sagte sie, als habe Händchen darauf
nur gewartet, und als er immer noch nichts sagte, fügte sie
hinzu: »Mir ist kalt.«

»Kalt? Wir haben zehn Uhr abends«, sagte Händchen daraufhin, »und das sind noch achtz'n Grad draußen, Diggär.«

»Hier drinnen ist es kalt«, sagte Fiona. Falls sie anstrebte, durch gespielte Patzigkeit ein Signal der Erleichterung zu setzen, daß Tibor wieder mit ihr sprach, traf sie den Ton genau.

»Dann knips dir doch«, sagte Händchen, »das Mösenstövchen an.«

»Das hallo was? Geht's noch?«

»Die hallo Sitzheizung, du Schaf, Diggär.«

Und schon war das Eis wieder gebrochen. Fiona kicherte. »›Mösenstövchen‹! Wie süß ist das denn! Du Sau!«

Es war dunkel hier draußen in den Bergen. Der Asphalt war vorbildlich plan und gaukelte bessere Bedingungen vor, als es gab; in Wirklichkeit war die Straße eng und überaus kurvig, und schnellte man eine Kuppel hinauf, dann ins Ungewisse. Das bleiche Orange der hohen Zwillingslaternen bot nur die nötigste Vorschau. Schilder schrieben als Höchstgeschwindigkeit achtzig km/h vor, doch Händchen reizte die Möglichkeiten so aus, daß sein Fahrstil so grad eben noch nicht zum Rallyemodus deklariert werden mußte. Die Mittelstreifen reflektierten das Scheinwerferlicht, ebenso wie der durchgehende Seitenstreifen, und sobald Händchen die Riffelung mit den 255er-Pneus seines Mammuts berührte – also alle Naslang –, gaben sie einen sägenden Warnton von sich.

»Hast du gar keine Angst, daß sie dir den Lappen abnehmen?« fragte Onno, und Händchen puterte, »welchen Lappen, Diggär!«

Dann begann die Autobahn, und Onno atmete auf. Blaue Schilder wiesen die Richtung, Palma und Portals Nous. Zunehmend belebten Irrlichter und Farbe die Finsternis der jungen Nacht. Die Ausstrahlungen der Laternen waren gelber, aus den Bergen funkten Leuchten von Fincas und Villen. Mehr kleine rote Heckaugen, näherrückend, mehr große weiße Frontaugen, entgegenrasend. Gegen die schwachstrahlende La-Palma-Korona hinterm Berg zeichneten sich Zypressenumrisse ab. SOS-Säule, Katzenaugen auf den Leitplanken, 300 m, 200 m, »biegen Sie rechts ab«, so die »Navi-Nutte« (Fiona – nur weil Tibor von »erotischer Stimme« gesprochen hatte). Schilder: Costa del Planes, Portals Nous, und schließlich Port de Portals.

»So nennt sich der mondäne Yachthafen unterhalb der Siedlung Portals Nous«, las Fiona im Funzellicht der Binnenlampe aus dem Reiseführer vor. »Er zieht alle an, die sehen und gesehen werden möchten, auch Spaniens Königsfamilie; die Liegeplätze sind die teuersten der Insel. Dazu paßt der Hafenboulevard mit seinen Edelboutiquen und Nobelrestaurants wie dem ›Carmen‹ – schade, daß wir schon gegessen haben. Ach nee, hier: Ohne Tischbestellung geht eh nix.«

Onno war gebürtiger Stulle-Pulle-Typ, und »für waam« reichte ihm im Prinzip irgendein Quatsch mit Soße. Nicht, daß er deswegen nicht eine Art scheeler Bewunderung hegte für den Feinschmecker, Weinkenner, Hobbykoch. Oh, das Universum der Düfte und Aromen, und oho, all die erotischen Assoziationen! Ah, die Kochkunst, und aha, der ganze genießerische Überbau!

Weil igitt, das Gegenteil. Wer zugab, daß ihm eine Delikatesse wie zum Beispiel ein Salzwiesenlamm den Buckel runterrutschen konnte, gab zugleich alles zu, alles von leichter Stieseligkeit bis hin zu schwerer Impotenz – das war Onno vage, aber durchaus bewußt. Gut: Kürbissuppe mit Garnelenspieß, Blattsalat mit Orangen-Vinaigrette und Roquefort-Nocken, Spaghetti mit Miesmuscheln, Barolo-Schmorbraten mit frischem Grünkohl sowie karamellisierten Kartoffeln und schließlich Marzipan-Parfait mit Ananas-Kompott? »Jawohl«, tönte dabei selbst ein Onno Viets. »Gut!« Doch den gleichen Genußwert bescherten ihm, ehrlich gesagt, drei bis vier Würstchen mit Senf. Nur schneller.

Wenn er selbst mal den Kochlöffel schwang – selten genug (»Zum Glück«, so Edda mir gegenüber flüsternd am Telefon) –, dann für Edda. Für Onno bedeutete Essen in erster Linie Kraftstoffzufuhr. Notdurft, mit Verlaub. Daß sein Stoffwechsel dreimal pro Tag das gleiche Gequengel anstimmte, empfand er als Niedertracht der Schöpfung. Niemand hatte ihn bei seiner Geburt gefragt, ob er damit einverstanden wäre – warum auch noch dafür begeistern? An manchen Tagen bereitete ihm die Nahrungsaufnehmerei so viel Freude wie dreimal Reifenflicken.

Insofern hatte Onno Probleme, die Szenerie da im Carmen richtig einzuordnen, als die Hamburger Kombo den wie frisch gefeudelten Kai entlangschlenderte, rechter Hand Yachten, linker Hand – hinter einer Reihe haushoher Palmen – das Gehäuse des Restaurants. Ein edler Alu-Glas-Pavillon auf Natursteinsockel, dessen Niveau zu entern drei tiefe, aber flache Stufen im Eingangsbereich einluden, ebenso indirekt ausgeleuchtet wie das ganze Terrarium. Im Innern des großzügigen Schaukastens alles schwarzweiß. Runde Tafeln mit bodenlangen weißen Tischdecken, komplett ausgelegt mit blinkendem Besteck und funkelnden Gläsern, schlanken und bauchigen, Salz- und Pfefferphalli und transparenten Minaretten voll lumineszierendem Essig und Öl. Sanft entflammt herrscht Stearinlicht, und kerzengerade sitzen schwarzgekleidete junge Frauen graugekleideten alten Männern gegenüber, die's sich auf ihren Geldbeuteln bequem machen. Genausoviele schwarzweiß gekleidete Kellnerinnen und Kellner, wenn nicht mehr, durchschweben das Diorama. Halten Flaschen und Karaffen gegen's Licht. All die gedämpfte Aufregung, all der Aufwand, die Feierlichkeit – da kann's doch nicht nur um Nahrungsaufnahme gehn!

»Geht darum, Macht zu zeigen, Diggär«, versetzte, recht unerwartet, Tetropov voller edlem Ekel. »Um Ficken. Geht *immer* nur um Ficken, Diggär. So oder so. Fickst du *mich*, fick ich *dich*. Oder: Du mich ficken? Fick dich selber! Oder: Fick dich, oder *ich* fick dich. Und so weiter, Diggär.« Sein Timbre war so bitter, daß Onno Sodbrennen bekam.

»Was«, wimmerte Fiona, »hast du denn jetzt schon wieder!« Indem sie an seiner Hand einhertrippelte, wirkte ihr enges gepünkeltes Sommerabendkleid um so kindlicher. Tetropov trug einen wie angegossen sitzenden hellen Anzug und ein enges, aber nicht zu enges dunkles T-Shirt. Und verdammt noch mal, ich kann's mir lebhaft vorstellen, Onno seine besten ALMOS-Jeans, sein bestes Karohemd und seine besten Gummistiefel. (Öff, öff.) The Lurch, Lolita und I-Aah auf Ausgang. Wer betreute hier eigentlich wen?

Der Duft nach frisch gegossenen Blumen mischte sich in die gedämpfte Musik von hier, von da; gedämpftes Gelächter von Land- wie von Wasserseite. Dunkel schunkelte der matte Glanz der chromblitzenden Yachten. Lady Alexander. Stili di vita. Idleness Jersey. Glory Days. Free Fall II. Yosh Valletta. Samba pa ti Hamburg. Shoshanna London. In flagranti Hamburg. Deutsche und britische Flaggen, auf jedem dritten Schiff mindestens ein Zweiertrupp Putzleute.

Die Kaistraße entlang schleicht ein Jaguar mit colorierten Scheiben.

Rolex. Arias. Adesso due. Farrutx und andere Animateure des täglichen Millionärsbedarfs. Im Vorübergehn schaute Onno in ein goldschnittgerahmtes Speisekartentabernakel – Hummer mit »gehäuftem« Kartoffelpüree 34,50 Euro. Im Coolio's gluckten die blondierten Schnepfen in ihrem natürlichen Habitat. Ein Gartenlokal, britische Männerrunden, und dem Vibrato der Wortführer entnahm man die fortgeschrittene Stunde. Ein Geschoß höher sah's alles ein bißchen gediegener aus. Unter festlichen Trauben von Lämpchenbeeren junge, liquide Männer, beleckt von hochbeinigen Geschöpfen auf kurzen Stelzen, deren Haarniagaras aus tausendfach gestriegelter Naturseide auf die Edelsteiße niedertosten; das

Rascheln der baumwollenen €uros wie ein nächtlicher Wind-
hauch, den man bis hier herunter ans Kai roch.

Als er sich als erster anschickte, die Straße zu überque-
ren, machte Onno eine Beobachtung. Vor einer Yacht, auf
einem dekorativ behauenen Felsbrocken am Fuß einer Palme, deren Rippen von einem Bodenscheinwerfer angestrahlt
wurden, hockte ein braungebrannter, sehniger Mann in den
Vierzigern und rauchte eine Rakete von Zigarre. Er trug nur
Badelatschen und Khakishorts, und sein Oberkörper war mit
monochromen Motiven tätowiert, die Onno im Zwielicht
nicht zu erkennen vermochte. Was er erkannte, waren ein
baumelndes Goldkettchen und auf den Knien Stern-Tattoos.
Je drei Zacken verdeckte je ein Ellbogen, auf die der Mann
sich vorgebeugt stützte.

Was Onno noch tagelang elektrisierte, waren die pantomi-
mischen Honneurs, die Tetropov mit dem Raucher tauschte.
Tetropov lockerte den dschungelherrischen Tigerschritt für
ein, zwei Takte. Drehte sich um fünfundvierzig Grad zu ihm
und beugte für eine Sekunde den Kopf. Zeigte sein rassiges
Lächeln und die offene Rechte. Sagte also stumm soviel wie:
Unter uns Pfarrerstöchtern. Respekt. Schönen Abend. Und
ich, tja, was soll ich machen – Hühner brauchen Auslauf. Und
der da ist ihr Yorkshire. Schon ein bißchen fadenscheinig.

Und auch der andere öffnete seine Rechte, ohne daß die
Zigarre aus dem Finger-V fiele, und nickte ernst. Dem Alters-
gefälle entsprechend weniger geschwätzig. Ich weiß, ich weiß.
Schönen Abend, schönen Abend.

Oben, in der Hopper's Bar, traute sich Fiona die Frage zu
stellen, deren Antwort Onno bereits auf den Nägeln brannte.
»Wer, ich mein', was ist das denn für einer da mit der Zigarre?
Kennst du den?« Er war von der Empore aus, hier oben, gut
zu sehen, da unten.

»Nee«, sagte Händchen. »Ist aber Russe. Seh ich. Hat sich

seine Lebensgeschichte auf den Body tätowieren lassen. Machen die oft so. Sterne auf der Brust heißt: ranghoher Boß. Und hat Sterne auf den Knien, Diggär. Heißt so viel wie, er würde niemals vor jemandem auf die Knie gehen. Und da kannst du Gift drauf nehmen, Diggär.«

»Russe? Ach so, *Russe*! Ach du Scheiße, echt?«

Das Hopper's war voll wie ein Flüchtlingsboot, doch Händchens Charme effizient. Wann immer ein Theken-Hocker – zwei davon mit voreiligen Unmutsäußerungen – rücklings jene unnachgiebige Verdrängungsmasse gewahr wurde, unterm grellen Strahl von Händchens Lächeln wurde er Wachs.

Der erste war ein überfeinerter Meister Proper mit Mohrenohrringen. Stumm, aber überschwenglich bejahte er durch einfache Folgeleistung Händchens Frage, ob er nicht schleunigst mal wieder zum Ponyschneiden müsse.

Der zweite war ein lauter, breiter Wiener unter grauem Pudel und senffarbenem Schnauzer. Ausflügler aus El Arenal. Sprach, sich angerempelt fühlend, im Ton einer gestopften Trompete über die eigene Schulter: »Konn i Eahna hölfn?« Erblickte dann allerdings Händchens Halsstamm. Und einen Adamsapfel, der rasche Erkenntnis zeitigte. Und hob, abrupt ermüdet, den torčgetränkten Blick. Spermatrübes Augenweiß.

»Du hast doch garantiert 'n Schlagring mit Svarowsky-Steinen«, sagte Händchen aalmäßig vorbildlich prononciert – *gäräntiät, Schlächring* – und mit grandiosem Grinsen. »Stimmt's, Diggär? Kauf ich dir ab.« Dann langte er in seine Hosentasche. Blätterte in einer fetten €-Kladde und zupfte unter des Wieners Nase einen Fuffi heraus, mit prophylaktisch universell gekränkter, effeminierter Geste.

Der Schnauzer ganz Senf, schmatzte sein Eigner sprachlos.

»Mann, bis du hart«, sagte Händchen. *Häät.* »Hart wie 'n Hühnerauge!« Seufzte, pflegte den Fuffi wieder ein, blätterte daumenmäßig weiter und zückte einen Zehner. Rot wurde der Wiener. Händchen stopfte achselzuckend auch den Zehner ins Bündel zurück, und als er Fiona fragte: »Hast mal 'nen Euro, Süße?« – Silber und Kupfer galten im Milieu als Restmüll (und ein Portemonnaie übrigens als Armutszeugnis) –, kapierte der k. u. k. Kanzler. Flatterte, kapitaler Sperling, Richtung Ausgang.

Und die Frauen? Einige schienen kaum zu registrieren (oder es kümmerte sie wenig), daß ein Hecht in den Karpfenteich eingedrungen war; zwei, drei zogen ihre Partner angst- und ahnungsvoll von dannen – und umgekehrt. Doch gab es auch etliche … Wenn es nicht der Wahnsinn war, was sich in ihren Pupillen widerspiegelte (oder die gesamte Evolutionsbiologie), dann allemal ein Eisprung. Wie hatte doch, möglicherweise unter spontanem Einfluß von Vaginaneid, Albert Loy in der *Roswitha Bar* gesagt? »Kuck mal, wie die da steht! Der rinnt doch grad die genetische Fitness in die Pumps!«

Und, im besonderen, Fiona Popo? Ich sehe sie geradezu vor mir. Spielend mit der Zungenspitze am Haken des dünnen Celluloidsyphons, der aus ihrem Reagenzglas voll des blutroten Torčs on crushed rocks emporragte, versuchte sie, nichts als spöttisches Amüsement auszudrücken. Die Extremitäten jenseits der unchristlichen Reichweite ihres Kleides übereinandergeschlagen, signalisierte sie, Händchen jederzeit im Banne ihrer aphrodisischen Aura zu wissen. Doch das Leuchten aus den Untiefen ihres Irisblaus sprach eine noch archaischere Sprache: *Ich*, Ladies. *Ich!* Und ihr legt euch gehackt, ihr Ziegen, meinethalben nackt. Und mit wehenden Negligéschößen und schnalzenden Strapsen fuhr eine Göttinnenimago in ihr Ego wie der Teufel in Miss Jones.

33

Es kam zu keinerlei Schlägerei. Händchen f***te sie nur.
F***te sie mit dem Blick. Sie alle, Männer, Frauen, all die
Hoppers, alle wie sie da waren. Eine virtuelle, autokratische
Vergewaltigungsorgie. Gang Bang Reversed.

In seinem Hotelbett brauchte Onno etliche schlaflose
Stunden, um herauszufinden, woran ihn die sterile Leere unterhalb der aufgewühlten Brust erinnerte: an Enttäuschung.

Woran hatte es gelegen, daß die beiden einen Narren aneinander fraßen?

Während jener schwarzmagischen mallorquinischen drei
Tage hatten Händchens Arme immer wieder Onnos Blicke
auf sich gezogen. Die Innenbahnen seiner Unterarme, ver-
ziert mit der Stacheldrahtzeichnung der Ritzungsnarben,
doch durch die mesopotamischen Adern mit um so trotziger
strotzendem Leben gespeist, Adern, die via Pulsdeltas in jene
Hände münden, denen Händchen seinen Ruf verdankte. Die
Hügel der Bi- und Trizepse. All die formschönen *Flexor polli-*
cis longus, Flexor carpi ulnaris und *brachialis, Brachioradialis,*
Coracobrachialis …

War er, so fragte sich Onno amüsiert, auf seine alten Tage
schwul geworden wie Mutter Berta? (Was für ein Clou! Vor
seinem geistigen Ohr hörte er schon sein eigenes Outing im
Tre tigli. »So, Sportsfreunde. Achtung, Achtung. Ich glaub',
ich werd' Waldfee. Jawoll, Kam'raden: Mich hat der Flamin-
go gebracht. Öff, öff.« Und dann EPs Reaktion, so was wie:
»ßaaaaaa! Eröffnet dies nicht neue Berufsfelder? Modeschöp-
fer? Bürgermeister? Zitronenjette?«)

Oder hatte er eine seinerzeit verhunzte Phase der Pubertät
wiederholt? Vorübergehende Regression in die frühkindliche
Allmachtsperiode?

War vielleicht die alte, nie so recht eingestandene Sehnsucht nach einem Bruder aufgeflammt? Onno liebte seine drei Jahre ältere Schwester sehr, doch mit Raimund brüderlich zu konkurrieren, war sie nun mal schwerlich imstande.

War die anthropologische Mordlust in ihm aufgerührt worden? Wie einschlägige Fachleute war auch Onno überzeugt, daß selbst Gandhi-Reinkarnationen zum Totschlag fähig wären.

War es eine Art spontaner Schulterschluß gewesen, angeregt durch Stallgeruch? Hatten sie sich erkannt, ohne die gemeinsamen Feinde auch nur zu benennen? Waren das Wilhelmsburg der Fünfziger und das Aalkoog der Achtziger vergleichbar?

Wer liebt, ist erpreßbar – hatte Händchen für Onno den mächtigen Bewahrer des Gleichgewichts von Liebe und Würde verkörpert?

Oder war Onno demokratiemüde geworden? (Zwischendurch, nur mal so als Frage: Hatten ihm Meister Proper und der k. u. k. Kanzler eigentlich gar nicht leid getan?) War er einer Reminiszenz an die Bud-Spencer-Philosophie der Siebziger aufgesessen? War es freundlicher Neid auf ein anderes Leben gewesen? Hatte er auch nur mal den strammen Max mimen wollen? Hatte er einen Obelixkomplex? (*Wenn* Onno als Kind in einen Zauberkessel gefallen war, dann war Sirup drin gewesen.) Hatte er klammheimliche faustische Freude genossen? Oder eher romantische Anwandlungen: der edle Wilde?

Vielleicht war jeder bloß von den angestammten Mitteln des jeweils anderen fasziniert gewesen? Verfügte der jeweils andere über das, was ihm in seinen kühnsten Träumen immer gefehlt zu haben schien – so kühnen Träumen, daß er sie bisher nie zu träumen gewagt hatte?

Prickelnd war es fraglos gewesen. Es war auf bisher ungekannte, auf beängstigend selbstverständliche Weise erregend gewesen, das Halbweltstrio aus Gangster und Tussi und geheimnisvollem Dritten zu komplettieren. Auf der anderen Seite zu stehen. Ein anregendes Spiel mit der Vorstellung, dorthin zu *gehören*. An Händchens Seite gab's zusätzlichen Spielraum, einen Überschuß an Freiheit, Partizipation an atavistischer Macht – die er alle drei, bitte, nie jemals in Anspruch zu nehmen sich erleben möchte, das nicht. *Nur* die Chance war sexy, nicht ihre Nutzung. Tibor Tetropov also das sinistre, ordensbruderschaftliche Gegenstück zur Institution des Anstandswauwaus?

....
(Raum für sonstige Interpretationen)

(Loben wir doch eine Handvoll Punkte für richtige Antworten auf den obigen Fragenkomplex aus: 0–15 Punkte: Onnobanause, 16–29 Punkte: Onnokenner, 30–40 Punkte: Onnoexperte.)

Wochen nach der Mallorca-Affäre, draußen auf dem Lande, sagte Onno: »Manchmal hab ich das Gefühl, er war mir nur deshalb sympathisch, weil er mit meinem Lieblingssport die Initialen teilt, 'ch, 'ch, 'ch ...«

Vielleicht hatte *all* das eine Rolle gespielt, wer weiß das schon. Was aber ganz gewiß eine Rolle gespielt hatte, war, daß Onno seit langem mal wieder überhaupt eine Rolle gespielt hatte – jenseits der des Hartz-IV-Empfängers. (Zumal es Onno selbst vorgekommen war, als wäre er mal jemand anders. Als wäre er tatsächlich der Charakter in der Scharade, den er mit prosaischsten Mitteln Tibor und Fiona präsentierte. Die, da sie nicht nachfragten, willig daran mitbastelten. Und zwar an dem Rätsel, nicht an der Lösung. Denn bei alldem war es eben gerade das, was ihm selbst gefiel: das *Rätselhafte*. Es war noch alles offen.)

Auf der nächtlichen Rückfahrt das erste Grillenzirpen, das sie auf der Insel gehört hatten.

Knappes, aber herzliches Zwischen-Tschüs an der Stelle, wo Onno zugeladen worden war.

Schöner konnte ein offizieller Abschied nicht werden. Wie auch.

Onno hatte die beiden weitgehend im unklaren gelassen, wann genau sein Rückflug ging, und am Sonntagmorgen rief er Fiona an und sagte: »So, ich flieg nach Hause.«

Eeecht? Ooooch! Wir hätten dich doch zum Airport gebraaacht! usw., und Onno: »Ich muß doch eh das Auto abgeben.«

Ein bißchen Geplänkel, »wir telefonieren, nech«, und das war's: das letzte Mal, das er mit ihr je sprechen sollte.

Clip 3/4

Länge: 03 min. 56 sec.
Aufrufe: 598.612
Bewertung: *****

Bei diesem Clip ist das Bild wieder relativ klar. (Besitzer eines höherauflösenden Monitors erkennen, hauchschwach wie das Wasserzeichen in einem Briefbogen, eine statische, rosafarbene Schlierenschnecke. Dagmar hatte den Camcorder rund fünf Minuten lang ausgeschaltet – fünf Minuten, in denen der Hüne seinen mörderischen Furor ein wenig abkühlte; fünf Minuten, in denen Dagmar die Linse auf seine Anweisung hin mit Evian, Speichel und Papiertaschentuch vom Blut der weißen Schäferhündin säuberte – sowie, dito, die rechte Brusthälfte des Hünen.) Allerdings ist die Tonspur stummgeschaltet. Dagmar vermutete später, sie habe sie versehentlich deaktiviert. Doch konnte sie sich nicht erinnern, sie wieder aktiviert zu haben – wiewohl in Clip 4/4 ganz normaler Ton zu hören sein wird. Der Blinde hingegen gab an, deutlich vernommen zu haben, wie der Hüne ihr den Auftrag zu beiden Vorgängen – Ein- wie auch Ausschalten – explizit erteilte.

Wäre nicht unplausibel. Da er die nächsten Minuten ganz offensichtlich ausschließlich seine Dermatographie gefilmt haben wollte – und zwar diesmal *en detail* –, schwebte dem Hünen vielleicht vor, man möge als Filmmusik später beispielsweise Bimbo Beelzebubs *Eingebor'ner Sohn* drunterlegen. (So, wie es der Webmaster dann getan hat.) Wäre weißgott nicht unplausibel.

264

Die Tataukultur des Südseeraums umfaßt zumeist Ornamen-
te und Verzierungen vor allem des Gesichts. In Europa und
US-Amerika herrscht jeweils die Sammlung kleiner, stilistisch
und inhaltlich inkonsistenter Motive vor. Die Meister des Irezumi und Tebori im alten Japan bevorzugten großflächige, oft
Ganzkörpermotive mit legendenhaft erzählten Tableaus.

Auf der Hauthülle des Hünen hatte »###« sich sämtlicher
Traditionen bedient (Hans Nogger später: »Postmoderne
goes Hemppel«) – und dazu noch biomechanische, Comic-,
Trompe-l'Œil-, westliche Trash- und sonstige Elemente ein-
geflochten, teils vignettenhaft, teils geradezu wimmelbild-
weise. (Ich habe mir Clip 3 mindestens dreidutzendfach angeschaut und jedes Mal neue Details entdeckt. Die folgende
Beschreibung konzentriert sich jedoch auf die wesentlichen.)
Außerdem wandte er über die Dermis-Punktierung hinaus
Techniken des Piercings und Brandings und der sog. *body
modification* an.

Vermutlich in enger Kooperation mit seinem Auftraggeber
legte »###« die Vision eines humanoiden Wesens zugrunde,
das kannibalistische, diabolische, echsenhafte, vogelähnliche
u. a. Züge trägt. In diese Matrix setzte er Seelenfensterchen,
die in harmonischem Reigen Einblicke auf Schlüsselfiguren,
-szenarien und -symbole aus dessen Mutationsgeschichte gewähren. Manche davon wie in einem kitschigen Museum mit
Nomenklaturschleifen versehen. So der Masterplan, wie er
sich dem aufmerksamen Betrachter darstellt.

Ein wenig zittrig und wacklig – meist allerdings nur dann,
wenn der Zoom betätigt werden mußte, wenn der Zielwin-
kel das Gewicht des Apparats oder ihres eigenen Körpers
zu verlagern zwang, sowie etwa bei der Halbkreisfahrt vom
Rücken zur Front – scannte Dagmar Teil für Teil die gesamte bemalte, lebende Skulptur; beschleunigend hier und
da, da und dort verweilend. (Wobei ihr jeweiliger Beweg-

grund, so oder so zu handeln, recht willkürlich erscheint.)
Die visuelle Rundreise beginnt bei den Fersen. (»Satanischen
Fersen«, wie *him666* kalauert, einer der 598 612 User von Clip
3.) Man verfolgt, wie einer kleinen Lache aus Blut (zweierlei
Blut, doch dunkel das eine wie das andere) eine Echsenhaxe
und ein Satanshuf entwachsen und in kräftige Waden und
Schenkel übergehen, wobei Risse im werwölfischen Satansfell
bahnweise rohes Muskelfleisch und blankes Gebein freilegen.
(Durch den durchgehenden Schweißfilm wirken die Farben
in der Haut nur um so intensiver.) Der linke Oberschenkel-
knochen verwandelt sich in eine Halswirbelsäule, auf welcher
der feiste Schädel eines unverhohlenen Anton »Büffel« Buv
steckt, gefangen in der linken Hinternkugel. Der Kiez-Olig-
arch züngelt anuswärts. (Auf seiner Stirn hat er zwei echte,
dicke Pickel – offenbar weitere Mückenstichmale.) Neben
der Hüfte die untätowierte Handfläche des Hünen, der den
nach wie vor im Maulkorb steckenden, mit Rot getränkten,
vor Rot tropfenden Kopf der weißen Schäferhündin zwischen Daumen- und Zeigefingerkuppe an der Spitze eines
Ohres hält.

Die Fläche der anderen Gesäßhälfte ist die einzig verblie-
bene größere Hautpartie ohne Tätowierung. Es gibt dort nur
eine ganz offenbar abrupt beendete, grobe Skizze eines weiteren Porträts. Und ungefähr in Höhe der Stirn jener unidenti-
fizierten Person jenen realen Schnitt, der seither blutete.

Wie sodann ein brutaler Zoom offenbart, beherrscht
braunrotes Gefieder Taille, Rücken, Rückseite der Arme und
Schultern. (Gespickt von einer Spreu Vignetten, u. a. eine
trollhafte »Fiona« im Burlesquekostümchen; eine gewisse
»Minka«; »Eymen«, Aal; ebenso »Pimmel-Paule« und die beiden Todesopfer, der Dealer und der Widersacher Buvs; usf.)
Die Schulterblätter präsentieren, gerahmt von Federn, je ein
größeres Porträt: rechts das eines »Onkel Bogdan«, wie die
gewundene Nomenklaturschleife informiert; links das einer

»Mutter Berta« (wiewohl mit piratenmäßiger Augenklappe, unverkennbar Albert Loy).

Das Kameraauge gleitet über die momentan faltenverworfene Zielscheibe im Nacken, über die Hirnstruktur des puren Schädels, windet sich um die verknorpelte Ohramputationsstelle herum und zieht das Gesicht in die Totale. Implantierte Teflonhörnchen, Hirnwalnuß, Ringe statt Brauen, Waschbäraugenhöhlen mit starrer Iris, die nun zweimal untot zwinkern wie eine Bildstörung, zernarbte, mückenstichige Wangen, Nase mit subtiler Schnabelanmutung, Kannibalenknochen, an dem, vom Träger unbemerkt, wie Eiklar ein Sekret zappelt. Woran nun auch der letzte Betrachter erkennt, wie stark die innere Bewegung des Hünen sein muß – selbst wem bisher entgangen ist, daß er in Zwölf-bis-fünfzehn-Sekunden-Zyklen erschauert; wem bspw. die Gänsehaut auf Mutter Bertas hoher Stirn unter der Lauchwurzelfrisur entgangen ist.

Er hat den Mund zum zahnlosen Grinsen geöffnet, die Zunge wie geschwollen; vom rechten Bogen der Unterlippe blutet's immer noch schwach, doch stetig, so, wie wenn man sich an einem scharfen Grashalm verletzt hat, auf dem man einen Hahnenschrei nachgeahmt. Das Blut rinnt aufs schuppengepanzerte Kinn und tropft davon herab – vorbei an dem vorpickenden Kopf eines Haushahns, den der quasi transparente Adamsapfel beherbergt –, tropft teils vorbei an dem Wilson-Football des rechten Bizeps, tropft teils auf die vorgewölbte rechte Brust. Deren Warze ist die überdimensionale Warze an der rechten Brust einer nackten venezianischen Kokotte mit langschnabeliger Vogelmaske. Die Nomenklaturschleife besagt: »Mama«.

Ab jetzt folgt die Kamera der Spitze des Dolches, den der Hüne wie einen Zeigestock benutzt (wobei auch noch einmal recht eindrucksvoll die B-U-M-M-Beschriftung auf den Fingergliedern in Szene gesetzt wird, desgleichen die kunstvolle

Fassung der drei blauen Punkte überm Daumen), die rechte Flanke abwärts. Schweift über eine ins Sonnengeflecht geprägte Hexenvisage mit abwärts mäandernder, gespaltener Zunge, die den Bauchnabel in die Zange nimmt. Der Bauchnabel bildet den 3-D-Kern einer Eichelrückseite. Diese *glans penis* sitzt am Ende eines Phallus, der durch *Branding* bzw. *Carving* modelliert wurde (= Brandmarkung; Verbrennung zweiten Grades durch vorgeformtes, erhitztes Stahlplättchen). Dieser Phallus teilt die Wurzel mit der des herabbaumelnden Aals und des schlammfarbenen Beutels mit den Schlangeneiern.

Oberhalb der rechten Lende, plastisch in den Taillenschwung des *Obliquus externus* integriert, greift eine klunkerbesetzte Greisinnenhand mit Hexennägeln (Nomenklaturschleife: »Tante«) nach dem Phallus. Weiter abwärts schweift die Kamera – rechter Oberschenkel, Knie, Schienbein (Satanspelz, Echsenpanzer, Löcher mit grobem Fleisch und Mark und Bein) – und wieder aufwärts: linkes Schienbein, Knie, Oberschenkel (dito). Schweift über den gefüllten Maulkorb sowie schließlich die zweite klunkerbesetzte Greisinnenhand mit Hexennägeln (Nomenklaturschleife: »Votze«) sowie wiederum die Hexenvisage.

Und endet schließlich in der Herzgegend. Dort tippt die Dolchspitze des Hünen auf die Nase Onno Viets': Augenlider geschlossen, Mund geöffnet. Über der Stirn einen billigen Heiligenschein. Ein heiliger, harmloser Nager im Winterschlaf. Nomenklaturschleife: »Otto«.

Während jener dermatographischen Dokumentation stand der Hüne vor der Querkante von Tisch 3, Backbordseite.

Bei dem abrupten, gleich wieder korrigierten Zoom ab Taille hat man – also vermutlich auch der Hüne selbst, ohne daß er eine entsprechende Reaktion gezeigt hätte – kurz einen Fensterrahmen erkennen können. Und darin den schillernden, von Windstärke 1 geeggten Wasseracker der Alster.

Gekräuseltes Wasser ohne auch nur ein einziges Tret-, Ruder- oder Segelboot: Ohne Schatten herrschten gewiß um die 45 Grad Hitze. (Selbst die Wappentiere der Alsterschiffahrt, die Schwäne, hatten sich offenbar ins Schilf zurückgezogen.) Wasser bis an den entsprechenden Abschnitt des Westufers, bestehend aus vier hellgrünen Mopps von Trauerweiden, die sich in eine dichte Reihe von waldgrünen Baumkronen mischen. (Darüber hinausragend das riesige gelbe Stahlstreben-T eines Krans sowie jene weiße Zikkurat – im Volksmund »Affenfelsen« genannt –, in der einst ein großes Verlagshaus residierte.) Und hinter dem Strichcode eines Jollenverleihs sieht man, wie jener grüne Horizontpelz zwischen dem Fischblau des Wassers und dem Dunstblau des Himmels mit Lichtspasmen einer dritten Art Blau beschossen wird, dem Preußischblau des staatlichen Gewaltmonopols, dessen Gefahrenabwehrorgane auch bereits den Zielanleger Rabenstraße besetzen. (Etliche der Fahrgäste konnten übrigens sehen, wie sich von der Kennedybrücke her vorsichtig ein Boot der Wassserschutzpolizei näherte. Inzwischen haben auch die gepiercten jungen Leute die ersten aussagekräftigen Informationen geliefert.)

Von alldem scheinbar unbeeindruckt also hat der Hüne seine Körperbilder abfilmen lassen, und nachdem er dreimal mit der Dolchspitze auf die Abbildung von Onno Viets auf seinem linken Busen gedeutet hat, richtet er sie langsam auf Tisch 4 und schließlich Tisch 5 (der ja bisher noch nie im Bild gewesen war). Dort, in der äußersten hinteren Ecke (Platz D), kauert ein bronzebraun gebrannter, feuchtglänzender Mann mit Baskenmütze, Sonnenbrille mit runden, grünen Gläsern und tiefschwarzem Krausbart, aus dem es schwarz tropft. Der Mann hat trotz der Sommerhitze ein langärmliges T-Shirt an, dunkelgrün und von schwarzgrünen Schweißprielen gefleckt; eine Hand unterm Tisch, und in der anderen hält er ein zitterndes Zigarettenblättchen. Vor ihm, auf dem Tisch, liegt ein blaues Plastikbeutelchen, aus dem Tabakfasern wuchern.

Schnitt. Ende des dritten, knapp vierminütigen Clips.

11:40 Uhr. Nach wie vor Freitag, der 13. August.

Warum Onno untertauchte

*Drei nächtliche Anrufe – Villa Dolan: <u>Blutiger Überfall!</u> –
Ein Sommer auf dem Lande – Rückkehr am 12. August –
Schupf, Onno, schupf!*

34

Sonntag, den 2. Mai, 15:35 Uhr. Flughafen Hamburg-Fuhlsbüttel.

Später, im Telefonat mit mir, schwor Edda, sie habe Onnos
vorübergehende innerliche Veränderung auf den ersten Blick
gespürt. Gespürt schon, als sie ihn hinterm rechten Flügel der
Sichtblende vor den beiden Ausgangsschleusen auftauchen
sah. Nein, nicht aufgrund einer Irritation wegen des Sonnenbrands. Am Gang gespürt. »Sein *Gang* war verändert«, und
als sie ihn »flennend wie ein GIRL-Star« in die Arme schloß,
fühlte er sich so – kalt an. Nein, nicht kalt. Er war lieb, so
lieb wie immer. Aber – kühler? Nein: *gespannt.* Angespannt.
Wachsam. Ach, sie weiß auch nicht. So »unanschmiegsam«.
Verändert eben.

»Herrje«, sagte er, als sie den klimatisierten Terminal verließen, um zum Parkplatz zu gehen, »ist das warm hier!«

Auf der Rückfahrt nach Hoheluft-West antwortete er einsilbig auf ihre Nachfragen hinsichtlich der Reise. Sie kam sich
vor wie eine Journalistin, und so lieferte sie eine entsprechende Parodie. Würde er die Reise als erfolgreich bezeichnen?

Ja, würde er.

Der Gärtner ist nicht der Dieb, geschweige Mörder?

Nein, nein, 'ch, 'ch, 'ch.

Ist sich sicher?

Sicher. Sicher.

Und das reicht dem alten Queck als Auskunft? Und dafür
zahlt er die ganze Reise und noch Honorar dazu?

Tjorp …

Als Edda dann noch Genaueres zu den Modalitäten der
Zahlung zu erfahren trachtete, murmelte er nur noch, für
seine Verhältnisse geradezu unwirsch. Wiederholte, was sie
schon wußte – meine Kanzlei als Abwicklungsbüro, ich könne das unter anwaltlicher Tätigkeit abbuchen, und dann gäbe

ich das Geld, das ich Queckenborn berechnete, ganz einfach ihm, Onno, in bar, und fertig –, und schwieg dann, ohne sich der Mühe eines beschwichtigenden Themenwechsels zu unterziehen.

Sie kannte das. Sie kannte das natürlich seit Jahrzehnten, und sie hatte zur inzwischen probaten Regel gemacht, sich keinesfalls tiefer in Onnos Sumpf einzumischen, als sie ihn notfalls an den Haaren wieder würde herausziehen können.

Zu Haus hatte er weitere Anzeichen von Entfremdung offenbart. Den Riemen der Reisetasche noch über der Schulter, blieb er vorm offenen Wohnzimmer stehen und schaute hinein.

»Was ist«, fragte Edda, mit einem Bein bereits Richtung Küche unterwegs, um Teewasser aufzusetzen. Sie hatte am Freitagnachmittag auf ihre Teilchen verzichtet, um sich je ein Stück Käse-Sahne und Mailänder Mascarpone heute gönnen zu können. Am Samstag hatte sie sich eine stundenlange Putzorgie erlaubt; zur Musik von Robbie Williams, Meat Loaf und Cat Stevens die Blumen umgetopft; sogar die Gehörne und das Hirschgeweih entstaubt und die Miniaturen aus den Setzkästen genommen und mit Seifenwasser abgespült; die waldgrüne Stoffdecke zur Verbrämung der Kuhlen und Löcher in der »Onnomane« (Raimund) bereits am Freitagnachmittag gewaschen und nunmehr faltenfrei hindrapiert, einladend, ja heischend. Und nun stand Genosse Gemahl schweigend da und starrte.

»Was?!« drängte Edda, gewappnet für ein onnoeskes Kompliment. Ein herzhaftes, neckendes Zitat aus *Die Waltons* o. s. ä. Und Onno, blind wie ein Maulwurf, sagt was? »Ist ja nicht gerade Feng-Shui, hier, nech.« Als sehe er die Wohnung zum ersten Mal.

Eddas Perplexität flirrte zwischen Beschämung und Empörung, und ihre jahrzehntelange Übung in Onnomantie veranlaßte sie, ihn vorerst nicht weiter zu beachten. Wenn es etwas Beachtenswertes gäbe, würde es sich eines Tages offenbaren. (Und das tat es dann ja auch.)

Vor der offenen Balkontür blieb er mit demselben Gestus stehen. Starrte auf den tiefschwarz glänzenden Raben, dem Edda ein Vollbad verpaßt hatte. »Und?« sagte er nur, und Edda: »Was ›und‹. Ach so. Na ja. Bringt nicht viel, zugegeben. Vielleicht sollten wir CDs aufhängen und Silberpapier ums Geländer wickeln.«

»Pumpgun«, sagte Onno, und ihre Unkenntnis, daß es eine solche als Wasserwaffe gab, verstärkte ihr Unbehagen. Derartig martialische Scherzchen waren seine Sache eigentlich nicht.

Den gewünschten Kartoffelsalat mit Würstchen vertilgte er undankbar.

Das Ende des *Tatorts* konnte er nicht mehr abwarten, bevor er sich die Köchin vorknöpfte. Bis der Groschen bei ihr fiel, dauerte es ewig; immerhin war es Monate her, daß letztmalig er die Initiative ergriffen hatte, anstatt wie quasi jeden letzten Samstag im Monat sie. Anfangs hatte sie angenommen, er albere nur ein wenig herum – spiele eine Szene aus dem Krimi nach oder so –, doch ab einem gewissen Steigungsgrad ließ die Eskalation keine anderweitige Deutung mehr zu.

Am Morgen des Montags, den 3. Mai, um zwanzig vor acht ging sie bei Onnos Iguanodonkrach aus der Wohnungstür. Auf dem Weg zu *Liliput* verfolgte sie ihr Spiegelbild in jedem geeigneten Schaufenster, um sich zu vergewissern, daß sie noch nicht watschelte.

Vor Jahren schon hatte Onno einmal auf ihre Selbstanklage hin verlautbart, er würde es geradezu begrüßen, wenn sie korpulent würde – ja, seinetwegen gerne gar »dick« –, Hauptsache, »du fängst nicht an zu watscheln, nech«. (Vor dem »Watscheln der Tauben« ekelte er sich, wie sie wußte.)

Und genau diese Faustformel war es, die sie für sich selbst aufgestellt hätte, wenn sie ihr eingefallen wäre. Watscheln markierte definitiv den Übergang zum Selbstwertverlust. Auf ihren sinnlichen Ladytrott war sie stolz. (Nichtsdestoweniger wünschte sie sich sehnlichst ein Fahrrad. Die Strecke zu *Liliput* war um reichlich die Hälfte zu lang, als daß sie sie als angenehm zu gehen empfand, und zu kurz, um den Guano zu bemühen.)

Montagnachmittags (wie auch mittwochs) hatte sie drei Stunden Spielgruppe mit den Zwei- und Dreijährigen, und wenn sie gegen halb sechs von der Arbeit heimkehrte, war Onno gewöhnlich bereits auf dem Weg zum Tischtennis. Das traf sich gut, denn der Montag war der anstrengendste Tag der Woche, und da war sie die ersten Stunden des Feierabends gern ein wenig allein.

Als er vom Après-TT zurückkehrte, schlief sie schon. Ab Dienstag, den 4. Mai, schien er ihr beinah wieder der Alte zu sein, und die Entwicklung setzte sich unter der Woche fort. Er behauptete unaufgefordert, Nick Dolan sei mit seiner Arbeit zufrieden gewesen, und ich, Stoffel Dannewitz, sehe durchaus Entwicklungspotential in puncto Detectei Viets. Zwar gebe es noch keinen neuen Auftrag, doch vorgeblich recherchierte Onno gründlich, ob wenigstens Möglichkeiten zur Fortbildung etc.

Am Abend des Freitags, den 7. Mai, war sie ein wenig traurig, daß sie am nächsten Tag fünfzig Jahre alt werden würde. Bereute zudem heiß, daß sie auch das Ansinnen ihrer Stammfamilie abgelehnt hatte, den Tag mit ihr zu begehen. Der Versuch, diesen besonderen Tag einfach zu ignorieren, *mußte* einer barocken Gestalt wie ihr mißlingen, das war von Anfang an jedem klar gewesen – außer ihr selbst. Onno war sehr süß zu ihr. Versprach ihr einen Nudelauflauf in der Größe einer Paellapfanne aus Villabajo.

Am Morgen des Samstags, den 8. Mai, weckte er sie um

neun Uhr mit Frühstück im Bett samt fünfzig roten Rosen. Gestand aber, daß es am Abend doch keinen Nudelauflauf geben würde. Sang, was er naturgemäß nur unzureichend beherrschte, die ganze Zeit »Es – steht – ein – Pferd auf'm Pflur …«, und auf dem Weg zu ihrem morgendlichen Toilettengang fand Edda ein manufakturneues Damenfahrrad mit vierzehn Gängen, je einem Einkaufskorb vorn und hinten sowie Hupe vor. Felgenchrom erhellte den finsteren Korridor.

Um halb elf begann Onno sie zu drängen, sich für einen sonnigen Tag anzuziehen, und um elf klingelte es an der Tür. Unten stand ein Taxi, mit dem sie zu den Landungsbrücken fuhren. Dort wartete bereits das sog. Nostalgieschiff *Liekedeeler* mit fünfunddreißig Gästen an Bord – dem engsten Kreis aus Eltern und Schwiegereltern, Schwägerin und Geschwistern, Freundinnen und Freunden wie unsereins. (Die Charter betrug 300 Euro pro Stunde, doch der Käpt'n war ein Kunde Raimunds und ihm noch ein Kompensationsgeschäft schuldig, und da zufällig grad ein gut bezahltes Storno hereingekommen war – Familienstreit –, hatte er die Gelegenheit mit Kußhand wahrgenommen.) Es handelte sich um eine restaurierte, knuffige kleine Elbfähre Baujahr 1927, rund fünfundzwanzig Meter lang und fünf Meter breit, mit Salon und hölzernem Sonnendeck samt -segel und Bar – ein Kleinod, das vor Elbschippercharme aus allen Nieten platzte. Auf ihr gondelten wir den Rest des strahlenden Tages durch den Hafen, den Strom hinab bis nach Stadersand und wieder zurück, schlemmten und pichelten und sonnten uns, was das Zeug hielt – ja tanzten sogar –, und mindestens einmal pro Stunde fing Edda »Üfü« Viets zu heulen an.

Sonntag, den 9. Mai: Kater, aber glücklich.

Am Montag, dem 10. Mai, verließ sie um zehn vor acht das Haus und radelte zur Arbeit. Nahm das Fahrrad mit in den engen Korridor, weil sie Angst hatte, es könne gleich am ersten Tag gestohlen werden. Zum Feierabend war Onno bereits beim Tischtennis. Vom Après-TT zurückgekehrt, alberte er noch ein halbes Stündchen herum mit ihr, die bereits hundemüde war und bald zu Bett ins Schnarchexil ging, am Dienstagmorgen des 11. Mai um zehn vor acht zur Arbeit radelte und zu Tode erschrak, als sie bereits eine Stunde später – hier, bei *Liliput* – ihrem Onno ins Gesicht blickte. Es sah entsetzlich aus: Weiß wie Mozzarella schimmerte es unter Pelle und Pixeln vom Mallorcarost hervor.

Frieda hatte sie mitten aus einem Schlichtungstohuwabohu in puncto Beleidigung, üble Nachrede und Rufmord zwischen Leyla P. (4) und Anna-Tabitha Z. (4) gerufen. Onno stand an der Rezeption und sagte: »Komm, mein Engel, wir müssen unsere Sachen packen, schnell. Frag nicht, nech? Ich erklär’ dir alles unterwegs.«

›Mein Engel‹ hatte er sie, seit sie sich kannten, bisher nur zweimal genannt: als ihre Großmutter starb und als ihre beste Freundin verunglückte.

›Frag nicht‹ … Sie wußte es ja längst. Es war ihr längst vage bewußt. *Unter*bewußt.

Es war einfach alles viel zu schön gewesen, als daß es mit rechten Dingen hätte zugegangen sein können.

[35]

So weit die postmallorquinische Woche in Eddas Perspektive. Und in Onnos? Daß dessen Stimmungskurve im gleichen Zeitraum einen ähnlich stetig ansteigenden Verlauf beschrieb – bis zum Absturz –, verdeutlicht ein Vergleich der beiden rahmenden Trainingsabende.

Am Montag, dem 3. Mai – dem ersten Tag nach seiner

278

Landung in Fuhlsbüttel –, hatte Onno jedes Spiel verloren. Er verlor nicht nur sämtliche Doppel, sondern vor allem jedes einzelne Einzel (zzgl. einer Revanche). Von den nackten Ergebnissen her eine Sensation.

Ein Triumph jedoch für keinen von uns übrigen drei. Ja, Raimund, Ulli und ich waren kaum weniger unfroh als Onno. Onno spielte, wie wenn ein erfahrener Kraftfahrer plötzlich bei jedem Handgriff und Fußtritt aufs neue überlegen mußte, wo noch mal gleich Kupplungs- und wo Gaspedal war, ja wo vorne und wo hinten. Er schupfte ungelenk wie ein Dreikäsehoch und schmetterte unkontrolliert wie ein Epileptiker. Sein im statistischen Mittel 90prozentig tödlicher Block rutschte unter die Zufallsrate. Und seine berühmte mentale Kraft und Konzentration? Siehe Gehweg zum *Tre tigli*.

Zu Beginn und Ende jenes unebenen, stolpergefährlichen Trottoirs standen Warnschilder. Wir hatten sie in all den Jahren eigentlich nie so recht wahrgenommen – eben bis zu jenem Montag, als Onno einen der übermannshohen Pfosten rammte.

STOLPERGEFAHR!
Unebener Weg
Bezirksamt Hmbg.-Eppendorf

Angeblich hatte er sich zu sehr auf den unebenen Gehweg konzentriert.

(Was uns umgehend bewog, ein zusätzliches Warnschild zu formulieren:

RAMMGEFAHR!
Unerwartetes Warnschild
Bezirksamt Hmbg.-Eppendorf

Dessen Pfosten folglich so niedrig sein müßte, daß es un-rammbar wäre. Nichts peinlicher für ein Bezirksamt als ein gerammtes Anti-Ramm-Schild! Vielmehr müßte es beim konzentrierten Blick auf den unebenen Gehweg sofort auf-fallen.

Was es allerdings um so weniger täte, wenn man sich *nicht* auf den unebenen Gehweg konzentrierte, sondern auf das Schild wider die Stolpergefahr.

So daß, kurzum, noch vor dem Schild wider die Rammge-fahr folgendes Schild erforderlich wurde:

STOLPERGEFAHR!
Niedriges Warnschild
Bezirksamt Hmbg.-Eppendorf

Vor diesem dann allerdings … usw.)

Bevor wir losgestiefelt waren, hatte Onno sich im Umkleide-raum wiederum Wäschekritik anhören müssen. Ja*wohl*. Nicht nur, daß unsere Siege gegen ihn ohne Frage als des Feierns unwürdig einzustufen waren (Onno war einfach kein Geg-ner gewesen, und er wußte das auch und entschuldigte sich, zu Recht, dafür) – sollte Raimund sich darüber hinaus auch noch um die übliche Lästerei betrogen sehen? O nein, Herr von und zu Viets! »Was ist *das* denn!« höhnte der schöne Rai-mund, höchstselbst angetan mit den geschmackvollsten Bo-xershorts der westlichen Hemisphäre. »Wir sind doch nicht im Zirkus, Herrgottnochmal!«

Und aber am Montag, dem 10. Mai, hatte dann alles wieder seine gewohnte Ordnung. Onno hebelte uns alle wieder so derart aus, daß Raimund seinen aktuellen Unterhosenspruch nicht aus Frust wg. würdelosen Sieges, sondern wieder aus Frust wg. Niederlage anzubringen vermochte.

Zwischen diesen beiden Montagen war folgendes passiert:

Nach seiner Rückkehr von Mallorca hatte Onno fast vergessen, was überhaupt der eigentliche Zweck der Reise gewesen war. Lange hatte der Zustand natürlich nicht angehalten – leider –, und am ersten Werktag hatte Onno um neun Uhr Herrn Ludwig Käßner angerufen. Bei dem handelte es sich um einen Mann, der durchaus freundlich und onnomäßig bräsig war. (Ich selbst hatte ein-, zweimal das zweifelhafte Vergnügen eines Telefonats mit ihm, und wenn ich mir den verbalen Schlagabtausch zwischen den beiden ausmale, ersteht vor meinen Augen unweigerlich das Bild zweier Kampfschnecken.) Bräsig freundlich bestritt bzw. leugnete der Staatsdiener, über »weiteren« (?!) persönlichen Ermessensspielraum zu verfügen. Würde die erste Rate nicht am Mittwoch dem Konto der Staatskasse Hamburg gutgeschrieben, hätte er keine andere Wahl, als am Donnerstag Anzeige zu erstatten.

Um neun Uhr zehn telefonierte Onno mit Harald Herbert Queckenborn. Um neun Uhr fünfzehn sandte Onno Harald Herbert Queckenborn auf elektronischem Wege jenes parapornographische Foto, das er mit Raimunds Kompaktkamera von Händchen und Fiona gemacht hatte. Um neun Uhr fünfzig hatte er, wie erbeten, folgende E-Mail in seinem Organizer:

Von:	nickdolan@sexypop.de
An:	onnoviets@hallihalloag.de
Gesendet:	Montag, 3. Mai 200x 09:34 Uhr
Anfügen:	
Betreff:	Telefinot von eben

Sehr geerter Herr Fietz,
hiermit bestätige ich wunschgemäss daß ich daß Beweissfoto für die Untreuhe von Fiona ihr keinesfallls zeigen werde.
Hoachtungsvoll
Harald Herbert Queckenborn
www.sexypop.eu

Gegen zehn rief Onno mich an. Ich verband ihn mit Robota, meiner angebeteten langbeinigen, Mona-Lisa-wangigen Gehilfin.

Am Dienstag, dem 4. Mai, klingelte ein Fahrradkurier an Onnos Wohnungstür und überreichte ihm einen Umschlag mit Bargeld. Onno ging zur Sparkasse und überwies 300 Euro an die Staatskasse Hamburg. Dann klapperte er einen Fahrradladen nach dem anderen ab. Und begann – unter soundsovielter Schwerstbelastung uralter Freundschaften nebst skrupelloser Inanspruchnahme von Krediten auf Eddas hohen Sympathiefaktor – mit der Halsüberkopforganisation der Überraschungsparty für diese seine Herzallerliebste. Damit war er den Rest der Woche ausgelastet.

Am Sonntag, dem 9. Mai, in leicht verkatertem Zustand, doch glücklich, Edda in leicht verkatertem, doch glücklichem Zustand zu wissen, dachte Onno kurz daran, daß es der Tag war, an dem Fiona nach Hamburg zurückfliegen würde. Und am Montag, dem 10. Mai, dachte er kurz daran, daß es der Tag war, an dem Tibor nach Hamburg zurückfliegen würde.

Ab Dienstag, den 11. Mai, 8:10 Uhr, dachte er täglich an Tibor und Fiona – monate-, ja jahrelang.

[36]

An jenem Dienstag, dem 11. Mai, um 8:10 Uhr hatte sein Handy Onno per Piepton darüber informiert, daß die Mailbox Nachrichten für ihn habe. Hä? Er hatte eben gerade mal die Zähne geputzt. Verblüfft stand er mit seinem Teepott vorm startenden PC, während in Good Morning, Germany! noch mal ausführlich eine Brustvergrößerung erklärt wurde. Onno rief 3311 an.

»Hallo! Hier ist Ihre Mobilbox. Sie haben – drei – neue Nachrichten.«

Drei! Als er schlafen gegangen war, hatte er noch keine einzige gehabt, und jetzt, um 8:10 Uhr, gleich drei?

Die erste stammte von 00:24 Uhr.

»Moin, Herr Viets. Samma, ich glaub, mein Schwein pfeift, ja?, da bin ich gänz ehrlich. Meine Frau hat mich eben aus Ramelsloh angerufen, ich bin in Köln, ja?, und hat gesagt, daß irgend'n Irrer grad eben meine gesamte Security Crew krankenhausreif geprügelt hat, ja? Vier Leute! Gute Leute, ja? Reingekommen ist er nicht, aber der wollte was von mir. Samma, der Beschreibung nach könnte sich das um Fionas Stecher handeln. Samma, gänz ehrlich, sonst geht's danke, ja? So was nennst du ›zehntausendprozentig diskret‹? Ich glaub, mein Schwein pfeift. Das hat 'n Nachspiel. Schönen Abend noch.«

Die zweite war von 01:25 Uhr.

Im Hintergrund hochtouriges Brummen, Anweisungen einer »Navi-Nutte« und, während der Unterbrechung, kurz vor dem Gefühlsausbruch, die schrille Radierung von Kautschuk auf Asphalt. Bis dahin und danach lammfromm, ja schüchtern, beinah verwirrt: »Otto? Ja, Diggär, du ... ich äh, hier ist Tibor. Ich bin wieder in der Stadt, und wollt' mal fragen, ob wir mal einen trinken gehen wollen ◈◈◈◈? Ruf mich doch – – AUS'M WEG, DU PANSEN! DU FICK-FEHLER! – – – – So. Äh ... sorry, Otto, wir sehn uns, wa? Bis dann.«

Piep.

O Gott. O Gott. Und woher ...

Die dritte Nachricht stammte von 1:28 Uhr und war mit grellem Martinshorn unterlegt.

»Onno. Onno: Albert, Onno. Scheiße, Onno. Scheiße, Scheiße, Scheiße, Onno. Hein Dattel. Scheiße Mann. Onno, wir wollen alle ... prima zagen, Onno, ich – ich bin schwer verletzt. Scheiße, tut das weh, das glaubst du nicht. Ich *muß-te* ihm deine Handynummer geben, Onno. (Daher!) Und ...

und Walbein hundertelf. Kann nur hoffen, daß du da nicht mehr wohnst. Falls doch, hau bloß ab, *sofort*. Sonst ... Operation zagen Augenschmaus. (*Schreikrampf. Oder vollkommen irrsinniges Gelächter.*) Hau bloß ab, Onno. Bin auf dem Weg ins Hafenklinikum, Onno. Hau bloß ab, Onno. Hau *bloß* ab. Hau bloß ab, Onno. Scheiße, tut das weh, Onno.«

Sein erster Impuls war, Albert zurückzurufen. Doch dann tat er das im Prinzip Klügere, bloß in dämlicher Reihenfolge: Er entnahm seiner Werkzeugkiste (Inhalt: 1 Hunderterkarton 6er-Gasbetondübel, 3 Bogen Schmirgelpapier 80er-Körnung, 9 Heftchen Zigarettenpapier von ALMOS, 1 Dutzend marode Gummibänder, 1 Laubsäge, 1 Silberfischchen und 1 Hammer) einen Hammer und prügelte sein Handy so platt, daß in der Wohnung unter ihrer der Deckenputz ins Aquarium rieselte. Dann fummelte er die SIM-Karte heraus und – da er nicht sicher war, ob man ein Handy nicht vielmehr anhand der SIM-Karte ortete – spülte sie im Klo runter, was etliche Liter Wasser verbrauchte. Dann versuchte er – allerdings nicht lange –, aus seinem Handyschrott Alberts Handynummer herauszufinden.

Daraufhin suchte er Alberts Festnetznummer aus dem Telefonbuch und rief dort an. Nichts, nicht einmal ein Automat. Wo wohnte Albert überhaupt? (Das stand nicht im Telefonbuch.) Welches Krankenhaus kam in Frage? Beschloß, sich später darum zu kümmern.

Rief vielmehr als nächstes mich an. Sprach mir aufs Festnetzband. Zu dem Zeitpunkt stand ich unter der Dusche. Schaute allerdings nicht mehr nach, bevor ich aus dem Haus ging. Um neun hatte ich einen Gerichtstermin, so daß ich auch seine Nachricht auf der Handymailbox erst abhörte, als er und Edda schon aufs Land geflohen waren. (Zu seinen Schwiegereltern, wo er den ganzen Sommer verbrachte. Edda kehrte nach den drei Wochen ihres vorgezogenen Urlaubs in die Hamburger Wohnung zurück. Ohne Onno. Ich engagierte einen privaten Sicherheitsdienst für sie. Doch um die Wohnung herum blieb alles ruhig.)

Und ich schwöre aufs BGB, kaum hatte ich mit Onno telefoniert, da servierte Robota mir die HEZ vom Tage, d. h. von jenem Dienstag, dem 11. Mai. Neben der Hauptschlagzeile <u>Klima gar nicht prima:</u> WELTUNTERGANG SCHON 2012? prangte folgende Nebenschlagzeile:

<u>HIER</u>   ☞
<u>WIRFT</u>   ☞
<u>DER</u>   ☞
<u>POP(P)</u>   ☞
<u>TITAN</u>   ☞
<u>SEIN</u>   ☞
<u>LUDER</u>   ☞
<u>RAUS</u>   ☞

Endlich bewiesen: Die Gespielin von Nick Dolan (52) sexelte fremd. Dafür flog sie jetzt aus seinem Ludernest – halbnackt (Foto oben).
Flops, Koks, Milieusex: Rutscht Ex-GIRL-Star Fiona Popo (23) nun total ab? Die Fakten – die Story – intimes Beweisfoto mit Kiezriese Tibor T. (23): letzte Seite.

Das Foto neben den acht Petzfingern bezeichnete Hans Nogger in der darauffolgenden Ausgabe des KuKa als »Werk der höchsten Boulevardkunst«. Und in der Tat, so was mußte man erst mal schießen: Wie ein Reh im Scheinwerferlicht überrascht, opalisieren Fionas Iris aus dem fahlen, laubgrünstichigen Nachtlicht. Sie steht am Fuß des Treppenaufgangs zum Haus No. 10 in der Froindstraße. Über die Fee-mit-Füllhorn-Schulter dreht sie ihr Püppchengesicht in die Kamera, vor lauter Mascaralecks ein einziges Aquarell des heulenden

Elends, üppig umkränzt von fliegenden güldenen Schnörkeln. Aus ihrem lachsrosa Babydoll stanzt das Gegenlicht der Hauseingangslampe ihre nackten Kurven. Über ihr, auf der obersten Treppenstufe, steht mit gekniffter Visage, gefletschten Zähnen und wegwerfender Gebärde ein Queckenborn im Abendanzug. Zwischen den beiden schwebt ein Koffer, der im Bogen Pumps und Dessous speit.

Damit war Fiona erlegt. Geschlachtet wurde sie auf der letzten Seite – von Ira Maria Lustrich, »Deutschlands Sphinx ohne Sphinkter« (Hans Nogger). Wobei sie alles benutzte, was schmutzig, spitz und scharf war. Illustriert wurde das Gemetzel mit dem Shoot von Hadschi Halef Otto (der Nachweis lautete allerdings *Foto: privat*). Das Onno Queckenborn vorgelegt hatte, ja; doch unter der Bedingung, es auf keinen Fall Fiona vorzulegen. Was der, genau genommen, zwar auch nicht getan hatte. (Von der HEZ war schließlich keine Rede gewesen. Im übrigen hatte er sich für die Verkaufsabwicklung unter Garantie eines Strohmanns bedient.)

Mit dem Honorar für diesen Scoop dürften sich Queckenborns gesamte Detektivkosten amortisiert haben. Wenn er darüber hinaus nicht noch eine hübsche kleine Gewinnmarge geheckt hat. Rache + Profit = lecker Blutwurst. Banker bleibt Banker – Heimorgel hin, Sexypop her.

[37]

Erst nach und nach fanden sich genug relevante Informationen, um sich einen Reim auf all die Geschehnisse zu machen.

Außer dem bewußten Foto hatte Queckenborn offenbar ein »Zeitfenster« geliefert, so daß Frau Lustrich im Auftrag der HEZ und in Begleitung ihres begnadeten Paparazzos pünktlich zu Fionas Rückkehr von Mallorca in der Froindstraße bereitzustehen vermochte. Wo sie womöglich Onnos ehemaligen Standpunkt an Miss Marples Leuchtgans einnahmen, bis der indes eingetrudelte Nick Dolan seine lotterbereite Fiona zur Rede gestellt, um Boxster- und Wohnungsschlüssel sowie Kreditkarte erleichtert und zur Türe hinaus komplimentiert hatte – für die Montagsausgabe allerdings zu spät.

In der Nacht auf jenen Montag, den 10. Mai, übernachtete Fiona wahrscheinlich bei einer Freundin. (Quelle: HEZ.) Am späten Abend desselben Tages soll es gewesen sein (Quelle: Milan), als sie sich zu einem Besuch bei Tetropov anstellig machte, der unterdessen desgleichen aus Mallorca zurückgekehrt war. Im Verlauf dieses Gesprächs soll es sich recht rasch herauskristallisiert haben, daß Tetropov nicht nur wenig Wert auf die Fortführung der Beziehung zu ihr legte, sondern auch auf die bisher geführte.

Wohingegen er über die verlogene Existenz des hl. Ottos um so aufgewühlter gewesen sein soll. So daß er Fiona um die Wohnadresse Harald Herbert Queckenborns bat (damit er denselben um die Wohnadresse des hl. Ottos zu bitten vermöchte). Fiona sah keinen Grund, ihm die Wohnadresse Harald Herbert Queckenborns zu verweigern. Vielmehr notierte sie sie ihm in Blockbuchstaben, die er leicht ins Navigationsgerät übertragen konnte. Begleiten wollte sie ihn denn doch nicht.

Daraufhin bekamen jene vier abchasischen Amboßköpfe der Fa. Bonsecur alle Fäuste voll zu tun. Der Abwehrkampf kostete sie insgesamt 4 Zähne, 1 Nase, 1 Niere und evtl. 1 Rollstuhl. Sowie 4 Schuß Revolvermunition Kaliber 9 mm.

Ab etwa 00:30 Uhr (und somit zu spät für die Dienstagsausgabe der HEZ) entstanden div. zwischenmenschliche Brandherde auf St. Pauli. Gegen 1:00 Uhr knöpfte Händchen sich Milan vor und konfrontierte ihn mit hypersensitiven Eingebungen, wie sie einem Hempplerpatienten oft widerfahren.

Milan blieb absolut schleierhaft, was sein Mentor eigentlich von ihm wollte. Auf Suggestivfragen gestand er in seiner Verzweiflung schließlich – obwohl es gar nicht stimmte –, er habe jemandem von der Liaison Tetropov/Popo erzählt. Woraufhin er Tetropovs Ahnung (vgl. Abend in der *Ritze*), es müsse sich um dessen einstigen Betreuer Albert Loy handeln, bestätigte. Obwohl auch das gar nicht stimmte.

Auf 01:21 Uhr war Loys Wecker stehengeblieben, als Loy geweckt wurde (Quelle: Loy). Allerdings nicht von seinem Wecker. (Der würde nie wieder jemanden wecken.) Und um Auskünfte hinsichtlich eines gewissen hl. Ottos gebeten wurde (das Foto hatte Händchen nicht dabei). Loy verstand zunächst kein Wort – auch natürlich, weil er, wie ihm im Hafenklinikum später bescheinigt wurde, einen Restalkoholwert von 2,41 ‰ im Blut hatte. Beim Stichwort Pudeltattoo allerdings fiel der Groschen wie ein Gullydeckel. Dennoch blieb Loy eine volle weitere Minute lang loyal.

Dann rastete Händchen komplett aus. Und tat folgendes:

Packte mit der Linken den Nacken seines einstigen Betreuers. Spreizte mit der Rechten dessen linkes Ober- und Unterlid. Flanschte den sinnlichen Mund an dessen Augenhöhle. Grunzte mehrfach leidenschaftlich, ja quiekte aberwitzig. Erzeugte mit aller Kraft, die die Saugmuskulatur eines Erwachsenen nur hergibt, Unterdruck – so daß der Augapfel aus der Höhle schnalzte, mitsamt überdehnten Sehnen, Sehnerven und Augenmuskeln. Biß beherzt zu. Schlang Alberts Augapfel mitsamt Strünken hinunter, wobei er einen schlimmen Erstickungsanfall erlitt. Sich dann aber doch so rasch wieder erholte, daß er Onnos Handynummer aus Loys Handyorganizer korrekt in sein Handy übertragen konnte (daß »Otto« als »Onno« notiert war, fiel ihm als funktionalem Analphabeten nicht weiter auf).

Anschließend führte Händchen im Walbein 111 eine Schnellrazzia durch (Quelle: Polizei). Im I. Stock rechts trat er die Wohnungstür ein, im II. Stock rechts war sie aufgrund der Unruhe bereits geöffnet worden. (Loy konnte sich nicht mehr genau erinnern, ob Onno im I. oder II. Stock gewohnt hatte. War ja immerhin zwanzig Jahre her.) Beide Mietparteien hatten offenbar glaubhaft versichert, keinerlei Otto mit Pudeltattoo zu kennen oder je gekannt zu haben, sei er nun Tischtennisspieler und Nichtschwimmer oder umgekehrt.

Am Mittwoch, dem 12. Mai, lautete die HEZ-Schlagzeile:

Villa Dolan: BLUTIGER ÜBERFALL!
Text: Bla bla bla, bla bla bla.

An zwei Tagen Ende Mai gab es noch Hinweise, daß Tibor Tetropov hier und dort auf dem Kiez randalierte. Dann war wochenlang nichts mehr von ihm zu hören oder zu sehen. Er galt als verschollen. Wurden Faktor und Harras von einer seiner Minskerinnen betreut, so blieb sein Lamborghini wie er selbst wie vom Erdboden verschluckt.

[38]

Der lange Sommer auf dem Lande gestaltete sich für Onno zunehmend qualvoll – insbesondere, nachdem Edda Anfang Juni hatte wieder in ihren Job zurückkehren müssen. (Was blieb ihr anderes übrig? Sie fuhr dann nur noch an den Wochenenden hinaus, mit Onnos Ford, ständig in der Angst, verfolgt zu werden.)

Daß ihre älteste Tochter einen Spinner geheiratet hatte, hatte natürlich auch den Baenschs nicht verborgen bleiben können. Glücklicherweise waren sie seinem treudoofen Blick – wie alle – früh genug erlegen. So hatten sie sich nach und nach angewöhnt, die biographischen Brüche und sonderbaren Entscheidungen ihres Schwiegersohns einfach rückhaltlos gutzuheißen.

Henry Baensch bestimmte ihn kurzerhand zum »Lebenskünstler«, und sein stets begeisterungssattes Verständnis für jeden neuerlichen Blödsinn aus Windrichtung Viets nahm geradezu abstruse Züge an: Glücklich mit seiner kleinbürgerlichen Existenz bis ins Mark, hatte Henry genügend Toleranzkapazität (plus Grundvertrauen in Eddas Zufriedenheitstalent), daß er nur ein- bis zweimal zu schlucken brauchte, bevor er Onnos Plan, Sardinenfischer auf Sardinien zu werden, mit glühendster Verve zustimmte. »Das war ein Scherz, Papa«, sagte Edda, und Betty Baensch atmete auf.

Henrys Simulationsbereitschaft aber war nach all den Jahren bereits derart weit fortgeschritten, daß ein, zwei Sätze der Verteidigung jener »interessanten Idee« allemal drinlagen.

Jedenfalls stellte es nicht das geringste Problem für sie dar, Eddas und Onnos spontanen, ja überstürzten Beschluß zugunsten eines Urlaubs auf dem Lande lebhaft zu befürworten. »Wir freuen uns immer, euch hier zu haben, das wißt ihr doch!« Mindestens ein Zimmer war immer frei, hatte in dem Haus doch einst eine fünfköpfige Familie Platz gehabt. Auch Eddas Erklärung schluckten die Baenschs ohne allzu inquisitorische Nachfragen: Edda sei ausgebrannt, und Onno auch, und nach den drei Wochen werde er ggf. ein journalistisches Buchprojekt entwickeln, für dessen Idee er bereits Vorschuß erhalte.

Die Verkündung des letzten beruflichen Reinfalls war Onno den Baenschs noch schuldig geblieben, was sich jetzt als günstiger Umstand erwies. Einerseits. Andererseits bildete es die Grundlage der Qual, monatelang so tun zu müssen als ob. Er nutzte die Zeit (und mein ausrangiertes Notebook), um Gedächtnisprotokolle der bisherigen Geschichte anzufertigen (von denen ich hier profitiere).

In einer Samstagnacht Mitte Juni, die zu heiß war, um im Garten zu sitzen, schauten Edda und Onno in der seit Tagen abgedunkelten Stube die letzte Viertelstunde des V-GIRLS-Finales Staffel 2. (Die Stars der Sparten TX und BQ waren gegen 23:00 und 24:00 Uhr gekürt worden; im Burlesquetheater gab's keine Überraschung, doch wenigstens hatte in der Sparte Telefonsex – deren Casting- und Recall-Szenen sich so lange hinter einer transparenten spanischen Wand abspielten, wie die Kandidatinnen noch im Rennen waren – die Unförmigste der gesamten Riege gesiegt.) Die Baenschs waren längst schlafen gegangen, doch Edda und Onno, vor Schwüle und Sorge notorisch schlaflos, vegetierten in Badegarderobe auf Frottee-handtüchern dahin, die sie schützend über die Plüschsessel drapiert hatten, und gafften – mit je einer Fliegenklatsche bewaffnet – widerstandslos in den Röhrenkasten. Nachdem das Sportstudio zu Ende gewesen war, hatte Edda dorthin gezappt. »Dekadenter Proll-Trash« (Hans Nogger) wahrlich, und ähnlich paradox erscheint die Tatsache, daß Onno und Edda etwas Reinigendes oder wenigstens Klärendes empfanden, als sie den Dreck konsumierten, ohne sich untereinander auch nur mit einem Blick darüber zu verständigen.

Ohne daß sie sich auch nur mit einem Blick darüber verständigt hätten, war V-GIRLS seit ihrer Flucht aufs Land tabu gewesen. Für sie beide gleichermaßen. Die Show, das Thema, der Sender, Namen, die sich auf -ick -olan, -iona -opo oder auch nur -etchen -oro reimten, standen weder zwecks quasifamiliären Anspielungen noch zwecks verächtlichen Verballhornungen länger zur Disposition. Stießen sie beim Zappen auf eine von diesen Agora-Preisfragen (= »Wie gewinnt man dieses hochwertige SM-Möbel aus unserem Red-LightShop? A: simsen, B: bumsen. Schicken Sie den richtigen Antwortbuchstaben per SMS an die Servicenummer von der

Hallihallo AG und gewinnen Sie 1 vollausgerüstete Sklavenbank mit F***maschine, 2 Dildos aus Aluminium inkl. Adapter, Hoden-Ketten etc. im Werte von 1149 Euro!«) oder prangte eine RedLight-Schlagzeile auf einer HEZ oder hörten sie während des nie nachlassenden nachbarschaftlichen Stippvisitenverkehrs im Garten diese oder jene Mutmaßung ins Kraut schießen, dann war schwer zu bestimmen, wessen Blind-, Taub- und Stummheit von grimmigerer Konsequenz war: Eddas oder Onnos.

Nun aber verfolgten sie – widerstandslos, mit roten Augen, doch bußfertig (und trotz jener überraschenden Wendung schweigend) –, wer GIRL-Star in der Sparte Porno werden würde: Harald Herbert Queckenborns neueste Favoritin Foxxy Maddox, optisch ein liebloser Klon Fiona Popos, oder aber – *surprise, surprise!* – Bulle Honk.

Wie? Ein Kerl in einer Sendung namens V-GIRLS? Und dann auch noch ein Komparse? Jurynestor Nick Dolan zufolge taugte er schon deshalb nicht zum Pornostar, »weil wenn's hochkommt, ich sag mal: Durchschnittspimmel«.

Woraufhin sich die halbe Schweiz brüskiert fühlte, Dolan zum öffentlichen Vergleich herausforderte, etc. pp.

Nun hatte ich jenem High-End-Dudelingenieur zu dem Zeitpunkt mein Mandat bereits zurückgegeben. Ohne Begründung. (Übrigens akzeptierte er – ebenfalls ohne Begründung.) Die Nummer mit der HEZ war mir endgültig zu eklig gewesen. Doch seine Auftritte bei V-GIRLS bis zum Finale zu verfolgen, konnte ich mir ums Verrecken nicht verkneifen. Zu lebhaft meine zoologische Neugier, wie weit mein ehemaliger prozeßfreudiger Goldesel in seinem Erniedrigungsfuror jeweils gehen würde, um sich selbst zu erhöhen.

In jenem lüsternen Stellvertreterhohn lag natürlich eines der Erfolgsgeheimnisse der Show. Ein weiteres – neben dem offensichtlichen, daß es bei der ganzen abgenudelten Casterei

endlich völlig unverhohlen um Sex, Sex, Sex ging, und ♪♫
sonst gar nichts ♫♪ – bestand darin, die Vermarktungsop-
tionen zu verdreifachen, indem eben *drei* Superstars gekürt
wurden. Und zwar *genau* drei. Nicht weniger, aber auch nicht
mehr. Obwohl die meisten Prekariatsangehörigen ja sogar bis
IV zählen können.

Staffel 1 war, im Vorjahr, »eingeschlagen wie eine (Sex-)
Bombe« (HEZ). Auf dem historischen Tiefpunkt jeglicher
Einschaltquoten war die Zeit reif gewesen, zwei Schmuddel-
märkte visueller Kommunikation – jeder für sich in weiten
Teilen der Gesellschaft längst stillschweigend toleriert – zu
kreuzen: kriselnde Castingshows mit krisenfestem Porno.

Naheliegend; doch ein beispiellos zynischer Clou allein die
vollendete Tatsache, es wirklich einfach getan zu haben. Auch
die Umsetzung: erstklassig. Die Verpiepung und Verpixelung
auf dem flächendeckend unverschlüsselt empfangbaren Kanal nervte so genial (ja, man zensierte punktuell gar Begriffe
wie »Pizza« per Piepton, um mehr Verbalerotik vorzugaukeln,
als de facto vorfiel), daß Agora TV mit ihrer Werbung für
den Partnersender vom Bezahlfernsehen »offene Hosen ein-
rannte« (Hans Nogger). Folge: astronomischer Abonnenten-
zuwachs. Hei, was wurde da geschunkelt in den Topetagen
der Beton-Stahl-Glas-Paläste in Köln, Berlin und Hamburg!
Noch im Morgengrauen war die Kokskonzentration in den
Klimaschächten so hoch, daß die Putzkolonnen auf ihren
Schrubbern über die Flure *surften*. Fast war's wie zu den selig-
sten Zeiten der New Economy. Den Aktionären kam's nach
jeder Sendung gleich noch mal.

Kurz vor dem Showdown von Staffel 1 hatte der öffentli-
che Diskurs über diese »Tiersendung« (Hans Nogger) seinen
Höhepunkt erreicht. Es hagelte Verbotsansinnen der Katho-
liken, der Gremien der freiwilligen Selbstkontrolle, der Fami-
lienverbände, der Hinterbänkler im Bundestag usw. usw. Das
»Busenwunder Bundeskanzler« (HEZ) persönlich schwieg

natürlich zu einem solchen Phänomen. Dafür gab's um so mehr kontroverse Feuilleton- und Magazindebatten.

Im Verlauf von Staffel 2 aber wurde V-GIRLS prinzipiell gesellschaftsfähig. Selbst die *Rosa*-Chefredakteurin vermochte keinerlei Verstöße zu erkennen, etwa gegen Art 1, Abs. 1 GG. »Tastet man die Würde des Menschen«, schrieb sie – allerdings in ihrer HEZ-Kolumne –, »nicht erst recht an, wenn man ihn des Rechtes beraubt, sich unwürdig zu verhalten?«

Gediegener Gedanke. Darüber hatten die Mütter des Grundgesetzes offenbar nicht nachgedacht. Änderungsvorschlag zur Güte: Art. 1 (1): Die Würde des Menschen ist unantastbar. Sie zu achten und zu schützen ist Verpflichtung jeder staatlichen Gewalt. (1a) Es sei denn, der Mensch tastet seine eigene Würde an (oder ist sonstwie gestört). Dann darf, ja muß ihn noch der fettigste Horner Sparkassenschwengel erniedrigen und beleidigen bis ins dritte Glied, und zwar vor Millionen von Mitmenschen. Ein Suizidkandidat hat Anspruch auf Schutz vor sich selbst, ein Showkandidat nicht. Nicht, bevor er Suizidkandidat wird.

Um den Kreis zu schließen: Auch unser aller *Rosa*-Chefin hatte im Verlauf von Staffel 2 ihren Frieden mit V-GIRLS gemacht, ja sich nicht entblödet, einmal sogar als Gast auf der kultigen »Besetzungscouch« Platz zu nehmen. Und so forderte sie nur mehr Geschlechterparität, andernfalls sei das, auch und besonders in europarechtlicher Hinsicht, u. a. »Diskriminierung unserer schwulen Freunde«. M. a. W., sie outete sich als Fan von Bulle Honk. Allerdings erst, nachdem Volksumfragen den Trend längst bestätigt hatten.

Durchschnittspimmel hin, Schwyzer Dialekcht her – in seiner Rolle als dankbares Verleumdungsopfer Nick Dolans hatte Bulle Honk sich binnen zwei Sendungen Sonderstatus erhurt, und nun, gegen 01:00 Uhr an jenem Abend, stand er Arm in Arm mit Foxxy Maddox, die mit der anderen Hand ihr Stoffpony (mit Steiff-Penis) an den Busen drückte, auf der Showbühne und wartete auf das Ergebnis des finalen Votings. In der Absicht, die Spannung ins Unerträgliche zu steigern, überdehnte Zeremonienmeister Max Pannkok sie wie den Gummizug einer Unterhose. (Hans Nogger: »Antikli-Max Pannkok«.) Dehnte sie, bis es einen einen Scheißdreck interessierte, wer diesen Scheiß gewann. Foxxy Maddox nämlich.

Spannend war nur noch, wie Bulle Honk den sterbenden Schwan mimte. Während es Lametta und Konfetti regnete, während Luftballonkanonen aus allen Rohren feuerten und eine Kamera Foxxy Maddox verfolgte, die mit einem Amazonenschrei über die wie irre aus allen Ecken und Kanten blinkende und zatternde Bühne sprintete, um Nick Dolan hinter seinem Jurypult mit einem Hechtsprung flachzulegen, kreiselte eine andere Kamera mehrfach um Bulle Honk herum. (Und zwar zu einer Musik, die zum Gemütszustand sowohl der Siegerin als auch des Verlierers paßte wie Lümmeltüte auf Durchschnittspimmel: »Camellia« von Amanda McBroom, aus dem Soundtrack zu »The Rose«.) Und zwar aus melodramatischer Perspektive, so schräg von unten. Sein leerer Blick zum beschränkten Horizont besagte: Haus und Hof verbrannt, Frau und Kinder geschändet, Auto kaputt. Die weitaus beste Performance, die er während der gesamten Staffel geliefert hatte.

[40]

Am darauffolgenden Wochenende brachte Edda Onno frische Wäsche aus Hamburg mit – und den schief geknifften Bogen Papier mit der Überschrift *Funktionaler Analphabetismus*. »Hab ich in deiner hellen Hose gefunden«, sagte sie. »Was soll das denn bedeuten?«

»Ach«, sagte Onno, »den hab ich ja ganz vergessen.«

Sie setzten sich ins ehemalige Forstbüro, wo mein ausrangiertes Notebook stand, und Onno lieferte Edda die merkwürdige kleine Episode nach. »Und dann hat sie blind getippt, und … na ja, meine Hypothese ist, daß sie nach dem Zehnfingersystem geschrieben hat und dann eben um jeweils eine Taste nach links oder rechts verrutscht ist, oder oben oder unten. Das da«, sagte er dann und zeigte auf den Dreierblock *ovj nom hröö sig fovj*, »müßte irgend so was heißen wie ich find dich geil oder so ähnlich.«

»Kommt nicht hin, du dusseliger Esel«, sagte Edda fast auf Anhieb, »allein von der Anzahl der Wörter.«

»So ähnlich, hab ich gesagt, neunmalkluge Eule. Tibor hat's ihr ja diktiert, und ich erinner' mich nicht mehr genau. Aber das da drunter« – er meinte den Dreierblock *govl ,ovj* – müßte *fick mich* heißen. Das«, sagte Acht-Daumen-Onno und setzte sich in Positur, »prüfen wir gleich mal nach.«

Was jedoch insgesamt erheblich schwieriger war, als er es sich vorgestellt hatte.

Die Kryptomeme *govl ,ovj* ließen sich natürlich ruck, zuck entziffern, weil man sie nur zu verifizieren brauchte: Wenn korrekte Grundhaltung *asdf jklö* (d. h. kleiner Finger linke Hand = *a*, Ringfinger linke Hand = *s* usw.; *g* und *h* freilassen; Zeigefinger rechte Hand = *j*, Mittelfinger = *k* usw.), dann um eine Taste nach rechts verrutscht *sdfg klöä* (und die Tastenreihe darüber und darunter entsprechend). Schrieb man also in der verrutschten Grundhaltung blind *fick mich*, kam unweigerlich *govl ,ovj* heraus.

Doch wie vorgehen, kannte man den ursprünglichen Wortlaut *nicht*? Man mußte aus der verrutschten Grundhaltung Rückschlüsse ziehen, doch da einem die ja nie je in Fleisch und Blut übergegangen war, ging das nicht ohne mühsame Bastelei ab. Es dauerte, und immer wieder gab es Denkfehler, doch mit vereinten Geisteskräften lösten sie schließlich auch die anderen Rätsel: *ovj nom hröö sig fovj* bedeutete in diesem System *ich bin geil auf dich.* Und mit der Dechiffrierung des letzten Satzes – des Satzes, den Fiona, weiß der Himmel, warum, damals aus freien Stücken hinzugefügt hatte – löste sich auch das Rätsel der vielfachen Ypsilonen (= das längere Drücken der Shift-Taste für den großen Anfangsbuchstaben!): *yyyyyyyyyyyyypzzp odz rom hsmu öornt* hieß folglich:

Otto ist ein ganz lieber

»Schäm dich …«, sagte Edda versonnen.

Sie sagte das ganz leichtherzig, und zwar mit einem Zungenschlag, der ebenso gut spielerische Eifersucht hätte signalisieren können. Doch nach über dreißig Jahren verstand Onno genau, was Edda damit auf unpathetische Weise sagen wollte: Schäm dich, jene Person verraten zu haben.

Und ich will verdammt sein, wenn er das nicht tat.

[41]

Desgleichen, was Albert Loy betrifft.

Vermittels verzwickter Recherche hatte ich auf Onnos Bitte hin wenige Tage nach seiner Flucht aufs Land mit jenem einäugigen Hein Dattel im Hafenklinikum ein Gespräch führen können, das Aufschluß über Tetropovs Angriff auf ihn gab. Ansonsten war Loys Großherzigkeit frappierend. Warf Onno nichts vor. Nicht mal, daß er – u. a. unter Verwendung der Wahrheit – gelogen hatte, was den Zweck seines Aufenthalts in der *Ritze* anging. Nein, kein Vorwurf: Händchen sei halt Hemppler. Ich notierte seine Handynummer und versprach, daß Onno sich melden würde.

Als der das dann versuchte, erreichte er ihn nicht mehr. (Ich vermute, daß auch jener später von Tetropov engagierte

Detektiv Albert Loy eines Tages heimsuchte. Und Loy schaute, daß er Land gewann, so lang er noch *halb*wegs schauen konnte. Anfang August erreichte meine Kanzlei per Postkutsche ein Kärtchen aus einer Art Betty-Ford-Klinik in Kalifornien, die ich wunschgemäß an Onno weiterleitete.)

So bewohnte Onno – nach außen hin geistig hart arbeitend, in Wahrheit jedoch mit schwelender Angst um Edda – Henry Baenschs Liege auf dem Rasen, umgeben von Betty Baenschs Garten. Blaumeisen flatterten vom Blauregen hinüber in die Hemlock-Tanne und von der Hemlock-Tanne herüber in die Mädchenkiefer. Schwarze und braune Amseln badeten auf einem kleinen Fels unterm kleinen Wasserfall am kleinen Teich. Buchfinken besichtigten das luxuriöse, reetbedachte Vogelhaus, das auf dem abgesägten Birkenstamm thronte, der hoch über einem gelben Trollwäldchen aus Kriechspindel emporragte. In einem krummen Stuhl aus Ästen derselben Birke ließen Fuchsien einen Strauß von roten Kelchen baumeln, und der Island-Mohn darunter reckte ihnen eine einzige strahlende Blütensonne entgegen, als lebe er von ihren Seelenpollen. Zart sprossen lila Lichtnelken, und Bienen taumelten volltrunken vom rüschenhaften Phlox zum spröden Ilex, von der Knollenbegonie zum Rittersporn, von der Hortensie zur Geranie, und um die ätherischere Ausstrahlung wetteiferten Schleierkraut und Spiree.

Selbst die Tauben in der Krone der zentralen Eiche … – Onno schloß einen Burgfrieden mit ihnen. Es fiel ihm nicht einmal schwer, verfügten sie doch über eine klarere, sauberere Stimme als ihre bedauernswerten, widerlichen Schmutzvettern in der Großstadt, und so reizte *ihr* Gesang – *Guguhu, guhu. Guguhu, guhu* – ihn mitnichten zu angeekeltem Räuspern.

Nach jedem markerschütternden nächtlichen Gewitter baute sich die nächste Hitzefront des Sommers auf, und schon Ende Juli organisierte Henry für Betty, die ihre Lieblinge jeden Abend ungefähr anderthalb Stunden tränkte, zusätzliche Regentonnen – die Landesregierung rief zur Sprengwasserrationierung auf. Onno ließ sich bronzerot backen (diesmal beherzigte er die Sonnenschutzregeln). Rasieren tat er sich nur noch den Schädel, und natürlich glaubten ihm die Baenschs (und zwar unter warmherzig wehklagendem Spötteln) sofort, daß er eine ominöse Wette verloren habe. »Um was? Kann ich nicht verraten. Zu peinlich, nech.«

Jede Woche wurde mehrfach gegrillt.

Um diese Zeit begann es, daß die Zeitungen immer wieder mal mit der Mückenseuche im Norden aufmachten, selbst der Mantelteil der Lokalzeitung. Die Zahl der Fälle von Übertragung mit jenem aggressiven afrikanischen Virus hatte allein in der Stadt Hamburg die Vierstelligkeitsgrenze überschritten und stieg exponentiell. Die Krankenhäuser waren überlastet, die Drogerieregale mit Autan und anderen Schutzmitteln von Hamsterern leergefegt, nicht mehr nur Schwangere und HIV-Infizierte in Lebensgefahr, sondern jeder Mensch mit geschwächtem Immunsystem.

Henry Baensch als Exförster pflegte sowieso stets einen ordentlichen Fonds an Mückenschutzmitteln vorzuhalten, um jederzeit unbehelligt auf Ansitz gehen zu können. Bezog seine Pumpsprays aus dem Großhandel. Nichtsdestoweniger herrschte auch hier draußen auf dem Lande gehöriger Respekt vor der Bedrohung, ins Koma zu fallen wie so mancher auf Hamburger Intensivstationen.

[42]

Anfang Juli, auf dem Weg zu *Liliput*, in der Mittagspause und auf dem Heimweg, sah Edda jeweils ein kleines Motorflugzeug über Hamburg kreisen, das nach Auskunft der Fa. Rentaban an jenem Tag über ganz Hamburg gekreist war, im Schlepptau ein Banner mit dem Text:

ICH KRIEG DICH OTTO!

[43]

Die einzige, winzige Genugtuung, ja Freude in diesem Sommer verschaffte Onno ein Herr, dem er das am allerwenigsten zugetraut hätte.

Am Dienstag, dem 10. August, las Edda ihm am Telefon ein Schreiben des Finanzamts vor, unterzeichnet vom allseits be-, ja geliebten Ludwig Käßner. Demzufolge habe er, Onno, seine letzte Bußgeldrate nicht überwiesen. »Hab ich wohl«, sagte Onno und rief Lulu Käßner sofort an. Nannte ihm die entsprechenden Daten, und nachdem der Sachbearbeiter eine Weile sachlich und fachlich einwandfrei in seinem Computer geblättert hatte, gestand er ein, da wohl etwas »übersehen« zu haben.

»Nech?« sagte Onno. »Übersehn, nech? Geht schnell, nech, daß man mal was übersieht, nech? Nech? Nech?«

[44]

Am Donnerstag, dem 12. August, kurz nach Einbruch der Dunkelheit, kehrte Onno zu Edda in die Hamburger Wohnung zurück. Hielt die Isolation nicht mehr aus. Hatte Sehnsucht nach einer alltäglichen Edda. Die Wochenend-Edda machte ihn traurig. Er hatte Sehnsucht nach Raimund, Ulli und mir. Sehnsucht nach dem Celluloidbällchen, Carina und Schnorf. Nach dem alten Onnosein.

Am Freitag, dem 13. August, gegen 10:45 Uhr suchte er mich, um ein paar Unterschriften zu leisten, in meiner Kanzlei auf, wie am Vortag mit Robota terminlich vereinbart. Wollte es so. »Ich kann mich doch nicht bis an mein Lebensende verstecken, nech«, sagte er. »Geiler Blick«, fügte er hinzu, indem er über meine Schulter hinweg durchs Fenster schaute – genau wie an dem Tag rund vier Monate zuvor, als alles begonnen hatte.

Das Becken der Binnenalster bildet ein schiefes Viereck, der Jungfernstieg dabei das schnurgerade Südwestufer (und der Neue Jungfernstieg das Westufer mit dem Hotel Vier Jahreszeiten). Mittendrin, von seiner zentral installierten, mit Scheinwerfern bestückten Plattform, schoß der gesponserte Springbrunnen seine Fontäne kirchturmhoch in die Luft und spaltete den Anblick der Lombardsbrücke in West- und sprühverschleierten Ostflügel, desgleichen ihr Spiegelbild im See. Auch ich hatte den Panoramablick aus meinem Büro auf das geographische Herz und Wahrzeichen der Stadt stets geliebt, bis zu diesem Freitag, den dreizehnten – ein Ausblick, der noch dem blindesten Tourismusmanager der Welt ein Stevie-Wonder-Grinsen entlocken dürfte. An diesem heißen Augustvormittag wirkte die Wasseroberfläche wie gepunzt. Das Blau changierte silbrig. Vom Jungfernstieg aus ragte der Holzpier der Alsterschiffahrtsges. mbH, zehn Schritt breit und hundert Schritt lang, schräg hinein. Am anderen Ende legte grad die Saselbek an.

»Du siehst aus …«, sagte ich.

»Wie. Wie seh ich aus?«

»Wie ein … Dandy-Taliban.«

»Öff, öff.«

Wir plauderten ein wenig; ich ermahnte ihn, mir bei Gelegenheit mal das Fernglas zurückzuerstatten, und gegen – grob rückwärts gerechnet – 11:10 Uhr verließ er mein Büro, und ich weiß noch, daß ich in Herz und Zwerchfell beinah schmerzhaft spürte, wie meine Achtung vor und meine Zuneigung zu diesem zauseligen alten Zossen wieder aufs alte Niveau stiegen.

[45]

Das 560-PS-Triebwerk eines Lamborghini Gallardo vermag enormes Gebrüll zu produzieren. Mit einem Schalldruck nahe dem Infrawellenbereich, den man zur Not auch spüren würde. Bei einem Kavaliersstart an einer Ampel, beispielsweise. Und wenn solchermaßen allradgetriebene 295er-Pneus gleich darauf eine infernalisch kreischende Drift von der Strenge eines logarithmischen Zwillingsgraphen in eine derart enge Asphaltkurve radieren wie die vor der Europa-Passage am Ballindamm, dann reagieren auf Luftschwingungen selbst halbtaube Nerven noch hochsensibel. Zumal die eines Mannes, der seit Monaten vor einem Säbelzahntiger flieht.

Umdrehen und Kopfeinziehen vermutlich eine Bewegung. Von der Abruptheit dürfte unserm Onno schwindlig geworden sein.

Seh- und Hörnerven eines Menschen reagieren bei akuter Angst von allen Sinnen am empfindlichsten, und so dürfte Onno das Aroma verbrannten Gummis entgangen sein. Zeugen zufolge aber durchzog es den heißen Atem jenes Hochsommervormittags, der den Jungfernstieg erfüllte. Vielleicht braucht der Gestank von Reifenabrieb auf heißem Asphalt, um sich zu entwickeln, einfach mehr als die max. zwei Sekunden, in denen das Monstrum geduckt, doch brüllend herangerast kam, um den sechzig, siebzig Meter kurzen Haken von roter Ampel zu roter Ampel nachzuvollziehen. Die Schwärze von Lack und Glas fraß alles, was licht und lieblich war an jenem Tropentag. Die abstehenden Muscheln der beiden Außenspiegel – kann ich mir vorstellen – lösten womöglich so etwas wie Ehrfurcht in Onnos Seele aus, als handelte es sich um die fliegenden Ohren eines Staffordshire Bullterriers.

Zwei Sekunden, bis es krachte. Ein Krachen bis aufs Fleisch so roh, daß die umstehenden Zeugen zu Salzsäulen gerannen. (Der Hagelguß von Verbundglas-Splittern würde erst später Gänsehaut auslösen, später, wenn alle jene Zeugen ihren Liebsten von dem Ereignis erzählten.) Die finstere Schnauze des Stiers war in den After eines playmobilroten Fiat Chihuahua eingeschlagen. Ein wenig versetzt, so daß der Kleinwagen mit kreischenden Reifen über den Zebrastreifen schleuderte, zwischendrin hüpfend wie jeck. Er rollte weiter und bremste erst dann abrupt ab, etliche Fahrzeuglängen entfernt von jenem Überweg, den Onno gerade eben passiert hatte.

Vielleicht hatte Onno wahrgenommen, wie der Fiat-Fahrer dummiemäßig im Airbag verschwand. Wie sein Fahrzeug eine Radkappe abwarf, und wie die dann mit einem unwirklich billigen Geräusch an Onnos Füßen vorbeitrudelte.

Und noch während sie die Rollstuhlrampe in Richtung Alsterpier hinunterrollte, stieg der Fahrer des Lamborghini aus. Ein fremdartiges Wesen. Ein ultimatives Es. »Kunterbunter Riese«, wie Augenzeugin Annemieke L. (7) laut HEZ gesagt haben soll. »Digger!« rief er kehlig, indes er sich um die zerstülpte, fetzenstarrende Motorhaube herumschlängelte, doch trotz tänzerischer Leichtigkeit an einem hervorstechenden Kohlefaserspließ die rechte Gesäßbacke aufschlitzte. »Warte mal, Digger!«

Allein das Wetter Wahnsinn.

Es war so heiß, daß Wasserleichen Schluckauf kriegten.

Das weitere konnte ich – aufgeschreckt durch das Krachen des Unfalls – mit eigenen Augen durch die Fenster meines Büros beobachten.

Meine Knie fühlten sich an wie Knollen aus Kautschuk, als ich da stand und, insbesondere anhand seiner beigefarbenen Baskenmütze, verfolgte, wie Onno die Spur der Radkappe aufnahm. Es sah aus, als watete er durch Sumpf. Auf lahme Weise eilig. Er watschelte. Höchstwahrscheinlich fühlten sich seine Knie noch schlimmer an als meine, und hätte er bei der Hitze zu rennen begonnen, wäre er womöglich kollabiert. Anstatt den Jungfernstieg hinauf zu flüchten, watete er also die Rollstuhlrampe hinab – aufs Niveau des Alsterkais. (Wahrscheinlich, so reimte ich mir später zusammen, gehört Hakenschlagen zum Instinktrepertoire, und zudem dürfte er zu spät bemerkt haben, daß der weitere Fluchtweg in Richtung Gänsemarkt und Neuem Jungfernstieg auf Kaiebene hinter dem zweistöckigen Glaskubus, in dem ein Reisebüro und ein Café residierten, von einem Bauzaun komplett versperrt war.)

Mit einem Abstand von zunächst nur wenigen Metern folgte ihm der Goliath, muskelbepackt, splitternackt, überaus farbig, stetig blutend. Lässigen Schrittes. Nicht ganz und gar tangolike – vielleicht irritierte ihn denn doch das am Bein herabrinnende Blut –, doch allemal souverän. Rechts liegen lassend den Basaltblock der Alster Schiffahrtsges. mbH, links das Kassenhäuschen aus Saunabrettern (vor dem eine Touristenhydra stand, die ihre Köpfe nach dem Satan ausrichtete). Vorbei an einer Skulptur des Hamburger Wasserträgers – Hans Hummel, neben Zitronenjette die historische Symbolfigur der Hansestadt. Vorbei an Ge- und Verbotsschildern …

BETRETEN DER PONTONANLAGE NUR FÜR
GÄSTE DER ALSTERSCHIFFAHRT!

BEFAHREN DER ANLAGE VERBOTEN!

ACHTUNG! DIE ANLEGERKANTE IST FÜR
DIE ALSTERSCHIFFE
FREIZUHALTEN (VERLETZUNGSGEFAHR)!

RUTSCHGEFAHR BEI NÄSSE!

VORSICHT! IM WINTER NICHT GESTREUT!
(Edding-Zusatz: *Wann denn?*)

BITTE KEINE WASSERVÖGEL/SCHWÄNE FÜTTERN!
(Edding-Zusatz: *Wen denn?*)

Es wäre dem Hünen ein leichtes gewesen, Onno einzuholen
und zu stellen. Doch die Verfolgungsjagd verlief mit Glet-
schergeschwindigkeit. Wozu unwürdige Hektik? Onnos einziger Ausweg war der Pier. Und schwimmen konnte Onno,
wie der andere wußte, nicht. Geschweige schneller als er
selbst, der reptilienhafte Dämon. Allerdings … es lag ja, lok-
ker vertäut, ein Dampfer aus der Weißen Flotte am Ende des
Piers. Die *Saselbek*. Doch rannte ein Höllenfürst, der etwas
auf sich hielt, einer Seele hinterher?

»Ottooo!« wiederholte der Hüne, jenem Ohrenzeugen zufolge, der sich ihm auf dem Rückweg in den Weg stellen würde. »Nun bleib mal stehn! Du glaubst doch nicht …« Was
auch immer Onno geglaubt haben mochte – taub für den
Wunsch seines Verfolgers watete er weiter, schupfte quasi mit
den Sandalen vor sich hin, einfach weiter den Pier entlang
in Richtung Ende, ohne sich umzudrehen. Aus den Augen,
aus dem Sinn. Einfach weitermachen. Weg hier. Wenn der

ihn einholt … tjorp. Aber vielleicht irritiert es seinen Verfolger denn doch, wenn er einfach drauf verzichtet zu rennen. Er darf so oder so nicht rennen, dann ist er gleich verloren. Dann verbraucht er seine letzten Reserven. Wenn er nicht gleich kollabiert.

So oder ähnlich wird es ihm sein Mandelkern eingeflüstert haben. Recht so. Schupf, Onno. Schupf.

Und tatsächlich; es war Punkt 11:15 Uhr, die *Saselbek* legte ab.

Der Alsterdampfer wies mit dem Bug nach dem Jungfernstieg, und da die Schlumper Shantyboys gerade ihren »Jung mit'n Tüdelband« geschmettert hatten, war der Krach des hundert Meter entfernten Unfalls bei den Passagieren untergegangen. Auch Käpt'n L. hatte mit dem Rücken zum Geschehen gestanden, weil er in seiner Eigenschaft als Schalterbeamter noch dem Mann mit dem Kinnzopf eine Fahrkarte verkauft hatte.

Onno machte einfach einen langen Schritt auf die sich grad entfernende rote Fenderkante am Heck. Klammerte sich an die Reling und kletterte hinüber auf die Veranda. Zum diskreten Erstaunen des jungen Piercing-Klubs sowie der beiden älteren Herrschaften, Werner und Frau. (Dagmar und Ellen würden ja erst am nächsten Anleger zusteigen.) Dann sah ich, wie er unter Deck ging, während die Saselbek einen eleganten 180-Grad-Bogen schwojte und, wie angetrieben von einem Wellenvektor, auf die Lombardsbrücke zubrummte.

Die Lombardsbrücke und ihr paralleles Gegenstück, die Kennedybrücke, bildeten das Durchlaßventil im Nordufer der Binnenalster, das mit den riesigen, aufgeplusterten Laubperücken alten Baumbestandes malerisch begrünt war. Sie gestatteten nicht nur die Durchfahrt des Bootsverkehrs, sondern, von meiner Warte aus, über Auto- und Bahnverkehr hinweg auch einen gewissen Durchblick auf Außenalster und Uhlenhorster Ufer. Ich zappte hin und her mit meinem

Blick, zwischen der Fahrt der *Saselbek* und dem grotesken Geschehen da unten, direkt unter meinem Bürofenster, auf dem Jungfernstieg; und während mein Puls galoppierte, flogen meine Gedanken von einer Ausflucht zur nächsten; und noch bevor die *Saselbek* unterm rechten der drei Brückenbögen verschwand, fiel mir siedendheiß ein, daß sie als nächstes den Atlantic-Anleger an der Außenalster ansteuern würde, aus meiner Perspektive verborgen hinter all dem Grün des Nordostufers dahinten.

Und offenbar nicht nur mir fiel das ein.

Wenn er verblüfft oder verärgert war von Onnos Abgang, dann war es dem Hünen von meiner Warte hier oben am Bürofenster aus schwer anzumerken. Er kehrte einfach um, woraufhin ihm der oben erwähnte Zeuge in den Weg trat. Es handelte sich um einen 30jährigen, recht durchtrainierten Polizisten auf Urlaub. In zusehends unzivilisierter werdenden Zeiten beschwören ja genau die Institutionen, die die zusehends unzivilisierter werdenden Zeiten zu verantworten haben, weil sie politischer Courage entbehren, Zivilcourage am inbrünstigsten. Ausbaden müssen dieselbe dann – tja, eben: Zivilisten. Resp. ein Polizist auf Urlaub, den der Hüne am Fuß der Rollstuhlrampe mit einem ansatzlosen Drehkick an die Schläfe aus dem Weg räumte.

Dann ging er zurück zu seinem lädierten Lamborghini. Holte einen Gegenstand heraus, den ich sogar von hier oben aus als Stichwaffe erkannte. Schritt auf den Enduro-Fahrer zu, der in dem sich rasch verdichtenden Verkehrschaos eingekeilt worden war. Der Fahrer stieg zuvorkommend ab, der Hüne dankend auf. Und weil *er* sich um Rücksicht nicht zu bekümmern brauchte, zwängte er sich unter Verursachung erheblicher Lack- und Blechschäden zwischen zwei teure Limousinen hindurch. Zog – inmitten davonsprengender Salzsäulen – eine knatternde Schleife über den Gehweg und fädelte sich wieder auf die Straße ein. Preschte den Ballindamm hinunter.

Atemlos starrte ich ihm hinterher. Der Realfilm seiner rasenden Fahrt wurde von den Stämmen der noch jungen Allee in zig Sequenzen zerstückelt – ungerührt dabei die edlen Fassaden der altehrwürdigen, von grünen Kupferdächern gekrönten Geschäftsgebäude. Und während sich in den darauffolgenden Minuten der Menschen- und Verkehrsknoten um das Schlachtfeld aus Sach- und Personenschäden und blaufakkelnden Polizei- und Krankenwagen da unten gordisch zuzog, ebneten Doppelverglasung und Klimaanlage die entsprechenden Geräusche hier oben in meinem Büro zu einer Art weißem Rauschen ein. (Nur die ineinander gestauchten Signale der Martinshörner kratzten mein Kardiogramm hinein.)

Doch weder öffnete ich ein Fenster, um mich aus der Abschottung zu befreien, noch ging ich hinunter auf die Straße, noch telefonierte ich. Ich knetete, während ich hin und herlief, den Telefonhörer, daß die Formteile knarrten, das ja. Aber ich wählte keine Nummer. Trotz Klimaanlage schwitzte ich. Ich schwitzte und knetete den Telefonhörer noch panischer, seit ich die Enduro aus den Augen verloren hatte – dahinten, am Ferdinandstor, wo eine Lücke im Uferbewuchs freien Einblick auf die große Kreuzung unterhalb des Bunkerblocks der Kunsthalle erlaubte. (Darüber sah man, wie immer, als wäre nichts gewesen, stillstehend die stilisierte Weltkugel am Giebeleck des Hotels Atlantic.) Und wo kurz darauf zwei Polizeifahrzeuge mit Blaulicht hinüberjagten, unter Abspielen genau jener Tonfolge des sog. Folgetonhorns, die im selben Moment das hellhörige Ohr einer Hamburg-Touristin aus Hanau zu dem Vergleich mit einem Karnevalstusch animierte.

Ich öffnete kein Fenster. Ich ging nicht hinunter auf die Straße. Ich telefonierte nicht. Ich schwitzte, und ich knetete die Formteile des Telefons, weil ich einen ganz bestimmten Moment ersehnte, der einfach nicht eintreten wollte (und den ich so mühsam herbeizuspähen versuchen mußte, weil Vietsens verfluchter Onno mir mein Fernglas nicht zurückerstattet hatte): Doch sie tauchte nicht wieder in meinem Blickfeld auf, die *Saselbek*.

Eigentlich hätte sie das tun müssen auf ihrer planmäßigen Route vom Atlantic-Anleger (Ostufer) zum Anleger Rabenstraße (Westufer). So, wie ich es schon Dutzende Male in Sinnierpausen beobachtet hatte. Ich spähte und spähte durch die Lücke im Baumbewuchs an der mir gegenüberliegenden Kante des Binnenalsterbeckens – jene Lücke, die Lombards- und Kennedybrücke rissen. Tigerte an der Fensterflucht meines Kanzleibüros auf und ab, auf und ab tigerte ich. Zahnloser Tiger, Papiertiger – mit nach wie vor galoppierendem Puls. Peilte angestrengt aus den Fenstern, bei jeweils unwesentlich variierter Perspektive, doch unentwegt. Und währenddessen, unter Aufbietung aller verfügbaren Willensgewalt, unterdrückte ich den Impuls, Edda anzurufen. Denn was hätte ich ihr sagen sollen? Was zum Teufel hätte ich ihr sagen sollen?

Ungefähr 11:30 Uhr. Immer noch genau jener Freitag, der 13. August.

Clip 4/4

Länge: 30 min. 04 sec.
Aufrufe: 1.132.994
Bewertung: *****

Zwischen dem Ende von Internetclip 3 und dem Anfang von
-clip 4 sind aus dem Zeitkontinuum rund dreißig Sekunden
herausgeschnitten.

Auf Dagmars ›Masterband‹ hört man in jener halben
Minute die letzten Noten aus dem kakophonischen Kanon
verklingen, den das Sirenenorchester des hanseatischen Pe-
terfuhrparks zur Untermalung der geschehenen Undinge
intoniert hatte. (Der Aufmarsch der Polizeikräfte war, rund
zwanzig Minuten nach dem Start der *Saselbek* vom Atlantic-
Anleger, komplett abgeschlossen. Ihre Anwesenheit signalisierten fortan nur noch die blauzuckenden Wetter auf beiden
Ufern. Von welchen das so gut wie zum Stillstand gekomme-
ne Alsterschiff inzwischen ungefähr gleich weit entfernt war.
Das Streifenboot der Wasserschutzpolizei blieb zur weiteren
Beobachtung auf Distanz.

Sämtliche Meldewege der Polizei waren beschritten, das
Einsatzrubrum *Geiselnahme* infolge der Aussage des Pier-
cingclubs gegen 11:30 Uhr bestätigt und in der Zentrale eine
entsprechende Sonderkommission zusammengetreten, bestehend aus Einsatzleiter, Psychologen, Technikexperten und
Vertretern des für Geiselnahmen zuständigen Raubdezernats.
Diese sog. Aufbauorganisation versuchte nun seit ein paar
Minuten, die Beobachtungen der geflohenen Zeugen, der
mit Feldstechern ausgerüsteten Beamten an den Alsterufern
und derjenigen auf dem Streifenboot der WSP zu sammeln,

zu verifizieren, zusammenzureimen. Ein Hubschrauber, der ggf. Bilder übertragen könnte, war startbereit. Um eine Einsatztaktik – optional mit Spezialeinheiten – auszuhecken, war es angesichts der unklaren Lage noch reichlich zu früh. [»Mit Hörnern, ist klar. Und Kannibalenknochen. Verstanden.« »Und es wird da gefilmt? Bestätigen, bitte.« »Einen Hundekopf? Einen weißen *Hundekopf*, habe ich das richtig verstanden?«])

Visuell wahrzunehmen ist währenddessen auf Dagmars Masterband, wie der irre Hüne ebenjenen Kopf, Bellas aus dem Maulkorb tropfenden Kopf, dem bronzerot gebrannten Mann mit der beigefarbenen Baskenmütze entgegenstreckt. Wobei man hört, wie er etwas sagt, das man inhaltlich wie folgt zusammenfassen kann: »Halt mal, Dicker. Ich muß meiner Kamerafrau ein paar Regieanweisungen geben.« Daraufhin scheint ein Ruck durch den Mann mit der Baskenmütze zu gehen, eine weiterführende Reaktion aber erfolgt nicht.

So daß der Hüne Bellas Kopf – ein wenig ungeduldig, aber keineswegs unnachsichtig – auf dem Tisch parkt. Dann gibt er Dagmar die avisierten »Regieanweisungen«.

Zunächst nimmt er Stuhl F von Tisch 4, Backbord, rückt ihn an die Stirnseite von Tisch 5, also vis-à-vis von Bellas Schädel, und sagt Dagmar, sie möge sich dort niederlassen, damit sie das folgende »Gespräch« so ruhig wie möglich aufzeichnen könne. Weiter nichts, bis neue Instruktionen folgten.

Anschließend setzt er sich auf Platz A von Tisch 5, genau gegenüber von Platz D, dem Platz des Mannes mit dem (tiefschwarz gefärbten) Krausbart, der Sonnenbrille mit den dunkelgrünen Rundgläsern und der Baskenmütze.

So also das Szenario zu Beginn von Clip 4/4. Dagmar hat sich sichtlich bemüht, stets beide Gesprächspartner gleichzeitig im Fokus zu behalten. Im Vordergrund, an der Schmalkante des Tisches, wie als Totem Bellas Kopf. (Zwar war der Halsschnitt schräg erfolgt; doch das dichte Fell – selbst dort, wo es nicht flauschig weiß, sondern naß von Blut war – mitsamt der heraushängenden, rotkohlblauen Zunge und den Korbriemen wirkten stützend, so daß der Schädel keineswegs umkippt. Zumal ein Auge zugekniffen ist, reproduziert die schiefe Kopfhaltung beinah die niedlich-neckisch animierte Attitüde aus einem Werbeclip für Hundefutter.) Die Alsterkarte, womit der Tisch bedruckt ist, verschwindet unter einem weitflächig aufgefächerten Stoß von Broschüren zum I. Moderlieschen-Fest. Pro Längsseite zwei leere Stühle: Platz B und C sowie E und F, und dann, auf den Fensterplätzen, die beiden Männer – einer zusammengesackt rückwärts gekauert (Halbprofil), der andere (Profil), interessiert vorgebeugt, auf die flach abgelegten Unterarme gestützt, daß der scheinbar gehäutete Trizeps schwillt, vor sich den abgelegten Dolch.

> UT1: Du zitterst ja, Dicker. Frierst du? (Lacht glucksend; d. Verf.) Nee. Schüttelfrost, was? Ich bin aber auch … bißchen unterzuckert. Und dann das Wetter … Wahnsinn. Wahnsinn. Weißt du noch, wie arschkalt es auf Malle war? Wie du mit den Zähnen geklappert hast, als ich dich ins Wasser geschubst hatte?

Außer mit jenem groben Beben reagiert der bärtige Mann immer noch nicht. Wiewohl seine beigefarbene Kappe so etwas wie ein übervoller Schwamm zu sein scheint. Über Stirn und Schläfen strömt Schweiß, und die Nasenspitze bildet immer neue klare Tropfen, die einer nach dem anderen in den zottigen Igel des gefärbten Bartes stürzen. (Aus dem es wiederum schwarz heraustropft.) Abgesehen davon, daß er sich in regelmäßigen Abständen mit dem rechten der langen T-Shirt-Ärmel über die Stirn wischt, hockt der Mann einfach da – hockt da unter seiner Baskenmütze, hinter der Brille mit den dunkelgrünen Rundgläsern (da er das Gesicht ein wenig verkantet, sind seine Augen auch im Halbprofil nicht zu sehen) –, mehr oder weniger in sich zusammengesunken, die rechte Hand sodann wieder unter den Tisch schiebend, in der Linken ein regelmäßig zitterndes Blättchen Zigarettenpapier. Vor ihm, auf dem Tisch, das Plastikbeutelchen, aus dem die Tabakfasern wuchern.

UT1: Äy! *Ich* bin's, Dicker.

Keine Reaktion.

UT1: Hey. Otto, *Dicker*. Mein Freund. Mein bester Freund. Einziger wahrer Freund, den ich je hatte, Dicker. So sieht man sich wieder.

Keine signifikante Reaktion, und jäh schnellt der Hüne mit dem Oberkörper vor. Ein, zwei Rupfgriffe, das Reißen von Textil, eine Bewegung aus dem Handgelenk, und schon sitzt der Hüne wieder auf seinem Platz wie zuvor, und erst dann hört man die Sonnenbrille irgendwo im Schiff zersplittern. (Und zwar an der exakt gegenüberliegenden Seite, Steuerbord. An der Fensterscheibe von Tisch 5, zwischen dem blinden Mann – meinem späteren Mandanten – und dessen Begleitung.

Dem Blinden verdanke ich die akustisch, aber auch die olfaktorisch präzisesten Erinnerungen. Blinde leben in der Zeit, nicht im Raum, doch in diesem Fall habe er allein aufgrund der Gerüche eine Art Klaustrophobie empfunden. Bei weit über dreißig Grad Celsius Außentemperatur war die Atemluft im Fahrgastraum zu diesem Zeitpunkt – achtzehn Minuten, nachdem die Tür zur Heckveranda geschlossen worden war; vierzehn Minuten nach Bellas Hinrichtung – bereits extrem gefault. [Die sommers gewöhnlich nur durch je drei Riegelschranken gesicherten Einstiege direkt hinterm Ruderhaus hatte Käpt'n L. aus schutzautomatischen Gründen, die er später selbst nicht mehr nachvollziehen konnte, mit den gläsernen hydraulischen Türen zentral geschlossen, als er den Motor ausgestellt hatte. Die Erlaubnis einzuholen, sie nun wieder zu öffnen, fand er ums Verrecken nicht den richtigen Zeitpunkt.]

Mein blinder Gewährsmann verglich die Hitze und Luftfeuchtigkeit mit einem Hamam, bloß daß der Geruch bei weitem nicht so angenehm gewesen sei. Ein Potpourri, dessen Gesamtwirkung nur als lähmend beschrieben werden könne. Ein Gestanksgemisch, von dem mal das eine, mal das andere Element dominierte. Elemente wie Schweiß, Schweiß von vierunddreißig Menschen im Alter zwischen zwölf und vierundsiebzig Jahren. Schweiß, kaum abgelagert und verdunstet, von frischem wieder aufgekocht. Angstschweiß, aufgerührt von vierunddreißig Amygdalae, dessen geballte Geruchswucht Schäferhündin Bella beinah in den Irrsinn getrieben hätte. In der Nähe des Hünen mit eigentümlich synthetischer Basisnote, vermutlich aufgrund der genossenen Drogen. Ferner etliche Liter vergossenes Tierblut, süßlich, doch trotz der größeren Menge diskreter als das Blut des Hünen. Das auch süßlich roch, doch wie mit heißen Kupferfäden durchzogen – und wiederum chemisch versetzt. Kräftige Spuren von Urin, Geruch also nach Brühe, Fenchel und Ammoniak. Auch tierischer und menschlicher Kot war an der Brodembildung beteiligt. [Zwar gab es eine Toilettenkabine auf der Heckveranda, doch wer wußte das schon; und wer es wußte: beim Hünen um Genehmigung betteln? Was, wenn er ablehnte? Da hatte man zusätzlich zu der Schande noch seine garantierte Aufmerksamkeit.] Dito exquisites Herrenparfum. Und Fischbrötchen, aus dem Korb der Engländerinnen. Sowie die Katerfahnen Dagmars und Ellens. [Welch letztere übrigens schwer atmend auf Platz D von Tisch 5, Steuerbord, saß, direkt im Rücken ihrer Freundin.]

Solcher Art also war die Atmosphäre beschaffen, in der sich das folgende abspielte, und besser wurde sie im Verlauf jener halben Stunde auch nicht.)

Der Mann mit dem Bart und der Baskenmütze, doch nunmehr ohne Sonnenbrille, kneift die Augen zusammen, allerdings wohl eher vor Schreck aufgrund der Attacke. Die Lider sind viel heller als der Rest des sonnenverbrannten Teints, so daß sie wirken wie geschminkt. Wie negativ schattiert. Dito die Kerben, die die beiden Reiter vom Brillengestell im Nasenrücken hinterlassen haben.

Ebenfalls infolge der abrupten Tätlichkeit schnappt der Mann nun außerdem mehrfach nach Luft, ungefähr, als müsse er sich gleich übergeben. Es bleibt jedoch bei einem Beben und Rütteln, das durch seinen Rumpf geht; gleichwohl fortan zyklisch. Er *schlottert*.

Der Hüne schaut in die Kamera, greift nach dem Dolch und deutet mit dessen Spitze auf den mageren, bronzerot gebrannten, feuchtglänzenden rechten Oberarm seines Gegenübers, der nunmehr zwischen den Ärmelfetzen hervorschaut. Der männchenmachende, violette Pudel auf dem undeutlichen Bizeps ist deutlich im Bild.

UT1: Wette verloren, Dicker, ich weiß. Ich übrigens
auch, du.

Authentisch betrübt senkt der Hüne seinen verunstalteten Kopf. Die Hörner zielen auf die hellen, niedergeschlagenen Lider seines Gegenübers.

UT1: Gegen eine meiner Echsen.

Um einmal mehr zu korrigieren: Gemeint sind natürlich »Exen« (= Exfreundinnen). Ein Beispiel für die Unbekümmertheit, mit der unser Webmaster Inhalte voraussetzt bzw. verständnismäßige Unschärfen generiert. (Wobei man in diesem Fall, d.h. in Anbetracht der partiellen Echsenhaftigkeit des Hünen, ja durchaus Witz einräumen kann.) Und mehr als eine Million User, die sich den halbstündigen Clip angeschaut haben, geben seiner Arbeitsweise damit recht: Offenbar funktioniert der Clip auch ohne Kenntnis der tieferen Beweggründe für den darin vorgeführten Dialog.

> UT1:   Weißt schon, welche, Dicker. Hab ihr gesagt: Otto?
> Nie und nimmer, hab ich gesagt. Für Otto leg ich
> deine Hand ins Feuer. (Lacht glucksend wie ein
> Puter; d. Verf.) Tja. Hat mich ordentlich Kohle
> gekostet. Aber was soll's. Kohle spielt keine Rolle.
> Jetzt sowieso nicht mehr. Und ist geil geworden,
> oder?

Er bewegt die Ellbogen und betrachtet sich oberflächlich.

Dann referiert er über die Tätowierungssitzungen, zwei Minuten und fünfzehn Sekunden lang (und er ist – aus verschiedenen Gründen: Zahnlosigkeit, schwankende Lautstärke, Nebengeräusche – teilweise wirklich schwer zu verstehen: Kompliment an den Webmaster). Daß er seit elf Wochen unter der Nadel von »###« gelegen hat, täglich mindestens vier Stunden. Wie teuer das alles bisher gewesen ist. Wie lang allein die filigranen Wimmelvignetten auf dem Rücken gedauert haben. Wie bekifft er gewesen ist, als ihm die Teflonhörner implantiert worden sind. Die Ohren hat er sich im Vollsuff abgeschnitten. Als er »einen Moralischen« wegen Mutter Bertha bekommen hat. Und zwar während er aus Sentimentalität in Onkel Bogdans ehemalige Werkstatt eingebrochen ist, heute ein Lager für Lacke, so daß es gedauert hat, bis er ein geeignetes Schneidwerkzeug – ein Teppichmesser nämlich – hat finden können. Eigentlich, fällt ihm grad ein, hat er sie übrigens Fiona schicken wollen, eingelegt in Spiritus; die war doch immer so scharf auf seine Löffel! Schwamm drüber, die gammeln jetzt irgendwo in der Bille.

Schmerzen beim Bilderstechen aber hat er ohne Betäubung aushalten, weil auf Nihilin und Alk wegen der blutverdünnenden Wirkung verzichten müssen – andernfalls die Stiche sich hätten entzünden können. Und das waren Schmerzen, Dicker. Allein der Aal, Dicker, allein der Aal. Und der eingebrannte Phallus für Tante Votze.

Und doch, am allermeisten hat das hier wehgetan (er pocht mit dem rechten Handballen auf seine Herzgegend): das Porträt von »Otto«.

UT1: … Aber nicht auf der Haut, Dicker. Darunter, da
hat's wehgetan, Dicker. Darunter. Warum hast du
das gemacht, Dicker. Warum. – Warum.

Man *sieht* im Videoclip, daß der bärtige Mann – unter einem zusätzlichen Schweißguß – redlich versucht zu sprechen. Man sieht, wie seine Kiefer sich lösen, das Tor ins Bartdikkicht sich sesammäßig öffnet, ja sogar, wie das südlicher gelegene Gestrüpp vom Adamsapfel bewegt wird – doch zu hören ist zunächst nichts.

UT1: Was? *Sag* mal. Warum hast du das gemacht.

Der bärtige Mann räuspert sich und gibt Laute von sich. (Ohne Untertitel.) Es dauert, bis man erstmals eine Antwort versteht. Es dauert rund fünfzig Sekunden, die wirken wie hundertfünfzig. Und die der Hüne abwartet, mit übertrieben verdrehtem Schädel, zusehends über seine eigene Engelsgeduld amüsiert. Bis der Mann mit Mütze und Bart die Augenlider hebt und seine indischen Kuhaugen zeigt. Und etwas sagt, das schwer zu verstehen ist – zumal für einen Hünen ohne Ohren.

UT1: Hä? Was?

UT2: Wie du … wie hast du mich gefunden.

Was zunächst naiv klingt, ist es – so wurde mir beim zweiten Rezeptionsdurchgang klar – durchaus nicht gewesen: In seiner Lage muß für den Mann mit der Baskenmütze die vorrangige Frage gewesen sein, ob seine wahre Identität gelüftet worden war – und damit nämlich womöglich auch die seiner Angehörigen … (Wenn nicht, stünden ihm ggf. andere Handlungsoptionen zur Verfügung als wenn doch. So unfaßlich es klingt, mental war der Mann ganz offenbar voll da.)

UT1: Ach kuck. Kann reden. Privatdetektiv natürlich, Dicker. Hat mich auch nicht wenig gekostet. Aber hat sich ja gelohnt. Tja, und ausgerechnet heute, wo mein Ganzkörpertattoo fertig werden sollte, da ruft der Typ mich an. Hab ich natürlich nicht lang gefackelt. Schnell, sagt er. Geht grad ins Haus Jungfernstieg Nummer (*piep*). Kanzlei (*piep*). Braungebrannt, beige Baskenmütze, Sonnenbrille, Bart.

Bääät. Der Teufel gluckst wie ein Truthahn.

Nun hat der Mann mit der Baskenmütze ihn wiederum akustisch schlecht verstanden – ungefähr ab der Hälfte –, und sagt das auch genau so, allerdings so leise, daß wiederum der ohrlose Hüne ihn unwirsch auffordert, deutlicher zu sprechen. Um ihn nicht weiter zu reizen, stellt der Mann mit der Baskenmütze die nächste Frage. Die wieder recht harmlos klingt – diesmal jedoch zugleich unbeirrt.

UT2: Aber woher wußte der, wie ich jetzt aussehe.

UT1: Was?

UT2: Woher der ... woher *wußte der, wie ich jetzt aussehe.*

UT1: Wußte der, wie *was?*

UT2: *Wie ich jetzt aussehe.*

UT1: Wozu willst das eigentlich noch so genau wissen, Dicker. Die Büroschnepfe in dieser Kanzlei.
So dreckig, wie der Detektiv gelacht hat, fickt er sie wohl.

Mochte die Ausdrucksweise nicht korrekt sein, der Sachverhalt war es.

Nachdem Tetropov mit seinen Ermittlungen auf eigene Faust nicht weitergekommen war, dürfte er den erwähnten Detektiv beauftragt haben. Alles, was er jenem Jamaikaner an Anhaltspunkten bieten konnte, war eine offensichtlich veraltete Adresse, den Vornamen Otto und das Konterfei mit Heiligenschein. Der langjährigste Walbein-Bewohner war erst nach Onnos Auszug eingezogen. Falls der Jamaikaner zur Nachrecherche bei Albert Loy gewesen war, wird sie nicht mehr viel gebracht haben. Was sollte er dem Einäugigen noch androhen, geschweige versprechen? Den vollständigen, richtigen Namen *unseres* Detektivs – des »Ermittlers der Herzen« (Ulli) – wird Loy glaubhaft verschwiegen haben können. Möglich, daß der Jamaikaner sodann Loys Stammbars abgeklappert hat. Falls alle Barchefs so bärbeißig waren wie Roswitha, wird es auch dort nicht viel zu ermitteln gegeben haben.

Verblieben noch die Schnittstellen Fiona und Queckenborn. Fiona wußte noch weniger als Loy, und die Villa Quekkenborn war hermetisch abgeriegelt. Im Grunde aussichtslos, doch aufzugeben verbot sich dem Privatdetektiv allein wegen der Verbissenheit seines Auftraggebers. Dessen lukrative Langmut zu ignorieren wäre idiotisch. Also dachte er sich vermutlich: Leute wie Queckenborn haben Berater, Agenten, Anwälte. Und welche von diesen Berufsgruppen pflegt ggf. Kontakte zu Detektiven? Und wer es war, der Queckenborn juristisch vertrat, war kinderleicht zu googeln. Und wie die Sekretärin hieß, war unter dem Menüpunkt Kontakt auf dessen Website zu lesen. Und den Namen Roberta Wanda Müller gab's bei Facebook nur ein einziges Mal.

Ihrer eigenen Aussage zufolge hatte Robota den Jamaikaner mit der bunten Rastamütze bereits Anfang Juli im Stadtparkbad kennengelernt. Anfangs habe er auf dicke Hose gemacht; als er abblitzte, auf dünne Hose, usw. usf. Er war gut fünfzehn Jahre zu alt für ihren Geschmack – aber beispiellos hartnäckig. Drei Wochen lang sang er das Hohelied auf ihre langen Beine und ihre Mona-Lisa-Wangen und folgte ihr je ein Stück ihrer Wege, um die Spuren ihrer Pfennigabsätze mit Gold auszugießen.

Angeblich verdiente er sein Geld als Personenschützer, und einer von Robotas Lieblingsfilmen war schon immer »Bodyguard« gewesen. Anfang August hatte er sie so weit, daß sie gegen ihren langweiligen Dauerfreund einen Seitensprung wagte. »Eines Abends«, gestand sie unter Tränen, die ich ihr hart abtrotzen mußte, »bin ich mit ihm ins Kino gegangen und danach noch was trinken. Und weil er angeblich in Lübeck wohnt, sind wir spontan in ein Hotel, und da ist es dann passiert, und plötzlich – ich weiß auch nicht, ich kann's mir heute gar nicht mehr erklären, was ich mir dabei gedacht habe, ich hatte kaum aufgeraucht, da legt er mir das Foto vor und fragt mich, ob ich den Typ zufällig kenne; eine Kundin von ihm ist ihm auf Malle begegnet, weiß aber seinen Nachnamen und Adresse nicht, und der hat aber seinen

Chronometer bei ihr vergessen, und der sieht aus wie ein altes Erbstück, und das möchte sie ihm furchtbar gern zurückgeben, weil er so ein netter Typ ist, und da hab ich ohne lange nachzudenken gesagt: ›Der hat morgen vormittag um halb elf einen Termin bei uns. *Heute* vormittag.‹ Und anstatt mich selbst mal zu fragen, wie er ausgerechnet auf mich kommt, kam ich mir auch noch witzig vor, und als ich *ihn* fragte, sagte er nur, das sei eine etwas delikate Angelegenheit, und er möchte lieber nicht drüber sprechen, und das war mir auch ganz lieb, weil ich nämlich angetrunken und bekifft war und endlich, endlich schlafen wollte. Nie, niemals im Leben wär' ich je drauf gekommen, daß der Typ Detektiv ist!«

Als Onno dann auftauchte, rief sie ihren heimlichen Lover auf dem Handy an. Um mich nicht unnötig aufzuscheuchen, hatten sie verabredet, daß die Übergabe des Uhrenerbstücks draußen vor der Tür stattfinden solle. Sie unterrichtete den »Personenschützer« von Onnos verändertem Aussehen.

Daraufhin wird er Tetropov unterrichtet haben. (Und, nachdem er dessen furiosen Auftritt auf der Jungfernstiegbühne mitverfolgte, das Weite gesucht.)

UT1: Jedenfalls dachte ich: Bingo, dachte ich. Heut fick ich Otto. Heut fick ich dich, Dicker. Ohne Gummi, Dicker. Warum hast du das gemacht, du Pansen. Sag mal, du Darmgeburt, du.

Diesmal hat der Mann mit der Baskenmütze auf Anhieb verstanden. Nicht nur akustisch.

UT2: Warum ich dich verraten habe?

Und selbst in diesem Moment wohnt dem schnurrenden R genügend sanfte Kraft inne, daß eine mörderische Schlacht um verlorenes Vertrauen nicht gänzlich aussichtslos erscheint:

Der Hüne nickt. Gibt ferner auch wörtlich seiner Befriedigung Ausdruck, daß Onno den Umstand so klar benennt.

UT2: Finanzamt, Tibor. Ich brauchte einfach dringend Kohle, nicht wahr?

Nech.

UT1: Was?

UT2: Das Finanzamt. Das Finanzamt. Ich brauchte dringend Kohle fürs Finanzamt.

UT1: Ja »dringend Kohle«, Dicker. Wenn man Kohle braucht, hat man zig Optionen. Man macht einen ehrlichen Bruch. Man geht mit einer Beretta zur Bank. Man – was weiß ich. Aber eins macht man auf keinen Fall: Freunde verarschen. Seine Freunde verarscht man nicht, du Pansen, du. Kohle gibt's genug auf der Welt, Freunde nicht. Mein bester Freund, am Arsch. Du warst unser Gast, Dicker. Schämst du dich gar nicht, Dicker? Auch Fiona gegenüber?

UT2: Aber die hatte doch sowieso die Nase voll von Queckenborn! Hat sie mir zumindest erzählt! Die war voll verknallt in dich, nicht wahr. Außerdem hätte ich nie geglaubt, daß der ihr tatsächlich den Laufpaß geben wollte. Ich hab nur gedacht, der will was gegen sie in der Hand haben, um sie noch fester zu binden. Der hat geflennt, als er mir den Auftrag gab! Aber daß der *so* link ist, das Foto an die HEZ –

UT1: Was?

UT2: Wie, was. An die *HEZ*, also das Foto an die HEZ –

UT1: Mein bester Freund, Dicker. Der beste Freund,
den ich je hatte. Ich hab dir Sachen erzählt, die ich
noch nie jemandem erzählt hab. Am Arsch mein
bester Freund. Miese, dreckige Ratte, das bist du.
Am liebsten würd ich dir nicht eine Waschmaschine auf den Rücken tätowieren. Am liebsten würd
ich dir einen ganzen Käfig voller schwuler Pudel auf
den Rücken tätowieren. Und zwar mit dem hier.

Er tippt mit der Zeigekralle der linken Reptilpranke auf die
Spitze der blutverschmierten Panzerklinge in seiner Rechten.

UT2: Aber ich dachte, *dir* wär' Queckenborn sowieso
scheißegal, und –

UT1: Mach mich nicht sauer, Dicker. Logisch ist mir
Queckenborn scheißegal. Queckenborn. Queckenborn ist eine Pussy, Dicker. Eine feige, fette Arsch-
votze. Um Votzen wie den geht's gar nicht, Dicker.

UT2: Ich weiß, ich weiß. – Ich weiß. Ich meine, ich
wußte das. War mir klar, nicht wahr? Und deswegen dachte ich: Tibor steht da drüber. Wenn
Queckenborn ihm scheißegal ist, warum sollte
er dann was dagegen haben, wenn ein Freund
dadurch dringend nötige Kohle –

UT1: Mach mich nicht sauer, Dicker. Wenn du mich sauer machst, schneid ich dir den Hals ab. Ich schwör's
dir, Dicker, ich säbel dir die Rübe ab, Dicker.

Prinzip Scheherazade. Die Absicht des Mannes mit dem Bart, Zeit zu schinden, war mit Händen zu greifen. Andererseits hampelte der Hundertachtundzwanzig-Kilo-Hüne gleichsam in hundertachtundzwanzig Metern Höhe direkt überm Genick des Mannes mit dem Bart herum. Am letzten seiner Geduldsfäden.

Es folgten rund anderthalb Minuten mehr oder weniger müdes Gezänk, vom Webmaster entweder aus Nachlässigkeit nicht geschnitten – oder aus leicht überfeinertem Gespür fürs Groteske: Der Mann mit dem Bart versucht, den Hünen davon zu überzeugen, daß Queckenborn ihm schriftlich bestätigt hat, das Foto von Tibor und Fiona keinesfalls Fiona vorzulegen.

»Wie naiv bist du denn«, fragt der Hüne mit Recht. Der Mann mit dem Bart behauptet, das sei nur »zur Absicherung« gewesen. Aber daß er das Bild an die HEZ verscherbelt, das hätte er nie geglaubt. »Sag ich doch: naive Pussy du«, sagt der Hüne.

Nun sagt der Mann mit dem Bart, schließlich habe er das Foto ja nicht von sich aus gemacht, sondern Fiona habe ihn, wenn sich der andere bitte erinnern möge, dazu aufgefordert. (Dabei benutzt er für den Begriff Kamera zweimal das Synonym »Apparillo«, und auch der Hüne übernimmt diese machismo-ironische Verschärfung eines harmlosen Alltagsbegriffs, die, wenn mich nicht alles täuscht, in den frühen 70er Jahren Konjunktur hatte – keine Ahnung, warum.) Der Hüne sagt (mit Recht), das gebe dem Mann mit dem Bart noch lange nicht das Recht, damit hausieren zu gehen. Der Mann mit dem Bart sagt, nein, aber zumindest sei das doch ein Beweis dafür, daß es nie seine Absicht gewesen ist, Fiona zu verarschen, und schon gar nicht ihn, den Hünen, zu verraten, oder?

Gekeife. (Geschupfe.)

Nach anderthalb Minuten jedoch ist der Hüne es müde. Es scheint ihm offensichtlich: Er wird keiner befriedigenden Antwort auf die zentrale Frage nach dem Verrat seiner Person teilhaftig werden. Erwartet auch keine mehr – jedenfalls keine, die er versteht, geschweige akzeptieren kann. Seine Bereitschaft zum Verständnis ist ohnedies überstrapaziert, und sein Lebensgefühl, ständig betrogen zu werden, wird wieder einmal übermächtig. Wann immer er Fragen gestellt hat in seinem Leben, hat er befriedigende Antworten missen müssen. Er ist es endgültig müde.

Und so hört er nicht mehr richtig zu, was der bärtige Mann da weiterhin von sich gibt. Krault vielmehr geistesabwesend mit langem Arm den Kopf des weißen Schäferhundes Bella. Woraufhin der umkippt und der Hüne Mühe und Geschick darauf verwendet, ihn wieder in seine schräge, doch halbwegs stabile Position als Tischtotem zu versetzen. Dann – mittenhinein in das bald einlullende, bald enervierende Geplapper des bärtigen Mannes – sagt er plötzlich, mit geradezu pädagogisch souveräner Ruhe:

UT1: Wenn's um Kohle ging, Dicker ... Wenn's nur um Kohle ging ... Was hast du von Queckenborn gekriegt? Vier, fünf Riesen? Zehn? Wenn's dringend um Kohle ging – warum hast du nicht einfach mich gefragt?

UT2: Was?

UT1: MANN, SPERR DOCH MAL DIE OHREN AUF! WARUM DU NICHT MICH GEFRAGT HAST!

UT2: Daran hab ich überhaupt nicht gedacht.

Was übrigens die reine Wahrheit war.

Seine Antwort ist wie aus der Pistole geschossen gekommen. Als Reflex des Instinkts, keine Redepausen aufkommen zu lassen. Und vermutlich in der Hoffnung, ihm fiele noch mehr Zeugs ein, hat der Mann mit dem Bart einfach weitergequasselt. Daran hat er echt nicht gedacht. Stimmt, Mensch, er hätte ja *ihn* fragen können ... komisch. Daran hat er überhaupt nicht gedacht, nech. Daran ... hat er ... überhaupt nicht gedacht, nech. Da hat er ... da hat er echt nicht dran gedacht. Den Schupfmodus aufrechterhalten, so lang es geht. Ohne Ball aber ist schlecht schupfen.

Der Hüne macht Pause.

Vielleicht will er dem schwelenden *Zu spät* nicht mehr Raum geben als nötig, vielleicht der fürchterlichen Vergeblichkeit *allen* irdischen Strebens keine größere Reverenz erweisen, als ihr zusteht, oder sonst was – jedenfalls tut er, als sei seine Frage ohnedies nur rhetorisch gemeint gewesen, und versenkt sich unvermittelt in eines der Flugblätter zum Moderlieschen-Fest. Man sieht seine Lippen sich bewegen, und schließlich reicht er seinem Gegenüber den Wisch und sagt:

UT1: Lies mal vor, Dicker.

UT2: Das? Feiern Sie mit uns! Hamburg feiert sein erstes Moder–

UT1: Nicht *den* ganzen Quatsch da. Das neben dem Foto.

UT2: Hier? Typisch für Moderlieschen sind die längliche Gestalt, die blau-schimmernden, sonst silbernen Flanken, die großen Au –

UT1: Hä? Nee, Mensch. *Da. Das* da, unter der Überschrift.

UT2: Warum das Moderlieschen Moderlieschen heißt. Der Name kommt keineswegs, wie man annehmen könnte, von dem Verb vermodern oder dem Substantiv Modder. Da seine Laichbänder den Beinen von Wasservögeln anhaften können und so auch in andere Gewässer verbreitet werden, leitet sich der Name Moderlieschen vielmehr von »mutterlos« ab. – Das?

UT1: Was? Leitet sich von was ab?

UT2: Mutterlos. Mutterlos. Also, keine Mutter.

Da der Hüne dem Betrachter die linke Flanke zuwendet, kann man zwar, wenngleich mit Mühe, erkennen, wie er nahezu unwillkürlich beginnt, mit der Daumenkralle seiner rechten Pranke sanft seine rechte Brustwarze zu flagellieren. Wenn sich hier ein höherer Regisseur offenbart, dann einer, dem sein sublimes Gewissen schlägt: Denn aus dieser Perspektive *nicht* zu erkennen ist, daß es sich dabei um die Brustwarze der venezianischen Kokotte handelt. Um »Mamas« Brustwarze.

Wer das seit Clip 3 vergessen (oder diesen *gar* nicht gesehen) hat, dem bleibt erspart, mit der Nase auf die eh seit Jahrzehnten klischierte Parodie eines freudianischen Klischees gestoßen zu werden. Zumal der Hüne darüber hinaus dreist versucht, seine rechte Brust mit dem Kinn zu liebkosen – vergeblich, natürlich. Ja, er entblödet sich nicht, reflexhaft seinen Flunsch zu spitzen, als heische er zu nuckeln. Diese Bestie. (Ich habe diesen oralen Reflex vor Jahren einmal mit anthropologischer Bestürzung bei dem ehemaligen schleswigholsteinischen Landesvater Björn Engholm ausgemacht, im Fernsehen. Hier verdankte er sich jedoch wohl eher dessen akuten Begierde nach dem Biß der Tabakspfeife. Wobei … aber genug der Klischees.)

UT1: Sie war ihre *Schwester*, Mensch. Tante Ria. Jeden
      Morgen vor der Schule hat die mir den Pimmel ge-
      lutscht, Dicker. Dem einzigen Sohn ihrer einzigen,
      toten Schwester. Tante Ria, Tante Ria, nenn mich
      Tante Votze! hat sie gesagt. Und wenn die Schule
      aus war, hat sie mich verprügelt, bis ich nicht mehr
      wußte, wie ich heiße, Dicker. Tat irgendwann nicht
      mehr weh, das nicht. Die Dresche tat irgendwann
      nicht mehr weh, aber sie hat mir nie gesagt, wofür
      ich sie eigentlich bezogen habe.

Der Hüne kauert da, als versuche er, sich in einem überfüllten
Bus schmal zu machen.

UT1: Ich hab nicht ein einziges Muttermal, Dicker. Jeder
      andere, den ich kenne, hat irgendwo ein Mutter-
      mal. Unterm Arm, am Arsch, am Kinn – aber ich?
      Nicht eins, Dicker. – Scheißegal, Dicker. Jetzt ist eh
      alles scheißegal.

Und hier wirft er einen prüfenden Seitenblick in die Kamera.
Er sabbert ein bißchen, und der Schnotter an seinem Querknochen zittert, und die Handvoll Mückenstiche auf seinen
Wangen glühen. In seinen starren schwarzen Augen glimmt
etwas wie Dankbarkeit. Dankbarkeit für die geheime Existenz
seiner finalen Psycho-Agenda: Dankbarkeit für den ungebro-
chenen Diensteifer Dagmars. Ihre Hingabe und Ausdauer
scheinen ihm die letzte gutartige Genugtuung zu bereiten,
die er sich auf dieser Welt noch erhoffen darf; eine alttesta-
mentarisch starke, moralisch reine Genugtuung.

Ein Blick, der dem Mann mit dem Bart nicht entgeht.
(Das wiederum erkennt man, sobald man beim soundsoviel-
ten Schauen des Clips erstmals mit dem Aufmerksamkeits-
fokus auf ihn, den Mann mit dem Bart, wechselt.)

UT1: Alles scheißegal, Dicker. Jetzt ist Schluß. Das war's.

UT2: Warum. Was meinst du. Moment. Bis jetzt hast du noch nicht allzu viel schlimme ... Du kannst immer noch –

UT1: Kuck mich an, Dicker. Glaubst du, ich würd so noch allzu gern weiter in der Weltgeschichte rum-spuken?

UT2: Wieso. Du bist doch ein *Typ*. Du bist ein Gesamt-kunstwerk. Bei der ... medialen Aufmerksamkeit heutzutage, da kannst du –

UT1: Im Zirkus auftreten? Als Bratpfannenbieger oder so was? Oder als Faktotum bei Good Morning, Germany? Du Pansen, Dicker. Ich bin doch keine Votze. Nee, nee. Mein Werk ist getan. Und jetzt Auge um Auge, Zahn um Zahn, und fertig.

UT2: Zahn um Zahn, na gut. Aber deine Augen hast du ja noch.

Was um Himmels willen redet der da, der Mann mit dem Bart?

Prinzip Scheherazade.

UT1: Noch, Dicker. Noch. Aber mindestens eins, zum Beispiel, schulde ich Mutter Bertha.

UT2: Und Zähne wachsen ja wieder nach.

UT1: Du Pansen.

UT2: Wieso … Nägel und Haare wachsen doch auch
wieder nach.

UT1: Was?

UT2: *Nägel und Haare wachsen doch auch wieder nach.*

UT1: Jaja. Und Ohren. Ohren wachsen ja auch wieder
nach.

UT2: Was?

UT1: OHREN! WACHSEN JA AUCH WIEDER NACH!

UT2: Kann man sich heutzutage alles nachmachen lassen.
Kein Problem. Brüste, Ohren, alles kein Problem.
Nee im Ernst und, vor allem, was ist mit dem
Sch… Sch…

Er kommt nicht drauf.

UT1: Shaolin?
UT2: Ja! Was ist mit deinem großen Traum?

Und das R, es überrollt die Tränendrüsen. Und so verrät der
beste Freund, den der Hüne je hatte, den Hünen ein drittes
Mal.

UT1: Dicker, ich mag ja ein Hemppler sein (psych.
Krankheit; d. Webmaster). Aber ich bin kein Idiot.
Ich reiß – Dicker, ich reiß dir die Eier raus, und
dann spiele ich da Tischtennis mit, Dicker.

Einen Moment noch bleibt er sitzen. »Seelenruhig« (HEZ). »Eiskalt« (Hamburger Abendpost).

Dann, mit diesem typischen, chi-geladenen Kampfsport-Aplomb, springt er auf … doch hüpft dabei der Aal auf den Tisch. Der Hüne registriert es – und grätscht in seinen eigenen cholerischen Anfall, indem er kurz und glucksend auflacht. Schüttelt den Kopf, und sagt:

UT1: Was mache ich hier eigentlich.

Und wieder durchquert seinen Körper eine Abfolge von Schauern – wie beim Scannen seiner Tätowierungen, wie kurz vor der Schlachtung Bellas. Auch diesmal ändert sich sein Verhalten nicht unbedingt *gleich* zum aggressiveren, doch stärker besorgniserregend allein aufgrund einer weiteren Stufe der Offensive. Er hat einen neuen Entschluß gefaßt. Er steuert auf ein Ergebnis zu. Ein Endergebnis.

Dagmar hat Mühe, ihm zu folgen, als er seinen Platz verläßt.

Man sieht, wie er im Mittelgang auf einer Lache ausrutscht – auf dem Blut aus Bellas Schädel, aber auch auf seinem eigenen Blut, das von seinem Hintern und seiner Lippe getropft ist (ein paar Fliegen schwirren auf) –, fängt sich jedoch mit all der tief internalisierten Routine von zehn Jahren Budo sofort wieder. Wie ein autoritärer Klassenlehrer beginnt er, Schritt für Schritt vorwärtsschreitend, laut die Anwesenden durchzuzählen, beginnt beim Linksaußen der Schlumper Shantyboys, jenes Wäldchens aus dicken weiß-blauen Mannsbäumen, die von den Wipfeln bis zu den Wurzeln von tropischem Schweißregen gebeutelt sind …

UT1: … fünfzehn, sechzehn …

Nummer sechzehn ist der kleine Solist. Siebzehn Schiffsführer Erich L. Achtzehn der junge Mensch mit dem amputierten Kinnzopf, der sich immer noch den Hals hält, an dem ihn der Hüne vorhin kurzfristig fixiert hat; neunzehn der braungebrannte Rentner ...

Dagmar verweilt mit dem Fokus nicht lang auf den Gesichtern, dennoch hinkt sie der Zählung stets hinterher, und so wischt die Kamera sogar über einige hinweg. Und doch sind ihre schweifenden, verwackelten Porträts mimische Echos von Schock und Schrecken. Obwohl der Hüne ihn bei der Zählung überging, nimmt Dagmar auch den weißen, flauschigen Leichnam des Hundes auf – ein unförmiger Bettvorleger mit einem See von Blut oberhalb der Halsöffnung und einer Spritzlache Kot unterhalb des Schweifs. Nummer zwanzig, nach wie vor auf Platz C, Tisch 5, der Mann mit der schlaffen Lederleine. (Sein Schock war so schwer, daß er drei Monate in einer psychiatrischen Einrichtung zubringen mußte.) Die beiden Rentnerinnen (einundzwanzig, zweiundzwanzig), Vater und schwer traumatisierter Sohn (dreiundzwanzig, vierundzwanzig), die beiden Engländerinnen (fünfundzwanzig, sechsundzwanzig), die beiden nach wie vor trostlos vor sich hinduftenden Herren (siebenundzwanzig, achtundzwanzig). Der Blinde plus Begleitung (neunundzwanzig, dreißig). Einunddreißig Ellen, verdummt vor Angst, deren bleicher, aufgeweichter Physiognomie Dagmar auch nicht mehr Zeit widmet als allen anderen – als erkenne sie sie gar nicht, oder könne sich nicht an sie erinnern.

UT1: Einunddreißig!

Nicht mitgezählt: Dagmar, der Hüne selbst und die beiden alten Herrschaften auf der Heckveranda. Und der Mann mit der Baskenmütze.

Zu dem der Hüne nun wieder zurückkehrt – allerdings

ohne sich auf seinen alten Platz zu setzen. Er bleibt, mit dem klafterbreiten Rücken zur Kamera, am Tisch stehen, Bellas Kopf mit den linken Krallen kraulend.

UT1: Einunddreißig, Dicker! Einunddreißig Stück.

Zu diesem Zeitpunkt ist der Fortschrittsbalken von Clip 4 zu zwei Dritteln vorgerückt. Wer während der rund zwanzigminütigen Dialog-Einstellung vergessen haben sollte, daß die sich auf einem Schiff mit ingesamt drei Dutzend Passagieren abgespielt hat, dem ist es bei der Volkszählung wieder augenfällig gemacht worden.

Ein eigenartiger Effekt. All dieses Gerede über etwas, das kein Mensch versteht – außer den Rednern selbst (und selbst die phasenweise anscheinend nur teilweise): einem schweißtriefenden Mann mit Baskenmütze, dem die Schuhcreme aus dem absurden Bart läuft, so daß man ihm beim Ergrauen buchstäblich zuschauen kann, und einem splitternackten, schwermuskulösen, totalätowierten Hünen ohne Haare, Zähne und Ohren, doch mit Hörnern. All dieses Gequatsche, zwanzig Minuten lange Gesabbel unterm Wahrzeichen eines blutigweißen Hundehaupts im Maulkorb hat – so wird dem Betrachter bei dieser 360-Grad-Kamerafahrt abrupt wieder vor Augen geführt – auf einem Schiff der sog. Alsterflotte stattgefunden, dessen Schiffsführer samt vierunddreißig Passagieren sich währenddessen nicht vom Fleck gerührt haben. Was allerdings nicht unerklärlich ist, denn all das findet inmitten eines blauzuckenden Großaufgebots der hansestädtischen Exekutive statt, wie jeder sehen kann, der sehen kann. Warum das Risiko einer Gegenwehr eingehen, wenn die Rettung so nah ist?

Also gewöhnen sie sich an den Hünen. So lange, bis nicht er ihnen mehr verrückt vorkommt, sondern sie sich in ihrer eigenen Position verrückt vorkommen. *Seine* Präsenz ist so signifikant und aktiv und hört einfach nicht auf – erfährt keinerlei Auflösung –, daß es nur *so* sein kann.

> UT1: Einunddreißig. Ich geb dir noch einunddreißig
> Chancen, Dicker. Ich geb dir noch einunddreißig
> Chancen, mir zu erklären, wieso du mich so verarscht hast.

Das zahnlose Genuschel ist nach wie vor schwer verständlich. Andererseits befleißigt sich der Hüne keiner sonderlichen Diskretion anläßlich dieses seines Ultimatums. Als eine gewisse Ahnung davon in der ein oder anderen Psyche Grauen entzündet, das sich wenn nicht wie ein Lauffeuer, so vielleicht wie in einem morphogenetischen Feld ausbreitet, lodern hier und da Wimmern und Schluchzen auf.

Als der Hüne merkt, daß er einen taktischen Fehler begangen hat, grölt er:

> UT1: RUHE, VERDAMMT NOCH MAL!

Macht zwei, drei ratlose, klebrige Schritte auf und ab. Baut sich schließlich vor dem Shantyboy-Solisten auf und nuschelt etwas, das der Webmaster sehr gut herausgehört hat:

> UT1: Los, mal ein bißchen Stimmung hier! Ist ja nicht
> auszuhalten, das Gejammer hier! Los, singt mal
> was! Könnt ihr Eingebor'ner Sohn? Von Bimbo?
> Bimbo Beelzebub? Kennt ihr Bimbo? Eingebor'ner
> Sohn? Hä? Paß auf, Dicker.

Und dann beginnt er vorzurappen. Beginnt mit Beatbox, daß der Knochen unter der Nase vibriert und der Schleimfetzen endlich abfällt. Beginnt diese berühmte Performance (die, quasi als Singleauskopplung, eine Extrakarriere im weltweiten Netz gemacht hat). Leicht vorgebeugt, locker aus den Knien und Schultern, mit pendelnden Armen und schwingendem Aal beginnt er zu rappen. Beginnt mit lässigen Rapgebärden, jenen Hand- und Fingermoves, ausgewogen zwischen Gestik und Gestikulation, zwischen Drohen und Abwinken; während der Zeigefinger scharf schießt, parodiert der kleine Finger gleichzeitig den Tunten-Täßchen-Griff: Ich kill dich, aber lässig.

Und der Webmaster ist auf Draht. Zitiert den Text von Bimbo Beelzebub und Dr. Vagina Mae korrekt.

> UT1: Was ist für Pussys das absolut Krasseste? Was aber bleibt im Blutrausch das Blasseste? ♫♪ Liiiebööö – der Same ♪ des Hasses. ♫♪ Liiiebööö – der Same des Hasses. ♫♪ Was ist der Stoff für die breiteste Masse? Das an der menschlichen Rasse ich hasse? ♫♪ Liiiebööö – der Same ♪ des Hasses. Liiiebööö ♫♪ – der Same des Hasses. ♪ Ich bin des Satans eingebor'ner Sohn, der Boß und Pimp vom Votzenbataillon, und ich wette die Hölle, du merkst es nie: Fick ich dich noch, oder grill ich dich schon?

Aufgrund von Zahnlosigkeit und Nasenschmuck hört sich natürlich auch das anders an, als es sich liest. *Waf if für Puffyf daf abfolut Kraffefte? … Blutrauf Blaffefte? … Menfliche Raffe? Fame def Haffef. Fame def Haffef.*

Hat er Applaus erwartet? Jedenfalls wirkt er ein wenig bokkig, als er sich langsam wieder löst aus seinem Beat.

> UT1: Und? Könnt ihr?

Der kleine Solist der Schlumper Shantyboys steht da so gut wie besinnungslos, so daß ein Kollege einspringt – ein Kerl, der immerhin an die einsneunzig groß sein dürfte und einen anscheinend echten Seemansbart führt.

UT3: Nein, tut uns leid. Das ist nicht unbedingt unsere Musikfarbe.

UT1: Was?

UT3: Das ... das nicht, nein.

UT1: Dacht ich mir. Spiel mir das Lied vom Tod?

Der Mann – sein Name ist Hermann B., siebzig, Witwer, vier Kinder, neun Enkel – sagt:

UT3: Das ist schwer. Ist ja auch instrumental.

UT1: Maaann, Dicker! Was seid ihr denn für eine Gurkentruppe! Was denn! Was könnt ihr denn sonst außer dieser ganzen schwulen Matrosen-votzensülze!

UT3: Na ja ... Weiße Rosen aus Athen ... Merci, Chérie ...

Der Hüne gibt ein Geräusch von sich, als erbräche er.

UT3: ... Heute hau'n wir auf die Pauke ... Dschingis Khan ...

UT1: Was?

UT3: Heute hau'n wir auf die –

UT1: Nee Mensch, das andere! Dschingis Khan oder was? Dschingis Khan könnt ihr?

UT3: Wie bitte?

UT1: DSCHINGIS KHAN! KÖNNT IHR DSCHINGIS
KHAN!

UT3: Dsching- ach so. Ja. Ja. Ja. Das können wir,
Dschingis *Khan*, ja.

UT1: Das ist gut. Na also. Dschingis Khan. Los. Find ich
gut.

UT3: Gut. Kriegen wir hin. Was, Jungs?

Hermanns Chorknaben reagieren recht unterschiedlich auf
dessen Unternehmungsgeist. Einer starrt ihn nur an. Dem
nächsten ist die Erleichterung deutlich anzusehen, bei einem
sei's bloß Moratorium des Dilemmas mitwirken zu dürfen.
Ein dritter sackt zusammen, ein vierter kümmert sich um
ihn.

Dessen ungeachtet, seiner menschenrettenden Mission gewiß, zählt der Seemann an.

UT3: Eins; zwo; eins, zwo, drei, vier ♫♪ Dsching – ♫♪
Dsching – ♫♪ Dschingis Khaaan! ♪♪ He Reiter,
ho Leute, he Reiter, ♫♪ immer weiter Dsching –
Dsching –

Sie können es tatsächlich. *Verhältnismäßig* einsatzsicher, *verhältnismäßig* textsicher. Nun sind die Verhältnisse extrem,
und entsprechend schlimm hört es sich an: Man kann sich
auf keinerlei Tempo einigen, die ein oder andere Note wird
eher willkürlich intoniert, und überhaupt läßt das Gesamt-
bild des Vortrags etliches zu wünschen übrig. Aber: ja, sie rit-
ten um die Wette mit dem Steppenwind, tausend Mann (Ha!)

Hu! Ha!) … Und: ja, er zeugte sieben Kinder in einer Nacht, und: o ja, über seine Feinde hat er nur gelacht. Denn seiner Kraft konnt' keiner widersteeeeehn …

Immerhin erkennt man: Sie können es theoretisch. (*Crossover* nennt man so was. Erweitert den Auftrittsradius – und somit die Kömkasse.)

Laßt noch Wodka holen (Hohohoho!), denn wir sind Mongolen (Hahahaha!), und der Teufel kriegt uns früh genuuuuuug …!

Seit dieser Zeile strahlt der Hüne. Den Mund weit geöffnet vor säuglingshaftem Entzücken – auch der Hahnenkopf im Adamsapfel gluckst sichtlich –, wandert er, Dagmars Fokus zugewandt, auf und ab und dirigiert, wiewohl den Chor im Rücken, mit dem Yoroi-dōshi. (Auch diese Sequenz kursiert als Hit im Internet.)

Doch selbst der schönste Tag geht einmal zu Ende (ja: *Alles* hat ein Ende, nur die Wurst hat zwei), und nach all dem Hohohoho! und Hahahaha! bemerkt der Hüne unweigerlich, daß sich aber auch rein gar nichts an der Gesamtlage geändert hat. Und verfinstert sich seine Miene, als er den unerledigten Fall Baskenmütze nach wie vor dort eminent sitzen sieht.

Winkt, in Richtung Schlumper Shantyboys, ab. Kehrt, mit einem hundertachtundzwanzig Kilo schweren Seufzen, an seinen Platz zurück. Setzt sich dem Mann mit dem Bart wieder gegenüber. Selbsttätig beginnt sein Fußballen zu wippen.

Das ist der Moment, in dem er – infolge der Ohramputation als einer der letzten – Helikoptergeräusche gewahrt. Entfernt, und eine halbe Minute lang unverändert.

Der Hüne schnaubt, und plötzlich gewahrt er darüber hinaus offenbar, wie weit ihm bereits alles über den Kopf gewachsen ist. Er kann ein Greinen nicht halten – ein Greinen wie von einem läufigen Kater, der durch den nächtlichen Hinterhof spukt –, und er dreht den Torso rücklings in die Kamera, holt mit dem Kopf so weit aus, daß die Nackenzielscheibe verschwindet und die Schädeloberfläche zu sehen ist – die beiden Hirnhälften, darüber, aufrecht, der Nasenzapfen mit Querknochen –, und keilt mit einem einzigen fürchterlichen Stirnhieb ins Sicherheitsglas der Fensterscheibe. (Die birst, jedoch nicht zerbirst.)

Vielkehliger Aufschrei. Viehisches Angstgeheul, auslaufendes Wimmern.

UT1: HALTET DIE FRESSE! SCHNAUZE HALTEN!

Ohne sich aus seiner Ecke nach den übrigen Passagieren umzudrehen, mit gesenkter Stirn, schreit es der Hüne heraus. Von seiner Stirn trieft Blut auf die Tischfläche. Ins Walnußmuster seiner Schläfe geprägt ein dicker, blauer Aderblitz.

Schlagartig wird es ruhiger.

Unfaßbar gleichmütig bleibt Dagmar mit der Kamera auf ihr Objekt fokussiert. Längst scheint es so, als sei sie von den Vorgängen, die sie filmt, nur mehr vollkommen unberührt – ja, von nichts mehr je berührbar.

UT1: So, Dicker, jetzt ist Schluß. Schluß jetzt, Dicker.

Der Hüne atmet schwer. Er atmet so schwer, daß es pfeift, und dann dreht er das Gesicht weiter zur Kamera. Aus einer Platzwunde an der Stirn blutet es. (Die ist gar nicht mal allzu tief, aber offenbar hatte er die Tatsache vergessen, daß er gehörnt ist, und gehörnmäßig ist da irgend was schiefgegangen bei der Kopfstoßaktion – eine der Implantationen scheint verrutscht, wobei die Haut gerissen ist.) Ein Rinnsal läuft in einen seiner schwarzen Augenringe und dann unter der linken Knochenflanke hindurch übers Kinn und tropft herab auf die Brust.

Der Hüne hebt den Dolch, und während er die Kamera sucht – mit diesem intensiven Blick in die Kamera starrt wie in einen Rasierspiegel –, führt er die Schneide, *legato* wie einen Geigenbogen, schräg nach oben, von sieben nach ein Uhr, über das eindrucksvolle Relief des linken vorderen Deltamuskels (der fiktiv ja bereits enthäutet worden ist). Schnitzt kursiv ein Ausrufezeichen hinein, das purpurrot und dreidimensional aus der zerteilten Haut hervorquillt. Mit einem sexuellen Röhren, das – angesichts der Spannung im *rectus abdominis* – der Hexenvisage von Tante Votze zu entfahren scheint, genießt der Hüne das quellflache Sprudeln seines Blutes.

> UT1: So flennen wir Aale, Dicker. Pussys flennen Pisse,
> Aale flennen Blut. Aal oder Zähre, Schande oder
> Ehre, Galeere oder Gangsta, du hast die Wahl …

Puffys flenn'n Piffe. Fande. Gängfta.
Im Passagiersaal wird es nach und nach totenstill, während sich der Hüne – mal Schneide, mal Spitze nutzend – unsystematisch, aber fortlaufend ritzt.

Um besser hantieren zu können, erhebt er sich von seinem Stuhl.

Durch Epidermis und Dermis bis in die Subcutis an Unter- und Oberarm zieht er lineallange und streichholzkurze Schlitze. Aufgrund der flächenweise fleischlichen Anmutung der Hautzeichnung wirkt es ganz organisch, wenn sie auflappt und es augenblicklich zu triefen beginnt, farbkräftig wie Wein, doch nicht so naß; zäher, *weiblicher*.

> UT2: Du … Du machst doch das ganze teure … Kunstwerk kaputt …

Meldet sich, allen Ernstes, der Mann mit dem Bart zu Wort. Nein, nicht allen Ernstes – es soll wohl ein Scherz sein, denn er preßt eine erbärmlich verunglückte Gelächtersilbe hinterher, die genauso gut von einer Möwe stammen könnte.

Als der Hüne explodiert war, hatte die Druckwelle den Mann mit dem Bart noch tiefer in die Ecke gepreßt. Nun kauert er auf seinem Stuhl, schweißübergossen, befallen von einer sanften Art von Schüttellähmung, schielt nach dem Hünen und redet solch ein Zeug daher.

Doch der Hüne geht drauf ein.

UT1: Die nimmt doch alles auf. Die nimmt doch alles auf, Dicker. Wird doch alles im Bild festgehalten. Und bloß, daß du's weißt: Das mache ich nur, weil ich … weil ich dich *liebe*, Dicker. Weil du mein bester Freund gewesen bist. Der beste Freund, den ich je hatte. Warum hast du mich verraten, Dicker? Warum? Mein Leben ist verpfuscht, Dicker. Ich hab das Beste draus gemacht. Das Beste, was möglich war. Und du verrätst mich, Dicker. Warum hast du das gemacht? Kuck hier, ich liebe dich. Und jetzt sag mir, warum du mich bloß so verarscht hast? Warum? Warum hast du mich bloß so ver*arscht*, Mensch …?

Ein letztes Mal wartet der Hüne auf Antwort. Doch diesmal kommt nicht mal mehr eine Ausflucht.

Bevor der Hüne sich dem Mann mit der Baskenmütze zuwendet, vergewissert er sich, daß Dagmar ihre Arbeit tut. Dann beugt er sich über den Tisch und langt nach dem Mann mit der Baskenmütze, der sich entziehen will – doch keine Chance hat gegen einerseits Wand, andererseits derartige Reichweite. Der Hüne packt ihn am Latz. Zieht ihn über den schmalen Tisch zu sich heran, wobei sein Arm auf die Broschüren blutet; man hört es in dicken Tropfen auf papierenen Untergrund regnen, zügig regnen, beinah prasseln. Er steckt den Dolch zwischen die zahnlosen Kiefer. Fixiert mit der Linken das T-Shirt-Knäuel vor der Brust des Mannes konzentrierter, wobei das Blut von seinem Ellbogen geradezu *strömt*, und dann – dann hackt er einmal kurz mit dem Mittelfingerknöchel der rechten Faust auf das rechte Schlüsselbein des Mannes. Nur ein einziges Mal; wie man so sagt: kurz und trocken.

Selbst vorm heimischen Monitor vernimmt man einen seltsamerweise weniger knöchernen als vielmehr tönernen Ton.

Dann läßt der Hüne das T-Shirt wieder los und sagt:

UT1: So, Dicker. Du bist tot.

Der Mann mit der Baskenmütze, manisch streichelt er, mit flatternden Fingern, sein rechtes Schlüsselbein, versucht sogar schielend, wiewohl er in seinem eigenen Schweiß zu ersaufen droht, es in Augenschein zu nehmen – vergeblich natürlich.

Der Hüne reckt den Muskelharnisch seiner Brust in die Kamera. Schielt auf die linke Hälfte. Nimmt den Dolch und zieht die Schneide über die Stelle auf seiner Haut, wo die Kehle des verewigten Abbildes eines betrunken schlafenden »Otto« sitzt. Aus »Ottos« Kehle blutend, wendet er sich frontal der Kamera zu und spricht, indem er den Schädel leicht über die rechte Schulter dreht.

UT1: Du bist tot, Dicker. Jetzt kannst du's mir ja sagen. Warum hast du mich verarscht? Warum hast du mich so verarscht, als wäre ich der letzte Dreck? Als wäre ich Abschaum, Dicker? – Geh mal da rüber, Süße, daß ich mir nicht dauernd den Hals verrenken muß!

Und Dagmar gehorcht. Gesellt sich auf den Stuhl neben dem Mann mit der Baskenmütze, der somit eingekeilt ist, umzingelt, doch aus dem Fokus verschwindet; nur seine schwere, mühsame Atmung ist jetzt deutlich zu hören.

Im Fokus steht der andere. Steht da, ein Menhir aus Fleisch, und schaut sich selbst beim Bluten zu. Zuckt hin und wieder mit dem ganzen Körper, als sei er mit Elektroden verbunden. Und schaut wieder zu, wie das Blut aus verstreuten Bornen in der linken Hemisphäre seines Körpers entspringt, aus Schlitzen in seiner Hautleinwand, die den Film seines Lebens zeigt, und sagt:

UT1: Du bist tot, Dicker. Du bist schon tot. Du kannst
      es mir sagen. Sag's mir, Dicker. Sag: Ich hab dich
      verraten, nicht weil ich dringend Kohle brauchte,
      sondern – na? Weil du mich anwiderst. Sag's mir,
      Dicker. Sag: Weil du Dreck bist. Sag's. Sag: Du bist
      Dreck. Du bist Abschaum. Der Teufel. Bestie. Du
      gehörst auf den Müll. Du bist Schrott, Dicker, du
      bist Abfall, du bist menschlicher Abfall, du störst,
      du störst, du … du bist Dreck, reiner Dreck, ge-
      fährlicher Dreck – Giftmüll, Dicker, sag's, Dicker.
      Sag's mir ins Gesicht: Du bist ein Riesenhaufen
      Giftmüll. Du gehörst entsorgt. Sag's mir, Dicker.

All die Rastlosigkeit, all die Energie … All der Fluch …

Aus schwarzen, blutverschmierten Augenhöhlen schaut der Hüne von der Höhe seiner blutenden Existenz herab auf den Mann in der Ecke, schräg an der Linse vorbei abwärts, doch von dem in der Ecke eingekeilten Mann sieht der Betrachter momentan nichts, und hört nichts als schweres Atmen.

Der Hüne wechselt die Handhabung des Dolchs. Hat er ihn bisher mit der Klinge aufwärts gehalten, greift er nun um. Meuchelgriff. Griff in der Faust, Klinge nach unten. Führt die Spitze an die linke Brust, plaziert sie auf seiner linken Brust- warze, deren Hof das linke geschlossene Schlupflid »Ottos« bildet. Fixiert die Spitze mit Daumen und Zeigefinger der Linken – und öffnet die Rechte. Der Griff des Yoroi-dōshi

343

nun wie auf dem Präsentierteller. Rammbereit schwebt der Dolch zwischen ihnen.

UT1: Na los, Dicker. Feigling. Du Memme. Sag's mir. Sag's mir ins Gesicht. Sag's mir ins Gesicht: Dreck bist du. Und dann rammst du mir das Ding in deine Visage. Du bist sowieso schon tot. Ramm mir das Ding in deine Visage. Ist nur konsequent. Ramm dir das Ding ins Auge und mir ins Herz. Das ist deine letzte Chance, Dicker. Deine Mitreisenden werden's dir danken. Los, Dicker. Los. Auge um Auge, Zahn um Zahn, Dicker. Ich kann das nicht. Mehr kann ich nicht machen. Ich kann nur für dich bluten, aber mein Herz kann ich mir nicht rausschneiden. Na los, Dicker, du Votze. Du Fickfehler. Feigling. Ist doch gar nicht schwer. Das da: Bella, das war schwer. Mach hin. Na los, mach hin. Wie viele Ostfriesen braucht man, um einen Dolch wo reinzurammen? Hä? Komm, Dicker, mach hin, sonst SCHLITZ ICH HIER EINEN NACH DEM ANDERN AUF, EINEN NACH DEM ANDERN, ALLE EINUNDDREISSIG! – Hast du alles drauf, Süße? Du hast doch alles drauf, Süße? Du schneidest alles mit, du Votze, sonst mache ich dich kalt. TUT MIR LEID UM BELLA, DICKER! Gott, was mache ich hier eigentlich.

Der Blick des Hünen funkt direkt in die Linse. In Dagmars drittes Auge. Auge um Auge. Flehentlich und drohend.

»Loooos!« schreit jemand (ohne Untertitel), der akustischen Richtung nach aus den Reihen der Shantyboys – weil der Hüne mit dem Rücken zu ihm steht, kann er nur aus Haltung und Genuschel des Hünen und dem Blick des Mannes mit der Baskenmütze geschlossen haben, was da vorgeht –, und dann, mit überschnappender Stimme, noch etwas (ebenfalls ohne Untertitel), das wahrscheinlich soviel wie »Stech ihn ab!! Stech ihn ab!!« besagt.

Was der Hüne ignoriert. Nein, nicht ignoriert, vielmehr mit Lächeln quittiert, bekümmertem, wissendem, aber auch grimmig gefaßtem Lächeln. Mit einem Lächeln aus dem Schmierentheater.

> UT1: Das ist mein Vermächtnis, Süße. Das ist mein Vermächtnis. Mehr will ich gar nicht. Ich hab mein Leben verpfuscht. Ich hab das Beste draus gemacht. Mehr war nicht drin. Aber versau mir nicht mein Vermächtnis, Süße. Das ist alles, was ich noch habe. Du kannst es verkaufen. Kriegst du jede Menge Kohle für, jede Wette. Hiermit verfüge ich, daß du die offizielle Besitzerin dieses Videos bist. Hiermit verfüge ich, daß du meinen Body an Agora TV verkaufen kannst. Laß dich nicht übers Ohr hauen, Süße. Und – besorg dir diese Salbe, mit der du mir die Haut abziehn kannst. Okay? Aber wenn du Scheiße baust, du Votze, dann sei ver–

Und in der nächsten Sekunde geht alles drunter und drüber. Zweiundzwanzig Sekunden lang ist nur noch Chaos aus verwischenden Farben und Formen zu sehen – zu amorph sogar, um Taumelreiz im Gehirn eines Betrachters auslösen zu können. Zu hören zunächst teils schwache, teils spitze Schreie. Punktuelle kleine Tumulte. Gepolter, neue Schreie, Schmerzgewinsel. Und schließlich stürzt die Kamera, prallt hörbar auf und ruht. Zeigt starr einen starren Wald von Stuhl- und Tischbeinen in einem roten See. Fünf Sekunden lang. Und dann wieder perspektivisches Chaos, psychedelisch, diesmal schwindelerregend, und dann sieht man den Mann mit dem Bart, aber mit kahlem, ungebräuntem Schädel, ohne die

Baskenmütze, rücklings im blutüberströmten Mittelgang liegen. Eine Hand verdreht unterm Steiß, eine auf dem rechten Schlüsselbein. Er zittert nicht mehr, sondern liegt ganz ruhig, die hellen Augenlider im nassen, rotbronzenen Gesicht halb geschlossen, aus den Schlitzen strahlt heller noch, wiewohl blutunterlaufen, Augapfelweiß.

Und dann, unter ständigem Brabbeln und Winseln Dagmars, schwenkt die Kamera wieder auf den Hünen. Der hockt breitbeinig auf Stuhl A von Tisch 5, benutzt allerdings die spinnwebenhaft zerborstene Scheibe des Schiffsfensters als Rückenlehne und die Rückenlehne des Stuhls als Lehne für den linken Arm. Die Rechte liegt auf dem Tisch, locker den Griff des Dolches umfassend. Aus all den Schlitzen im tätowierten Fleisch, unter gefärbten, gezeichneten Hautlappen hervor dringt unablässig rotes, rotes Blut, blutrotes Blut, die leibeseigene Droge des Lebens. Es sickert hervor und tropft herab, von den Hörnern herab rinnt es über die scheinbar offenen Augen, doch sind sie nicht offen, sie sind nur mit geöffneten Augen tätowiert, um den Schläfer gegen die Heimtücke der Welt auf immer und ewig zu impfen.

Volle zwei Minuten und drei Sekunden lang filmt Dagmar den Hünen. Filmt ihn, der bereits ins Koma gefallen ist – in dem er bis auf den heutigen Tag liegt. Filmt, wie ihm weitere mindestens zwei Liter Blut aus dem geöffneten Leib fließen. Die Schenkel hinabrinnen und über die Füße auf den Boden. Von beiden Ellbogen tropfen, und vom Maul des Aals. Volle zwei Minuten und drei Sekunden lang, in denen man nur Dagmars Atem wahrnimmt, Fliegengesumm, zwei, drei Wimmernester und das entfernte, unveränderte Knattern des Polizeihubschraubers.

Als die Uhr noch vierundvierzig Restsekunden anzeigt, kann man sehen, wie der Aal zu schwellen beginnt und, sich ausdehnend, im Vierziger-Puls-Takt zuckend aufsteht – fast wie zur unhörbaren Flöte eines Schlangenbeschwörers sich

346

windend aufbäumt –, dann aber, bevor zu internationalen RedLight-Dimensionen entwickelt, wieder darniedersinkt, als greife bei all dem Blutverlust nun doch das Prinzip der kommunizierenden Röhren.

Und schließlich kann man sehen, wie von links eine Harpunenspitze ins Bild vordringt – anpeilend die bunte, blutende Brust des Hünen –, und dann die gesamte Harpune, vorgehalten von einem weiteren hünenhaften Fabelwesen, dieses glatt und glänzend schwarz wie eine Robbe, mit Helm und Visier und dicken Fühlern oder Schläuchen oder was immer ein Polizeitaucher so braucht.

Schnitt. Ende des halbstündigen Clips. Des vierten und letzten Teils von Dagmars Video, das trotz aller möglichen Verfügungen immer wieder auf obskuren Wegen im weltweiten Netz auftaucht (und übrigens nicht minder obskure Kommentare zeitigt).

Freitag, der 13. August. 12:11 Uhr.

[Epilog]

Beim ersten (und einzigen) Mal, daß Edda diesen Film zu Gesicht bekam und schließlich, nach jenen geschlagenen fünfzig Minuten Irrwitz, ihren geliebten Mann da in der Blutlache liegen sah – als sie jenes grausige Stilleben sah, das Dagmar kurz fixierte, nachdem sie sich ihrer auf dem Boden gelandeten Kamera wieder bemächtigt hatte: glatzköpfiger Mann ohne Baskenmütze und mit Zauselbart, eine Hand verdreht unterm Steiß, eine auf dem rechten Schlüsselbein, im blutüberströmten Mittelgang –, da erlitt Edda einen Nervenzusammenbruch. Da schrie sie laut auf vor Entsetzen, schlug beide Hände vor den Mund und brach – hemmungslos, ja primitiv schluchzend wie ein Maultier – zusammen, und mindestens zehn Minuten lang ließ sie sich weder von Raimund noch von mir beruhigen. Und schon gar nicht von Onno, der doch direkt neben ihr saß. Und hilflos ihren krampfenden Rücken streichelte.

Inzwischen war es Mitte November geworden. Der Staatsanwalt hatte den komatösen Tibor Tetropov verschiedener Verbrechen angeklagt, von Sachbeschädigung über Diebstahl und Tierquälerei bis hin zu Freiheitsberaubung und Mordversuch in zig Fällen. Der Strafprozeß würde natürlich erst erfolgen können, wenn der Täter verhandlungsfähig wäre.

Außerdem hatten etliche Geschädigte Klage gegen den Täter eingereicht (da die Schuldfrage eindeutig war, konnte recht rasch ein Verfahrenspfleger bestimmt werden), u. a. auf die Zahlung von Schmerzensgeld, darunter Dagmar, Ellen und der Blinde. Ihr Mandat übernahm ich.

Onnos nicht. Onno hatte darauf verzichtet, sich der Sammelklage anzuschließen. Genauer gesagt, geweigert.

Es war ein viel zu lauer, verregneter Sonntagnachmittag, und wir saßen in meinem Büro, wo wir uns Dagmars Rohvideo (ungeschnitten und ohne Untertitel) anschauten. Ich hatte es bereits mehrfach studiert; Edda sowie Raimund noch nie und Onno, obwohl sein Arzt davon abgeraten hatte, einmal. Bei jenem ersten Mal war er unfähig gewesen, allzuviel dazu zu sagen. Hauptsächlich, daß er eine Gedächtnislücke hatte.

Sie begann, nachdem wir uns *hier*, in diesem meinem Büro, voneinander verabschiedet hatten – gegen 11:10 Uhr an jenem 13. August, vor rund drei Monaten. »Völlig absurd!« rief Onno. »Kommt mir vor, als wär's zehn Jahre her oder so!« Er entsann sich noch Robotas ungewohnt freundlichen Lächelns. (Das ihrem verschwörerischen Glauben entsprang, gleich drunten vor der Tür werde Onno durch ihre Hilfe sein Erbstück zurückerhalten.)

Und sie endete in jenem Augenblick an Bord der *Saselbek*, da Onnos surrealer Kokon aufgerissen wurde, da Onno erstmals quasi körperlich angegriffen worden war: als Tetropov ihm das T-Shirt auf- und die Sonnenbrille entriß. Der Lamborghini-Unfall, die Verfolgung, sein waghalsiger Schritt auf den ablegenden Alsterdampfer – ja die gesamten ersten zwanzig Minuten der Kaperung (inkl. Hundemord), all das hatte ein düster pulsierender Spiralnebel in seinem Gehirn verschluckt. (Das einzige Bild, das hin und wieder mysteriös daraus auftauchte, war ein kunsthandwerkliches Rautenmuster, Braun in Beige, die Innenschau eines Gewölbes – bei einer Tatortfahrt fiel mir auf, daß die Unterseite der Lombardsbrücke entsprechend geziegelt war.)

Jetzt, bei der zweiten Betrachtung, war Onno in der Lage, die ein oder andere Erläuterung beizusteuern – bestimmte Gedächtnisspuren bestimmten Videobildern zuzuordnen. Für den Umstand, daß er nach der Attacke so derart zu schlottern begonnen hatte, hielt er eine einigermaßen ominöse Erklärung bereit. Jedenfalls nicht wegen der Attacke an sich. Vielmehr war ihm ohne die Verdunkelung der Sonnengläser erstmals deutlich geworden, was die Tätowierung von Händchens Adamsapfel darstellen sollte: jenen Hahnenkopf eben.

»Und da passierte was Merkwürdiges«, sagte Onno. »Ich hab angefangen zu schauspielern.«

Ich stoppte den Film. Raimund, Edda und ich starrten Onno an. Alle drei haßten wir die Vorstellung, er könne selbst in diesem Moment zu flunkern nicht entsagen.

»Njorp … nech …« Stockend versuchte er Aufklärung.

Seine Hahnenkopfphobie hat er Händchen auf Malle ja in einem sehr prekären Moment gestanden. Dieses Geständnis hat er Händchen ja als Pfand in die Hand gegeben. Als Pfand gegen Händchens verrätseltes Geständnis, daß die Erinnerung an den Speichel seiner Mutter ihn erregt. Onno hat das damals ganz intuitiv getan, und wie wir ja alle wüßten, sei diese seine Phobie gegen Hühner- und zumal Hahnenköpfe stets virulent, nach wie vor.

Als ihm, Onno, dort auf der *Saselbek* allerdings klargeworden sei, daß Händchen diese Phobie gegen ihn offenbar zu instrumentalisieren beabsichtigt hatte (insofern, als er sie als Motiv in sein Rächerkostüm aufnahm) – da hat sich der phobische Abscheueffekt neutralisiert. Ja, die überdeutliche Erkennbarkeit von Händchens Absicht hat seine, Onnos, Widerstandskraft mobilisiert. Und um Händchen das nicht zu offenbaren, hat er, Onno, geschauspielert – und angefangen zu schlottern.

»Du willst doch damit nicht sagen, daß du keine Angst hattest!« sagte Raimund.

»In dem Moment nicht. Oder nicht mehr. Komisch, aber so war's.«

Ein solcher Effekt, so der Gerichtsgutachter im persönlichen Gespräch mit mir, sei in der wissenschaftlichen Literatur zur Angstforschung durchaus dokumentiert: Eine Frau, die im Alltagsleben unter Panikattacken in engen Räumen leidet, bleibt bei einer Geiselnahme in einem Flugzeug vollkommen ruhig u. ä.

Daß Onno auf dem Quivive war, bestätigt zumindest die

Tatsache, daß seine erste Frage, die er Händchen stellt, die ist, wie er ihn gefunden hat. Das war für ihn das wichtigste, und nachdem er durch die Erwähnung Robotas den Eindruck gewonnen hatte, daß Edda außer Gefahr war, hat er sich jeden weiteren Gedanken an seine geliebte Gefährtin strikt verboten. Hat statt dessen die ganze Zeit an Tischtennis gedacht. Wahrscheinlich ein Winkelzug der adrenalinverseuchten Psyche, zur Selbsterhaltung. Hätte er weiterhin an Edda gedacht – an Edda in einer Welt ohne ihn, Onno –, so wäre er vor Verzweiflung zu schwach geworden, um sich zur Wehr zu setzen. Also habe er an Tischtennis ganz allgemein gedacht – nicht im einzelnen an uns, an Raimund, Ulli und mich. Sondern mehr so allgemeinphantastisch an unsere Institution Montagstraining. Daran, wie er am Stammtisch säße und diese seine Geschichte erzählte. »… und da war auch schon das Blut, wahrhaft schön, o meine Brüder!« zitierte er gütig – und also um so makabrer – grinsend aus *Clockwork Orange*.

Zwar hatte Händchen dann ja gar nicht ausdrücklich auf Ausübung der Macht seines Hahnenkopfs bestanden – vielleicht, so vermutete Onno, hatte er ihn ja auch schlicht vergessen. Aber verloren hat Onno durch seine Trotzstrategie auch nichts – im Gegenteil.

»Nun mal Hahnenkopf hin und her«, sagte Raimund. »Aber der *Hunde*kopf, Herrgott. Der war immerhin *echt*.«

»Njorp«, machte Onno. »Weiß nicht.« Versuchte dann aber doch eine Erklärung. War schlimmer Anblick, sicher, aber – vielleicht erschreckte der ihn nicht sooo sehr, weil er halt schon einiges gewohnt ist. Von seinem Schwiegervater. Hat oft genug zugesehen, wenn der die Köpfe von Rehböcken abkochte etc. Wie die Enthauptung des Hundes an sich vonstatten ging, daran hat er ja keine Erinnerung. Da muß Händchen ja auch irgendwie mit dem Rücken zu ihm gesessen haben, keine Ahnung. Die Entstehungsgeschichte, gut, da hätte er nicht länger drüber nachdenken dürfen. Aber der bloße Anblick des Hundekopfes – im gesamten Rahmen dessen, was da ablief … tjorp.

Eine weitere groteske Regung schilderte Onno. Als Tibor in bestimmten Situationen eine Gänsehaut nach der anderen produzierte, da sei er »fast neidisch« gewesen auf die emotionale Intensität …

Und so suchte er Kompensation. Versuchte, einen taktischen Ansatz zu finden. Hier zu blocken hatte keinen Sinn. Mühsam versuchte er, sich auf eine lange, lange Schupfphase einzurichten. Das Potential seiner friesischen Gene, seine Resilienz begannen sich zu restaurieren. Deziliter um Deziliter Wasser schwitzte er aus, womit lebenswichtige Stoffe zum Teufel gingen – doch andererseits warf er damit auch Ballast ab, der das Überleben erschwerte. Vielleicht schmölze er nach und nach auf einen Kern, der leicht wie ein Korken wäre und – schwömme?

Ich ließ den Film weiterlaufen, und Onno wunderte sich über sich selbst, wieviel er »gequasselt« hat … »Aber als ich ihm das vom Moderlieschen vorgelesen hab, da hätt' ich mir am liebsten doch auf die Zunge gebissen. Andererseits …«

Andererseits war das der Moment, der Händchens sehnsuchtsvollen, inständigen Blick hervorgerufen hat. Jenen Blick, mit dem er Dagmar bzw. ihre Kamera bedacht hat. Jenen Blick, der Onno schlaglichtartig die Natur von Händchens verborgener Psycho-Agenda veranschaulichte.

Nach Volkszählung, Rap-Gig und Schlagerparade ist es dann »eng geworden«, sagte Onno, »das war deutlich zu spüren. Wie er wie so'n Moschusbulle da die Scheibe eingeschlagen hat … Mann, Mann, 'ch, 'ch, 'ch.« Die Ritz-Orgie da, und die immer aggressivere Aufforderung, er, Onno, soll sagen, warum er ihn, Händchen, »verarscht« hat. Da ist es dann »eng geworden, verdammt eng, das war verdammt deutlich zu spüren«. Da hat er dann versucht, durch offensive Witzelei

Zugang zu ihm zu finden – so wie's auf Malle hin und wieder funktioniert hat. Diesmal nicht.

»Und dann, dann hat er mir die vergiftete Hand verpaßt«, sagte Onno, »und das mußte ich erst mal verdauen. Ich hab mich sofort daran erinnert, daß er auf Malle behauptet hat, er kann das. Kann die vergiftete Hand.« Das sog. Dim mak. Aus dem sog. Bubishi. Ein Schlag auf einen sog. Vitalpunkt, der auf einem der zwölf sog. Energieflußmeridiane liegt. Der einen Menschen mit minuten-, stunden- oder gar wochenlanger Wirkungsverzögerung töten können soll.

»Und doch, oder gerade deswegen hab ich gesehen: Jetzt schauspielert *er*.« Hat es an jenem Blick erkannt, den Händchen auf den Schrei eines der Schlumper Shantyboys hin aufsetzte, Onno möge ihn »abstechen«. »Da hab ich gesehn: Er macht den sterbenden Schwan. Hab ich deutlich gesehn: Macht den sterbenden Schwan. Wie Bulle Honk beim V-GIRLS-Finale.« Chargiert. Mimt den eigenen Märtyrer. Will auf Biegen und Brechen seine eigene Heldensage begründen. Onno *roch* es. Erschnüffelte die Kopfnote melodramatischen Parfüms.

Und indem er das erkannte, erkannte der Mann mit der Baskenmütze seine Chance. Und handelte. Tat etwas, mit dem niemand rechnete. Das zwar wie eine Übersprungshandlung anmutete – in Wahrheit aber nichts geringeres als eine gewitzte Heldentat war, bedenkt man die Situation, in der zu stecken er doch erkannt haben muß und, interpretiert man seine Gestik entsprechend, auch erkannt *hat*: Hauptgeisel eines psychisch schwerkranken Herkules, ist er soeben anhand eines mysteriösen martialischen Schlags mit Zeitzünder dem Tode geweiht worden. Und doch – oder gerade deshalb – versucht er, die Situation zu seinen Gunsten zu wenden. Nie aufgeben! Nie! Stürzt sich folglich auf Dagmar und entreißt ihr die Kamera, in der Tibor Tetropovs Lebenswerk enthalten ist. In der Absicht, damit auf die Heckveranda zu flüchten und zu drohen, sie über Bord zu werfen. In der Hoffnung, noch genau so lange zu leben, die Drohung noch genau so lang aufrechterhalten zu können, bis Händchen sich den Polizeikräften ergäbe: um den einzig erarbeiteten Sinn seines Lebens zu erhalten. Sein Vermächtnis: Dermatographie und Dokumentation seiner Tat, seines Werks, das Zeugnis seiner Seele, die sein einziger und bester Freund verraten, in den Dreck gezogen und zerstört hat.

Leider hatte Dagmar ihren eigenen Überlebensplan. Und leistete Widerstand. Und das war zuviel für Onno. Angst, Angstbekämpfung, geistige und psychische Anstrengung von solchen Ausmaßen fressen Glukose en gros; komplett unterzuckert, dehydriert, vom Schock der vergifteten Hand gezeichnet, von Gestank und dicker Luft restlos entkräftet, war Onno von Dagmars Gegenwehr überfordert und kollabierte.

Vielleicht hatte der Hüne Onnos Absicht noch erraten – so daß er mitsamt den Schuppen von seinen Augen ins Koma fiel. Nicht nur aufgrund von Blutverlust, Streß, Schlaflosigkeit, Drogen etc. also, sondern auch, weil Onno seine Integrität als menschliches Wesen zum x-ten Mal zu verraten drohte. Vielleicht. Ganz gewiß aber ist – und zwar weil medizinisch einwandfrei nachgewiesen –, daß er schwer an einer Infektion mit jenem afrikanischen Virus litt, das Mücken in jenem Sommer geradezu epidemisch verbreiteten.

Ungeachtet der ungeklärten Frage, weshalb ein Versuch der Kontaktaufnahme mit dem Geiselnehmer per Funk ins Ruderhaus unterblieb (was eigentlich zum Repertoire gehört), wurde das Vorgehen der polizeilichen Einsatzkräfte im allgemeinen gelobt. Zumal die Mord- und Totschlagstatistik nicht belastet zu werden brauchte.

Der berühmte japanische Tätowierungskünstler »###« blieb, nach wie vor, das Phantom, das er stets gewesen war. Auch der Ort, an dem er Tetropov elf Wochen lang bearbeitet hatte, wurde nicht entdeckt. Obwohl er von der Innenstadt nicht weiter als eine halbe Autostunde (resp. Lamborghini-Stunde) entfernt sein kann. Die neunzehnjährige Minka – hörigste der Minskerinnen aus Händchens Beritt – schwieg beharrlich. Oder wußte es tatsächlich nicht. Sie behauptete zwar, ihm in regelmäßigen Abständen Schädel, Gesicht, Achselhöhlen, Unterarme, Brust, Schamteile und Beine rasiert zu haben. Aber das habe in ihrer eigenen Wohnung stattgefunden.

Viel diskutiert wurde über den Spontansprung des Hünen in die Alster. War eigentlich ein Denkfehler. Nun ja, kein Wunder bei dem Gepansche von körpereigenen und synthetischen Substanzen, die in den Venen des Hünen kochten. Und das bei der tropischen Hitze. Und all der anhaltenden Hektik. Bei all der Anstrengung, die es kostete, seine euphorische Tobsucht zu zügeln – entfesselt nach all den entbehrungsreichen Wochen und Monaten. Der Gerichtsgutachter nahm ferner an, der Hüne habe rechtzeitig erspäht, daß er vom Heck der *Saselbek* aus gefilmt wurde, und sei, angesichts seiner übergeordneten Psycho-Agenda, davon magisch angezogen worden.

Wie auch immer, rein verfolgungslogisch hätte er erst einen Blick auf die Terrasse des Café Lorbaß werfen müssen. Wer da so saß. Ob nicht vielleicht vorm Wiederablegen der *Saselbek* jemand ausgestiegen war. (Daß Onno nicht unterwegs über Bord gesprungen war, dessen konnte er sich ja relativ sicher sein.)

Die These von jener übergeordneten Psycho-Agenda wird übrigens untermauert durch die von allen Zeugen bestätigte Tatsache, daß der Hüne sich direkt nach der Kaperung die Zeit und die Nerven zum Posieren genommen hatte. Niemand hatte an ihm den etwaigen Drang bemerkt, als allererstes einen

Blick durch die offene Tür in den Fahrgastraum zu werfen, um die Lage zu prüfen. Als sei er sich des weiteren Verlaufs völlig sicher gewesen. Vielleicht hatte er seine Aufgabe gar noch ein wenig aufschieben wollen. Es war ja nicht angenehm, was er zu erledigen hatte – es ähnelte vielmehr einer schmerzlichen Pflicht. Offensichtlich begrüßte er es sogar, daß sich seine verborgene Psycho-Agenda in den Vordergrund schob.

In einschlägigen Internetforen und -portalen wird die Meinung des Hünen eins zu eins übernommen, daß der Mann mit dem Bart ein Verräter sei. Der Hüne hingegen wird als Held und Rächer der von der menschlichen Dekadenz Korrumpierten verehrt. Die meisten User sind sich einig in der Einschätzung, daß dessen ruck, zuck als Dim mak identifizierter Schlüsselbeinschlag gewirkt und der offensichtliche Verräter sein wohlverdientes Ende gefunden habe. Außer diesem Verräter und dem »snobistischen Köter« habe der Hüne ja niemandem was zuleide getan. (Das Aktenzeichen, unter dem eine eindrucksvolle Liste seiner Gewaltopfer zu finden ist, liegt mir vor – eigentlich müßig, das zu erwähnen.)

Obwohl Dagmar und Ellen, der Blinde und seine Begleitung uneingeschränkt die Verve betont hatten, mit der der Mann mit dem Bart den Aggressor durch offensives Reden hinhielt: In den Medien fand seine exorbitante Rolle keineswegs exorbitante Erwähnung. (Glücklicherweise.) Stets wurde er max. als »Geisel Onno V. (53)« erwähnt, die kurz vor dem Zusammenbruch des Geiselnehmers in ein Handgemenge mit der »überforderten Kamera-Geisel« Dagmar F. (47) verstrickt gewesen sei. Da ich Onno samt Dagmar, Ellen und dem Blinden nach der medizinischen Behandlung und kriminalpolizeilichen Befragung und Ermittlung rasch abzuschirmen vermochte; da die Unschuld der Geiseln und der nackte Wahnsinn des Hünen so offensichtlich erschienen, entwickelte die Öffentlichkeit keinerlei gesteigertes Bedürfnis, den düsterpittoresken Schlamassel anders zu werten als das, was er war: die Tat einer psychisch schwer gestörten Milieugröße.

Natürlich gab es den ein oder anderen Reporter, der die Flöhe husten hörte. Doch entwickelte weder Nick Dolan ein Interesse daran, seine Rolle in der Vorgeschichte zum besten zu geben, noch – erstaunlicherweise – Fiona. Nachdem bekannt geworden war, daß es sich bei dem irren Hünen um ihren Ex-Lover Tibor T. (23) handelte, war sie zwar mit Interviewanfragen bestürmt worden, und ihr Management hatte auch Termine gewährt. Doch mit jenem »Alsterdrama« (HEZ) wollte Fiona denn wohl doch lieber nicht in Verbindung gebracht werden, und so schwänzte sie ihre Verpflichtungen. (Und ihr Management feuerte sie.)

Der Akt des »Irren vom Kiez«, des »Satans«, der »Bestie« war als solcher zu großartig, zu wild und mutwillig, als daß ein Motiv dafür hätte mithalten können – im Gegenteil, es hätte den sexygruseligen Rotlicht-Samurai-Appeal der Lächerlichkeit preisgegeben. Und da Dagmars Video ja erst im Internet auftauchte, als in der *old-school*-Öffentlichkeit schon reichlich Gras über die Sache gewachsen war, blieb Onnos Existenz überwiegend anonym. Fotos von ihm mit Zauselbart und Baskenmütze gab es nicht. Für Presse und Polizei war er hauptsächlich eine unter fünfunddreißig Geiseln, für die Internetidioten tot.

»Warum«, knurrte Raimund, seine eigene Dummheit bereits persiflierend – aber ausgesprochen haben wollte er's halt doch –, »warum hattest du ihm nicht einfach den Dolch ins Herz gerammt?!«

»Öff, öff«, sagte Onno.

»Warum«, knurrte ich zu anderer Gelegenheit – Monate später, *Monate* später –, »warum *hast* du ihn eigentlich verraten?«

Und Onno, wie aus der Pistole geschossen, sagte: »Hab ich

das?« Für seine Verhältnisse geradezu erschrocken schaute er mich mit seinen Haselnußaugen an, und ich wußte mir nicht anders zu helfen, als mit verkrampftem Keckern eine Ironie vorzuspiegeln, die vollkommen bodenlos gewesen wäre, wäre sie nicht ohnehin nur vorgespiegelt gewesen.

Im Alsterpark, direkt neben dem offiziell ›Bürgermeisterweg‹ geheißenen Spazierpfad um die Außenalster – nur ein paar Schritte entfernt vom Zugangssteg des Atlantic-Anlegers –, steht eine beinhelle Plastik. Dieses Werk des Künstlers Max Bill hat sich zum Treffpunkt der städtischen Gruftis entwikkelt, weil banausisch umdefiniert zur Maske aus dem Hollywoodfilm *Scream* (die sich wiederum einer Kreuzung aus Totenkopf und Munchs *Der Schrei* verdankt).

Dort spielt sich eine kurze Szene ab, die Teil eines Filmberichts aus der Spätausgabe des *Tagesechos* vom 28. Oktober desselben Jahres ist (eines sehr *warmen* Oktobertags). Im Hintergrund hat sich um jenes Kunstwerk herum eine halbe Busfracht junger Menschen zusammengerottet; gekleidet, geschminkt, frisiert und lackiert vorwiegend in Schwarz. Gehröcke, Tüllkleider, Lederminis zu Netzstrümpfen, breite Gürtel mit dicken Schnallen, die alchemistische Symbole darstellen, Fingernägel, Lippen – alles schwarz. Kombiniert mit nachtblauen Rüschenhemden, Korsagen aus bordeauxrotem Brokat und violetten Miedern.

Einer von ihnen, eine Art Zeremonienmeister, unterzieht die Skulptur einer theatralischen, beschwörenden Magiergebärde. Daraufhin wird sie für ein paar Sekunden von einer Wolke eingehüllt, einer düsteren, brodelnden Wolke aus Hunderten von schwarzen Schmetterlingen. Ein kultisches Ach geht durch die Gemeinde. Nach und nach landen die durch jene Geste aufgescheuchten Falter wieder auf der Plastik, werden scheinbar von ihr aufgesogen. Wie Flocken verbrannten Papiers tanzen am Rand vereinzelt noch ein paar, während das Raunen der Bewunderer in einen gesprochenen Choral übergeht:

Schwarzer Engel, führe mich
Führe mich, verführe mich
Mit dem samt'nen schwarzen Vlies

Schwarzer Engel, führe mich
Führe mich, entführe mich
In das finst're Paradies

Taxonomische Fragen wie die, ob der Schwarze Engel, wie ihn der Volksmund getauft hatte, tatsächlich zu den Tagfaltern gehörte oder nicht doch eher zu den tagaktiven Nachtfaltern, zählten noch zu den läppischsten, über die sich die Lepidopterologen stritten, seitdem sich die ersten dieser rätselhaften Schmetterlinge entpuppt hatten. Es handelte sich um ein durchaus imposantes Insekt. Ein Flügel war etwa so groß wie ein menschliches Ohr. Obwohl hauchdünn, mutete er aus den meisten Blickwinkeln tintenschwarz an, bei bestimmtem Lichteinfall aber auch mal schleierhaft, mal samtmatt changierend. Zusammengefaltet wirkte das Tier zweidimensional, und wenn es so irgendwo hockte, stellte es nur mehr einen Haarriß im Untergrund dar.

In frisch verendetem Zustand allerdings, für ein, zwei Stunden, offenbarte es silbern schimmernde Damaszierungen von solcher Vollkommenheit, daß es sich als »goth moth« endgültig aufdrängte. Als Wappen der Gruftis. Als Symbol ihrer Liebe zur Schönheit der Vergänglichkeit.

Während sich im Hintergrund also das Spektakel der schwarzleuchtenden Edelfalter im altgoldenen Gegenlicht der tiefstehenden Sonne abspielt – wie mit Füllhörnern schenkt der Tag seinen Sterbensschmelz hin –, steht im Vordergrund ein Gruftipärchen. Man sieht förmlich, wie das Männchen um die Hitzebeständigkeit seiner Leichenbittermiene bangt: die Blässe des Teints, die aschfarbenen Tränensäcke, das Blau der Lippen … Und wird die Krähennestfrisur ölen? Und der Rosenkranz, der sich vom Ohr- zum Nasenring schwingt und zurück – wird er den Schatten unterm Wangenknochen verwischen?

Das entsprechende Weibchen vollführt derweil, indes es irgendeinen okkulten Blödsinn von sich gibt, Gesten mit seinem viktorianischen Handschuh und tüllbesetzten Fächer. Graziöse Gesten. Weniger anmutig dürften sie *gerochen* haben – jede Wette, daß die Accessoires aus einem Onlineshop für Gothicbedarf stammten und die durchbrochene Spitze zu hundert Prozent aus Polyester war.

Das Weibchen heißt laut Insert Desdemona (jede Wette: eigentlich Antje oder Jasmin Rosa Annabella o. ä.) und das Männchen Baal (bzw. Felix-Dominik o. ä.), und im Februar des darauffolgenden Jahres begegneten mir die beiden wieder – diesmal in einer Folge der ZDF-Serie *37°*. Dort schilderten sie, daß sie am 13. August des vorhergehenden Jahres Zeugen geworden waren, wie der Satan auf einer Enduro durch das Ferdinandstor gebrettert kam – auf dem Weg, die berühmte *Saselbek* zu entern. Sie erzählten, daß sie die »Performance« des sog. Irren vom Kiez zutiefst bewunderten und sehr gern selbst an Bord gewesen wären.

Kurz darauf begann die bizarre Internetkarriere von Dagmars Video als geschnittene, mit Untertiteln versehene Tetralogie. (Dagmars jüngster Sohn hatte es ins Internet gestellt, und obwohl es bereits zwei Tage später wieder entfernt worden war, tauchten größere und kleinere Teile davon seither immer wieder dort auf.)

Die Entscheidung der Innenbehörde, das Krankenhaus geheimzuhalten, in welchem der staatenlose Komapatient Tibor Tetropov aus komplizierten juristischen Gründen am Leben erhalten werden muß, bis er eines natürlichen Todes stirbt –

oder aber erwacht –, mag übertrieben sein. Doch der Beihilfe zur Erzeugung eines Wallfahrtsorts des Teufels wollte sie sich keinesfalls schuldig machen. (Andererseits: Hätte nicht ein Warnschild ausgereicht?

SATANISMUSGEFAHR!

Deubel in da house

Bezirksamt Hmbg.-Eppendorf

[Ist *Hmbg.* eigentlich die Abk. f. »Humbug«?])

Ungefähr um die Zeit war es, daß Onno sich erstmals wieder zum Tischtennis traute.

Von einer ganzen Reihe zusätzlicher posttraumatischer Störungen abgesehen, hatte er all die Monate – mal mehr, mal weniger gefaßt – darauf gewartet, daß Händchens Dim mak doch noch Wirkung zeitigen würde. Daß er, Onno, demnächst nicht mehr aufwachen würde oder plötzlich tot umfallen. Daran hatten auch keine eingehende Gesundheitsprüfung und entsprechende Gegendiagnosen der Ärzte etwas ändern können. Nicht einmal Edda, die ihn jedes Mal in den Arm nahm, wenn er in sich hineinhorchend dastand, die Fingerkuppen auf dem Schlüsselbein.

Insofern stellte jener winterliche Montagabend einen Wendepunkt dar, hin zur Genesung. All die Monate hatten wir nur Einzel gespielt. Hatten nicht die geringste Lust, unsere Mannschaft anderweitig aufzustocken. Ohne Onno war der Montagabend einfach nicht das, was er gewesen war, und so, wie er gewesen war, da waren wir uns alle einig, wollten wir ihn wiederhaben.

Auf Noppensocken, in Bermudashorts und einem Vogelscheuchentop betrat Onno die Halle, indem er ehrfürchtig zur hohen Decke hinaufschaute wie in einer Kirche. Wir spielten den ganzen Abend nur Doppel, und es waren vielleicht nicht die genialsten Ballwechsel unserer Vereinsgeschichte darunter, aber doch etliche außerordentliche, und so genossen wir in vollen Zügen die neidlose Freude, mit der wir einen gelungenen Schuß, perfiden Flip oder Hundertstelsekunden-Konter des Partners zu begrüßen vermochten, ebenso wie das heuchlerische Bedauern eigener Netz- oder Kantenbälle. Schließlich wechselten nach jedem Spiel die Koalitionen. Zudem war Ulli in Hochform: »MAAAAAaaa…! RA*BAA*BAAAaaa…!« usw. Wir feierten den Abend, wir feierten uns, und es machte uns alten Knochen einen kindischen, einen Mords-, ja Heidenspaß.

In der Umkleide beklagte Onno schon jetzt den morgigen Muskelkater, und während Ulli und ich uns einen geradezu angespannten Blick zuwarfen, als er nach dem Duschen und Frottieren in frische Unterwäsche stieg, erwischte *ihn*, was dann kam, offenbar unvorbereitet. Offenbar war er § 8, Abs. 4 unserer Vereinssatzung nach so langer Zeit einfach nicht mehr gewärtig.

Dröhnend vor Überkompensation hatte Raimund auf seinen ältesten Freund eingedonnert. »Was' *das* denn! 'ne Windhose? Mein *lieber* Herr Gesangsverein«, etc. pp. ad lib. Um den üblichen En-passant-Charakter einzuhalten, hatte Raimund während des Lamentos weiterhin in seiner Tasche gekramt – und mußte daher mit einem Knuff darauf aufmerksam gemacht werden, daß Onno weinte.

Er saß da in seiner frischen Windhose von Tchibo, hielt eine Hand in der anderen und weinte mit gebeugtem Nacken. Unter Gestammel hockte Raimund sich sofort neben ihn und legte ihm den Arm um die Schulter, aber Onno sagte, leicht gepreßt und stockend: »Ach Quatsch, öff öff, nech; is' nur … is' nur so schön … daß ich wieder da bin.«

Woraufhin wir mit den markigsten Flüchen zu- und einstimmten.

Schnorf gab Onno zu Ehren einen Schnaps aus, und Carinas Umarmung seiner unmaßgeblichen Person hatte mit einer professionell gastfreundlichen Begrüßung aber auch nicht das geringste mehr zu tun. »Geht *gar* nicht«, bölkte Raimund. »Wo sind wir denn hier! In der *Showbar Hammonia*?«

Nachdem wir ein Weilchen in unseren Lasagne-Näpfen herumgestochert hatten – der Käse war so zäh, daß Ulli eine »Heckenschere« verlangte –, versank Onno in eine Art von innerer Emigration. Raimund versuchte, ihn mit einer Queckenborn-Parodie aus der Reserve zu locken – vergeblich: Eine ganze Weile lang hielt er sich aus der Après-Pingpong-Konversation heraus.

Nachdem er stattdessen mit einem schwachen, traurigen Grinsen in sich hineingehorcht hatte, belebte es sich schließlich doch noch, und Onno sagte: »Weißt du noch«, sagte er, ohne sich an jemanden zu wenden – war aber klar, daß er Raimund meinte –, »wie wir die Brüder Pipkow entlarvt haben?«

Raimunds Spiegelneuronen befeuerten ein gleiches Grinsen. »Logisch.« Ohne sich seinerseits an jemanden zu wenden – war aber klar, daß EP und ich gemeint waren –, erzählte er. »Deren Eltern hatten da so 'ne Art offenen Fahrzeugschuppen – heute würde man wohl Carport sagen –, draußen, am Ernst-August-Kanal. Und eines Tages haben wir sie da beobachtet. Onno und ich. Der Club der hilfreichen Hand.«

EP: »Der Club bitte was für einer Hand?«

»Der hilfreichen. Wir haben die Brüder Pipkow da beobachtet, wie sie da im Schuppen rummachten, und das kam uns verdächtig vor. Verdacht auf Nikotin-Abusus.«

»Hört, hört!« sagte EP. »In der Hinsicht wart *ihr* natürlich clean.«

»Das tut nichts zur Sache. Wir hatten einen schwerwiegenden Verdacht, und nachdem die Pipkow-Brüder verschwunden waren, robbte Onno also rüber und kuckte mal nach. Ich stand Schmiere«, sagte Raimund.

»Das war so spannend, nech«, sagte Onno. »Und da stand so'n alter Barhocker rum, und ich dachte, wozu mag der wohl gut sein, und dann ich so: kombiniere, kombiniere, bin draufgestiegen und hab mich auf die Dachbalken hochgezogen, die als Bretterlager dienten. Und das roch so gut nach Holz da, und dann bin ich bis ans Ende der langen Bretter gekrabbelt, Splitter hin, Splitter her, hab aber nichts gefunden. Aber als ich dann zurückrobbte!« Onno glühte. »Wahnsinn! Auf dem Querbalken direkt unterm flachwinkligen Dachfirst, da lagen 'ne Schachtel Lux und Streichhölzer. Wahnsinn, der Anblick, nech.«

»Und dann haben wir«, sagte Raimund, »einen anonymen Brief an Olga Pipkow verfaßt. Sehr geehrte Frau Olga Pipkow! Wir wollten Ihnen nur ausrichten, daß Ihre Söhne Wilfried und Klaus Pipkow —«

»Wie viele hatte sie denn?« fragte EP. »Oder hatte sie ein schlechtes Namensgedächtnis?«

»— rauchen. Falls es Sie interessiert, sehen Sie bitte in der Garage auf den Brettern nach. Mit Skizze und Hinweispfeil. Absender: Club der hilfreichen Hand.«

»Unglaublich«, schnaubte EP. »Die größten Lumpen hier im Land? Der Club der hilfreichen Hand.«

»Wir waren stolz wie die ›Fünf Freunde‹ von Enid Blyton, weiter nix«, sagte Onno. »Besonders, nachdem Mudder Viets mir von Olga Pipkow hat ausrichten lassen, daß sie danken läßt.«

»Stolz? Hab ich anders in Erinnerung«, sagte Raimund. »Erstens haben wir uns gewundert, woher die olle Pipkow eigentlich wußte, daß *wir* hinter der weltweit berüchtigten, mysteriösen hilfreichen Hand stecken. Und zweitens waren wir enttäuscht, daß der Skandal des Drogenmißbrauchs nicht viel *mehr* Staub aufgewirbelt hat.«

»Ah«, sagte EP. »Ihr habt erwartet, daß die Pipkows mindestens geteert und gefedert über die Wilhelmsburger Reichstraße geprügelt werden.«

»Genau«, sagte Raimund melancholisch.

»Ich weiß nicht«, sagte Onno. »Ich weiß nur noch … dies unglaublich prickelnde Gefühl, als ich diese rot-weiße Zigarettenschachtel da fand. Das war unglaublich, war das.«

EP unterdrückte es, doch ich konnte es von seinen Lippen ablesen, das Wörtchen »ewiger Kindskopf«.

Nun, seien wir weiterzig. Nennen wir es Onnoleszenz.

Und Fiona? Von Fiona hörte ich seit Onnos Mallorca-Abenteuer fünfmal.

Das erste Mal, kurz nachdem sie in der HEZ entblößt worden war: da entblößte sie sich in der Hamburger Abendpost, und zwar unter der Überschrift JETZT REDE ICH!

Das zweite Mal gleich tags darauf: Sie war Gast bei GMG, und es war unglaublich, aber ein gewisser Stolz war durchaus unverkennbar: Stolz, daß sie überhaupt noch einmal für wert erachtet worden war, zwei Spalten und ein Riesenfoto auf der berüchtigten letzten Seite der HEZ zu füllen.

Das dritte Mal Monate später, beim Promi-Dinner, und das vierte Mal zwei Jahre später, beim Promi-Kotzen. (Sie belegte den undankbaren vierten Platz bei der Wahl zum Dschungelkönig.)

Und das fünfte Mal vor kurzem erst: Ich hatte meine Autowerkstatt gewechselt, wo – das entdeckte ich während meiner viertelstündigen Wartezeit am Tresen der Auftragsannahme – sie im Büro saß. Ein ölverschmierter Beau sagte: »Fiona? Du hier – und nicht im Pirelli-Kalender?« Und Fiona schüttelte ihre güldenen Locken und strahlte: »Mehmet?! Hallo?! Geht's noch? Könntest du dir vielleicht mal was Neues ausdenken?«

Offensichtlich wurde sie sehr wertgeschätzt, wenn nicht verehrt.

Hein Dattel blieb Gerüchten zufolge in Amerika. Höchstwahrscheinlich taucht er mit achtundachtzig Jahren wieder auf, frisch zurück von der Großmückenjagd am Schnoddrigen Haff oder keine Ahnung, erstattet Onno Bericht über die damalige zagen »Operation Augenschmaus« und zieht ihm als Zeichen des Verzeihens ein Buddelschiff über die Rübe.

»Und tauft dich«, fügte EP beim Après-Pingpong hinzu – nachdem wir ihm das ganze Desaster in Fortsetzungen erzählt hatten –, »auf den Namen, sagen wir mal: *Üröngnangt.*«

Das war ganz schön, sagen wir: bitter. Doch Onno grinste. Ein bißchen diagonal – zwei, drei µ *zu* diagonal, zagen –, doch allemal gütig. Und es dauerte zwar ein bißchen, aber dann sagte er's: »Öff, öff«, sagte er. Und schließlich gar: »Öff.«

Ich aber kann seit der ganzen Geschichte keine drei aufeinanderfolgenden Stunden in unserer Heimatstadt mehr zubringen, ohne an Ellens Bonmot vom »Karnevalstusch« erinnert zu werden …

Sicher, rhythmisch betrachtet ist die erste Note zu lang. Der jambische Charakter fehlt. Andererseits: Wird das Groteske des Molochs nicht durch das somit Zerdehnte, Leiernde erst recht aufs schönste heraufbeschworen …?

> Jeck (leiernd): Und sollt' nicht ich der Größte sein / so hau' die Welt ich kurz und klein.
> Polizeikapelle: Tääät*äää*! Tääät*äää*! Tääät*äää*!

Doch, doch. O doch …: der ewige Tusch der Millionenstadt.

[Danksagung]

Einer Reihe von Personen und Institutionen möchte ich für verschiedentliche Unterstützung aufs herzlichste danken: in Hamburg der Kulturstiftung Café Royal, Dr. Susanne Knödel vom Museum für Völkerkunde, Kay Haselhorst von der Detectei an der Alster, Ralf Kunz von der Polizeipressestelle PÖA 1, den Skindoctors, RA Helmuth Jipp, fürs Vredonische Fred und für das ein oder andere Wort Anna, Birgit, Hansjörg, Hans K., Hans S. und Harry, sowie, wie immer, Norbert für steife Ohren. Außerdem Katja Scholtz und den Herren Geulen, Graf, Seibert, die das erste Onno-Kapitel in ihre schöne Anthologie »Das Herz auf der Haut« (mare) aufgenommen haben. In Hagen/Stade Hildegard und Gerhard Schulz. In Deinste/Stade Ilona Schalk. In Berlin Larissa Boehning und Jan Jepsen. Auf Mallorca Margaret Commandeur – sowie Hella Riesenfeld (für die Gastfreundschaft in ihrem geschmackvollen Hause). Und Wolfgang Hörner (z. B. für Wolfsbarsch im Salzteig).

Anregungen, Erkenntnisse, womöglich Zitate und Paraphrasen etc. verdanke ich ferner folgenden Werken (in alphabetischer Reihenfolge ihrer Autoren resp. Regisseure): Kai Bammann / Heino Stöwer (Hrsg.), Tätowierungen im Strafvollzug. Erfahrungen, die unter die Haut gehen (BIS); Borwin Bandelow, Das Angstbuch (rororo); Ariane Barth, Im Rotlicht. Das explosive Leben des Stefan Hentschel (Ullstein); Bill Buford, Geil auf Gewalt. Unter Hooligans (Ullstein [hier ver- resp. entwendet: das Ding mit dem Auge]); Marcel Feige, Tattoo-Theo. Der Tätowierte vom Kiez (Schwarzkopf & Schwarzkopf); ders., Lude! Ein Rotlicht-Leben. Die Geschichte eines Zuhälters (Schwarzkopf & Schwarzkopf); Georg Franck, Ökonomie der Aufmerksamkeit. Ein Entwurf (dtv); Markus Grimm / Martin Kesici, Sex, Drugs & Casting-Shows (riva); Cem Gülay mit Helmut Kuhn, Türken-Sam. Eine deutsche Gangsterkarriere (dtv premium); Natascha Kampusch, 3096 Tage (List); Horst Kramer, Das Trauma der Gewalt (Kösel); Andreas Marquardt mit Jürgen Lemke, Härte. Mein Weg aus dem Teufelskreis der Gewalt (Ullstein); Gerardo Milsztein, Friedensschlag. Das Jahr der Entscheidung (auf DVD); Thomas Müller, Bestie Mensch. Tarnung. Lüge. Strategie. (ecowin); Ines Rüchel-Hohage, Kämpfen für Buddha. Julians harter Weg zum Shaolin-Mönch (Spiegel TV 2010); Stefan Schubert, Gewalt ist eine Lösung (riva). Außerdem wikipedia.de.